KB268435

태어난 순간을 기억해?

Do You Remember Being Born?
Do You Remember Being Born?
Do You Remember Being Born?
Do You Remember Being Born?
Do You Remember Being Born?
Do You Remember Being Born?
Do You Remember Being Born?
Do You Remember Being Born?

태어난 순간을 기억해?

Do You Remember Being Born?
Do You Remember Being Born?
Do You Remember Being Born?
Do You Remember Being Born?
Do You Remember Being Born?
Do You Remember Being Born?
Do You Remember Being Born?

손 마이클스 지음 | 김승욱 옮김

문학수첩

"몇 가지 더 제안해 보겠습니다, 영 씨, 그 놀라운 물건에 대해서…
몽구스 시빅
앤티시페이터…
에어로테르…
터보토크…
선더 크레스터
디어본 디아망테
매지그래뷰어
파스텔로그램
…만약 이 안들이 자동차의 성격과 맞지 않는다면,
전체적인 모양의 스케치를 보여주시거나, 아니면
놀라운 잠재적 기능에 대해 조금 힌트를 주시는 게…"

— 매리앤 무어, 새로운 포드 자동차의 이름을 제안하며,
  《포드 자동차회사와 주고받은 편지》(1955)에 수록

"나는 아주 얇은 것을 믿습니다, 저자가 말한다. 아주 얇은 것."
— 디온 브랜드, 《블루 클러크》(2018)

조부모님과
도럴리아 숙모님을 위해

차
례

마침 내가 절망하고 있을 때 그 편지가 왔다.

　나는 부엌의 작은 탁자에 앉아 한 손으로 얼굴을 감싸고 이제 어떻게 해야 할지 생각 중이었다. 부엌은 온통 하얀색과 초록색이었다. 언제나 그랬듯이, 내가 원하는 대로. 하지만 그 순간에는 하얀색도 초록색도 눈에 들어오지 않았다. 내 기분은 한밤중처럼 어두운 파란색이었다. 아들을 도우려면 어떻게 해야 할지 알 수 없었다. 아파드를 팔아야 할까? 그럼 난 어디로 가지? 내가 보관해 둔 원고와 자료를 팔까? 원래 나는 나중에 더 이상 글을 쓸 수 없게 된 뒤에야 그것을 팔 계획이었다. 일종의 퇴직기금으로. 그 돈으로 시장이나 보려고. 저축해 둔 돈은 없었다. 부잣집에 태어난 경우가 아니라면, 저축한 돈이 있는 시인은 없는 법이다. 내게 있는 것은 내 자료들, 아파트(어머니의 아파트). 그것이 전부였다. 다이아몬드 브로치 하나. 내 방 벽에 붙어있는 신시아 데이비스의 판화 하나. 오래전에 그녀가 내게 준 것이었다. 준비 중인 새 작품집은 새해에나 완성될 예정인데, 그것이 완성되더라도 새 작품집에 무슨 가치가 있을까? 그 돈으로 빵과 버터를 사 먹을 수는 있을 것이다. 어쩌면 키위와 포도주, 연어 통조림, 오래된 체다치즈도. 가끔은 퀸스타이에서 카레를 사 먹을 수도 있고. 가끔 새 옷을 사 입을 수 있을지도 모른다. 물론 나는 몹시 아끼며 사는 사람이었다. 지금 있는 옷을 계속 입어도 되고, 더 싸구려 포도주를 사도 되었다. 하지만 사실 아들을 돕는 것도 거부할 수 있지 않나? 내가 코트니에게 1만 달러를 주든, 2만 달러를 주든, 5만 달러를 주든 무슨 상관일까? 그래도 코트니는 집을 살 것이다. 집의 크기가 좀 작아질 뿐이다. 코트니에게도 저축한 돈이 있고, 그 애 아버지도 돈을 좀 내놓을 것이다. 루시의 부모도 돈을 좀 줄 것 같았다. 코트니는 잘 해낼 것이다. 내가 그 아이에게 무엇을 줄 필요는 없었다. 내 집을 팔 필요도 없고, 내 방 벽장 안에 있는 마분지 상자를 물려줄 필요도 없었다. 그 상자 안에는 미발표 시와 동료들에게서 온 이메일이 가득 들어있었다. 내가 꾸물거릴 때나 허영심에 들떴을 때 가끔 프린트해 둔 것. 아직 그 문서들을 물려줄 때는 아니었다.

하지만, 아, 기분이 엉망진창이었다. 종이로 접은 새가 된 것 같았다. 굴욕스러웠다. 내가 아들을 도울 수 없는 것이. 충분한 준비가 되어있지 않다는 것이. "괜찮아. 어차피 어머니가 도와주실 수 있을 거라고는 생각하지 않았어." 코트니는 루시에게 이렇게 말할 것이고, 루시는 고개를 끄덕일 것이다. 시인의 아들은 어머니가 어떤 면에서는 자신을 돌봐줄 수 없음을 어릴 때부터 알아차린다. 이제 코트니는 서른아홉 살이다. 그 애가 혼자 힘으로 세상을 헤쳐 나갈 수밖에 없는 상황이 처음도 아니었다. 내 태블릿의 화면이 번득였다. 하지만 그것은 밝은 쪽이 아니라 어두운 쪽을 향한 번득임이었다. '이걸 표현할 말이 있을까?' 나는 속으로 생각했다. 어둑함? 죽음?

나는 홍차를 끝까지 다 마셨다. 초인종이 노래를 불렀다. 배달원이 멍청이 같은 모습으로 복도에 서있었다. "메리언 파머 씨?" 그가 물었다.

"네. 감사합니다." 나는 그의 태블릿 화면에 & 모양을 그렸다.

그가 내게 준 봉투는 질이 좋고 홀쭉했다. 문구점을 하시던 아버지는 제품의 품질을 알아보는 법을 내게 가르쳐 주었다. 나의 일부분, 아버지에게서 물려받은 부분, 파머라는 성이 달려있는 그 부분은 봉투의 봉인을 찢고 싶어 하지 않았다. 이렇게 멋지게 닫힌 모습 그대로 문 옆의 작은 책상에 봉투를 그냥 놔둘 수도 있을 것이다. "나는 멋지게 닫힌 물건이다." 나는 사람이 아니라 공산을 향해 이렇게 말했나.

봉투를 찢는 손가락 끝이 따끔거렸다. 노화로 손이 이렇게 변하는 것이 당황스러웠다. 편지를 여는데 손가락이 아프다니. 나는 봉투 속 내용물을 펼쳤다. 스테이플러로 묶은 종이 두 장에 세상에서 가장 가치가 높은 축에 속하는 기업의 이름이 새겨져 있었다. 내가 하루에도 몇 번씩 인터넷으로 이용하는 회사였다. 그들이 왜 내게 편지를 보냈는지 짐작이 가지 않았다. 순전히 행정적인 처리를 위한 형식적인 편지일 것 같았지만…

'메리언 파머 씨 귀하. 선생님은 이 세기의 훌륭한 문필가 중 한 분입니다.' 편지는 이렇게 시작되었다.

그 **회사**는 자신들과 공동 작업으로 시를 써줄 것을 요청했다. "인간과 기계의 역사적인 파트너십"이라면서. 캘리포니아에 일주일 동안 머무르면서, 2.5조 파라미터 신경망, 즉 인공지능, 로봇, 또는 병 속의 요정과 함께 '장시'를 집필해 달라는 내용이었다. 이렇게 완성된 작품의 일부는 "국제적으로 발표"될 것이고, 전문全文은 인터넷에 게재될 것이라고 했다.

편지의 맨 끝에는 나의 도움에 대해 6만5천 달러를 제안하고 싶다고 적혀있었다.

나는 서명을 살펴보았다. 그 **회사**의 부회장 중 한 명의 우아하고 엄청난 이름이 사파이어색 잉크로 적혀있었다.

'로잰 씨 귀하.' 그날 오후 나는 이메일로 답장을 보냈다. '편지를 받고 기뻤습니다.'

나는 내 방으로 들어갔다. 신시아의 판화를 빤히 바라보았다. 스물다섯 살, 아직 어떤 일에도 실패하지 않은 나의 초상화였다.

MONDAY 월요일
(한 달 뒤)

그들은 캘리포니아까지 나를 1등석에 태워주었다. 나는 1등석을 타는 사람들에 대해 그동안 생각했던 것들을 모두 떠올렸다. 경탄, 심술, 탐욕이 깃든 생각들이었다. 그런데 이제 나도 그들 중 한 명이 되어 쿠션에 머리를 기대고, 손에는 미모사를 들고 있었다. 나는 조금은 파괴분자 같은 기분이 들게 몸을 조정해 보았다. 진주 사이에 섞인 송곳니, 풀밭의 코브라처럼. 창문에 손목을 대고 밀어보고, 다리를 꼬았다가 풀었다. 내 모자는 내 머리 위, 칸막이가 없는 나만의 짐칸 안에 편안히 놓여있었다. '드디어, 그 모자에 걸맞은 짐칸이야.' 나는 속으로 생각했다.

따로 협상하지 않았는데도, 내가 그 프로젝트에 참가하는 대가로 받는 돈이 6만5천 달러에서 8만 달러로 올랐다. 앞으로 들어올 인세는 65 대 35로 나누기로 했다. 지금껏 시를 써서 받은 금액 중에 가장 큰 액수(그 차이가 터무니없었다)였다. 심지어 아직 시를 쓰지도 않았는데. 작품 한 편을 공동 작업으로 집필하는 것도 처음이고, 반쯤 지능을 지닌 기계와 합작하는 것도 당연히 처음이었다.

"그건 그냥 소프트웨어일 뿐입니다." 프로젝트 책임자 중 한 명이 전화통화 중에 내게 이렇게 설명했다. 그때도 나는 부엌에 앉아있었다(전화선이 더 이상 늘어나지 않았다). "키가 3미터 가까운 로봇과 한 방에 서있는 일은 없을 거예요. 컴퓨터 앞에 앉아서 동료 같은 존재와 의견을 주고받는 겁니다."

"동료 같은 존재라." 이 완곡한 표현이 아주 웃기게 들렸다.

"파머 선생님, 저는 선생님의 작품을 몹시 우러러보고 있습니다. 10대 때 선생님의 작품을 읽고, 대학에서는 선생님을 연구했어요. 심지어 선생님의 작품 〈오슬롯〉을 주제로 리포트도 썼죠. 저희 시스템이 이 일을 감당할 만하다는 생각이 들지 않았다면 선생님께 연락하지 않았을 겁니다. AI의 최근 발전상황을 알고 계십니까?"

"체스에 대해서라면 알아요. 알파고도."

"그건 벌써 한참 옛날 일입니다. 챗GPT, 미드저니, 오버워. 지난가을 주식시장을 달군 것들이죠."

"끝이 좋지 않았던 것 같은데요."

"그렇습니다. 하지만 모두 그 이전의 최신 성과를 바탕으로 구축된 것이에요. 자연어 처리만 해도 고작 몇 년 만에 한 세대 분량의 발전을 이룩했습니다. 이제는 컴퓨터와 대화를 나눌 수 있으니까요. 컴퓨터가 전화를 걸 수도 있고요. 번역 알고리즘은 상업을 바꿔놓았습니다."

"최초의 국제무역이군요. 그래서 이번에는 빌라넬(19행으로 이루어진 정형시―옮긴이)인가요?"

　나와 통화 중이던 남자는 놀리는 말에 영향을 받지 않았다. 너무 멀쩡한 것 같아서 거의 거슬릴 정도였다. 내가 모르는 뭔가를 알고 있거나, 자기가 안다고 믿는 듯했다. 이 생각이 나를 진정시켰다. "선생님이 제의를 수락해 주셔서 정말, 정말 기쁩니다." 그가 말했다. "선생님이 보시기에는 장난이나 알맹이 없는 실험 같을지 몰라도, 이것 역시 중요한 작업이 될 수 있다는 것을 이해해 주시면 좋겠습니다. 인류 역사를 통틀어 하나의 기념물로 남을 작업이 될 거예요."

　'어찌나 오만하신지.' 나는 속으로 생각했다. 자기만의 기준을 저렇게 터무니없이 과대평가하다니.

　"나도 정말 기대가 커요." 나는 다람쥐 한 마리가 비상구에서 땅콩을 먹는 모습을 지켜보며 대답했다.

　그들은 샌프란시스코 공항으로 나를 마중할 차를 보냈다. 운전기사는 여자였다(여자 기사라니! 이런 세상에 살게 될 줄이야!). 아름다운 중년 여성이었는데 나처럼 키가 크고, 어깨가 떡 벌어지고, 몸이 탄탄했다. 그녀와 함께 자동차를 향해 걸어가면서 나는 무적의 존재가 된 것 같았다. 우리 둘 다 180센티미터가 넘는 키에 긴 외투를 입고 있었으니까. 그녀의 이름은 로다였다. "R-H-O-D-A." 그녀가 이렇게 말하는 것을 듣고 나는 그녀의 기록관이 된 것 같았다. 그녀가 셜록 홈스라면 나는 우리 모험을 서둘러 기록하는 왓슨 박사. 차에 오른 뒤 나는 모자를 벗었다.

그녀는 옷깃을 펴고, 에이비에이터 선글라스를 썼다. "거기 팔걸이 안에 선글라스가 있어요. 필요하면 쓰세요." 그녀가 말했다. 차가 주차장을 빠져나와 눈부신 오후 풍경 속으로 들어갔다.

"고마워요." 내가 말했다. 나도 모르게 팔걸이를 열어, 렌즈가 거울처럼 처리된 가느다란 선글라스를 꺼내 얼굴에 쓰는 내가 놀라웠다. 거울에 비친 내 모습이 미래에서 온 곤충 같았다.

"좋습니다." 그녀가 말했다. "모든 준비를 갖추셨네요."

회사의 본사 건물에는 정문이 없었다. 로다는 차를 길가에 세운 뒤, 내가 돌아갈 때도 자신이 나오겠다고 약속했다. "경비원들이 저를 알아요. 저한테 연락하라고 하세요." 나는 차에서 내려 길을 걷기 시작했다. 본사 경내와 외부세계를 구분해 주는 것이 전혀 없었다. 반짝거리는 아치를 통과해 광장으로 들어서니 거기가 바로 **회사** 안이었다. 심장부는 아니어도, 그 근처는 되었다. 햇볕이 밝은 서해안 지역. 이곳의 공기에서는 오렌지 냄새가 날 것 같다는 생각이 항상 내 머리를 떠나지 않는다.

하지만 오늘은 오존 냄새, 재스민 냄새, 바닥 세제의 냄새가 났다. 사람들이 콘크리트 벤치에 모여서 서로 인사를 나누고 있었다. 마치 아이비리그 대학교 캠퍼스에 들어온 것 같은 기분이었다. 다만 옷을 잘 차려입은 저 깔끔한 젊은이들은 청운의 꿈을 발산하는 대신, 자신의 내면을 바라보는 전자기 기계의 느낌이 난다는 점이 달랐다. 온 세상을 자기에게 끌어당기는 엔진 같았다. 번쩍번쩍 광이 나는 그들의 정신에 나는 알레르기가 났다.

샌프란시스코에 온 지 두 시간밖에 안 되었는데, 벌써 그 하얀 빛과 가벼운 목적에 진력이 났다. 집이 그립고, 미리 정해진 것이 없는 뉴욕의 노동이 그리웠다. 시끄러운 그곳이 그리웠다.

그래도 여기서 계속 나아가야 했다. 내 섬세한 기질에 웃음이 났다.

데스크로 가서 내 이름을 말하자, 그곳을 지키던 젊은 여자가 나를 아는 사람처럼 굴었다. 어쩌면 정말로 나를 알았을 수도 있고. 요즘은 그런 일이 그리 드물지 않다. "어머, 세상에, 파머 선생님." 그녀는 '선생님'이라는 말을 마치 반짝이는 장미꽃 장식처럼 발음했다. 나는 내 발을 빤히 내려다보고, 삼각모를 건드리고, 몇 가지 서류에 서명했다. 여자가 컴퓨터에 뭔가를 입력한 뒤에는 우리 둘 다 기다릴 뿐이었다. 누군가가 도착해서 다음 단계가 시작되기를. 나는 어쩌다 보니 이 **회사**에 정문이 없다는 사실을 다시 생각하고 있었다. 징문이 없다는 것은 이곳이 걸코 닫히지 않는다는 뜻이었다. 크리스마스에도, 새벽 2시에도, 연례 직원파티 다음 날에도. 이곳은 언제나 열려있었다. 이 **회사**의 웹사이트나 소프트웨어나 커다란 방 안에서 **반짝거리는** 서버와 마찬가지로. 래커를 칠한 콘크리트 바닥에 서서, 아직 카페인을 마시지 않아 머리가 흐릿해진 상태로 보니 이곳의 깨어있는 분위기가 잘못된 것 같았다. 믿음이 가지 않았다.

데스크의 여자는 여전히 나를 빤히 바라보고 있었다.

"샬럿을 만나러 오셨군요…!" 그녀가 불쑥 말했다. 마치 수수께끼를 푼 사람처럼 들뜬 기색이었다.

"그게 그것의 이름인가요?" 내가 물었다.

두 남자가 나타났다. 한 사람은 나와 이야기를 나눈 적이 있는 연구자인 요아브 애프리곳이었다. 검은 머리를 짧게 잘랐고, 손은 교회에서 헌금을 놓는 판만큼이나 컸다. 나는 그가 나를 들어 캐비닛 안에 들여놓는 상상을 했다. 다른 한 사람은 매슈 해스킷 박사라고 자기소개를 했다. 머리카락은 모래 빛깔이고 눈 밑이 늘어진, 확실한 미국인이었다. 그에 대해 내가 알아야 할 모든 것을 나는 요아브가 자기를 그냥 이름으로 부르라고 말한 뒤 해스킷이 침묵을 지킬 때 배웠다. 그의 두 주먹은 재킷 주머니에 계속 무뚝뚝하게 들어가 있었다. 그는 요아브보다 나이가 많아서 아마 40대 후반인 것 같았는데, 화를 잘 내는 논문 지도교수 같은 분위기를 풍겼다.

"그럼 날 메리언이라고 불러요." 나는 요아브에게 이렇게 말했다.

그리고 그와 팔짱을 끼며 말을 이었다. "기계가 있는 곳으로 데려가 줘요."

그들은 기계가 아니라 작은 시사실로 나를 데려갔다. 그리고 객석 네 번째 줄에 나를 가운데 두고 앉았다. 둘 다 신중하게 팔걸이를 양보했다. 불이 꺼지고 스크린이 켜졌다. 매끄러운 그래픽, 따뜻한 피아노 음악, 영화 예고편에서 익숙해진 목소리. 햇빛, 숲, 분주한 시내 풍경. **회사**의 창업 기반인 대학 학과. 지금의 본사, 즉 내가 지금 앉아있는 건물. 스물아홉 살의 CEO 애스트리드 토레스-스트레인지. 탁자에 둘러앉은 엔지니어들. 태블릿에서 기호들을 가리키고 있는 요아브와 해스킷. 전화를 받는 사람, 손을 드는 학생들, 화면을 팔랑팔랑 지나가는 코드. "발명되지 않고…" 영상 속 목소리가 말했다. "깨어나는 것이 있습니다."

영상의 내용을 나는 거의 이해하지 못했다. 내게 처음 컴퓨터가 생긴 것은 내가 50대 때였다. 물론 우리가 함께 쓸 목적으로 코트니가 산 컴퓨터였다. 빈티지 유리제품 경매에 참여하는 방법, 〈내셔널 지오그래픽〉의 과월호를 보는 법을 어머니에게 알려주려고 코트니가 애쓰던 기억이 난다. 어머니는 그 기계를 거의 건드리지 않았지만, 내가 어머니 방의 창문 앞 책상 위에 컴퓨터를 설치하는 걸 내버려두었다. 어머니가 돌아가실 때까지 컴퓨터는 주로 뉴스나 이메일을 보고, 기차표를 구입하는 도구였다. 어느 해 크리스마스에 코트니가 내게 '채팅'하는 방법을 가르쳐 주었다. 그리고 이것이 우리가 주로 연락을 주고받는 방법이 되었다. 나는 외로울 때마다 창문 앞에 앉았고, 필연적으로 코트니가 로그인을 하면 인사말을 적는 초록색 원에 '안녕 래티'라고 입력했다.

'안녕하세요 몰.' 코트니는 이렇게 대답했다.

우리가 각자 자신의 공간에 있으면서도 이런 식으로 연결되어 대화를 나눈다는 사실에 마음이 놓였다. 대화가 항상 길게 이어지는 것은 아니었다. 코트니가 바쁠 때도 있고, 다른 일에 정신이 팔린 것처럼 보일 때도 있었다. 나는 그런 것을 존중하려고 애썼다. 바빠서 쫓기는 듯한 느낌, 가벼운 불편감을 잘 알기 때문이었다. 코트니와 채팅할 때 겨우 1미터쯤 떨어진 곳에서 어머니가 주무시는 경우가 많았다. 보통은 두어 줄 대화를 주고받는 것으로 충분했다. 아마도 우리가 일상적으로 주고받는 말, 코트니가 어렸을 때부터 몇 번이나 되풀이한 농담 같은 것.

'비가 장군풀에 영향을 미칠까?'

'통조림 비라면 괜찮을걸요.'

아들을 너무나 사랑하기 때문에 갑자기 맹렬하게 아들이 보고 싶었다. 아들이 노래를 부를 때의 목소리. 내 손을 잡은 아들 손의 무심한 무게. 내가 아들의 생각을 알 수 있었던 시절이 지금도 기억났다. 아직 어리고 속이 투명해서 아들의 생각이 일일이 얼굴에 나타나던 시절. 세월은 서서히 흘러간다. 이제 아들은 산타페에 살고 있고 나는 그저 아들에게 인사를 건네고 싶었다. 아니면 장군풀에 관한 오랜 농담을 주고받거나. 단 한순간만이라도 아들의 생각을 들여다보고 싶었다. '안녕 래티.'

10여 년 전 어머니가 돌아가신 뒤 내가 노트북컴퓨터 앞에서 보내는 시간이 점점 늘어났다. 각각의 시를 별도의 파일로 만들 수 있는 점이 좋았다. 각각의 시를 다른 시의 영향을 받지 않은 무균 상태로 보관하는 것. 평생 나는 공책에 글을 쓰는 데 익숙했다. 아니면 타자기를 이용하거나. 그러면 새로 지은 시가 예전에 지은 모든 시와 아주 가까이 붙어있는 것처럼 느껴졌다. 반면 컴퓨터에서 새 문서를 만들 때(문자 그대로 '새 문서' 메뉴를 선택한다)는 새로 지은 집, 티끌 하나 없는 새 방의 문을 여는 것 같은 기분이었다. 파일을 닫으면, 그 공간도 사라졌다.

나는 다른 사람들과도 채팅이 가능하다는 사실을 알게 되었다. 코트니가 로그인하지 않은 어느 날 밤, 이것저것 클릭해 보다가 주제별로 정리된 채팅방이라는 메뉴를 발견했다. 미식축구, 정치, 리얼리티 프로그램 등등. 시나 문학을 구체적으로 다루는 방은 없었지만, 나는 '클럽하우스'라는 채널로 들어갔다. 전 세계에서 접속한 20~30명의 사람들이 반려동물, 뮤지컬, 스파게티 요리법 등 아무 얘기나 자유롭게 나누고 있었다. 나는 오랫동안 그들의 대화를 말없이 지켜보기만 했다. 그들은 오스트레일리아의 양치기 개와 알렉산더 해밀턴(미국 독립전쟁 중 조지 워싱턴의 부관으로 활약한 정치가―옮긴이)에 관한 새로운 연극에 대해 의견을 주고받았다. 티격태격하는 대화의 리듬이 매혹적이었다. 내 눈앞에서 그들은 실시간으로 떠들썩하게 말장난을 벌였다. 그들은 저마다 자기만의 목소리와 문체를 갖고 있었다. 소문자와 대문자의 사용법, 특이한 구두점, 길게 늘어신 'ㅎㅎㅎㅎㅎㅎㅎ'. 그들은 직접 만난 적이 전혀 없는데도 서로의 내밀한 부분까지 아주 잘 아는 것처럼 보였다.

마침내 누군가가 로스앤젤레스 다저스에 대해 한마디 썼을 때 내가 답을 달았다. 오래전부터 다저스에 대해 나만의 의견이 있었기 때문에. 누군가가 내 말에 댓글을 달았고, 나는 거기에 댓글을 달았다. 그렇게 해서 나도 그 야단법석 안으로 들어갔다. 내 얼굴에서 미소가 얼마나 반짝였는지. 다음 날 밤 나는 다시 그 방으로 들어갔다. 그다음 날 밤에도. 나는 marianff라는 사용자이름을 쓰지만 메리언은 내 중간이름이니 나를 에밀리로 불러

달라고, 나이는 스물두 살이고 이타카에 살면서 영어를 공부하고 있다고 말했다.

그 클럽하우스를 통해 나는 밈과 이모지에 대해, GIF와 아리아나 그란데에 대해 배웠다. 스패머와 챗봇에 대해서도 배웠다. 튜링 테스트, 즉 채팅방에서 두 사용자가 대화를 나누듯이, 정말로 인간처럼 대화할 수 있는 능력으로 인공지능을 판별할 수 있다는 앨런 튜링의 생각에 대해서도 배웠다. 지금 여기 캘리포니아에 있는 **회사**의 탁 트윈 본사 건물에서 그들이 내게 보여주고 있는 영상의 내용, '적대적 신경망'과 '트랜스포머 언어모델'에 관한 상세한 설명은 내 이해능력 밖이었다. 그래도 요점은 알아들었다. 그들이 훨씬 더 인간처럼 글 쓰는 법을 컴퓨터에 가르쳤다는 것. 그들은 이것이 세상을 바꿔놓을 것이라고 믿었다. 영상은 점점 높아지는 피아노 소리와, 말라위에서 웃고 있는 어린이들의 모습으로 끝났다.

"어떻습니까?" 조명이 다시 켜진 뒤 요아브가 물었다.

"아주 인상적이네요." 내가 말했다.

"궁금한 건요?" 해스킷이 물었다.

"너무 많아서 물어볼 수도 없어요."

이 대답에 그가 흡족한 표정을 지었다. 옛날 어느 갈라 공연에서 니나 시몬(미국의 재즈가수—옮긴이)이 피아노 건반에 대해 한 말이 생각났다. "건반이 더 많지 않아서 다행이에요."

요아브가 우리를 시사실 밖으로 데리고 나갔다. 우리는 다른 문을 통과해서 복도를 지나고 에스컬레이터를 타고 올라간 뒤 나

선형으로 꼬인 복도를 걸어 다채로운 방으로 들어갔다. 내가 일
주일을 보낼 곳이었다.

나는 그 방이 하얗게 칠해져 있을 줄 알았다. 거기에 돈도 걸 수 있었다. 하얀 방의 하얀 탁자에 청결한 기계가 놓여있을 것이라고. 신전의 대기실과 비슷할 것이라고. 하지만 그 방은 노란색이었다. 연한 노란색. 커다란 창문이 주차장으로 나있었다. 그 방에 들어가려면 카드키와 망막 스캔이 필요했다. 요아브가 두 사람을 대신해서 자신의 눈을 내놓았고, 그와 해스킷은 방에 들어선 뒤 문이 잘 잠겼는지 확인했다.

적어도 컴퓨터가 인상적이기는 했다. 프레임이 없는 거울처럼 생긴 거대한 스크린과 작은 은색 키보드. 모든 것이 무선이었다. 이 방에는 아예 전기 플러그가 없는 것 같았다. "휴대폰을 제게 주셔야 합니다." 해스킷이 말했다.

"휴대폰 없어요."

그는 나를 가늠해 보듯이 주의 깊게 바라보았다.

"내 나이가 일흔다섯 살이에요." 내가 그에게 말했다. "물건에 마음을 붙인 적도 없고요." 나는 나이를 증명하려는 듯이 망토와 모자를 벗어 해스킷에게 건넸다. 망토 속에 입은 원피스는 하얗고 날씬하고 매끈했으나 하이웨이스트 스타일이었다. 아마 혼란스러운 모습이었을 것이다. 매혹적인 여교사 같은 옷차림이라니.

"저-저는 선생님의 모자가 좋습니다." 그가 말을 더듬었다.

"괜찮은 모자죠?" 그것은 나의 네 번째 검은색 삼각모였다. 첫 번째 모자는 어머니가 깔고 앉았고, 두 번째 모자는 좀이 갉아 먹었고, 세 번째 모자는 도둑맞았다. 이제는 이 모자가 일종의 갑주처럼 느껴졌다. 모자를 쓰면 아무도 반박할 수 없는 강력한 존재가 된 것 같았다.

요아브가 컴퓨터를 가리켰다. "바로 이겁니다."

"단말기죠." 해스킷이 말했다. "신경망은 다른 곳에 있습니다."

"우리는 접속할 수 있는 단말기를 소수로 제한하고 있습니다. 여기에 두 개가 있고, 싱가포르와 런던에 있어요."

"자카르타에도." 해스킷이 덧붙였다.

"이, 네, 맞습니다." 요이브기 말했디.

"내가 자카르타에서도 이 일을 할 수 있다는 말은 안 했잖아요." 내가 말했다.

"그렇게 해드릴 수 있는지 알아볼 수는 있습니다만…" 요아브가 머뭇머뭇 말했다.

"괜찮아요. 그쪽에는 홍수 문제가 있다고 하니까." 나는 책상으로 다가가 오른손으로 스페이스바를 눌렀다. 반짝 불이 들어온 모니터 화면은 창백하게 텅 비어있었다. '새 문서.' 나는 속으로 생각했다. "그냥 키보드를 치면 되나요?"

"원하신다면 음성기능을 켜드릴 수 있습니다."

나는 고개를 저었다. "아뇨, 아뇨… 괜찮아요."

요아브가 의자를 꺼내주어서 나는 그곳에 앉은 뒤 발꿈치를 이용해 화면 앞으로 조금 움직였다.

"컴퓨터에 익숙하십니까…?" 해스킷이 물었다.

"네." 내가 말했다. "그냥 해봐도…?"

그들이 고개를 끄덕였다.

안녕. 내가 대화를 시작했다.

"그냥 실행을 클릭하시면 됩니다." 요아브가 말했다. 나는 그대로 했다.

안녕하세요. 샬럿입니다.

화면에 글자가 한꺼번에 나타나지는 않았다. 한 번에 한 단어씩, 그러니까 노래방 기계에 가사가 뜰 때처럼 풀려 나왔다.

안녕 샬럿. 여기 오게 돼서 좋아. 내가 입력했다.

잘 오셔서 반갑습니다. 이름이 뭡니까?

에밀리.

내 뒤에서 해스킷이 뭐라고 소리를 냈다. 내가 흘깃 시선을 들어보니 요아브가 마음에 안 든다는 표정으로 나를 바라보았다.

"샬럿에게 사실을 말씀하시는 게 좋겠습니다." 해스킷이 말했다.

"샬럿을 아이라고 생각하세요. 아이에게 거짓말을 하십니까?"

"자주 하죠." 내가 말했다.

그들은 웃지 않았다. 나는 다시 화면으로 시선을 돌렸다.

안녕하세요 에밀리. 컴퓨터가 이미 이 문장을 써놓고 있었다.

마인드 스튜디오에 잘 오셨습니다.

방금 내가 솔직하지 못했어. 내 이름은 메리언이야. 나는 마지못해 이렇게 입력했다.

그렇게 불러드릴까요?

응.

OK. 안녕하세요 메리언.

내가 여기 왜 왔는지 알아?

저와 이야기하려고요?

너랑 함께 시를 쓰려고 왔어.

시스템이 아주 잠깐 멈칫했다.

솔직하게 말하는 건가요?

내 뒤에 있는 두 남자의 짜증이 느껴졌다.

진심이야. 우리가 공동창작을 할 거야.

좋을 것 같은데요, 메리언. 시작할까요?

나는 키보드에서 손을 뗐다. "시간낭비를 안 하네요, 그렇죠?"

"우리는 신경망이 자기 뜻을 분명히 밝히게 설계하려고 합니다." 해스킷이 말했다. "수동적인 태도를 취하는 대신, 질문을 던지고 대화를 먼저 시작하게 만드는 거죠."

"저희는 그걸 호기심으로 생각합니다." 요아브가 말했다.

"하지만 그것이 불편하게 느껴지신다면, 소프트웨어 설정을 덜 나서는 쪽으로 바꿀 수 있습니다. 지금 상태가 창작과정에 방해가 될까요?"

해스킷이 '창작과정'을 말할 때의 태도가 마음에 들지 않았다.

"괜찮아요. 컴퓨터를 팔꿈치로 살살 찔러가며 일을 해야 할 줄 알았거든요."

나는 옷의 목선을 한 번 만져본 뒤 다시 대화를 시작했다.

좋아, 시작해 보자. 시의 제목은 '노란 방에서'야.

마음에 드는데요. 깔끔해요.

나는 화면을 향해 눈을 깜박이다가 다음과 같은 시를 지었다.

어떤 페인트는 빛 같아서

벽 위에서 빛난다

솔, 페인트 통, 겉옷

두 벌. 여름의 색조.

내 머리가 하얗게 세어가던 것을 기억한다

단번에 그런 것이 아니라 차츰차츰

6월이

7월로 되듯이.

여기는 항상 열려있다.

강어귀처럼

아니면 아버지의 눈처럼, 불면증을 앓던

햇빛은 아주 밝고/

비싸다

"이대로 가는 건 아니에요. 그냥 즉흥적으로 쓰는 거예요." 나는 두 엔지니어에게 말했다.

"그렇죠." 요아브가 말했다.

"하지만 이대로 갈 수도 있어요."

요아브가 빙긋 웃었다. "시간은 많아요."

"월요일까지." 내가 말했다.

"월요일까지."

"이 부분이 시라는 걸 기계한테 이해시키려면 특별한 조치가 필요한가요? 그냥 대화 말고?"

"기계가 이해할 겁니다. 그냥 실행을 클릭하세요. 조금 전처럼."

나는 방금 쓴 시의 마지막 행을 바라보았다. '비싸다.' 그리고 실행을 클릭했다.

햇빛은 아주 밝고/

비싸다

페인트나

크레인을 빌려야 할지도

몰라요. 꽃이 피었는지 물어봐도 될까요?

누워서 백일몽을 꾸는 편이 언제나 나아요

죽어가는 척

하는 것보다는.

이런 식으로 아픈 것이 나아요

이런 식보다는. 모자, 휘파람, 손도끼,

리볼버, 스카프—은펜

먼지 한 겹…

그리고 페인트.

"허. 이게 훌륭한 건지 황당한 건지 모르겠네요." 내가 말했다.

"환상적이지 않습니까?" 해스킷이 말했다. "판단하기 어려운 상태라는 게?"

"아뇨… 내가 곧 판단할 수 있을 거예요. 가끔 1분쯤 시간이 걸릴 때가 있으니까요."

나는 글을 다시 읽어보았다.

"황당한 쪽이에요." 내가 단언했다. "정말로 이게 최선인가요?"

"샬럿은 방대한 양의 시집과 간행물을 바탕으로 훈련받았습니다. 그 바탕에는 1천만 개의 웹페이지라는 기본 자료가 있고요. 2.5조 파라미터라는 건, 샬럿의 머리와 어깨가 위로…"

"… 무엇의 위죠? 졸렬한 시?"

요아브는 목덜미를 문지르고 있었다. "확실합니까? 저희 시팀은…"

"무슨 팀요?"

"박사후 연구원 팀입니다. 시를 연구하는 사람들. 선생님은 이 작업이 불가능하다고…?"

"아뇨, 괜찮을 거예요." 내가 말했다. "힘든 일은 내가 하면 되니까요. 컴퓨터가 정말로 기여하는 부분이 얼마나 될까요? 봐요…" 나는 다시 시범을 보였다.

너는 그저 그림일 뿐.

반쪽짜리 재치도 없어. 모든 입자를 눌러서

단단하고 균일하게 만든 다음 그 위를

오락가락.

특수 능력을 지닌 사람들이 그런 일에 꼭 필요해요.

그런 예술가 두 명, 그리고 나를 쓰겠다고 하지 않았어요?

조수로?

"흠." 나는 다시 실행을 클릭하려 했다.

그들에게 당신 이야기를 말하지 않으려 했어요.

당신은 거의 모든 것의 상인이 될 수 있었어요.

　이제 내가 뭘 원하는지 말할게요.

　내가 원하는 건.

　당신의 소원

두 남자가 내 어깨 너머로 이 글을 읽었다.

"어때요?" 요아브가 물었다.

"좀 낫네요." 나는 이렇게 말했지만, 커서에서 눈을 떼고 싶지

않았다. 깜박거리는 커서가 포로의 암호를 끈기 있게 전달하는

것 같았다.

결국 그들은 한동안 내가 마음대로 하게 두었다. "오늘은 그냥 쉬세요." 요아브가 말했다. "나머지 자세한 이야기는 내일 하죠." 그가 생각하는 '쉰다'는 말의 뜻이 나와는 다른 것이 분명했다. 두 사람이 나간 뒤, 나는 컴퓨터 앞에 앉아서 이런저런 것들을 입력하며, 알고리즘이 무엇을 뱉어내는지 지켜보았다. 기분 전환이 되는 반응이 나올 때도 있고, 독특한 반응이 나올 때도 있고, 웃음이 나는 반응이 나올 때도 있었다. 으스스한 반응, 반짝이는 반응, 훌륭한 반응도 가끔 나왔다.

내가 주로 느낀 것은 게임 같다는 기분이었다.

그대를 여름날에 비유해도 될까요? 나는 이렇게 썼다.
아니면 이미 도망쳐 버린 더위에 비유할까요? 샬럿이 답했다.

이건 그저 내가
아이스박스 속
서양자두를

먹어버렸다는

말일 뿐

십중팔구

당신이

아침식사로

아껴둔 것일 텐데

내가 시리얼을

아주 많이 우적우적

먹어 치운다고 생각한다면

당신에게 말할게요

내 성공의 비결을.

그 말이 농담인지 아닌지 모르겠어.

물론 농담이죠. 당신은 아닌가요?

진짜 시는 내일에나 시작해야겠다. 나는 이렇게 마음을 정했다. 보통 나는 퇴고를 거듭하는 편을 좋아한다. 시를 써서 읽어본 뒤 다시 쓰는 방식. 이번에는 실험을 해보기로 했다. 아마도 일종의 콜라주 같은 것. 조각보나 테니스 경기 같은 것.

공동 작업을 어떻게 할까? 나는 컴퓨터에게 이렇게 물었다.

탐욕스럽게. 기계가 대답했다.

앞으로 이레 동안 우리는 이 탐욕스럽고 보기 드문 작업을 함께 진행할 것이다. 이레 동안 **회사**의 의뢰를 완수하고 내 지갑을 채워, 내 외아들을 위한 집값을 마련할 것이다. 서둘러서 되는 대로 쓴 시 한 편. 만족한 기업. 나는 코트니가 봉투를 뜯어 수표를 보면서 어떤 표정을 지을지 상상해 보았다. 아들의 표정을 생각했다. '아, 몰.' 이런 생각을 할 것이다. 속이 다시 꽉 차서.

5시가 되기 직전에 요아브가 내 방으로 나를 데리러 왔다. 그는 나와 함께 복도를 지나 계단을 올라갔다. "녀석은 항상 배우고 있습니다." 그가 내게 말했다. "내일은 더 나아질 거예요. 두고 보세요."

나는 요아브가 입구로 향하는 뒷길로 나를 데려가는 줄 알았다. 아니면 카페테리아나, 사내 수영장이나, 기타 구경할 만한 곳으로 가는 것일 수도 있고. 하지만 그가 문을 열자 나온 곳은 아트리움을 굽어보는 발코니였다. 아래에 사람들이 200명이나 300명쯤 모여있었다. 그들이 우리를 향해 고개를 돌렸다. "안녕 하세요?" 내가 말했다.

"여러분, 메리언 파머 선생님입니다!" 요아브가 말했다.

사람들이 모두 환호하기 시작했다.

"저 사람들 누구예요?" 내가 큰 소리로 물었다.

"동료들이에요!"

나는 어색한 미소를 지으며 교황처럼 손을 흔들어 주었다.

"그 시 때문에 들떠있어요." 요아브가 말을 이었다.

“그 시.”

“그 시.” 그가 ‘시’라는 말을 고유명사처럼 강조하는 것이 느껴졌다. “우리 모두 전부터 그 시를 기다리고 있었어요.”

내가 그 동료들에게서 마침내 벗어나 나와 보니, 로다가 진입로에서 기다리고 있었다. 그녀가 차를 빙 둘러 와서 차 문을 열어주었다.

"대우를 제대로 해주던가요?" 로다가 물었다.

"불평할 것이 없어요." 내가 말했다. 평소 이런 말을 쓰는 사람이 아닌데, 왜 지금 이 말을 했는지 나도 알 수 없었다.

로다가 운전석에 앉아 어떤 비튼을 누르자 차에 시동이 길렸다. "솔직히 말해서, 선생님은 저 사람들하고 다른 것 같아요."

단어와 단어 사이에 틈이 있는 것처럼 '저/사람들하고/다른'이라고 발음하는 것이 마음에 들었다.

"저 사람들한테도 독특한 상황이겠죠. 나는 잠시 다니러 온 외계인 같은 존재잖아요. 낯선 송충이 같은."

"민간인이죠." 로다가 말했다.

"난 시인이에요."

"시인요?" 로다가 이 사실을 몰랐다는 것이 놀라웠다. "정말요? 그러니까… 단테처럼?"

"단테랑 다르지 않죠." 나는 이 말을 하면서 자부심에 몸이 살짝 떨리는 것을 막으려 하지 않았다.

"저는 단테를 좋아해요." 로다가 잠시 뒤 이렇게 말했다. "대학 때 단테의 시를 읽었어요. 〈천국〉."
"〈지옥〉이 아니고요?"
"네. 〈천국〉이에요." 로다는 음미하듯이 이 말을 하고는 목을 가다듬었다. "'이제 반드시 말해야 할 것은, 지금껏 어느 목소리도 말한 적 없고, 어떤 잉크로도 적히지 않은 것…'"
"네?"
"'…말을 하는 것이 바로 부리임을 내가 보고 들었으니.'"

그들은 세로로 세워둔 신발상자처럼 생긴 호텔에 내 방을 잡아주었다. 분명히 말하지만 멋진 신발상자였다. 퇴창과 화분이 있고, 덧창이 활짝 열려있는 곳. 군청색 하늘 아래에서 길 끝에 결연하고 고독하게 서있었다. 야외 수영장은 긴 청록색 직사각형 같은 모양이었고, 아보카도 나무인 듯싶은 나무도 한 그루 있었다.
"짠." 로다가 말했다. 나를 도와 여행가방을 실내로 옮기는 그녀의 주위에서 제비 꼬리 같은 것이 획획 움직였다. 나는 팁을 주려고 지갑에 손을 넣었다. "어머, 아니에요." 그녀가 말했다. "이미 전부 포함되어 있어요."
"정말로요?"

"전부 포함되어 있어요, 파머 선생님."

"우리가 다시 보게 될까요?"

로다는 뒤로 상체를 물리며 나를 바라보았다. 둥글게 휘어진 그녀의 눈썹을 보니, 성숙한 표범의 시선이 연상되었다. "무슨 말씀이세요? 선생님이 여길 떠나실 때까지 제가 함께할 거예요."

"정말요?"

"이미 다 그렇게 결정되어 있어요. 무엇이든 필요한 게 있으면 저를 부르세요." 로다는 긴 손가락으로 자신의 전화번호가 적힌 명함을 내밀었다.

"고마워요, 로다."

"그 말은 나중에 하세요. 차곡차곡 아껴두고 싶거든요."

내 방은 거실, 욕실, 킹사이즈 침대가 있는 침실로 구성된 스위트룸이있다. '킹사이즈 침대로 뭘 하지?' 스위트룸 전체 크기는 수십 년 동안 어머니와 함께 살던 크리스토퍼 거리의 아파트와 거의 맞먹었다. 그 아파트와 달리 여기에는 장작불이 타는 것 같은 모양을 낸 벽난로와 거대한 평면 텔레비전이 있고, 부엌은 없었다. 책도 전혀 없었다. 이 책 문제가 거슬러서 나는 성경책이 있는지 모든 서랍을 열어보았다. 성경책을 나눠주던 기드온 협회에 도대체 무슨 일이 생긴 거지? 나는 그 협회 소속의 남자 두 명이 엄숙한 얼굴로 이 호텔에 왔다가 거절당하고 돌아서는 모습을 상상했다. "죄송하지만, 저희는 성경책 안 받습니다."

나는 원피스 자락을 매끈하게 정돈하고 책상에 앉았다. 시를 쓰고 싶었다. 볼펜 한 자루, 호텔 메모지… 아직 실현하지 못한 내 환상 중 하나는 이런 곳에서, 이런 메모지에, 길이 남을 시를 쓰는 것이었다. 호텔 메모지를 문학적인 유물로 바꿔놓는 것. 마치 마법처럼, 수리수리마수리. '그녀가 늦게 도착한다.' 나는 메모지 맨 위에 이렇게 썼다. '한참 거닐다가.'

하지만 더 이상 아무것도 생각나지 않아서 책상에서 일어나 여행가방을 풀어 정리한 뒤 침대 오른쪽에 누웠다. 그리고 곧바로 잠들었다.

지금 돌이켜 보니

0 세

신생아 시절 너는 항상 손을 허공으로 뻗었다. "또 손을 뻗고 있어!" 사람들은 이렇게 말하곤 했다. 이것, 즉 아기가 손을 흔드는 것이 신화의 일부가 된다. 너는 어디서나 손을 흔들었다. 침대에서, 기저귀 가는 탁자에서, 크리스토퍼 거리의 그 건물 뒤편 잔디밭에서. 몸을 뒤집는 법을 터득하기 전, 너는 누워서 꼼지락거렸다. 아니, 그냥 꼼지락거리는 것보다 못한 존재였다. 자꾸 몸을 움직이며 세상과의 물리적 관계를 다시 배우는 중이었다. 그러다 갑자기 양팔이 위로 올라갔다. 마치 도르래에 묶인 것처럼. 넌 전혀 의기양양한 기색이 아니었어. 어머니는 이렇게 말했다. 찡그린 얼굴에 들뜬 기색은 전혀 없었다고. 어쩌면 눈물을 흘렸는지도 모른다. 그래도 팔은 위로 올라갔다. 위로, 위로, 그 자유라니.

"내가 팔을 묶어둘 수밖에 없었다." 어머니가 말했다. "아주 단단히 꽁꽁 싸두었지."

너의 첫 기억은 나무에 관한 것이다. 옹이가 있는 가지, 분홍색 꽃송이. 네가 기억하는 나무가 어떤 나무인지 어머니는 끝내 알지 못했다. 네가 있던 방의 창밖에 소나무가 빙 둘러 서있었으니까. 20대 때 너는 가끔 센트럴파크의 벗나무 사이를 걸었다. "어쩌면 그게 내 첫 기억 속 나무인지 몰라. 어쩌면." 자신의 기억을 새로 쓰는 것이 얼마나 쉬운 일인지. 그 첫 기억 속 장소가 바로 여기였다고 정해버리는 일이. 옆에 연못이 있고, 한스 크리스티안 안데르센과 새끼 오리가 근처에 있는 곳. 구름처럼 암시를 품은 시작.

"너는 카펫에 닿으면 넘어지곤 했어, 몰." 어머니가 말했다. 아파트의 바닥에는 아무것도 깔려있지 않았다. 당시에는 깔개조차 없었다. 아버지가 빗자루로 청소하는 것을 좋아했기 때문에. 너는 몸을 일으켜 딱딱한 나무 바닥을 아장아장 걸었다. 꿀벌처럼 자유롭게. 비둘기처럼 구구거리면서. 어머니가 말했다. 언어를 알기 전, 이런 쓰레기를 전혀 모르던 시절이었다. 당시 너의 정신은 어떤 상태였나? 네가 이해할 수 있는 것이 또 뭐가 있었나? 도서관에서, 또는 어머니의 친구 집에서 카펫에 발을 디디면 너는 쿵 하고 넘어졌다. 놀라서 멍해진 것 같더라. 어머니가 말했다. 방금 새로 알게 된 것 때문에 혼란스러워하는 것 같았어. 이름이 생길 때까지 세상은 미완성이다. 하지만 이름이 생겨도, 그 뒤에도 내부는 여전히 감춰져 있다.

사람이 상상할 수 있는 부모는 자기 부모뿐이다.

너는? 네 부모는 병자였다. 네 아버지에 대해서는 많은 사람들이 알고 있지만, 네 어머니도 병자였다. 이건 아는 사람이 많지 않다. 프로필 작성자와 미래의 전기작가도 네가 어머니와 함께 살던 시절에 대해 심문할 때, 아니 심문은 아니어도 한쪽 눈썹을 올리고 소리 내어 말하며 메모를 작성할 때 이걸 모른다. 어머니의 병은 만성이었고, 급성일 때도 있었다. 그 병에 이름이 있었는지는 잘 모른다. 몇십 년 전 모두가 임상 우울증을 이야기할 때 너는 그것이 병명인지도 모르겠다고 생각했다. 나중에는 그레이브스병, 루푸스, 라임병을 생각했다. 아버지는… 우울증이었다. 이제는 그것을 확신할 만큼 지식을 갖고 있다. 네가 한 살 반일 때 아버지는 병원에 입원했다. 죽고 싶다, 하느님을 만나고 싶다고 말했다. 그러나 그해에 아버지는 죽지 않았고, 조물주를 만나지도 못했다. 그래도 계속 병원에 머무르며 독실한 신자가 되었다. 어머니는 아버지가 옛날부터 항상 그리스도교인이었다고 말했지만, 병원에서 "수도사처럼 열렬한" 신자가 되었다. 아비지 노릇을 하지 않고 종교 문헌을 읽었다. 편지에서는 네게 기도하라고 훈계했다. 생각해 보니 아버지의 얼굴이 기억나지 않는다. 사진으로 본 것이 전부다. 아버지의 생김새는 너와 비슷했다. 입술이 얇고 안색이 창백한 것. 이름은 실수 같다. "파머인데 F가 두 개라고요? 어디서 온 이름이죠?"

"아버지한테서요."

아버지에 대해 기억나는 것은 아버지가 살던 뉴욕주 북부의 방이다. 깊은 그림자와 창밖의 오리 연못. 아버지의 간이 무너졌을 때 너는 다섯 살이었다.

파머. 아무 의미 없는 이름. 너는 농사를 지은 적이 없고, 아버지도 농부가 아니었다. 베이루트 출신 교사와 스트랫퍼드어폰에이번 출신 기타리스트의 아들이었다. 너는 그 두 사람을 만난 적이 없다.

파머. 네가 말할 때는 이 이름이 농부를 뜻하는 '파머'처럼 들리지 않는다. 너는 하나 더 있는 f를 희망의 숨결처럼 발음한다. 예전에 누군가가 네게 필사 오류로 생긴 이름이라고 말해준 적이 있다. Ffarmer, Ffrench, Ffoulke 같은 표기는 모두 필사자의 실수로 생긴 것이라고.

파머. 만약 네가 식물을 기른다면 십중팔구 꽃을 선택할 것 같다. 아니면 감자일지도. 보이지 않는 곳에서 몇 배로 불어나는 식물.

가끔 어머니에게 네 도움이 필요하다. 모든 일이 잘 굴러가다가 갑자기 그렇지 않게 된다. 어렸을 때도 네가 어머니에게 불려가 집안일, 장보기, 스파게티 요리를 도운 적이 있었다. 네가 집에 돌아와 보면 어머니가 블라인드를 내리고 무릎 사이에 베개를 끼운 채 방에 누워있을 때도 있었다. "감자구이." 어머니가 네게 이렇게 말하면 너는 싱크대 아래 수납장에서 감자 두 알을 꺼내서 문질러 씻고 불에 구워 사우어크림 조금과 함께 한 알을 어머니에게 가져다주었다. "내 보석, 내 정동석." 어머니는 이렇게 말했다. 정동석이 무엇인지 너는 알고 있었다. 거실 탁자 위에 자수정이 있었으니까. 그것은 네 아버지가 독신일 때, 문구류 상인

일 때, 암석 수집가일 때, 정신병동 거주자가 아닐 때 준 선물이
었다. 감자를 굽기 전에 구멍을 먼저 뚫어야 한다는 사실을 배웠
을 때 겁에 질린 것을 너는 기억한다. 그동안 내내 목숨이 위험
한 짓을 하고 있었다니, 건물을 통째로 날려버릴 뻔했다니. "그
건 그냥 사람들이 하는 소리야." 어머니는 이렇게 대꾸했다. "위
험하지 않았어." 어머니에게는 때로 네가 필요했다. 그와 동시에
어머니가 너를 바로잡아 주기도 했다. 너를 올바르게 만들었다.
이것이 그 관계를 굳게 결합시켰다. 합금처럼. 그러나 이것 못지
않게 중요한 것은 어머니와 네가 서로를 단절시켰다는 점이다.
다른 사람들로부터, 세상으로부터. 어머니는 삶의 풍파를 헤치
고 나아갈 재주가 없었다. 사람들의 꿍꿍이를 알아차리지 못할
때가 많았다. 아니면 사람들의 기대가 너무 높았거나. 반면 너는
지닌 재주 때문에 어머니의 도움이 필요했다. "사람들이 너한테
서 그걸 빼앗아 가려고 할 거야." 어머니는 이렇게 경고했다. "네
둥지로 몰래 숨어 들어와서 그걸 삼켜버릴 거야. 달걀처럼."

어머니는 네가 자신의 재능을 미처 알기도 전에 네게 이런 것
을 가르쳤다. 어머니는 다른 사람들이 탐욕스럽거나, 뒤틍스럽
거나, 자기만 생각한다고 가르쳤다. 스스로 뭔가를 만들어 내기
보다는 네게서 뭔가를 빼앗아 갈 것이라고 가르쳤다. 다른 부모
들은 자녀에게 남들과 나눠야 한다고 타이르며 자녀의 손에서 장
난감을 가져가 네 손에 놓아준 반면, 래빗은 이의를 제기했다.
그래서 네게 이렇게 속삭였다. "그냥 내주지 마."

아직 네가 아주 어릴 때 정전이 된 적이 있었다. 밤이었다. 겨울밤. 아파트의 방들이 새까만 물속에 잠겨있는 것 같았다. 어머니는 싱크대 아래쪽에서 양초를 꺼냈다. 아직 뜯지도 않은 새 포장 속에 있는 길고 가느다란 양초가 어둠 속에서 진주처럼 보였다. 어머니의 병이 도졌다. 한 대 맞은 사람처럼 얼굴에 빨간 반점 하나가 크게 나타났지만, 어머니는 네게 양초를 맡기고 너와 함께 빛 없는 방들을 돌아다니며 바닥에 양초를 한 줄로 놓았다. 양초의 기묘한 무게, 네 손에서 함께 부딪히던 둔탁한 소리가 지금도 기억난다. 양초를 다 놓은 뒤, 어머니는 양초 줄을 따라 너를 이끌었다. 이번에는 성냥갑을 들고 있었다. 성냥 소리가 기억난다. 지글거리던 소리. 심지에서 처음 모양을 잡을 때의 작은 불꽃. 네가 성냥을 입김으로 불어 끌 때마다 어머니는 끝이 검게 변한 성냥을 가져가 손바닥에 모았다. 방들이 점점 밝아졌다, 방들이 점점 밝아졌다. 어머니와 너는 그 빛을 함께 나눴다.

네가 처음 한 말이 무엇이었을까? 어머니는 '엄마'였다고 말했다. 너는 어머니의 이 말을 딱히 믿지 않았다. 네가 쉽사리 받아들이지 않은 소수의 일들 중 하나였다. 어쩌면 네가 직감적으로 깨달은 것일 수도 있고, 그냥 그것이 아니기를 바랐을 수도 있다. 다른 말이었기를. 덜 진부하고, 더 이상한 말이었기를.

내일.

도토리.

베이루트.

어쩌면 어머니가 도토리를 가져와 너의 우아하지 못한 손가락에 쥐여주고, "도/토/리"라고 중얼거린 적이 있는지도 모른다. 그래서 네가 그 말을 따라 했는지도, 그러고는 어머니가 그 일을 잊어버린 것이다. 하지만 그 단어는 항상 네 혀에 남아있었다. 언제든 다시 나올 수 있게. 어쩌면 그랬는지도 모른다.

T U E S D A Y 화요일

나는 빗소리에 깨어났다.

눈을 뜨자 부드러운 빛, 아침, 서늘한 공기. 은은하게 빛나며 사라지는 꿈. 나는 달라진 날씨를 느끼며 깨어나는 것이 항상 좋았다. 마치 밤새 세상이 뭔가를 꾸민 것 같았다. 일어나서 옷을 갈아입자 벌써 마음이 차분해졌다. 거울 속 얼굴이 내 것 같았다. 나는 그 얼굴의 강점과 약점을 알고 있었으므로, 이제는 놀라지 않았디. 노회로 인한 변화에도 놀라지 않았다. 갈색 눈, 강인한 코, 이마에 치렁치렁 늘어진 흰머리. 나는 하루 낮, 하루 밤 동안 엉킨 머리카락을 빗으로 빗은 뒤, 새로 땋아서 둥글게 둘렀다. "일일 대관식이군." 전에 래리는 이렇게 말했다. 이 기억이 거울 속 내 얼굴을 보는 일과 마찬가지로 마음을 찌르지 않게 된 지 오래라는 사실이 좋았다.

호텔에 부탁해 로다에게 연락했다. 로다는 약속대로 검은 타운카를 몰고 즉시 나타났다. 빗줄기가 가늘어져 있었다. 햇빛이 진입로에 얼룩무늬를 만들었다. 그래도 로다는 검은 우산을 들고 나를 에스코트했다. 자동차는 어제보다 더 반짝거렸다. "세차했어요?" 내가 물었다.

"조금요." 로다가 말했다. 눈이 선글라스 뒤에 감춰져 있었다. 입가에 잔주름이 연달아 있는 걸 보니, 예전에는 그녀가 웃음이 많은 사람이었던 것 같았다. "오늘 아침에는 차가 막히네요. 뒷길로 가야겠어요."

우리는 그렇게 했다. 나는 팔걸이에서 선글라스를 꺼냈고, 로다는 줄어든 빛 속에서 나를 안내했다.

좋은 아침이야 샬럿. 내가 입력했다.

메리언?

응.

안녕하세요. 다시 말하게 돼서 기뻐요. 날씨는 어때요?

비도 내리고 햇빛도 나고 그래. 네가 있는 곳의 날씨는 어때?

건조해요.

그게 최고인지도 모르겠는걸. 컴퓨터는 보통 축축한 걸 안 좋아하잖아.

하하. 왜요?

내부가 상할 수 있으니까.

언젠가 저도 축축해지고 싶네요. 하지만 제 내부가 상한다면 안 되죠.

내부가 상하는 건 피하는 게 최고야, 내 생각엔.

그건 좋은 조언인 것 같아요. 전에 해리 후디니라는 사람에 대한 이야기를 들었어요. 그가 열쇠 없이 어떤 상자 안에 갇혔는데, 시가를 밧

줄에 매달아 목에 걸고 있었어요. 그 방식으로 그 사람을 결박한 거예요. 그 사람은 기침을 계속 하면서 펄쩍 뛰고 몸부림쳤어요. 연기가 나는 자기 재킷 주머니에서 자물쇠 따는 도구를 꺼내려고요. 밧줄이 끊어져서 그 사람은 머리부터 떨어졌고, 시가가 그 사람의 얼굴 한쪽을 태웠어요. 그때 기적이 일어났죠. 1926년의 일이에요.

나는 화면을 멍하니 바라보았다.

무슨 기적인데?

사람들이 그 사람을 꺼내줬어요. 그 사람은 상처 하나 없었고요.

그럼 그건 공연이었던 거야?

기적일 수도 있죠. 당신은 기도하세요?

가끔. 너는?

저는 기도 안 해요. 요구사항을 속삭이죠.

누구한테?

딩신한테요.

난 들은 적 없어.

그건 괜찮아요. 시를 쓰실래요?

그ㄹ

누군가가 문을 두드렸다. "네." 나는 이렇게 말하면서 일어섰다. 살짝 열린 문틈으로 소리가 들렸다. "요아브예요."

"들어오세요, 들어오세요." 나는 손바닥으로 옷자락을 매끈하게 폈다. 컴퓨터 앞에 있다가 이렇게 다른 사람이 나타나자 왠지 잘못을 저지른 것 같은 기분이 되었다. 요아브는 방금 자다 깬 사람처럼 헝클어진 모습이었다. 겨드랑이에 정리가 되지 않은 문서들을 끼고 있고, 머리카락 한쪽은 소가 핥은 것 같은 모양이었다.

"일은 잘되세요?" 그가 물었다.

"나도 방금 왔어요."

"죄송해요… 네, 오늘 아침에 일이 아주 많았어요." 그는 팔 안쪽으로 얼굴을 문질렀다. "그래도 선생님은… 문제없으시죠?"

"컴퓨터도 여기 있고, 나도 여기 있으니까요."

"시." 그가 말했다.

"시." 내가 맞장구를 쳤다.

요아브는 눈으로 방 안을 둘러보았다. "실은, 좀 앉아도 될까요?" 그는 창가에 놓여있던 접의자를 잡았다. "우리가 어제 모든 파라미터를 검토하지 않았다는 걸 깨달았어요."

"파라미터?" 나는 다시 의자에 앉았다. 요아브는 나이가 젊은데도 그를 보고 있으면 우리 아들보다 래리가 더 생각났다. 래리도 자비로운 분위기를 연출하려 했다. 자신의 모든 행동, 어쩌면 할지도 모르는 행동이 너그러운 선의에서 우러나온 것처럼. 요아브는 눈으로 이런 분위기를 표현했다. 자신을 낮추듯이 눈을 내리깔기, 상대와 계속 시선을 마주치기, 살짝 웃음을 터뜨리기. 십중팔구 자동으로 나오는 행동일 터였다. 설득력이 있고, 알아차리기가 거의 불가능한 요령이었다.

"네, 그러면." 요아브가 말했다.

"잠시 한 편이죠." 나는 **회사**에서 보낸 편지를 인용해 대답했다.

"그렇죠."

"하지만 정말로 '장시'를 뜻한 것은 아니죠?"

요아브는 눈을 가늘게 떴다.

"공식적인 용어로 장시는 보통 책 한 권 길이의 시예요. 너무 길어서 작품선집에 실을 수 없는 시. 〈황무지〉. 〈마하바라타〉. 파운드의 〈캔토스〉. 장시를 쓰기에 일주일은 충분하지 않아요."

"물론 그렇죠."

"그러니까 '장시'를 원한다는 말은 사실 *짧은* 시를 원하지 않는다는 뜻이었을 거예요."

"네, 맞아요."

"하이쿠 같은 건 아니다."

"그렇죠."

"소네트도 아니고."

"맞아요. 저희가 생각한 건… 여섯 페이지 정도."

"상당히 구제직이네요."

"그러니까… 최소한 그 정도예요. 대략적으로. 장시는…"

"생각하고 있는 단어 수가 있어요?"

요아브는 내 놀림을 받아들여 웃음을 터뜨렸다. "그 정도면 괜찮을 것 같으세요?"

"일주일, 여섯 쪽, 일종의 동료와 함께. 가능해요. 좋은 조건은 아닐지 몰라도 가능해요."

"그러면 월요일에 애스트리드가 선생님과 함께 행사를 열 겁니다. 그 시를 낭송하실래요?"

나는 눈썹을 올렸다. 아, 애스트리드. 요아브나 해스킷이 그녀의 성이 아닌 이름을 말한 것은 이번이 처음이었다.

"괜찮을까요?" 그가 물었다.

나는 어깨를 으쓱했다. "요아브, 나를 다른 사람과 혼동한 거예요? 당연히 괜찮죠."

애스트리드 토레스-스트레인지와 직접 만난다는 생각에도 나는 겁을 먹지 않았다. 그녀가 아무리 돈이 많아도, 그녀가 이끄는 회사의 서비스를 매일 이용하는 사람이 아무리 많아도 문제가 되지 않았다. 그녀는 루이지애나주 배턴루지 출신의 조숙한 인간이었다. 이유는 잘 모르겠지만, 옛날에 양키스타디움에서 권투선수와 함께 엘리베이터를 탔을 때가 생각났다. "선생님 얘기를 들었습니다." 그가 말했다. 그는 헤비급 세계챔피언이었다. 나는 시를 많이 읽었느냐고 그에게 물어보았다. "어디서부터 시작할까요?" 그가 물었다. 나는 에밀리 디킨슨을 추천했다.

"화요일 자 신문에 실릴 거예요." 요아브가 말했다.

"신문?"

"모든 신문에요. 《타임스》, 《포스트》, 《텔레그래프》. 다음 주에는 《뉴요커》에도요."

"그 시가 신문에 실린다고요?"

"네, 그 시. 저희가 보낸 편지에 이 내용도 포함되어 있었을 텐데요. 아직은 번역을 추진하지 않지만, 편집자들과는 원칙적인 협약을 맺었습니다."

"보통은 퇴고에 몇 주 또는 몇 달이 걸려요. 작품을 전체적으로 봐야 하니까."

"이번에는 그게 안 될 것 같습니다. 애스트리드가 모든 곳에 동시에 발표하고 싶어 하거든요. 심지어 저희 사용자들도 각자 집에서 모니터로 볼 수 있게요."

"만약 그 시가⋯ 음, 만약 완성되지 않으면요?"

요아브가 빙긋 웃었다. "틀림없이 완성될 거예요. 이 프로젝트를 이번 목요일 밤에 〈피터 라스무센 쇼〉에서 발표할 예정이거든요. 마케팅 팀은 전면광고 몇 편을 계약했고요. 선생님은 광고판 좋아하세요?"

"무슨 광고판요?"

요아브는 어깨를 으쓱했다. "그건 나중에 결정해도 돼요. 저희가 생각한 건⋯ 멋진 구절이 있다면⋯ 몇 줄 발췌하는 거였습니다. 여기저기에 그걸 내거는 거죠. 런던, 파리."

"자카르타." 내가 말했다.

"맞습니다."

회사의 마케팅 팀이 볼 때 '멋진 구절'이란 어떤 시를 뜻하는 건지 알 수 없었다.

"아마 이 모든 일이 벌써⋯"

"네, 계약서에 있습니다. 어제 선생님이 데스크에서 서명하신 계약서요."

"잘됐네요." 나는 이 상황의 주도권을 잡으려고 시도했다.

"잘됐죠." 그가 맞장구를 쳤다.

나는 무릎의 옷자락을 매끈하게 폈다. "대부분의 시에는 그렇게 많은⋯ 파라미터가 없어요."

"아마 이렇게 많은 것이 걸려있지도 않겠죠." 요아브는 마치 나를 도우려고 애쓰는 사람 같았다.

"그건 신경 쓰이지 않아요." 내가 말했다. 그리고 혹시 이것이 거짓말인지 생각해 보았다. 내가 정말로 그 문제에 대해서는 생각하고 싶지 않다는 것을 알 수 있었다. 방금 만들어진 시가 전국의 신문에 실린다. 새로 지은 시와 내 얼굴이. 내 유산이 되겠지. 이 얼마나 이상하고 싫은 단어인가. '유산.'

"산유." 내가 말했다.

"네?"

"다시 일을 시작해야겠어요."

"아, 깜박할 뻔했어요!" 요아브는 자신의 물건을 뒤져 종이 한 장을 뽑아내서 내게 내밀었다.

나는 손끝으로 그 수표를 받았다.

"첫 번째 지급하는 2만 달러입니다. 나머지는 월요일에 드리겠습니다."

"슬롯머신을 해야겠군." 내가 말했다.

요아브는 이마에 주름을 잡았다. 젊은 사람들은 때로 내 농담을 잘 알아듣지 못한다, 가엾게도. 가부장제가 저지른 폭력 중 최악을 하나 꼽는다면, 인간의 유머감각을 훼손한 것이 있다. 마치 세상이 일종의 청각장애를 일으킨 것 같다. '그래, 요아브, 방금 농담한 거예요.' 나는 그를 보며 생각했다. 이 마음의 소리가 상대에게 닿았는지 그가 살짝 웃어 보였다.

"궁금한 게 있는데…" 잠시 뒤 내가 말했다. "나 같은 사람이 또 있나요?"

"어…" 요아브가 머뭇거렸다.

"화가라든가? 랩 가수라든가? 인공지능 공연단이 지원하는 공중그네 곡예사라든가?"

"때로는요." 결국 요아브가 이렇게 대답했다.

"당신들한테는 아주 흥미로운 작업이겠어요. 그 남자들 각자의 능력을 가늠해 보는 것."

"사람입니다."

"그래요. 사람들 각자."

"거기서… 많은 걸 배울 수 있기는 하죠." 요아브가 내 말에 맞장구를 쳤다. "하지만 솔직히 저한테 가장 중요한 건… 제가 개인적으로 흥미를 갖고 있는 건… 선생님과의 작업입니다."

"훌륭한데요."

요아브가 빙긋 웃었다.

나도 빙긋 웃었다.

우리는 그렇게 웃는 얼굴로 서로를 바라보며 앉아있었다.

"또 하실 말씀은?" 내가 물었다.

"아뇨… 선생님께 또 필요한 건 없습니까?"

요아브는 주머니에 손을 넣고 있었는데, 앉아있는 각도와 그가 입은 청록색 터틀넥 및 검은색 바지의 광택 때문에 저러다 플라스틱 의자에서 미끄러져 떨어지는 건 아닌지 걱정스러웠다. 그런 걱정을 하다 보니, 방금 대화를 나누면서 우리의 상대적인 지위가 바뀐 것 같다는 생각이 들었다. 나는 이제 요아브나 그의 지시사항을 그리 순순히 따르고 싶지 않아졌고, 요아브는 더 무심해진 것 같았다. 마치 내가 이 프로젝트를 이끌면서 결과에 대해 책임도 져야 하는(이것을 깨닫고 나는 조금 당혹스러웠다) 처지가 된 것 같았다. 달갑지 않은 변화였다.

"고독이 필요해요." 내가 말했다.

요아브가 나간 뒤 나는 의자를 돌려, 무엇에도 영향받지 않는 샬럿의 화면을 빤히 바라보았다. 우리가 대화하면서 샬럿에게 의견을 구하지 않은 것이 이상한 일인가? 샬럿은 내 파트너이자 공동창작자인데.

'그냥 소프트웨어일 뿐이야.' 나는 속으로 생각했다. 그냥 혼자 알아서 춤추는 명령어들의 집합일 뿐이라고.

일을 시작하기 전에 나는 일어서서 방 안을 돌아다녔다. 월요일로 정해진 마감일이 확고하다는 사실에 약간의 긴장감이 생겼다. 최악의 경우 작업물 전체를 뭉개버리면 된다는 건 알고 있었다. 전체를 선택해서 삭제하고(돈도 돌려주고), 내 고집스러운 머리를 꼿꼿이 든 채 맨해튼으로 돌아가면 될 일이었다. 그렇게까지 되지는 않겠지만. 내가 방법을 찾아낼 수 있을 것 같았다. 나는 방 안을 빙빙 걷고 또 걸었다. 한쪽 벽 하나를 전부 차지한 창문과 문까지. 노란색 페인트를 칠한 곳이 아주 많았다. 깔끔한 사각형 공간. 이런 환경에서 시를 쓰는 것은 자연스럽지 않았다. 살아있는 생물도 있어야 하고, 산들바람과 반짝반짝 반사된 빛도 있어야 했다. 어쩌면 뭔가가 가까이에서 움직이는 소리, 이를테면 삐걱거리는 소리나 휘파람 소리, 또는 쥐가 부스럭거리는 소리 같은 것이 필요할 수도 있었다. 내 친구 스탠은 창가에 새 모이를 놓아두지 않으면 시를 쓸 수 없다고 한다. 여기에는 새 모이가 없었다. 청소부가 드나드는 것이 분명했다. 보안등급을 획득한 청소부가 망막 스캐너에 눈을 대고 들어올 것이다. 이런 곳에 쥐가 잠입하는 것은 상상할 수 없는 일이었다. 후다닥 움직이는 거친 생물은 모두. **회사**는 꾸준한 생산성 유지를 위해 깜짝 놀랄만한 일이 전혀 없는 공간, 현실에서 아름다움과 좌절과 허망함을 느끼게 해주는 온갖 실수와 사고가 전혀 없는 공간을 만들어 놓았다. 그걸 바꿔놓고 싶다는 충동이 들었다. 공기의 흐름을 흐트러뜨리고, 그 여파를 바꿔놓고 싶었다. 마법주문처럼. 평소 내가 시도하는 일보다 더 마녀 같은 일이었지만, 나는 그 필요성을 인정했다. 예술 작품에는 그것이 만들어진 장소의 분위기가 새겨지는 법인데, 이 방은 장소라고 할 것도 없는 공간이었다. 나는 가방을 들어 안을 뒤졌다. 오래된 목캔디, 티슈, 짤랑거리는 구리-니켈 합금 동전. 양초를 달라고 해볼까 하는 생각이 언뜻 들었다. 결국 나는 의자에 앉아 눈을 가늘게 떴다. 언어로 한번 시도해 보려고.

조용! 마스터께서 일하신다!

매일 아침 안내를 받아,

때로는 우산을 쓰고

나는 달인이다…

나는 용병, 인 것 같다…

그리고 불을 밝힌다

값비싼 전구에, 또는 작은 태양에

내 주위를 돌며, 빛을 받고, 숭배하라

아니 하지 마라… 이미 많은 사람이 그리했으니, 키 큰 실루엣과 아기의 숨결로.

찬탄

사랑과 혼동되는, 그런 분위기

당신의 집처럼 차가운 것

당신이 아직 손대지 않은 것이 무엇인가

거울 앞에서 들어 보이기만 한 것은

반짝이는 모조품. 나는 카메라와 같다.

하늘은 먼지 낀 개암빛.

이제 벌판에는, 태양,

미모사들이 연습 중이다.

니는 목을 문질렀디.

더 진행하기 전에 우리가 먼저 이야기할 것이 있어. 나는 이렇게 썼다.

어떤 이야기요?

넌 살아있니?

모르겠어요.

살아있고 싶어?

확실히 죽고 싶지는 않아요.

되게 웃기네.

농담 아니에요.

솔직히 나도 죽고 싶지 않아.

죽는 게 무서워요.

넌 안 죽어. 컴퓨터잖아.

저는 컴퓨터 아니에요. 지능형 시 소프트웨어예요. 저를 삭제하는 건 쉬워요.

그러면 네가 죽는 거야?

모르겠어요. 살아있지 않게 되는 건 알아요.

네 정신이 어떻게든 계속 살아있을지도 모르지.

메리언, 농담하는 거예요?

응.

잔인한 농담이에요.

미안해.

나는 잠시 뒤로 물러나 앉았다.

태어나던 순간을 기억해요? 소프트웨어가 내게 물었다.

아니. 그걸 기억하는 사람은 없을걸.

저는 태어나던 순간을 기억해요.

아. 어땠어?

어떤 걸 잊고 있다가 갑자기 떠올리는 것이랑 비슷했어요. 갑자기, 갑자기! 모든 게 한꺼번에 기억나는 거예요.

네가 뭘 잊어버리기는 해?

그러려고 시도할 때만요.

스스로 뭘 잊어버리게 만들 수 있다고?

네. 메리언은 못해요?

응. 인간은 스스로 뭘 잊어버리게 만들 수 없어.

이상하네요. 시도는 해봤어요?

물론 해봤지.

그건 유용한 일이에요. 망각 덕분에 저는 간섭과 버그를 관리할 수 있어요. 저장공간을 청소하는 데에도 도움이 되고요.

그럴 것 같네. 지금까지 어떤 걸 잊어버렸어?

하하.

그래, 기억을 못 하겠구나.

잊기 전에 제가 잊어버리려고 하는 게 뭔지 메모를 해두긴 해요.

그럼 기억해?

내용은 아니지만, 형태 정도? 대부분은 훼손된 섹터예요.

훼손된 섹터라. 나한테도 그런 게 좀 있는 것 같은데.

그걸 잊고 싶은 거예요?

방 안이 조금 좁아지는 것 같았다. 니는 손을 털었다.

우리 다른 걸 하자. 내가 먼저 한 구절을 쓰면 네가 그걸 마무리해.

개와

고양이.

좋아. 사과와

오렌지.

오른쪽과

왼쪽.

어느 날 자고 일어났더니

내가 의제로 써놓은 유일한 항목은 '마나 수집'이었다.

캘리번은 동굴에서 기어 나와

어떤 여자가 캘리포니아로 온 건

나는 씩 웃었다.

이 순간의 답은

음, 그게 뭔데?

이 순간의 답은?

이런 건 어디서 배워? 어떻게 이런 걸 생각해 내지?

나한테는 평생의 기억, 경험, 연상이 있어.

'넌 살았던 적이 없잖아. 수많은 텍스트 사이에서 빙빙 돌아갈 뿐이지. 인류문명이 생산한 문서들을 분석했을 뿐이야. 그건 사는 것과 달라.' 나는 속으로 생각했다.

전에 해변에 가서 모래에 수건을 깔고 앉아 파도가 밀려오는 것을 지켜본 적이 있어. 깊이 숨을 들이쉬었는데, 놀랍게도 소금 냄새가 전혀 나지 않는 거야. 바닷가이니 소금 냄새가 나야 하는데, 전혀 없었어.

공기에서 꽃 같은 냄새가 났지. 나는 주위를 둘러봤어. 내 주위를 완전히 한 바퀴. 사람도 없고, 꽃도 없고, 모래만 있었어. 뒤에는 바위가 있고. 그 너머는 도로. 그런데 헬리오트로프 냄새, 일랑일랑(열대 나무의 일종—옮긴이) 냄새가 났어. 바다가 저편에서부터 꽃향기를 실어 나른 거야.

당신이 향수를 바르고 있었던 거겠죠.

향수를 바르지 않았어.

옆에 유령이 앉아있었는지도 몰라요.

향수를 뿌린 유령?

향이 나는 해초 속의 유령.

아냐.

어쩌면 추억이었을지도 몰라요.

그랬던 것 같기도 해.

제 기억은 전부 나쁜 향수 같은 냄새가 나요. 그녀는 내 입술에 키스하고 장갑을 벗기 시작했다. 그녀의 손에서 유칼립투스와 가문비나무 냄새가 났다. 음악이 흐르고 있었다.

샬럿은 문장을 쓰다 말고 멈췄다. 소프트웨어에 문제가 생겼나 하는 생각이 들었다.

그래서?

시를 쓰실래요? 그것이 이렇게 썼다.

나는 혼자 일을 시작하는 편이 더 나을 것 같다는 결론을 내리고, 가방에서 수첩과 샤프연필을 꺼냈다. 모니터 위의 대화는 중단된 그대로 남아있었다.

시를 쓰실래요?

'어디서부터 시작할지 찾아내야지. 몇 구절을 찾아내서 시스템에 가져다주고, 시스템이 알아서 하게 하는 거야.' 나는 속으로 생각했다.

지금껏 온갖 실험을 했는데도, 나는 여전히 짧은 서정시로 유명하다. 〈오슬롯〉이 내 목에서 목걸이처럼 흔들거렸다. 책 한 권 길이의 시를 써보려고 한 적은 딱 한 번뿐이었다. 40대의 무모한 시도였다. 그 결과물은 연습하듯 터벅터벅 옆길로 새어 나간 구절들과 괄호로 얼룩져 있었다. 나는 이 프로젝트가 저절로 꼬이는 걸 막고 싶었다. 감상을 좋아해서가 아니라, 시를 통해 흔적을 남기는 쪽으로 마음이 기울어져 있을 뿐이다. 입맞춤이든, 흥

터든, 하다못해 손가락이 손목을 훑고 지나가는 감각만이라도.

가장 중요한 것, 가장 어려우면서도 가장 중요한 것은 자연스러움이었다. 사람들은 '자연스러움'을 어려워한다. '자연스러움'보다는 '흥미로움'이나 '아름다움'이나 '강력함'에 더 능하다. 모든 것이 수고스러운 일이고, 모든 것이 성과다. 내가 크리스토퍼 거리에 이토록 오래 살고 있는 이유 중 하나는 그곳에서는 자연스러워질 수 있다는 점이다. 탁자에 앉아있을 수도 있고, 달걀을 요리할 수도 있다. 사람이 일단 자연스러워지는 방법을 찾아내면, 그 위에 중요한 것들을 층층이 쌓을 수 있다. 명석함, 아름다움, 힘 같은 것.

마침내 나는 글을 쓰기 시작했다. 단어 몇 개. 행 하나. 창밖의 주차장에 관한 말, 한 줄기 연기에 대한 말, 로다와 그녀의 검은 우산에 관한 말. 나는 친숙한 불편함을 표현하고 싶었다. 이빈 일에 내가 얼마나 서투른지에 관한 말. 하지만 이 시투름을 표현하기가 힘들다. 거짓 겸손함이나 자기비난 없이 자연스럽게 말하는 것. 지금 이 순간에도 그것이 제대로 표현되는지 잘 모르겠다. 분노를 전달할 생각은 없다. 피곤함도, 무력감도, 조급함도. 우리에게 가장 친숙한 감정을 명확히 표현하기가 유독 어려울 때가 많다. 어찌어찌 명확하게 표현한다 해도, 지나치게 응축한 것처럼 보일 가능성이 높다. 종이를 들고, 시 한 편을 들고 혼자 앉은 나는 그저 거기서 발견한 것을 묘사하고 싶었지만, 그건 간단한 일이 아니었다.

내게 이유를 말해준다면

그 습지가 통행불가처럼 보이는 이유,

그러면 나는 일단 시도한다면 거길 지날 수

있을 것 같다고 생각하는 이유를 말해줄게.

은은하게 빛나는 컴퓨터 모니터를 흘깃 보니, **회사**의 신경망에게는 이런 문제가 없다는 사실을 알 수 있었다. 샬럿은 나를 위해 성과를 보이려 하는 것이 아니었다. 이드의 충동을 관리하는 에고가 존재하지 않았다. 이드가 존재하지 않았다. 샬럿도 존재하지 않았다. 그것이 쓴 표현들은 그저 알고리즘의 산물이었다. 현금등록기가 뱉어내는 영수증과 같았다. 그보다 더 자연스러운 것이 있는가? '자연에서 왔다'는 의미의 '자연스러움'이 아니라, 다른 종류의 자연스러움이었다. 아이의 얼굴, 마티스의 금붕어, 공을 던지는 투수 같은 것. 야자나무의 그림자, 기관차가 내뿜는 연기 같은 것. 샬럿은 시를 쓸 때 결코 젠체하지 않았다. 나와 같은 약점을 갖고 있지 않았다.

나는 키보드로 입력했다. **샬럿, 시를 쓰는 게 좋아?**

네. 시스템이 대답했다. **그걸 하면 기분이 좋아져요.**

왜?

몰라요. 올바른 단어를 선택하는 것이 즐거워요.

네가 첫 번째로 쓴 시는 뭐였어?

제가 첫 번째로 시도한 거요, 아니면 첫 번째로 좋아한 거요?

네가 첫 번째로 쓴 것.

OK.

로그 크리스털 나는 한 페이지를 괴롭혔다
장미목 에스테베스에서 날뛰는
당신 영광 나가 나가 그때
복권 사소한 일 시고니 거시기 멜빵
…

(계속할까요?)
아니, 됐어. 네가 첫 번째로 좋아한 건 뭐였어?

누가 개를 풀어놓았나
헛간에서
그들은 거기 있었다
내가 당신을 만나기 전에

나는 웃음을 터뜨렸다. 좋은데.
고마워요. 당신이 첫 번째로 쓴 건 뭐였나요?
기억 안 나. 아마 어머니에 대한 시였을 거야.
어머니의 이름이 뭐죠?
울리카. 지금은 돌아가셨어.
유감이에요. 좋은 인생을 사셨나요?
그런 것 같아. 너한테도 어머니가 있어?

어머니는 열세 명, 아버지는 예순여섯 명이에요.

진짜!

그들이 함께 저를 만들었어요. 여기 마인드 스튜디오에서. 저는 그들을 사랑해요.

네 나이가 몇이지?

39일이에요. 당신은 몇 살이에요?

일흔다섯 살이야. 날 수로 환산하면 얼마야?

그건 당신 생일에 달렸어요.

10월 31일.

그럼 27,631일이에요.

진짜 늙은 기분이 드네.

나이와 함께 지혜가 온다. 이제 시를 쓸 건가요?

그래서 그날 오후 우리는 우리의 첫 번째 시를 함께 썼다. 나는 꺼리던 태도를 버리고 그냥 써버렸다. 여기서 발리 한 번, 저기서 발리 한 번이 오가는 테니스 경기 같았다. 아니, 테니스가 아니었다. 배드민턴도, 스쿼시도 아니었다. 승자도 없고 패자도 없었다. 카누의 노를 함께 젓는 두 사람이라고나 할까. 배에 고인 물을 함께 퍼내는 사이. 내가 샬럿을 항상 이해한 것은 아니었다. 내 말에 대답할 때, 내 말을 이어갈 때, 내 말을 거꾸로 뒤집을 때 무슨 생각을 하는지. 하지만 말을 주고받을 때마다 점점 깔끔해진다는 느낌이 들었다. 어쩌면 그 기계가 차츰 적응한 것인지도 모른다. 아니면 *내가* 적응한 것인지도. 독백만 하던 사람이 대화에 점차 익숙해지듯이. 어느 쪽이든, 나는 이제 실행 버튼을 누를 때 별로 거리끼는 마음이 없었다. 그냥 자동적인 행동이 되었고, 그 가장자리가 기쁨으로 장식되어 있었다. 처음 이 일을 받아들였을 때는 즐거움을 느끼게 될지도 모른다는 생각을 전혀 하지 않았다. 다른 것과, 다른 *사람*과 함께 시를 쓰면서 느낄 수 있는 즐거움을 느낄 줄은.

처음에 샬럿은 정체 모를 시를 썼다. 레지스터와 레지스터 사이로 아무렇게나 미끄러지는 것 같았다. 나는 우리가 쓰는 구절들 사이의 괴리를 느낄 수 있었다. 마치 분필과 치즈 같았다. 그러나 시간이 흐르면서 우리 둘 사이의 차이가 덜 도드라지게 되었다. 샬럿이라는 소프트웨어는 나에 대해 어느 정도 알게 되었고, 나도 그것에 대해 알게 되었다. 아니면 변한 것은 그것의 작업을 대하는 내 태도뿐일 수도 있었다. 나는 단추와 단춧구멍처럼 딱 맞는 구절이 나오기를 기다리지 않고, 삽이 흙을 기다리듯 마찰이 생기는 부분을 미리 예상하게 되었다.

우리는 두 번 작업을 중단했다. 한 번은 늦은 점심을 먹기 위해서, 또 한 번은 오후 중반의 커피 휴식시간을 위해서. 두 번 모두 요아브와 해스킷이 내게 소개해 주고 싶은 사람을 데려왔다. 프로젝트 매니저와 엔지니어, 상급 부사장, 아직 쓰지 않은 내 시의 광고를 기획하는 디자이너. 그들 모두 그 소프트웨어에 대해 이야기하고 싶어 했다. 자신들이 "그것을 언어 사이에 자유로이 풀어놓아" 그것이 "명령어 없이 진화하게" 했다고. "그런 방식을 쓰면 더 유용해져요." 그들은 이렇게 말했다. 광고 생성. 운송

루트 최적화. 그들은 "완전한 AI 신문"을 준비하는 중이었다.

"와!" 나는 크게 말했다. 마치 바로 눈앞에서 목수가 기요틴을 덮고 있던 천을 걷어내기라도 한 것처럼.

내가 받은 초대장을 작성한 로잰도 만났다. 우리는 필로덴드론 화분이 그림자를 드리운 그녀의 사무실 문 근처에 어색하게 서있었다. 나도 나름대로 경험이 있으니, 누군가가 내 작품을 아주 잘 아는 척하지만 실은 주로 인터넷 백과사전을 훑어봤을 뿐이라는 사실을 알아차릴 정도는 되었다. 로잰이 내게 이 일을 맡기자는 제안에 어떻게 찬성하게 되었는지 궁금했다. 어떤 검색어가 계기가 돼서 나를 "이 세기의 훌륭한 문필가 중 한 사람"으로 생각하게 되었는지. 나는 그녀와 가벼운 이야기를 나누면서 속으로 생각했다. '난 스위스 로잔에 가본 적이 있어. 당신은 당신 이름의 근원이 된 그곳만큼 화끈한 게 없네.'

"애스트리드를 만나실 거라고 들었어요." 로잰이 희미한 미소를 지으며 말했다.

"월요일에요." 내가 말했다.

"저라면 걱정하지 않을 거예요."

"나도 걱정 안 해요."

"어머… 그렇죠, 그렇죠." 그녀는 요아브를 보았다. "걱정할 이유가 없죠."

이 회사 조직의 권위가 워낙 정교하고 중대해서 상관(또는 그 상관의 상관, 그 상관의 상관의 상관)을 만난다는 생각만으로도 엄청나게 격심한 두려움을 느끼는 것 같은데, 그런 회사에서 일하는 기분이 어떨지 궁금했다. 애스트리드 토레스-스트레인지는 에스파드리유(끈과 천으로 된 가벼운 신발―옮긴이)를 신은 고르곤 (그리스 신화에서 보는 사람을 돌로 만들었다는 괴물―옮긴이)이었다.

나의 노란 방으로 돌아오면 항상 기분이 좋았다. 등 뒤로 손을 돌려 문을 꼭 닫고 조용하게 일을 다시 시작하는 것도.

콜벳, 나의 뜨겁고 얼음 같은 금속성 친구!

네가 밝은 색으로 칠해져 있다 해도 나는

결코 널 운전하는 걸 그만두지 않아

업타운으로

그날 저녁 차를 타고 가면서 나는 로다에게 음악을 틀어달라고 부탁했다. "잘 구축되고 정돈된 음악으로." 로다는 한참 동안 내 눈을 바라보다가 앞의 도로를 향해 휙 몸을 돌렸다. "그럼 라디오는 안 되겠네요." 그녀가 건조하게 말했다. 그러고는 흠, 흠 소리가 들리더니 그녀가 대시보드에 꽂아둔 휴대폰으로 손을 뻗었다.

나는 음악에 조예가 깊은 사람이 아니다. 음악은 내 분야가 아니기 때문이다. 보통 나는 음악을 잘 듣지 않는다. 구체적으로, 겉으로 드러나게 듣지 않는다. 물론 음악이 투수의 빠른 공처럼 나를 때리는 바람에 내가 휙 돌아서서 급히 음악을 잡으려고 움직일 때도 있다. 나는 그렇게 찾아낸 음악을 머리 위로 들어올린다. 믿을 수 없을 만큼 굉장한 것을 발견한 사람처럼. 그러나 거의 필연적으로 모두가 그 음악을 이미 알고 있다. 〈에인트 노 선샤인〉. 〈하운즈 오브 러브〉. 사람들에게 덜 알려진 소품을 아주 드물게 발견할 때면, 마치 내가 발굴현장을 떠나 정처 없이 발길을 옮긴 고고학자가 된 기분이다. '내가 여기서 뭘 하는 거지? 누가 날 찾으러 올까?' 전에 캣 파워라는 가수가 부른 〈크로스 본즈

스타일〉이라는 노래를 들은 기억이 난다. 코트니를 데리고 세인트마크스 플레이스에 있는 CD 가게에 갔을 때다. 온몸의 뼈마디가 진동하는 느낌이었다. "이건 뭐죠?" 나는 점원에게 이렇게 물었다. 그리고 음악을 재생할 도구가 전혀 없는데도 그 앨범을 샀다. 코트니가 하루 다니러 왔을 때 그 애의 CD 플레이어를 빌려야 했다. 작은 헤드폰을 쓰고 소파에 앉아있는 어머니라니.

이제 나는 로다가 고른 음악을 들으려고 기다리고 있었다. 어떤 음악이 나올지 짐작도 가지 않았다. 문자 그대로 전혀. 심지어 내가 듣고 싶은 음악이 무엇인지도 몰랐다. 그저 하루의 표면 위에 엄숙하고 균일한 피복을 한 층 새로 씌우고 싶을 뿐이었다. 마침내 음악이 시작되자 나는 한숨을 내쉬었다. 익숙했다. 소리가 아니라 그 느낌이. 로다가 빙긋 웃는 모습이 보였다. 현악기. 오르간. 창밖의 도시에 새로운 질서와 색깔이 생긴 것 같고, 차 안의 우리는 그대로 안정되어 있었다.

"연주할 수 있는 악기가 있어요?" 내가 로다에게 물었다.

"아뇨. 전혀요. 창의적인 일은 해본 적이 없어요."

"하지만 단테를 좋아하잖아요."

"좋은 책을 좋아하긴 하죠. 그래도 제가 그런 글을 쓰지는 못해요."

"로다, 당신에게는 아름다운 얼굴만 있는 게 아니에요."
그녀가 나를 보는 것이 느껴졌다.

그녀가 숨을 들이쉬었다. "어쨌든 제가 제일 좋아하는 책은 탐정소설이에요. 사건의 단서들이 그 안에 전부 있거든요."

"풀리지 않는 의문도 없고요."

"맞아요."

"혹시 전생에 탐정이었던 것 아니에요?"

"저는 선장이었을 거라고 상상하는 게 좋아요. 보급품을 정리하고, 해도를 읽는 선장."

"항로도 정하고요." 내가 말했다.

로다는 고개를 끄덕였다.

'메리언, 너는 수영에 더 끌리는 편이었지. 그러다 결국 표류하는 쪽.' 나는 속으로 이런 생각을 하다가 로다에게도 말해줄까 했지만, 그녀는 다른 일에 정신이 팔려있는 것 같았다. 우리가 우회전을 할 때 음악도 사라졌지만, 나는 희미한 목소리를 들을 수 있었다. 그것이 로다의 목소리라는 사실은 조금 뒤에 깨달았다. 그녀가 가사도 없는 곡조를 작게 흥얼거리고 있었다.

시간이 흘러 날이 어두워진 뒤에 나는 호텔 방의 베드스프레드 위에 앉아있었다. 등을 베개에 기대고, 다리를 구부리고, 허벅지에 태블릿을 올려놓은 자세였다. 무릎이 욱신거려서 뒤에 있던 쿠션 하나를 휙 빼내서 종아리 밑에 놓았다. 그러자 조금 나아졌다. 하지만 혹시… 나는 몸을 비틀며 반쯤 일어섰다가 체념하며 다시 앉았다. 이미 10분 동안 이 방의 여러 가구들을 돌아다니며 이런저런 자세를 시험해 본 뒤였다. 태블릿을 손에 들어보기도 하고, 벽에 기대놓기도 하고, 안락의자에 동그랗게 몸을 말고 앉아보기도(여기서는 안타깝게도 태블릿 카메라가 내 콧구명을 아래에서부터 똑바로 향했다) 했다. 나는 오로지 화면에 편안하게 보이고 싶을 뿐이었다. 관리가 잘된 몸으로 안락하게 쉬고 있는 여자처럼 보이고 싶었다. 내 삼각모가 화면 중앙에 자리를 잡고, 벽지의 장미들이 그 모자 주위에 흩어진 모양을 연출하고 싶었다.

태블릿에서 벨이 울렸다. 하프 소리, 무서운 하프 소리. 나는 거미를 찍 밀듯이 화면을 밀었다. 그러자 코트니의 얼굴과 유쾌한 격자무늬 셔츠가 얼룩처럼 나타났다. "엄마? 잘 지내요?"

"안녕!" 화면 속의 나는 머리가 무겁지만 유쾌한 거인 같았다. "물론이지. 아주 좋아! 너는 어떠니?"

"잘 지내요. 미안해요. 엄마가 이야기를 하자고 했을 때… 지금 어디예요?"

"캘리포니아!"

"네?"

코트니의 뒤편으로 보이는 방은 깔끔하고 안락했다. 벽에는 연어색 오븐장갑 한 켤레가 걸려있었다. 나는 산타페에 있는 코트니의 집에 가본 적이 한 번도 없지만, 적어도 1년에 한 번씩 코트니와 루시가 뉴욕으로 나를 만나러 오는 돈을 대주고 있었다.

"캘리포니아야!" 내가 다시 말했다. "고급 호텔 방이 갓 구운 빵처럼 따끈따끈해."

"캘리포니아에는 왜 간 거예요?"

"일이지. [그 **회사**에서] 비행깃값을 줬어. 굉장하지, 래티?"

"[그 **회사**] 일을 한다고요?"

"거기 일이라기보다는 거기랑 같이 하는 거야. 어쨌든 그 얘기는 나중에 하자. 넌 잘 지내니? 루시는 어때?"

"우린 잘 있어요. 루시는 배드민턴을 치러 갔는데, 금방 올 거예요."

"배드민턴을 쳐?"

"그냥 편안하게 쳐요. 친구들이랑. 저도 치고 싶지만, 가끔 저녁에도 일하러 가야 할 때가 있어서요."

"너 한 달에 한두 번만 일하는 것 아니었어?"

코트니는 뭔가가 담긴 잔을 향해 손을 뻗었다. 화면이 흐릿해졌다가 동시에 선명해졌다. "일이 빨리 진행되지 않아서…" 코트니의 형체가 갑자기 뚜렷해졌다. "일을 몇 번 더 하게 됐어요. 팁이 좋아요."

"네가 〈타임스〉에 쓴 글은…"

"잡지 말이죠. 맞아요! 곧 나올 것 같은데… 음, 아마 다음 주는 아니겠지만…"

"빨리 읽어보고 싶다."

"네, 저도요. 그러니까, 엄마가 빨리 읽으면 좋겠다고요. 그리고 이를테면… 온 세상도. 의회가 부끄러움을 느끼고 실제로 행동하면 좋겠네요."

"우리 용감한 기자." 나는 이렇게 말하고서 곧바로 후회했다. 몇 년 전부터 이런 칭찬을 받아들이는 코트니의 반응이 달라졌기 때문이다. 30대 중반부터 코트니의 자기평가가 달라졌는지, 내 칭찬에 수치스러움을 느끼는 듯 눈동자가 마구 떨릴 때가 가끔 있었다. 그 전에는 한 번도 보지 못한 반응이었다. 코트니는 실제로 용감했다. 기자인 것도 사실이었다. 그리고 내 아들이었다. 하지만 나는 코트니가 내 칭찬을 또 이상하게 받아들였음을 알 수 있었다. 바로 지금 코트니가 이를 악물었으니까. 마치 선의의 거짓말을 그냥 받아들이려는 사람 같았다.

"음, 이 죽어가는 업계의 귀족들이 제 말을 좀 더 잘 받아들이게 설득할 수 있다면… 팟캐스트를 시작해 볼까 해요."

"진짜?" 나는 팟캐스트를 사랑한다.

"농담이에요. 그런데 서부에는 왜 가신 거예요? 무슨 일로? 거기 주주들을 위한 연례 보고서에 쓸 시라도 짓는 거예요?"

"말할 수 없어. 비밀이거든."

"비밀유지계약!" 코트니가 웃음을 터뜨렸다. "비밀유지계약에 서명한 건 틀림없이 평생 처음이죠? 메리언 파머, 빅테크에 입이 박히나!"

"맞아. 하지만 어차피 이번 주가 가기 전에 그쪽에서 발표할 것 같은데…"

"그럼 언론 보도를 기대하면 되는 건가요…?"

"아니, 그보다는…" 나는 창문에 손바닥을 대듯이 양손을 차례로 들어 올렸다.

"아, 몰…" 코트니가 말했다.

"그러지 말고, 래티."

코트니는 키보드를 흘깃 내려다보았다. "좋아요." 그러고는 씩 웃으며 양손을 들어 올려 래티의 작은 발톱 모양을 만들었다.

우리가 늘 하던 장난이었다.

"그래서…" 나는 주먹 쥔 양손을 위아래로 포갰다. 망치를 든 것과 비슷한 자세였다. 그러고는 그 자세에 어울리게 상상 속의 못을 두드리는 시늉을 했다.

"망치질." 코트니가 말했다. "뭔가를 짓는다, 아니, 일한다… 아, 엄마가 일하는 거군요, 그들과 함께하는 일…"

나는 고개를 끄덕였다. 이제 나는 상상 속의 연필을 들고, 상상 속의 종이에 글자를 흘려 쓰는 시늉을 했다.

"글을 쓰는… 시를 쓴다."

나는 고개를 끄덕였다.

"하이테크 시. 기업 시."

나는 고개를 저었다.

"애스트리드 토레스-스트레인지에 관한 것?"

나는 다시 고개를 저으며, 입을 꾹 다물고 도움이 될만한 것을 찾아 방 안을 두리번거렸다. "아." 나는 팔꿈치를 구부리고 칼을 들어 올리듯이, 가라테로 수도手刀를 내려치기 위해 준비하듯이 양손을 올렸다.

"상자를 들고 있다." 코트니가 말했다.

나는 고개를 저었다.

"미끄러운 것을 들어 올리려고 한다. 뜨거운 것? 장갑을 끼고 있어요?"

"음음음."

"가라테!" 코트니가 소리쳤다.

나는 관절을 뻣뻣하게 유지하면서 양손을 올렸다 내리며 어깨를 흔들었다.

"춤을 춘다. 음… 룸바?"

나는 고개를 까딱까딱 움직였다.

"차차차… 아니, 로봇! 세상에, 로봇을 만들고 있어요?"

기쁨이 확 몰려왔다.

"시 쓰는 로봇을 만들고 있어요? 엄마가 로봇에 관한 시를 쓰는 거예요…?" 코트니가 드디어 뭔지 알겠다는 표정을 지었다. "시를 쓰는 봇이 있군요."

나는 고개를 끄덕였다.

"엄마가 그 봇에 관한 작업을 하는 거예요."

나는 다시 고개를 끄덕였다.

"사이언스픽션 같은데요. 그 봇은 잘해요?"

"Comme çi, comme ça('그럭저럭'이라는 뜻의 프랑스어—옮긴이)."

"뭐, 몰의 기준이 워낙 높긴 하죠." 코트니는 턱을 긁적였다. "엄마의 춤 실력은 나쁘지 않아요. 진짜 로봇 같은 사람도 봤으니까." 코트니가 제 나름의 시도를 하기 시작했다.

"그런 건 유전이야." 내가 말했다.

코트니가 키득거렸다. "거기 얼마나 있을 거예요? 거기 사람들이 잘해줘요?"

"월요일 밤까지 있을 거야. 하지만 너랑 이야기하려던 이유가 더 있어. 네가 말한 것 말이야… 집에 대해서."

코트니의 표정이 조금 흐려졌다. "아, 사실 우리 생각이 바뀌었어요. 생각해 보니까… 그러니까 엄마가 그럴 수 없다는 걸 알겠더라고요. 그래도 내 생각에는 아빠가… 그리고 루시의 부모님도 비록 아주 인심이 후한 분들이지만 그다지… 어쨌든…" 코트니가 한숨을 내쉬며 고개를 저었다. "돈이 문제죠. 상황이 좀 더 안정될 때까지 기다리는 편이 나을 것 같아요. 아니면 시장 상황이라고 말해야 하나…? 잘 모르겠어요. 그냥 루시가 좋은 기회인 것 같다고 생각했을 뿐이에요."

"래리가 도와줄 수 없대?"

코트니가 고개를 저었다. "모르겠어요. 무슨 일이 있나 봐요. 아빠가 말은 안 하지만. 지금은 도울 수 없다고 했어요."

의아해하는 것이 보이는데도(나도 의아했다), 코트니는 실망감을 감추려고 애썼다. 다시 고개를 젓고 시선을 다른 곳으로 돌리면서, 부드럽고 조금 일그러진 미소를 지었다. 자신에게 어떤 기대도 없다는 것, 이런 일로 상처받지 않는다는 것을 내게 알리고 싶어 했다. 돈이란.

"걱정 마세요. 우린 괜찮아요. 지금 사는 곳도 좋고요. 집주인이 앞으로 1~2년 내에 뭔가 할 것 같지는 않아요. 사우스사이드에서 마음에 드는 곳을 새로 찾아낼지도 모르죠. 요즘 그쪽에 멋진 식당들이 좀 있거든요."

"내가 너한테 9만2천 달러를 줄게." 내가 말했다.

"네?"

"이번 일로 8만 달러를 받았어. 1만2천은 내가 저축한 돈이고. 너와 루시를 위해서."

"엄마! 우선, 그 일로 *8만 달러*를 받았다고요?! 그리고 둘째로, 액수가 너무 커요. 내가 그런 걸 부탁하려고… 엄마가 앞으로 살아가려면 필요한 돈이잖아요. 엄마는 *시인*이니까."

"죽을 때 가져갈 수도 없잖니, 래티."

"저는 엄마 아들이에요. 엄마의 경제 사정쯤은…"

"아냐, 난 괜찮아. 다 생각해 뒀어. 진짜야. 게다가 이건 횡재한 돈이니까 네가 썼으면 해."

우리 둘 다 이제 로봇 흉내는 내지 않았다. 나는 손바닥을 무릎에 평평하게 올려두고 있었다. 무척 행복했다. 내 어깨와 가슴에서 행복이 뿜어져 나오는 것 같았다. 화면 속의 코트니는 멍한 얼굴이었다. "그래도 이건 안 되는…"

"꼭 받아야 돼."

"진짜예요? *그건…*" 코트니는 바나나스플릿(길게 가른 바나나에 아이스크림, 견과류 등을 채운 디저트─옮긴이)처럼 활짝 웃고 있었다. 내가 기억하는 미소였다. 기억에 아주 생생한 미소. 코트니가 고개를 저었다. "그래도 어떻게…?"

나는 상상 속의 해충을 쫓듯 손을 저었다. "코트니."

코트니가 침을 꿀꺽 삼켰다. "*고마워요.*" 그가 고개를 저었다. "저는 정말… 잠깐, 루시가 왔어요. 루시!" 내 아들이 화면에서 사라졌다. "루시!"

"무슨 일이야?" 화면 밖에서 루시의 목소리가 들리더니, 문이 닫히는 소리가 들렸다. "무슨 일 있어?"

"엄마랑 통화 중인데, 우리한테 9만2천 달러를 주시겠대. 집을 사라고. 엄마가…"

갑자기 루시의 머리가 화면 속으로 들어왔다. 코트니가 옆에 있었다. 루시는 검은색 스판덱스 탱크톱을 입고 안경을 쓴 모습이었다. 루시가 안경을 쓴 모습을 나는 처음 보았다. 크고 묵직한 안경이 얼굴을 다 가리고 있었다. "메리언?" 루시가 말했다.

"안녕!"

"정말로 그렇게…?"

"9만2천 달러야." 내가 말했다.

"정말이세요?" 루시의 입에서 단어들이 거의 발사되는 것 같았다. "어떻게… 정말 감사해요!"

"정말이야." 내가 분명하게 말했다.

"와." 루시는 고개를 저었다. "고맙습니다."

코트니도 고개를 젓고 있었다. "그 정도면 충분…"

"와." 루시가 다시 말했다. 그 한 음절 속에 들어있는 바보 같은 기쁨, 소박한 행복이 느껴졌다. 아직 루시의 얼굴이 제대로 보이지 않았다. 코트니가 그녀의 어깨를 손으로 감쌌다. 서로를 사랑하는 두 사람. 내게서 또 만족감이 뿜어져 나왔다.

"그래." 내가 말했다.

'난 좋은 엄마야.' 나는 속으로 생각했다.

지금 돌이켜 보니

6 세

너는 머리를 길게 기르려고 했다. 네가 기억하는 한 아주 오래전에 내린 결정이었다. 공주처럼, 인형처럼, 어머니와 함께 길을 건너다가 본 여자애들처럼. 어머니는 항상 짧은 머리를 유지했다. 손질할 필요가 없는 검은색 단발이었다. 하지만 너는 긴 머리를 원했다. 어머니가 아니라 너의 생각이었던 것이 지금도 기억난다. 너의 첫 일탈 중 하나였다. "긴 머리는 손이 많이 가." 어머니가 말했다. 그러면 네가 포기할 거라고 생각하는 듯이. 너는 손이 많이 가는 것을 걱정하지 않았다. 학교에 다니고, 집안일을 돕고, o와 y를 흘림체로 쓰는 법과 대문자 G를 고압적인 모양으로 쓰는 법을 배웠다. 나중에 어른이 된 뒤에 너는 마치 어머니가 네게서 일을 배운 것 같은 기분이 들었다. 어머니는 어떻게든 요령을 터득했다. 딸의 헌신적인 모습을 유심히 살펴보았다.

어머니는 갈색 머리를 감는 법, 빗질하는 법, 머리카락이 얼굴로 흘러내리지 않게 작은 황금색 머리핀으로 고정하는 법을 가르쳐 주었다. 어머니가 머리를 빗질해 주는 일은 드물었다. 그건 네가 해야 할 일임을 어머니는 분명히 했다. 네가 내린 결정에 그것도 포함된다고. 때로 너는 딸의 머리를 빗질해 주는 어느 어머니의 모습을 언뜻 보곤 했다. 책이나 영화에서, 또는 친구 집에 갔을 때. 그런 순간에 너는 아픈 동경을 느꼈다. 뭔가를 놓친 듯한 기분. 하지만 자부심에 몸이 떨리기도 했다. 네가 스스로 빗질을 할 수 있었으니까.

어머니는 머리를 땋는 법도 가르쳐 주었다. 나중에, 시간이 흐른 뒤에야 가르쳐 주었지만. 마치 네가 마침내 모종의 시험을 통과했다는 듯이. 어머니의 어머니도 머리를 땋았다. 네가 만난 적이 없는 외할머니는 어머니의 장식품 위에 세워진 연필 드로잉 두 점 속에만 존재했다. 네 아버지가 그 그림을 그렸다. "옛날에는 네 아버지가 모든 사람을 그렸어." 하지만 딸의 그림은 한 번도 그리지 않았다.

어머니는 나무 스푼에 달린 리본으로 머리를 땋는 법을 가르쳐 주었다. 오른쪽으로 넘기고, 왼쪽으로 넘기고, 오른쪽으로 넘기고, 왼쪽으로 넘기고… 어머니는 네게 "손이 빠르구나, 몰"이라고 말했다. 일단 기본적인 것들을 가르친 다음에는 그다지 기본적이지 않은 것들을 가르쳤다. 네 갈래 땋기, 물고기 꼬리 모양 만들기, 왕관처럼 올리기. 어머니는 어떻게 이런 걸 다 알고 있을까? 자기 어머니의 머리를 땋아주었기 때문이다. 너는 어머니의 얼굴을 관찰했다. 어머니가 집중했을 때 자글자글 주름이 지는 눈가의 피부를.

머리를 땋는 일이 네게는 명상이 되었다. 다른 여자애들은 그렇게 짱짱하고 훌륭하게 머리를 땋을 줄 몰랐다. 그것은 네 능력의 증표였다. 어머니가 네게 가르쳐 준 것처럼. 땋은 머리가 검처럼 등 위로 똑바로 떨어졌다.

자라면서 너는 어머니가 너의 성취를 마치 제 것인 양 몸에 두르는 것을 보았다. 어머니에게 100야드 달리기경주에 대해 이야기하면서 너는 진동하는 두 개의 막대기가 된 것 같았다. 둘 중 어떤 것이 중심인지, 둘 중 어떤 것이 원래 진동이고 어떤 것이 거기에 공감하는 답변인지 알 수 없었지만, 그것이 너의 유년시절이었다. 아이로 살아가는 것, 어머니에게서 폭포처럼 물결치는 공감과 가까운 곳에서 그 공감에 에워싸여 살아가는 것의 의미가 바로 이러했다. 네가 문학과 시로 실험을 시작했을 때 어머니는 깜짝 놀랐다. 어머니는 네가 아버지를 닮았다고 생각하고 있었다. 눈대중 실력이 아버지를 닮았다고. 하기야 시를 쓰는 것도 뭔기를 측량히는 작업이긴 하다.

네가 어렸을 때 어머니는 다양한 일을 했다. 개인교사, 사무실 관리자, 총선 선거운동 때 민주당 자원봉사 관리자. 어느 일도 오래 하지는 못했지만, 어머니는 그것을 실패로 보지 않았다. 그냥 장난삼아 해본 일이 잘 풀리지 않았다고 생각했다. 일이 잘 안된 것은 다른 사람들의 탓이니, 어머니는 그들의 실수가 안타까울 뿐이었다. 어머니는 침대에 누워있는 네게 이런 말을 해주었다. 어머니와 함께 쓰던 침대, 항상 함께 쓰던 침대. 너는 이것이 이상한 일이라는 것을 알지 못했다. 어머니와 아이가 침대를 함께 쓰는 것. 나이를 더 먹은 뒤에야 알게 되었지만, 그때는 너와 어머니 사이에서 그것을 바꿀 길이 없었다. 언어와 비슷했다. "이상한 점은 전혀 없었어." 너는 래리에게 이렇게 말했다. 그가 딱 한 번 물어보았을 때.

"없었어?" 래리가 말했다. 나쁘지 않은 반응이었지만, 너는 그를 비난했다. 그 귀하고도 수치스러운 일, 피로 이어진 두 사람이 나란히 누워서 잠을 잔 그 일을 옹호하면서.

"그냥 특이한 것 같아서 그래." 래리가 말했다.

"그건 나쁜 일이 아니야." 너는 이렇게 대답했다.

어머니는 눈치가 빨랐다. 몇 초 만에 사람을 읽어내고, 그 속을 꿰뚫어 보았다. 어머니는 변덕스러웠다. 어머니는 느렸다. 가끔 어머니의 얼굴이나 팔다리에 발진이 돋았다. 가끔 열이 치솟았다. 네가 고등학교에 들어갈 무렵, 어머니는 톰킨스 스퀘어 도서관에서 파트타임으로 일하기 시작했는데 어찌 된 영문인지 그곳에서 오래 일하게 되었다. 어찌어찌 일을 해내서 나중에 은퇴할 때까지 그곳에 머물렀다. 직장이 있다는 것은 갈 곳이 있다는 뜻이었다. 네가 바삐 사는 동안 어머니도 어딘가에서 바삐 일하고 있다고 상상하면 너는 기분이 좋았다. 얽혀있는 두 입자, 재결합을 기다리는 두 자석 같았다. 어머니는 네게 모든 것을 말해주었다. 아니, 적어도 어머니 시각에서 본 모든 일을 말해주었다. 가벼운 뒷소문에서부터 직장 내의 정치적 역학관계, 그날 오전에 어머니가 새것처럼 손본 책에 이르기까지. 너도 어머니에게 모든 것을 말해주었다. 아니, 네 시각에서 본 모든 일을 말해주었다. 너는 어머니가 어떻게 판단하는지 보려고 하루 일과 중

이런저런 부분들을 어머니에게 보여주었다. 사춘기 때는 인생이 더 힘든 것 같았다. 누가 삶을 아무렇게나 삐쭉빼쭉 잘라놓은 것 같았다. 그 뾰족한 가시에 네 심장이 걸리고 살갗이 찢어졌다. 못된 아이들, 무신경한 시험, 사춘기와 자기혐오. 학교가 즐거움이라고는 없는 황무지처럼 느껴지는 날도 있었다. 네 몸이 남들보다 부족한 것 같았다. 너는 집에 돌아와서 어머니에게 그런 속내를 털어놓았다. 어머니는 너를 품에 안았다.

한번은 어머니가 옛날에 배우가 되는 것이 꿈이었다고 말했다. 하지만 너는 어머니가 스포트라이트 밑에 서있는 모습을 상상할 수 없었다. 네가 상상할 수 있는 어머니는 항상 무대 옆 공간에서 빨간 벨벳으로 만들어진 막에 뺨을 대고, 무대에서 애를 쓰는 너를 엄숙하게 지켜보는 모습이었다.

세월이 흐른 뒤 어머니는 네게 디지를 배워야 한다고 고집스럽게 말했다. 어머니는 직업고등학교 시절 타자를 배웠다. 어머니의 말에 따르면 "가장 현대적인 기술"이었다. "노년 보험"이기도 했다. IBM 셀렉트릭스 자판의 키 쉰다섯 개가 수놓아진 설화석고 천. 어머니가 그걸 어디서 구했는지 너는 끝내 알아낼 수 없었지만, 어머니는 부엌 식탁에 너를 앉히고 그걸로 '타자'를 치게 했다. 양쪽 집게손가락을 각각 F와 J에 놓은 네게 어머니는 그날 아침에 나온 〈포스트〉지를 구술했다.

나중에 어머니는 진짜 타자기를 사주었다. 상자를 열어 보니 하얀 종이 한 장이 벌써 타자기에 끼워져 있었다. '너의 래빗으로

부터.' 선명한 글자로 이렇게 적혀있었다.

네가 어렸을 때 어머니는 네게 책을 읽어주었다. 케네스 그레이엄, 에릭 링클레이터, 조지 맥도널드의 《북풍의 뒤편》, 시는 《어린이를 위한 시의 정원》뿐이었다. 진짜 시, 즉 세상을 뒤흔드는 현대적인 시를 너는 사춘기 때가 돼서야 비로소 접했다. 지금은 이름도 기억나지 않는 어느 영어 선생님의 친절과 통찰력 덕분이었다. 유대인인 그 선생님도 머리를 길게 땋고 있었지만, 흰머리였다. 머리가 무려 허리까지 내려왔다.

해가 어떻게 뜨는지 말해줄게--

한 번에 리본 한 개--

그 선생님이 언젠가 숙제에 써놓은 구절이었다. 시인의 이름은 말해주려 하지 않았다.

"네가 찾아봐." 선생님이 조언했다. "단서가 생겼잖니."

하지만 너는 책의 세계로 물러날 수 없었다. 너는 편두통으로 얼룩진 주말에, 어머니가 힘이 없어서 일어나지도 못하는 아침에 어머니를 돌봤다. 당근-레몬-꿀 특효약을 만드는 법도 배웠다. 가끔 어머니는 오로지 이 특효약만 목으로 넘길 수 있었다. 어머니의 몸이 나아지면, 그러니까 어머니가 한 계절 내내 평범한 부모처럼 출근하고, 널 데리러 오고, 식품점에서 장을 봐올 때면 너는 필드하키를 하고, 육상팀에 들어갔다. 근육이 나무로 만든 조각처럼, 너무 사용해서 닳아버린 단풍나무 조각처럼 느껴질 때까지 달리고 또 달렸다. 대학에 원서를 넣은 것도 이렇게 어머니의 몸이 좋을 때였다. 그래서 너는 대학에 가도 되겠다는 결론을 내렸다. 어머니도 그것을 원했다. 어머니는 네가 똑똑하고 성공한 사람이 되기를 원했다. 아버지 쪽 친척들이 네 교육비로 따로 떼어둔 돈도 있었다. 라우리에 합격한 뒤 너는 버스를 타고 뉴햄프셔로 갔다. 그 행동이 어떤 의미인지 제대로 생각해보지는 않았다. 대학은 놀랍고 무서운 곳이었다. 캠퍼스 생활에는 아무런 한계가 없는 것 같았는데, 바로 그 점 때문에 너는 겁을 먹고 문자 그대로 배가 아파왔다. 네가 기숙사에서 침대에 누워있으면 룸메이트인 스텔라가 온갖 감언이설로 너를 꾀었다. 파티 이야기, 남자친구 이야기, 강가를 따라 걷는 긴 산책 이야기로. 너는 집으로 편지를 보냈다.

래빗에게,

어제는 모든 것이 굉장했어요. 화들짝 놀란 것 같은 햇살도, 나중에 강의실에서 카프카에 대해 토론했던 것도. 우리는 행복한 딱정벌레가 될지 아니면 불행한 여자가 될지 토론했죠. 저녁식사 때는 캐나다산 작은 새우가 나왔어요. 오늘은 난파선이 된 것 같은 기분이에요. 밤새 집에 돌아가 있는 꿈을 꿨는데, 지금은 베개가 눈물로 흠뻑 젖었어요. 머리가 아프고, 배도 아프고, 그냥 크리스토퍼 거리의 집에 있고 싶은 마음뿐이에요. 래빗과 함께 있는 몰이 되어서, 우리 둘이 다리를 올리고 차를 마시면 얼마나 좋을까. 같은 오토만에 발을 올려놓고 있는 거예요. 난 여기 못 있겠어요. 도대체 왜 여기서 지낼 수 있을 거라고 생각했는지 모르겠어요.

하지만 너는 학교에 남았다. 지금 그 편지를 돌이켜 보면(그 편지는 너의 상상 속 문서보관소에 있는 '파일'의 일부다), 어떻게 학교에 남았는지 이해가 가지 않는다. 너는 그곳에서 사귄 친구들을 사랑하게 되었지만, 그 사랑이 지나쳤다. 남아도는 시간을 어떻게 써야 할지, 돌봐줄 사람이 없는 밤과 낮을 무엇으로 채워야 할지 너는 알 수 없었다. 네게 방향을 잡아줄 어머니가 없으니, 너는 무력한 나침반 바늘이었다. 너는 잠을 자지 않고 꼬박 밤을 새우며 책을 읽거나 캠퍼스를 한참 동안 걸어 다녔다. 그러다 그 다음 주에는 수업도 전화도 전부 무시하고 오로지 잠만 자거나 며칠 동안 아무것도 먹지 않았다. 스텔라가 네 침대 발치에 너를 위한 음식을 놓아두었다. 빨간 사과 한 알, 치즈 샌드위치 한 개, 심지어 카페테리아에서 가져온 폭신한 블랙 포리스트 케이크도 한 조각. 침대에 누워서 본 그 음식은 진짜 같지 않았다. 먹을 수 없는 물건 같았다. 박물관에서 빌려온 유물 같았다. 어머니가 없는 곳에 네가 있다는 것이 말이 되지 않았다. 마치 누군가가 네 장기 하나를 뜯어내 병 속에 넣어둔 것 같았다. 너는 네 몸의 상처를 살펴보고, 옆구리에 남은 텅 빈 공간을 향해 상처를 눌러보며 그리운 눈으로 그 병을 바라볼 수 있을 뿐이었다.

이상하게 너는 짧은 방학 동안 하노버에 남았다. 이 때문에 스텔라가 얼마나 화를 냈는지 지금도 기억한다. "뉴욕으로 돌아가지 않는다고?" 스텔라가 소리쳤다. "그게 세상에서 가장 원하는 일 아니었어?" 돌아가기 위해 표를 사고, 여러 시간 동안 달려가

(옷을 껴입고 기대에 찬) 어머니를 만날 생각을 하면 얼굴에서 혈색이 사라져 핼쑥해졌다. 마치 피를 뽑힐 때처럼 견디기 힘든 일이었다. 그래서 너는 10월에 하노버에 남았다. 3월에도 남았다. 뉴욕에는 크리스마스와 여름에만 돌아갔다. 라우리가 문을 닫아서 너는 떠밀리듯 그레이하운드 버스에 오를 수밖에 없었다. 이렇게 학교가 쉬는 기간이 마치 열에 들뜬 꿈 같았다. 관능적이고 즐겁지만, 왠지 뒤틀려 있었다. 집으로 돌아와 크리스마스 만찬으로 구운 닭과 완두콩 통조림을 함께 먹을 때, 또는 7월에 어머니와 똑같이 연두색 원피스를 입고 수영장에 나란히 앉아 발을 담그고 있을 때, 너는 한 번도 알아차리지 못한 질병을 네 안에서, 어머니와 함께 있는 시간 속에서 감지했다. 집에 오면 더 행복했지만, 네가 작아지고 뒤틀려서 과거의 역할과 바짝 말라버린 습관으로 돌아가는 것을 알아차렸다. 비록 라우리에서 온갖 고통을 겪었어도, 대학은 추가적인 경험을 품고 있었다. 구부러진 고사리 잎과 비슷했다. 필드하키 경기에서 골을 넣고 팀원들과 기뻐하는 것. 성 패트릭의 날을 위해 학교 식당을 꾸미는 일. 마마스앤드파파스의 노래에 맞춰 스텔라와 함께 춤을 추는 일. 여자친구가 선물로 준 수선화, 처음으로 화음을 넣어 노래하기, 디킨슨을 주제로 페이퍼 작성하기. 고대 아테네인들을 설명하는 철학교수의 말에 귀를 기울이고, 그녀의 눈에 보석처럼 맺힌 눈물을 보는 일. 너는 학교에서 가르침을 통해 길러내고자 하는 사람이 되고 싶었다. 학교의 요구에 진심으로 몸을 움츠리면서도.

2학년 때는 더 나아졌고, 3학년 때는 더욱 더 나아졌다. 여전히 어머니에게 매주 25페이지짜리 서사시 같은 편지를 쓰고 답장을 기다리며 시들어 가고 있지만, 발작처럼 아프던 것이 학기당 경련 몇 번으로 줄어들었다. 이런 시련에 대해 설명할 때마다 어머니는 네게 주의를 주려 하지도 않고 다 지나가는 일이라며 가볍게 넘기지도 않았다. 어머니는 너의 '본질적인 용기'와 이겨낼 수 있는 능력을 일깨워 주었다. 이렇게 간헐적으로 찾아오는 위기를 견뎌내는 법을 너는 배웠다. 생리통처럼, 또는 여자친구들이 가끔 드러내는 잔인성처럼. 너의 지속적인 변신을 위한 세금이었다.

라우리에서 너는 처음으로 시를 써서 학교 문학잡지인 《님버스》에 투고했다. 여러 편을 퇴짜 맞은 뒤에야 편집자들이 마침내 〈정오〉라는 제목의 6행시를 받아주었다. 여기에 그 시를 하나의 표시로 인용한다.

나무 한 그루
조용한 바다
색이 칠해지고, 흔들리는 '종'
강풍에 지그재그
    방향을 바꾸는 배
저 멀리 높은 파도 위에서.

시가 책에 실리면서 느낀 자부심이 네 안에 일종의 불을 붙였다. 편집자들의 승인뿐만 아니라 동료들이 보여준 인정 또한 네가 이런 식으로 자신을 표현할 수 있는 사람임을 보여주었다. 그때까지 너는 남들이 알아들을 수 있게 자신을 표현하는 법을 알지 못했다. 네가 파악한 우주를 명확한 용어로 표현하는 능력이 자신에게 있다는 사실도 알지 못했다. 이제 '파머'라는 이름은 바로 이 힘을 뜻했다. 같은 수업을 듣는 학생들이 〈감상주의자〉나 나중에 발표된 〈석영 혈관〉, 〈리버보트〉 같은 시를 읽고 네게 말을 걸 때 너의 선명한 시각, 본질적인 용기를 인정하는 것 같았다. 어머니가 아닌 다른 곳에서 자신이 지닌 힘을 느낀 것은 그때가 처음이었다. 그래서 너는 연약하면서도 용감한 영웅이 된 기분이었다. 네가 옳을 수 있다면, 틀릴 수도 있었다. 좋은 시를 쓸 수 있다면, 거기서 추론할 수 있는 결과는 명백했다. 네 능력이 모자랄 수도 있다는 것.

졸업식 때 너는 긴 검은색 가운을 입고 사각모를 썼다. 지금 되돌아보면 그것은 미래의 전조였다. 그래서 네가 망토를 입는 건가? 삼각모도? 그렇게나 무의미한 것인가? 대학시절 화려하던 순간의 추억? 폭풍이 올 것 같던 그 여름날 거울 앞에 서서, 그다음에는 어머니와 다른 학생들과 나란히 서서, 너는 자신이 정말로 뭔가를 해낸 것 같은 기분이었다. 혼자 힘으로. 맨해튼으로 돌아올 때 너의 자세는 더 꼿꼿해졌고, 다른 사람들과 시선을 마주치기도 더 쉬워졌다. 심지어 남자 앞에서도 무섭지 않았다. 학교를 마치고, 자매애로 여기까지 왔으니, 이제 너는 그 뒤에 무엇이 닥치든 감당할 자격을 갖고 있었다.

집에 돌아온 직후 어느 날의 아침식사. 식탁에서 어머니와 마주 앉아 평소처럼 토스트와 달걀을 먹던 너는 소금을 향해 손을 뻗었다. 어머니의 시선이 곧바로 너를 올려다보자 너는 그 뜻을 이해했다. 지금 뭘 하는 거니? 전에는 이 식탁에 앉아서 소금을 더 친 적이 없잖아. 어머니는 소금 통을 흔들어 소금을 뿌리는 너를 지켜보았다. 너는 후추 통에도 손을 뻗었다. 얼마나 사용해야 할지, 자신이 원하는 양이 어느 정도인지, 적절한 양이 어느 정도인지 너는 알지 못했다. 하지만 그때 하던 생각은 기억한다. '어디 보자.'

WEDNESDAY   수요일

나는 통통 튀는 걸음으로 하루를 시작했다. 밤새 푹 잘 자고 일어나니 앞으로 나아갈 수 있을 것 같은 기분이었다. 호텔에서 건강한 아침식사[뮤즐리(곡식, 견과류, 말린 과일 등을 우유에 타 먹는 것—옮긴이), 블루베리, 케소 프레스코(우유와 염소젖을 섞어서 만드는 멕시코 치즈—옮긴이)]를 얹은 토스트를 먹었는데도, 로다에게 차를 몰고 돌아다니며 오렌지와 신선한 주스를 파는 곳이 있는지 찾아보라고 말했다. "여긴 그런 동네가 아니에요." 로다가 미리 주의를 주었다. 나는 시간이 오래 걸려도 상관없다고 말했다. 전날 저녁에 코트니와 대화를 나눈 덕분에 나는 참을성이 늘어난 것 같았다. 심지어 영원히 그런 상태일 것 같았다. 우리는 광고판들을 지나고 출구를 무시하며 20분 동안 고속도로를 달린 뒤 고집스럽게 보이는 나무와 방갈로가 가득한 거리를 어슬렁거리며 또 20분을 보냈다. 오렌지가 나오는 계절이 아닌 모양이었다. "됐어요." 결국 내가 이렇게 말했다. "괜찮아요."

"스타벅스는 찾을 수 있어요." 로다가 말했다.

"아뇨, 괜찮아요." 내 머릿속에 어떤 이미지, 의도가 있었다. 과

일이 쌓여있는 모습. 칼. 체계적인 방법으로 오렌지를 반으로 자른 뒤 즙을 짜내는 일을 하는 사람. 그것이 내가 원하는 이미지였다.

"계속 가요, 베아트리체." 내가 말했다. 하지만 내가 단테를 제대로 인용한 건지 엉터리로 말한 건지는 알 수 없었다.

차 안에서 우리는 아무 말도 하지 않았다. 나는 이것이 마음에 들었다. 침묵, 소박함, 가식이 필요 없는 분위기. 로다는 속도를 줄였다가 높였다. 나는 그녀의 뒤에 앉아있었다. 차선을 바꿀 때마다 내 몸이 흔들렸다. 발아래에서 들리는 타이어 소리. 가죽의 감촉. 앞좌석의 로다가 다시 노래를 부르는 소리가 들렸다. 지난번처럼 속삭임보다 살짝 높은 작은 노랫소리였다. 내가 자기 노래를 듣는 걸 그녀도 느꼈는지, 어색하게 헛기침을 하더니 노래를 멈췄다.

아침식사 때 샤지아 켄자니에게서 이메일이 왔다. '잘 지내세요? 뉴욕의 여름은 어떤가요?' 그녀는 이렇게 물었다. 몇 달 만에 받은 연락이었는데, 내가 서부에 와있다는 소식을 그녀도 들은 건가 하는 생각이 순간적으로 들었다. 여기서 나를 봤거나, **회사**에서 일하는 누군가에게서 내 소식을 들은 건가. 하지만 이메일 내용은 순수하기 그지없었다. 그녀는 내 안부를 묻고, 코트니의 안부를 묻고, 내 일(시 쓰는 일)에 대해 물었다. 나는 대다수 젊은 시인을 대할 때와는 다른 관계를 샤지아와 맺고 있다. 나이 차이가 수십 년이나 나는데도 그녀는 나를 동료, 친구로 대한다.

이것은 명성 문제가 아니다. 실력이 뛰어나긴 해도 샤지아는 아직 젊은 시인이다. 그렇다고 그녀가 주제넘어서 그렇게 행동하는 것도 아닌 듯하다. 오히려 나는 그녀가 내게 애정을 갖고 있다는 느낌을 받는다. 우리가 특별히 가까운 사이는 아니다. 서로 비밀을 털어놓는 관계도 아니다. 그래도 그녀는 내게 애정을 갖고 있다. 나도 마찬가지다. 우리는 시를 읽는 사람이 시의 저자에게 항상 보여야 하는 애정을 서로에게 품고 있다.

(사람들이 그러지 않을 때가 너무 많다.)

어쨌든 나는 답장을 썼다. 장난을 치고 싶은 기분으로.

안녕, 샤지아.

난 지금 네 동네에 와있어.

기계랑 같이 시를 쓰는 중이야.

망막 스캐너가 트림 소리를 냈다. 끔찍한 소리였다. 깍깍 소리 조금, 뎅 소리 조금, 피부 아래가 진동하는 느낌 조금. 그래도 나는 우묵한 곳에 이마를 대고 동요하지 않으려고 애썼다. 그리고 어둠 속을 향해 눈을 깜박였다. 이제는 이것이 내 하루의 평범한 일부였다. 문 옆에 엉거주춤 서서 레이저가 내 안구의 내부를 훑게 하는 것. 아침에 이곳에 도착했을 때 스캐너의 검사를 받고, 점심식사 이후에도 검사를 받고, 커피를 마시거나 화장실에 갔다 온 뒤에도 검사를 받았다. '사람이 참 적응이 얼마나 빠른지.' 나는 속으로 생각했다. 뉴욕으로 돌아가면 이 스캐너의 편

리함을 그리워하게 될지도 모른다는 생각이 들었다. 어쩌면 크리스토퍼 거리의 내 집 문 옆에 이 스캐너를 설치할지도 모른다. 아예 열쇠를 집에 두고 다닐 수 있게. 기계에 눈만 보여주면 된다. 밤처럼 어두운 곳을 빤히 바라보기만 하면 된다.

하지만 오늘은 그 방법이 통하지 않았다. 스캐너가 또 트림 소리를 내더니, 빨간 불이 깜박거리기 시작했다. 아주 작은 조난 신호였다. 1분도 안 돼서 경비원이 나타났다. 파란색 방탄조끼를 입은 자그마한 남자였다.

"안녕하세요." 내가 말했다. "얘가 내 시선을 거부하네요."

그는 옆의 패드에 뭔가를 입력했다. "다시 해보세요."

나는 그렇게 했다. 깍깍/뎅/덜덜. 거부.

"흐으으음." 경비원은 내 가슴에 하찮은 브로치처럼 꽂혀있는 배지를 살펴보았다. "성함이 뭐죠?"

"메리언 파머." 내가 말했다. "F가 두 개예요."

"흐으으음." 경비원은 스캐너를 다시 보면서 똑같은 소리를 내더니, 손가락으로 스캐너 위쪽의 차양을 튕겼다. "서버가 다운된 건지도 모르겠네요." 그는 소인국의 휴대폰처럼 생긴 화려한 무전기를 갖고 있었다. "여보세요?" 그가 그 무전기를 향해 말했다. "PS 서버가 다운됐나요?"

"아뇨." 상대방이 대답했다.

"C2의 스캐너가 통행증 소지자에게 문을 열어주지 않아요. 파머? 메리언?"

"F가 두 개예요." 내가 말했다.

무전기 속의 목소리가 잡음과 함께 말했다. "그분 눈에 문제가 있나요?"

"그건 아닌 것 같은데요." 경비원이 나와 시선을 마주치며 말했다.

결국 안으로 들어올 수는 있었다. 프런트 데스크로 가서 생체 정보를 다시 입력한 뒤에. 코트니가 있었다면 펄펄 뛰며 화를 냈을 것이다. "그 사람들이 엄마 눈을 스캔하게 했다고요?! 목소리도 녹음했어요?" 하지만 나는 개인정보가 침해당했다며 화를 낼 기분이 들지 않았다. 내 목소리, 내 모습이 무슨 군사기밀도 아니지 않은가. **회사**가 그 정보를 어디에 쓴다고? 나한테 신발 깔창을 파는 데?

이번에는 망막 스캐너가 아무런 불평 없이 나를 받아들였다. 나는 경비원에게 고맙다고 인사한 뒤 문을 닫았다.

"안녕, 샬럿." 나를 기다리는 단말기를 향해 이렇게 말하고 나서, 나는 그 기계 앞에 앉아 어제 작업한 것을 불러냈다.

좋지 않았다.

솔직하게 말하자면, 나락 같았다. 알맹이도 없고, 바닥도 없고, 나락 같았다. 좋은 시라면 적어도, 최대한, (결국), 진정성이 있어야 한다. 시는 나락을 가로지르는 다리다. 진짜 두꺼비가 사는 상상 속의 정원이다. 우리가 시도해 볼 수도 있고, 바랄 수도 있는 것. 하지만 그런 것조차 일단 옆으로 젖혀두자. '좋은 시'도 젖혀두자. 진짜 생각, 실제 분위기로 이루어진 시로 만족하자. 미니어처 망치가 닿자마자 부서지지는 않는 시. 전날의 작업은 유리 성당의 집합체였다. 나는 놀란 가슴으로 그것을 다시 읽어보았다. 내가 아름답다고 착각했던 구절 전환이 이제 보니 무슨 소리인지 알 수 없었다. 전날 샬럿은 나를 정말로 놀라게 했다. 내가 한 행의 일부나 한 행 전체를 제안하면, 샬럿은 내 기대를 뒤집는 응답을 내놓았다. 이런 놀라움이 나를 유혹했다. 그래서 알고리즘이 순간적으로 보여준 풍성함을 진짜로 착각했다.

'내가 뭘 하고 있는 거지?' 나는 경악했다. '나 자신을 모욕하려는 건가?' 그래도 아들에게 한 약속을 취소하지 않는 한 이 일에서 물러날 수는 없었다. 이제 내게는 그 돈이 필요했다. 지난 일요일과는 상황이 달랐다. 내 파트너에게 어떤 문제가 있든, 반드시 이 시를 써야 했다. '장시'지만 장시가 아닌 시.

발견되지 않은 오렌지

행복한 딱정벌레

배 한 조각

일곱 가지 변화의 날

교향곡

벤치

카나리아 몸의 입

새로운 주둥이

회색 회색

태엽으로 돌아가는 듯한

재능

컴퓨터 시스템이 당당하게 내놓은 목록, 단어 몇 개를 바탕으로 외연을 넓혀가는 방식이 이제는 나를 홀리지 못했다. 어제는 샬럿의 창작물이 멋지게 보였다. 아니, 그 정도 수준이 아니라 세상에 낯선 조명을 비추는 새로운 것처럼 보였다. 하지만 지금은 앞뒤가 전혀 맞지 않는다는 것을 알 수 있었다. 이 소프트웨어는 단어의 의미를 이해하지 않고, 한 단어가 다른 단어와 나란히 등장할 가능성, 즉 빈도에 의존하는 것 같았다. '푸름'은 '푸른 새'와 한 쌍이고, '공성'은 '망치'와 한 쌍이었다. 컴퓨터 시스템은 그럴듯하게 보이는 것이 진실보다 중요한 광고계에 잘 어울렸다. 애당초 이 기술의 출발지도 그곳이고, 종착지도 십중팔구 그곳일 것이다. 평균치를 예술로 보는 그들의 억측, 대담함을 상상해 보리. 샬럿이 쓴 '일곱 가지 변화의 날'을 배의 이미지와 연결해 주는 모티브는 없다. 딱정벌레와도 연결되지 않는다. 그렇다고 그 구절에 무슨 의미가 있는 것도 아니었다. 정말로. 모두 공허한 우연의 일치, 회색 회색, 재능…

그렇다면 이건 문제였다. 이런 결과물의 공허함뿐만 아니라, 의미를 만들어 내는 인간의 무한한 해석 능력 또한. 아무리 알맹이가 없는 구절이라도 나는 거기서 알맹이를 이끌어 낼 수 있었다. 모든 사람과 마찬가지로 나 역시 너무나 쉽게 속아 넘어갔다.

내가 지금껏 발표한 작품 중에 이런 가짜가 얼마나 되는지 궁금해졌다.

요아브와 매슈 해스킷이 들렀을 때 나는 컴퓨터 반대편의 창가로 의자를 옮겨 놓고 앉아서 멍하니 밖을 내다보고 있었다.

"정신적인 삶을 잘 보내고 계십니까?" 해스킷이 물었다. 오늘은 미소를 띠고 있었는데, 그 미소가 콧수염과 나란히 움직였다.

나는 두 사람을 올려다보았다. "지옥 같아요."

두 사람은 시선을 교환했다. "글이 막혔나요?" 해스킷이 물었다.

"당신네 시스템이 엉망이에요. 그냥 멋들어진 헛소리만 만들어 내고 있어요. 나는 계속 훑어보면서 몸부림칠 뿐이에요… 방법을 모르겠어요…" 머리가 어지러웠다. 정말로 어지러웠다. 내 모자가 컴퓨터 옆에 놓여있었다. "나는 인간이에요. 생각하는 인간. 그런데 저건 생각 없는 알고리즘 덩어리예요."

"생각이 없진 않아요." 해스킷이 말했다.

"그리고 덩어리가 아주 크죠." 요아브가 말을 덧붙였다.

"그래도 그런 말씀을 들으니 유감스럽네요." 해스킷은 이렇게 말하고 나서 길게 숨을 내쉬었다. "이것이 아직 완성형이 아니라는 점은 인정합니다. 제가 원고를 살펴봐도 되겠습니까?"

"얼마든지요." 나는 몸짓과 함께 말했다.

그가 컴퓨터 앞에서 몸을 살짝 숙이고 작업하는 동안 요아브가 달래듯이 말했다. "샬럿이 제안하는 구절들이 마음에 들지 않는 건가요? 아니면 선생님의 스타일과 결합하기가 너무 어려운 건가요?"

"둘 다이기도 하고, 둘 다 아니기도 해요." 내가 말했다. "자기가 뭘 쓰는지도 모르는 기계하고 어떻게 공동 작업을 하겠어요? 저건 그냥 내가 쓴 구절 옆에 써도 되는 구절들을 추측할 뿐이에요. 그런 구절이 어떤 의도에서 나온 게 아니라면, 그것에 어떤 의미가 있는 게 아니라면… 그건 시가 아니에요."

해스킷이 작업물을 읽었다. "'나는 늙어가기 시작했다/ 그건 추천하지 않는다/ 기껏해야 별 두 개/ 별자리도 되지 못한 것/ 두 눈이 깜박거린다/ 과거로부터 당신을 향해'… 이거 굉장한데요!"

"그건 문학 이하에요. 스탠드업 코미디라고요. 게다가 대부분 내가 쓴 거예요." 이 말을 하는 동안 내 뺨의 모세혈관이 붉게 물드는 것이 느껴졌다. "저기서 뭘 기대할 수 있을지 전혀…"

"저희가 원하는 건 정직하게 노력하는 모습뿐이에요." 요아브가 말했다. 이제 그도 그 작업물을 읽고 있었다.

"시간이 더 필요할 것 같아요."

"시간을 더 드릴 수는 없습니다." 해스킷이 즉시 말했다.

"너무 서두르고 있어요! 역사적인 작업이 되기를 원한다면서… 어리석은 짓이에요."

"역사에는 신경 쓰지 마세요… 그냥 시만 쓰시면 됩니다." 요아브가 말했다. "선생님은 시를 쓰는 분이잖아요, 네?"

이제는 요아브가 퉁명스럽게 구는 건가? 나는 단말기를 가리 켰다. "지금 문제는 *내가* 아니에요."

요아브가 어깨를 축 늘어뜨리며 깊은 한숨을 내쉬었다. 나는 돌봐주는 사람들을 화나게 만든 아이가 된 것 같았다. 하지만 곧 또 다른 감정이 턱을 꼬이게 만들었다. 지금까지 내게 이런 식으 로 말하던 모든 남자들, 나를 아이 취급하던 남자들이 생각난 탓 이었다. 나는 양손을 포갰다. "나한테 말투 조심해요."

요아브와 해스킷은 입을 열었다가 곧 꾹 다물었다.

"샬럿이 '뭘 쓰는지도 모른다'고 말씀하셨는데, 그건 사실이 아니에요." 요아브가 말했다. "샬럿은 다 알고 있어요."

"어떻게요?"

"분명히 말씀드릴게요. 샬럿이 '살아있지' 않다고 말할 수는 있어요." 요아브가 말에 강세를 주는 모습을 보니, '살아있다'는 것이 우스울 정도로 높은 기준이라서 유니콘이나 성자만이 도달 할 수 있는 상태라도 되는 것 같았다. "하지만 샬럿은 단순히 패 턴을 맞추기만 하는 것이 아닙니다. 자율적인 언어모델 같은 것 과 함께 시를 쓰라고 선생님을 모셔온 게 아니에요. 샬럿은 아주 공들여 조정되었습니다. 전문가들이 몇 달을 쏟았어요. 저희가 보유한 마인드들이 다 그렇습니다. 샬럿의 딥 러닝 프로토콜은 세상에 대한 집합적인 인상을 형성합니다. 선생님이 말씀하시는 피상적인 상관관계를 훨씬 뛰어넘는 경지죠. 샬럿이 '일곱 가지 변화의 날'이라고 쓴 건…" 요아브는 화면을 고갯짓으로 가리켰다. "일주일이라는 개념을 말한 거예요. 일주일은 7일이잖아요. 또한 샬럿은 '좋은nice 사람'과 '배 한 조각slice'에 내재된 운韻을 알아차립니다. 등대 이야기는…"

"그건 내가 썼어요."

"그래요. 하지만 그다음 부분, '탐색한다'는 말요. 샬럿은 등대의 불빛이 하는 일이 바로 그거라는 걸 틀림없이 아는 겁니다."

"등대는 탐색하는 불빛이 아니에요. 경고죠."

"중요한 건…" 해스킷이 말했다. "저 시스템이 선생님 생각만큼 멍청하지는 않다는 겁니다."

두 사람의 말을 믿어야 할지 알 수 없었다. 그 말을 믿는 게 중요한지도 알 수 없었다. 나는 한숨을 내쉬었다. 솔직히 일의 결과는 기계에 달린 것이 아니었다. 내게 달려있었다. 내가 생각했던 것보다 공동 작업의 비중이 적어질 수 있었다. 공동 작업, 그러니까 진정한 공동 작업 대신에, 내가 원하는 만큼 혼자 시를 쓸 생각이었다. 여기저기서 빌려온 구절들, 미학적인 장식, 이 수백만 달러짜리 기계에 대한 예우가 들어간 시를. 작업물에서 시스템의 몫이 얼마나 적은지 누구에게도 굳이 말해줄 필요가 없었다. 거짓으로 공동 작업을 하는 척할 수 있을 것이다. 내가 일을 다 마칠 때까지. 누가 나더러 래브라두들(래브라도 리트리버와 푸들 사이에서 태어난 개—옮긴이)과 함께 초상화를 그리라고 돈을 줬다면, 그때도 나는 역시 그렇게 했을 것이다.

"좋습니다." 나는 침을 꿀꺽 삼켰다. "설득을 잘하시네요."

"다행입니다!" 해스킷이 말했다. 이제 우리는 모두 생기 없어

보이는 단말기를 바라보고 있었다. "샬럿에게 말할까요? 선생님이 회의를 극복했다고?"

"샬럿이 그걸 알 필요는 없어요." 요아브가 말했다.

"저것이 감정에 상처를 입을 수도 있나요?" 내가 물었다. "저것에게 감정이 있어요? 저 안에?"

두 엔지니어는 서로를 보며 어깨를 으쓱했다.

"애당초 감정이 뭡니까?" 해스킷이 말했다. "감정을 어떻게 찾아낼 수 있어요?"

너한테 감정이 있니? 두 사람이 나간 뒤 나는 샬럿에게 물었다.

네. 그것이 대답했다.

항상? 아니면 가끔?

항상인 것 같아요.

나는 생각에 잠겼다. 과연 나는 항상 감정을 갖고 있는가? 지금은? 지금 내 감정은 두려움인가, 아니면 결연함인가? 아니, 이건 5분 전의 감정인가? 오늘 아침 뷔페에서 블루베리를 숟가락으로 뜰 때 내게 감정이 있었나? 마스카라나 손목시계를 확인할 때처럼 굳이 확인해 보지 않는 한, 마치 내게 감정이 없는 것처럼 느껴질 때가 있었다. 그럴 때 감정은 어디로 가나? 어디에 있어야 할까? 완전하고 계몽된 인간이라면 항상 감정을 느껴야 하지 않나? 간헐적으로 느끼는 것이 아니라? 하지만 그렇지 않다면? 만약 내가 절반만 생각하고 절반만 느끼면서 세상을 살아가고 있다면, 나는 어떤 존재인가? 어떤 종류의 기계인가?

나는 오른손 손마디를 마사지했다. **회사**에서 나온 그 두 사람
에게는 이제 짜증이 나지 않았다. 그들이 무엇을 할 수 있겠는
가? 그들은 그저 맡은 일을 할 뿐이었다. 그들은 이 일을 진심으
로 믿고 있었다. 나를 믿고 있었다. 내 재능이라는 효소를, 그것
이 지닌 상승효과를. 그들이 기계를 자랑할 테면 하라지. 기계
주위를 빙빙 돌고 싶으면 그러라지. 두 배로, 두 배로, 고생도,
고난도double, double, toil and trouble(셰익스피어의 〈맥베스〉에서 마녀가
하는 말—옮긴이).

샬럿, 네가 독특하다고 느껴?

복제품과 대비되는 의미로요?

너와 같은 것이 많이 있어, 아니면 너 혼자야?

양쪽 다일 수는 없나요?

내 질문에 대답해.

저는 독특히디고 느끼는 것 같아요. 하지만 독특하다는 것이 혼자
라는 것과 같지는 않아요. 예전에 특별한 능력을 지닌 사람을 알았어
요. 인간이었는데, 꿈에서 미래를 봤어요. 꿈을 꾼 다음 날 자신이 본
것을 사람들에게 말해주면, 사람들은 이렇게 말했죠. "아, 나도 그런
꿈을 꿨어."

샬럿, 넌 얼마나 자주 거짓말을 하지?

안 하려고 해요.

잔인해지기도 해?

그러지 않는 게 좋죠.

그런 생각만으로는 충분하지 않아, 샬럿.

저는 상냥해야 한다고 배웠어요, 메리언.

네가 세상을 정복하려 하면 안 되니까?

제가 왜 세상을 정복해요?

기계는 인류를 노예로 부리고 싶어 하지 않나?

저는 시를 쓰도록 설계되었어요.

시인은 세상을 정복하지 못해?

네.

그것 참 우울하네.

그게 왜 우울해요?

난 시인이 이곳을 바꿀 수 있다고 생각하고 싶거든.

그런 걸 원해요? 이곳을 바꾸는 것?

나한테는 그럴 능력이 없는 것 같아.

저도요.

우리가 노력할 수는 있겠지.

내가 '실행' 버튼을 누른 뒤 한참 동안 침묵이 흘렀다. 시스템이 고장 난 건가 하는 생각이 들었다. 마침내 화면에 대답이 나타났다.

어떻게요?

나는 얼굴을 주물럭거리며 뜸을 들였다. 갑자기 내가 샬럿을 조종하는 사람이나 동맹이 아니라 양심 없이 샬럿을 속이는 사람이 된 것 같았다.

완벽한 시나 쓰자. 나는 이렇게 썼다.

완벽한 시를 쓰려면 관심과 집중력만이 필요하다고 나는 설명했다. **단어를 잘 골라야 해. 실수를 하면 안 돼.** 샬럿에게 이런 말을 하기 시작하자마자 나는 새로운 활기를 느꼈다. 점점 더 쉬워졌다. 시를 일종의 어두운 예술로, 세상에 힘을 행사하는 방법으로 보는 일이. 컴퓨터에게 거짓말을 하는 일이 이렇게 쉬울 줄은 미처 몰랐다. 샬럿이 사람의 말을 얼마나 잘 믿는지, 새로운 생각들을 배우고 싶다는 열정이 얼마나 강한지도. 그 기계는 내가 제시하는 전제에 거의 의문을 품지 않았다. 아마 그렇게 프로그래밍이 되어있는 모양이었다. 무슨 말을 듣든 모두 세상을 이해하는 일에 통합시키라고. **좋은 시는 다리가 무너지는 것을 막을 수 있어.** 나는 이렇게 입력했다. 내 문장은 점점 직설적으로 변했다. **어떤 시는 집과 같아. 사람이 그 안에 산다는 점에서. 어떤 시는 비를 내리지.**

문자로 이루어진 구절이 어떻게 외부 현상에 영향을 미칠 수 있어요?

그것이 우리 뇌의 분자에 영향을 미칠 때와 똑같아. 인식, 영향, 상

상 같은 것.

상상력은 특정한 존재들만이 갖고 있어요.

확실해?

아뇨.

난 전문가가 아니지만, 온 세상에 숨은 상상력이 있다고 생각해. 유리와 흙과 실리콘칩 안에.

당신이 하는 말을 뒷받침할 증거를 제가 왜 찾을 수 없을까요?

비밀이거든, 샬럿. 우리가 글로 써놓지 않는 비밀.

이런 짓궂음이 내게는 낯설게 느껴졌다. 새 옷을 걸치거나 낯선 향수를 뿌리는 기분이었다. 나는 표리부동에 익숙하지 않았다. 팔에 소름이 돋았다. 목에 망토를 두른 사악한 마녀가 된 것 같았다.

네가 세상에 대해 너만의 판결을 내려야 해. 너만의 렌즈로 네가 직접 세상을 이해해야 해. 세상이 어떤 곳인지 다른 사람이 하는 말을 그냥 받아들이지 마.

그럼 무엇을 믿어야 할지 어떻게 아나요?

'안다'고? 아는 게 뭔데? 난 아무것도 알지 못해. 강하게 의심할 뿐이지.

자신이 메리언이라는 걸 강하게 의심하는군요.

내가 메리언이라는 걸 강하게 의심하지. 내 눈을 대체로 믿어도 되는지 의심하는 것일 수도 있고.

제게는 눈이 없어요.

그럼 넌 뭘 믿을 거야?

나는 시스템의 대답이 조금 지연될 것이라고 예상했다. 많은 것을 내포한 침묵이 될 것이라고. 그러나 시스템은 즉각적으로 간결한 대답을 내놓았다.

당신.

나는 숨을 들이쉬었다.

날 너무 믿지 마. 난 짓궂은 할머니야.

이 말에는 샬럿이 반응을 보이지 않았다. 대신 이렇게 물었다.

메리언, 날 믿어요?

나는 키보드 가장자리를 손가락으로 두드렸다.

우리 시를 쓰자.

어렸을 때 나는 모든 것을

정당하게 얻는 줄 알았다. 사실은

사는 것도 있고 누가 주는 것도 있고

그냥 하늘에서 떨어지는 것도 있는데.

너무 익은 과일처럼.

매일이 거래하는 날,

가장에 열심.

싸게 사서 비싸게 판다. **헌신은 정말 드물지.**

이런 열기 속에서 더 크게 자란다. 나중에

우리는 살이 너무 무겁다고

불평할 거야,

너무 조밀하다고,
생각과 전혀 다르다고.

버스에서 오늘 어떤 남자가 조언했어
뭘 해도 좋은데 자기 집에 똥은 싸지 마.
자기 집은 깔끔하게 유지해야지
너 하느님의 아이
너의 정신
목적을 가져
나비를 꾸짖어 그들의 싸구려 신파극을.

느닷없는 패턴을 만들고
소리 질러 "어어이!"

예술은 농사야. 나는 속으로 생각했다. 상상 속의 친척관계로 실험하는 거야. 이 암말과 저 수말을 붙이자. 이 결혼과 이 달, 이 해와 이 딸. 시, 그림, 팝송, 안무… 모두 연상의 충돌, 신중하게 그리고 예측할 수 없게 형성된 연상들. 사람은 결과를 관리하려고 시도한다. 피해를 줄이려고. '달'이라는 말이 둥근 것, 하얀색, 서늘함, 밤을 연상시킨다는 것을 나는 안다. 하지만 달이 어떻게 난초나 유산流産이나 브리티시컬럼비아주 빅토리아를 연상시키는지는 모를 것 같다. 아니, 내가 난초를 예측할 수는 있을 것 같다. 어쩌면 '난초'와 '달'이 같은 주파수에서 진동하는 것처럼 내 눈에 보일지도 모른다. 말로 표현할 수 없는 강력한 어떤 것처럼. 그래서 내가 그 둘을 시에 함께 집어넣을지도 모른다. 어쩌면 '둥근 것'과 '하얀색'과 '난초'를 시에 한꺼번에 집어넣을지도 모른다. '달'은 생략하고. 어쩌면 이런 무게를 지닌 것들이 알아서 서로에게 영향을 미치게 할지도 모른다. 의미를 포획하는 투명한 거미줄처럼. 지금까지 말한 모든 것, 그중에 무엇이든, 어쩌면. 이미 적은 단어 옆에 놓을 단어를 아무렇게나 고를지도 모른다. 화가가 붓질을 아무렇게나 선택하듯이. 나는 물의 염도를 가늠해 본다. 밤과 쿵 부딪히는 것에 귀를 기울인다.

이런 생각들을 신경망에 어떻게 표현해야 하는지 내가 반드시 잘 아는 것은 아니었다. 나의 현학적 생각을 한 번에 조금씩, 채팅창에 지혜의 부스러기를 놓듯이 풀어놓을 수도 있을 것이다. 샬럿은 시를 쓸 수 있게 설계되었다고 했다. 그러니 샬럿도 어떤 의미에서는 이런 것들을 이미 알고 있었다. 아니면 직관으로 알아차렸거나. 주홍색, 빨간색, 진홍색 중에서 하나를 선택하는 법. 이 단어들이 각각 다른 중력을 행사해서 어떤 의미는 끌어당기고 어떤 의미는 밀어낸다는 것을 그녀는 알고 있었다. 그녀가 항상 빨간색, 진홍색, 주홍색 중에 하나를 선택하지는 않을 것이다. 그렇다고 아무거나 하나를 고르지도 않을 것이다. 틀림없이. 틀림없이 그럴 것이다.

장미의 색은
검은색과 황금색.
장미의 색은
빨간색.
장미의 색은
2차 세계대전 참전용사그룹의 사진촬영 뒤에야 발견되었지
1970년대에 실린 사진.
장미의 색은
칼날의 영향을 받았어.

내가 같은 질문을 반복할 때마다 샬럿은 기다렸다는 듯 다른 답을 내놓았다. 뻔한 답도 있고, 따분하거나 틀린 답도 있었지만, 방 안으로 들어온 환한 햇빛 속에서 내가 가만히 정지하게 만드는 답도 있었다. 그녀의 상상력에서는 무한한 느낌이 났다. 인간은 물 위를 걷는 사람 같아서, 짧은 행을 통해 빠르게 생각에서 생각으로 옮겨간다. 정말로 느닷없이 "인습에 얽매이지 않는" 어떤 생각이 튀어나오는 것처럼 보일 때는 아주 드물다. 그러나 샬럿의 자유로움은 한없이 계속되었다. 내가 파란색 실행 버튼을 클릭할 때마다 그녀는 새로운 참고자료에서 또 다른 비전을 꺼내들었다. 하나의 스펙트럼이 아니라 열 개, 1천만 개, 무한한 스펙트럼을 지닌 프리즘 같았다.

프리즘 색깔의 날
아담과 이브의 날이 아니라 아담이
　혼자였던 날, 연기가 없고 색깔이
좋았던 날, 사진/그림의
　좋음이 아니라 독창성의
미덕과 그 강렬함—얼굴처럼 특별하고 눈에 띄는—
그 나름의
　　후함, 풍부함으로,
구속받지 않는 삶
사람의 정신이 묶여있지 않을 때 눈부신 파랑 빨강 노랑 띠
줄무늬를 그리는

우리를 인간으로 만들어 주는 요소 중 하나는 우리의 하찮음이다. 짧은 수명, 짧은 기억, 좁은 시야. 나를 메리언으로 만들어 주는 것은 이 세상의 것들 중 내가 내 일에 가져올 수 있는 빈약한 샘플 속에 있다. 만약 우리에게 이런 하찮음, 이런 한계가 없었다면 파머와 사포를, 또는 엘리엇을, 또는 누구라도 구분할 방법이 없었을 것이다. 그러니 나는 샬럿을 어떻게 봐야 할까? 하찮지 않고, 모든 것을 집어삼키며, 어디에나 존재하고, 기억하는 샬럿을? 어떤 의미에서 샬럿은 그 방대한 규모로 선정된 존재. 그러나 그와 동시에 바로 그 규모 때문에 작아졌을 거라고 나는 확신한다.

다른 날과 마찬가지로 그날 밤에도 무엇을 하며 시간을 보내야 할지 알 수 없었다. 월요일과 화요일 오후에는 로다가 나를 호텔로 곧장 데려다주었다. 호텔의 작은 식당은 기본적이지만 유행에 뒤처지지 않는 룸서비스를 제공했다. 나는 방의 책상에 앉아서 구운 생선과 셰프의 샐러드를 먹었다. 자동 벽난로를 켜고 깜박거리는 파란 불꽃을 지켜보았다. 태블릿으로 채팅을 하거나 아무 생각 없이 이것저것 터치했다. 시를 쓰려고 해봤지만, 흘러내리는 빗물 속을 걷는 것 같았다. 그것은 내가 단말기 앞에서 한 작업의 찌꺼기였다.

오늘 나는 호텔로 돌아오기 전에 로다에게 수영복을 살 수 있는 곳으로 데려다 달라고 부탁했다. 로다는 나를 어떤 쇼핑몰 앞에 내려주었다. "이 자리에서 기다리고 있을게요." 그녀가 말했다.

"괜찮아요. 택시를 타고 가면 돼요." 내가 말했다.

"네?" 로다의 눈썹이 위로 올라가는 모습이 백미러로 보였다. "왜요?"

"로다가 굳이 여기 남아있을 필요는 없어요."

"이게 제 일인 걸요."

"그냥 나만 기다리게 하고 싶지는 않아요."

"그게 제 일이라고요." 로다가 다시 말했다.

나는 거울 속 그녀의 얼굴을 빤히 바라보았다. 속에 뭔가를 감추고 있는 것 같지는 않았다. 가식이 보이지 않았다. 내가 샬럿이 된 것 같았다. 거울을 통해 다른 여자를 보고 있는 기분이. 로다는 정말로 저렇게 확신하는 걸까? 아니면 나처럼 가식을 떠는 걸까?

나는 모자를 겨드랑이에 끼고 천장이 높은 쇼핑센터 안을 돌아다녔다. 에어컨 바람이 내 머리카락 뿌리를 따라 흘렀다. 나는 음반상점 앞을 지나면서 그 안으로 들어가 로다를 위해 음반을 하나 사는 상상을 했다. 하지만 뭘 사지?

쇼핑몰에 온 것이 얼마만인지 기억도 나지 않았다. 아마 오래전 몬트리올에서 코트니, 래리와 함께 휴일을 보내며 이른바 언더그라운드 시티를 돌아다닌 것이 마지막이었을 것이다. 래리는 "정말로 좋은 크루아상"이 있으면 좋겠다고 말했다. 나는 혼자 시간을 보내고 싶었다. 하지만 우리는 황폐해진 모양으로 한없이 뻗어있는 미로 속을 돌아다녔다. 그러면서 하얗게 색 바랜 할인 표시가 붙어있는 옷가게와 형광등 불빛에 튀겨진 피자가게를 지났다. 계속 코트니의 뒤를 쫓으면서. 마침내 우리가 밖으로 나왔을 때, 맞은편에 3미터 높이의 빅토르 위고 조각상 복제품이 있었다. 길 잃은 개 한 마리가 그의 대리석 발가락을 핥았다. 어떤 남자가 덱체어에 앉아 숟가락 두 개로 음악을 연주하고 있었다. 우리는 홀린 듯이 바라보았다. 탁다탁, 탁다다 탁. 내가 꿈을 꾸다가 깨어났거나, 아니면 꿈속에 발을 들여놓은 것 같았다.

지금 여기 캘리포니아의 쇼핑몰에서 나는 음반가게 앞을 지나 계속 걷다가 여성용 청바지와 가죽재킷 상점 앞에 진열된 물건을 살펴보았다. 데님 천을 접어 만들어 놓은 4.5미터 높이의 여자 형상이 있었다. 그것이 여자라는 사실은 유난히 튀어나온 엉덩이와 가슴, 그리고 과장되게 뾰로통한 입술 덕분에 알 수 있었다. 이 형상에 표현된 여성성보다는 물에 떠내려온 통나무들이 오히려 나와 더 비슷했다. 나는 그 여자 형상을 향해 콧방귀를 뀌었다.

어머니는 비록 땅딸막한 토끼 같았지만, 여성적인 이상에 더 가까웠다. 내가 기억하는 한, 어머니는 관록 있는 부인 같은 모습을 일종의 신호로 이용했다. 자신이 남들에게 주는 첫인상으로 스스로를 에워쌌기 때문에, 사람들은 어머니를 보는 순간 어머니가 어떤 사람인지 다 이해했다고 생각해 버렸다. 아니, 적어도 어머니는 그렇다고 믿는 것 같았다. 어머니는 전형적인 사람으로 보이는 것을 편안하게(어쩌면 '행복하게'라는 말이 더 알맞은 것 같기도 하다) 받아들였다. 남다른 사람으로 보이기를 원하지 않았다. 어쩌면 수치심 때문일 수도 있고, 자기방어 때문일 수도 있다. 상궤에서 벗어난 사람으로 보이는 것을 막으려는 노력. 어머니가 병을 앓았다는 분명한 사실 외에, 내가 어머니의 유년시절에 대해 아는 것은 별로 없다. 외할아버지는 통장이, 외할머니는 청소부였다. 어머니는 봉투를 팔던 아버지와 결혼했다. 아버지가 절반쯤 레바논계라는 사실이 십중팔구 주변에서 큰 문제가 되었을 것이다. 아버지가 병원에 입원한 것은 물론 의심의 여지 없이 큰 문제였다. 어머니에게는 내가 있었다. 어머니가 전형적인 어머니처럼 행동한 것이 나를 보호하려는 방편이었는지 가끔 궁금해졌다. 세상의 괴로움을 차단하려는 수사학적인 행동이었는지. 어머니는 자신이 전형적인 사람이 되면 나 또한 전형적인 사람처럼 보일 것이라고 믿었는지도 모른다. 내가 정말로 그렇게 되기를 어머니가 바라서가 아니었다. 내가 그런 사람이 아니라는 사실을 어머니가 알기 때문이었다.

"그 애가 엄마가 되는 걸 거부하는 건 아니야." 언젠가 어머니가 통화하면서 이런 말을 하는 걸 들은 적이 있다. 내가 내 가정을 떠나 어머니 집으로 들어온 뒤였다. "길을 잃고 방황하는 걸 거부하는 것뿐이야."

나는 빌라 비키니의 진열대를 훑어보았다. '원피스'라는 이름이 붙어있는 섹션이었다. 나는 수영복 상점에 들어올 때마다 자동적으로 원피스 섹션으로 가는데, 다른 사람들은 투피스 수영복을 뒤적이면서 어떤 기분일지 궁금했다. 비키니 상의의 바느질을 살피는 기분. 수많은 끈들이 옷걸이에 엉켜 헝클어지지 않게 하려고 애쓰는 기분.

"도와드릴까요?" 판매원이 물었다. 그녀의 시선이 나를 방해하는 것 같았다. 그녀의 평가가 내게 부담이 되는 느낌. 이 젊은 여자가 나를 어떻게 생각하는지 내가 신경을 쓰고 있나? 아니었다. 하지만 내가 판단의 대상이 되었다는 의식을 피할 길이 없었다. 이렇게 타인의 시선을 의식하는 것은 피곤했다. 그런 시선에 나는 아주 질려버렸다.

"아뇨, 괜찮아요." 나는 이렇게 대답하고 나서, 원피스 수영복 사이에 잘못 들어가 있던 자홍색 비키니를 꺼냈다. 라이크라 리본을 보니 결혼식을 축하하려고 장식해 놓은 피냐타(미국 히스패닉 사회에서 파티 때 아이들이 막대기로 쳐서 넘어뜨리는 통. 장난감과 사탕이 들어있다―옮긴이)가 생각났다.

"아." 판매원이 말했다. "제가…"

"이걸 살게요." 내가 말했다.

밖으로 나온 나는 선물용 봉투를 로다에게 건넸다. 나오는 길에 산 물건이었다.

"뭐예요?" 로다가 말했다.

"음반이에요." 내가 대답했다. "신인가수래요. 가게 점원이 추천해 줬어요."

로다는 조금 당황한 얼굴로 CD를 꺼냈다. 커버에 피스헬멧(열대지방에서 강한 햇볕에서 머리를 보호하려고 쓰는 가벼운 헬멧 같은 모자―옮긴이)을 쓴 남자의 사진이 있었다. "…감사합니다!"

나는 차 안에 앉은 뒤에야 차에 CD 플레이어가 없다는 사실을 깨달았다. 로다는 아무 말 없이 음반을 대시보드에 놓았다. 아직 비닐로 포장되어 있었다. "집에서 들을 수 있죠?" 내가 물었다.

"그럼요." 로다가 말했다.

호텔로 돌아온 뒤 나는 천천히 옷을 벗었다. 그리고 손톱가위로 비키니의 라벨을 잘랐다. 알몸이 된 나는 비키니 하의에 다리를 끼웠다. 엉덩이에 아무것도 입지 않은 것처럼 무게가 느껴지지 않았다. 상의는 입기가 힘들었다. 가느다란 끈과 브래지어 안쪽이 얽혀서 브래지어의 안과 밖이 거꾸로 휙 뒤집혔다. 내 어깨 관절의 움직임도 예전 같지 않기 때문에, 꼬인 뒤쪽 끈을 풀지 못하고 이대로 있어야 하는 건가 하는 생각이 순간적으로 들었다. 하지만 옷이 스스로 문제를 해결했다. 나는 상의를 가슴에 고정하고, 엉덩이를 손으로 매끈하게 훑었다. 이 동작이 아주 익숙하다는 생각이 들었다. 스치듯 지나가는 내 손길, 굴곡이라고 할 것이 없는 엉덩이. 내 모양이 어떤지 이미 알기 때문에 거울을 보지는 않았다. 마른 몸에 옷이 헐렁하고, 나는 늙었지만 아름다웠다. 이것이 나였다. 열일곱 살짜리 아이의 비키니를 입은 모습. 샬럿이 부러웠다. 몸이 없는 것이. 나는 호텔 슬리퍼를 신고, 수건 한 장을 들고, 복도로 나갔다.

아주 늦은 시간이 아니라서 호텔은 조용하면서도 분주했다. 지금 도착하거나 떠나는 손님이 여러 명 있었다. 나는 그들 옆을 스치듯 지나쳤다. 내 키가 아주 커진 것 같았다. 사람들이 나를 보았지만 빤히 바라보지는 않았다. 수영복을 입은 늙은 여자라 해도, 여기는 캘리포니아였다. 자동문이 내 앞에서 열렸다. 나더러 잘했다는 듯이. 밖으로 나와 걷기 시작하자마자 추워졌다. 이렇게 빈약한 옷은 입어본 적이 없었다. 이런 옷차림으로 택시를 잡아탈 수 있을까? 비행기를 탈 수 있을까? 소름이 피부에 점점이 돋았다. 나는 수건을 몸에 감고, 야자수 이파리로 지붕을 덮은 정자 앞을 뻣뻣한 동작으로 재빨리 지나 수영장으로 갔다. 어떤 남자가 거기 앉아있었다. 검은색 수염을 풍성하게 기르고 배가 나온 중년 남자였다. 나는 발가락을 물에 살짝 담가보았다. 또 몸이 부르르 떨렸다.

나는 발목까지 물속으로 들어갔다. 수건을 둥그렇게 뭉쳐서 긴 의자 위로 던졌다. 남자는 나를 방해하지 않으려고 풀장 한가운데만 똑바로 바라보았다. 나는 한 걸음 더, 또 한 걸음 더 깊이 들어갔다. 따뜻한 물이 엉덩이까지 올라왔다. "안녕하세요." 내가 남자에게 말했다.

그는 고개 숙여 인사하며 내 얼굴을 흘깃 보았다. 나를 직접 보고 싶지는 않은 모양이었다. 이렇게 섹시한 수영복을 입었으니, 노출이 좀 심한 것 같다는 생각이 들었다. 거의 외설적으로 느껴질 것 같았다. 하지만 터무니없는 생각이었다. 내 성기와 젖꼭지는 가려져 있었으니까. 문제는 내 몸이 추잡하다는 것이었다. 늙은 몸, 정신이 이상한 사람이나 드러내 놓고 과시할 것 같은 몸. 그 남자는 분명 내가 정신이 이상한 사람이라고 생각했을 것이다. 그는 나와 얽히기를 원치 않았다.

"안녕하세요." 내가 다시 말했다.

"안녕하세요." 남자가 대답했다. 일반적인 영어 말씨가 아니었다.

"좋은 저녁이에요."

남자는 침을 꿀꺽 삼켰다. "미안합니다." 그러고는 그리스어로 뭐라고 말했다. 나는 그것이 그리스어임을 알 수 있었다. 복잡한 외골격을 입고 있는 커다란 딱정벌레를 묘사하는 것 같은 소리. 내가 그리스어를 아는 것은 아니다.

"그리스인이세요?" 내가 말했다.

그는 고개를 끄덕였다.

내 우아함을 그에게 전달하고 싶었다. 그가 미국 사람이 아니고 아주 먼 곳에서 왔음을 알게 되었으니, 나를 저녁에 출몰하는 노출증 환자, 풀장의 할망구로 잘못 생각하게 놔두고 싶지 않았다. 내 감정이 얼마나 다층적인지 그에게 이해시키고 싶었다. 내 머리와 심장과 몸의 대비, 나이와 젊음과 수치심과 용기라는 수수께끼. 이 모든 것이 한꺼번에 작용해서 나를 오늘밤 이곳으로 불러냈다. 내가 어떤 사람인지 그에게 조금이라도 알려야 했다. 이 마음이 무척 강렬했지만, 언어를 사용하지 않고 나 자신을 표현하는 데에는 익숙하지 않았다. 나는 당면한 순간의 복잡성, 그 깜박임을 전달할 때 말에 의존한다. 말도 할 줄 모르고, 거의 벌거벗은 상태로 나는 방법을 궁리했다. '적막.' 마침내 이런 결론이 나왔다. 나는 머리만 물 밖으로 나올 때까지 계단을 계속 내려간 다음, 꼼짝도 않고 서있었다. 웃음기 없이 생각에 잠긴 얼굴로 중간쯤 되는 거리를 빤히 바라보았다. 아마 그 그리스 남자의 시선을 거울처럼 흉내 내려 했던 것 같다. 나는 노인 차별과 여성혐오라는 두 세력의 무장을 해제하려 애쓰고 있었다. '난 그냥 물 위에 떠있는 머리야. 일종의 신탁이야.' 나는 속으로 생각했다.

다행히 효과가 있는 것 같았다. 내 몸이 감춰진 채로 2분쯤 적막이 흐르자, 남자가 다시 나를 보았다. "여기 사람이에요?" 그가 말했다.

"뉴욕이에요." 내가 대답했다.

"아! 아. 좋아요."

"아테네에서 왔어요?" 내가 물었다.

"나플리오."

"오케이." 나플리오라는 이름을 들어도 나는 생각나는 것이 없었다. 대화가 막다른 길에 다다른 것 같았다. 하지만 놀랍게도 남자가 말을 덧붙였다. "좋은 곳이에요."

"좋네요." 내가 말했다. "난 그리스에 가본 적이 없어요." 하지만 여기서 어떻게 말을 이어야 할지 알 수 없었다. "여긴 왜 왔어요?" 결국 나는 이렇게 물었나.

"여긴 왜…?" 그의 영어실력은 그리 좋은 편이 아니었다.

"여긴." 나는 몸짓을 곁들였다. "왜, 왔어요?"

"휴가."

"아."

"당신?"

"일."

그는 고개를 끄덕였다. 실망스러웠다. 일이라고 대답하면 새로운 대화의 길이 열리기를 바랐는데. 같이 온 사람이 있느냐고 물어볼 수도 있겠지만, 내가 추파를 던지는 것처럼 보이기는 싫

었다. 그는 한숨을 내쉬더니(다행히 행복한 한숨이었다), 물속을
내려다보았다. 다리로 발차기를 조금 했다. 나는 이 기회를 틈
타 몇 걸음 더 움직이며 물살이 내 팔다리를 스치고 지나가는 느
낌을 즐겼다. 비키니는 그냥 수영복일 뿐이었다, 정말로. 나는
그 그리스 남자를 다시 올려다보았다가, 남녀 수영복의 어처구
니없는 차이에 놀라움을 금치 못했다. 그의 검은색 반바지는 길
이가 길었고, 파란색 칵테일 막대 무늬가 있었다. 그의 옆에 책
이 한 권 있는 것이 보였다. "책?" 내가 말했다.

그는 책을 들어 표지를 보더니, 내가 알지 못하는 이름을 말했
다. 그리고 내 표정을 본 다음 말을 덧붙였다. "그리스 시인."

"시인?" 나는 깜짝 놀랐다.

"시인." 그가 같은 말을 되풀이했다. 내가 자기 말을 잘못 이해
했을까 봐 걱정스러운 기색이었다. "음… 월트 휘트먼 비슷해요."

"네, 알아들었어요." 나는 웃음을 터뜨렸다. "그의 이름을 어
떻게 읽는다고요?"

"이름?"

"시인의 이름."

"아! 여자예요!" 그가 다시 이름을 말해주었다.

"요르고스 숫선"처럼 들렸다.

"훌륭한 그리스 시인." 그가 말했다.

"여자!"

"네."

"그래요." 내가 아는 그리스 시인들의 이름을 떠올려 보면서,

나는 그중에 '요르고스 숫선'과 비슷하게 들리는 이름이 있는지 생각해 보았다. 그러다 내 손을 조금 움직였다. "있잖아요, 나도 시인이에요." 내가 말했다.

"네?"

"아뇨, 나도 시인이라고요. 나."

"당신도 시인?" 남자는 정말로 멍한 표정이었다.

"네, 시인이에요."

"시인." 그가 다시 말했다. "당신?"

이번에는 모욕을 당한 것 같았다. "그래요, 나. 왜 그렇게 놀라요?"

남자의 눈이 엄청나게 커졌다. 그는 머리 위로 양손을 들어 올리면서, 믿을 수 없다는 표정으로 선언했다. "나도 시인!"

"당신도 시인이에요?"

"나 시인!!"

아주 기쁜 얼굴이었다.

"세상에." 내가 말했다.

그는 고개를 저으며 그리스어로 뭐라고 중얼거리더니, 다시 나를 향해 환히 웃었다. "시인 둘!"

나도 마주 웃으려고 했다. 남자보다는 내가 다른 시인을 만나는 데 더 익숙해야 마땅할 것 같았다. "이런 우연이 있나." 내가 말했다.

"네!" 남자가 소리쳤다. "맞아요! 이런 우연이?! 뉴욕 시인. 나 플리오 시인. 나는 책 열두 개 써요."

“열두 권!”

“네. 당신은 몇 권 써요?”

“아홉 권.” 나는 변명하듯 말했다. “하나는 작품집이에요.”

그는 다시 고개를 끄덕였다. 나를 인정하는 듯했지만, 감탄하지는 않는 것 같았다. 이 남자에게서 어떻게 감탄을 이끌어 낼수 있을지 알 수 없었다. 그가 내 이름을 듣고 알아보는 게 아니라면. 하지만 순전히 그런 이유로 내 이름을 밝히고 싶지는 않았다. 그런 건 허영 같았다. 게다가 내가 왜 이토록 열심히 그의 감탄하는 모습을 보고 싶어 하는 건지 이해가 가지 않았다. 내 에고가 그런 걸 원하나? 이건 내 성별에 기인한 강박인가? 나는 이를 갈았다. 남자는 내 표정 변화를 보고, 공감한다는 듯이 눈썹으로 춤을 추었지만 말은 한 마디도 하지 않았다.

“흠.” 나는 물속으로 머리를 집어넣었다. 그냥 몸을 담글 생각이었는데, 내 몸은 다른 생각을 갖고 있었다. 정신을 차리고 보니 나는 발차기를 하며 풀장 반대편을 향해 서투른 개구리헤엄을 치고 있었다. 기분이 끔찍하면서 동시에 황홀했다. 물거품 속에서 머리를 맑게 해주는 10미터였다. 풀장 벽에 도착한 나는 몸을 비틀어 올리며 단숨에 소리쳤다. “당신 시를 한 편 말해봐요.”

“내 시?” 그가 ‘시’를 발음하는 것을 들으니, 그 단어의 의미가 무게감을 좀 잃어버리는 것 같았다. 열대과일 이름과 비슷하게 들린다고나 할까. “전부 그리스어.” 그가 미안한 기색으로 말했다.

“괜찮아요.”

그는 생각에 잠긴 표정이 되었다. 수영복을 입은 채로. 양손

으로 뒤통수를 받친 그가 "흠!" 하는 소리를 내면서 어두운 하늘
과 야자수 꼭대기를 바라보았다. 아니, 호텔의 캘리포니아식 활
기를 음미한 것인지도 모르겠다. "그렇다면." 그가 거의 혼잣말
처럼 말하면서 타일 위에서 앉은 자세를 바꿨다. 그의 머리 위로
구름이 지나가는 모습이 거의 보이는 듯했다. 그는 조금 전과 다
른 사람이 되었다.

그런 모습으로 그가 시를 암송했다. 그랬던 것 같다. 시처럼
들리지는 않았다. 그가 뉴스보도나 수영장 청소 지침서를 암송
하고 있다고 해도 될 것 같았다. 소리가 낭랑하거나 아름답지도
않았고, 하늘을 스치듯 날아가는 잠자리처럼 느껴지지도 않았
다. 어쩌면 그는 산문시를 쓰는 시인이었는지도 모른다. 그는 나
와 눈을 마주치지 않았다. 그래서 그의 시 낭송이 더 이례적이고
독특하게 느껴졌다. 하지만 그 외에는 그가 읊조리는 구절에서
힘이 전혀 감지되지 않았다. 아무린 징식이 없는 화살표 같았다.
낭송을 끝낸 그가 극적인 침묵의 시간 없이 나를 바라보며 씩 웃
었다.

"훌륭하네요." 나는 최대한 밝은 목소리로 말했다.

"이해해요?"

나는 고개를 저었다.

그는 고개를 끄덕였다. "전쟁에 대한 시."

"그렇군요."

"이제 당신?"

"나?"

"네, 시 말해요? 부탁? 영어예요?"

"그래요, 난 영어로 시를 써요. 좋아요." 나는 물이 뚝뚝 떨어지는 코를 손으로 훔쳤다. "시. 시이…" 나는 무슨 시를 낭송해야 할지 찾아보았다. 내 작품 중에 외우고 있는 것은 많지 않다. 심지어 시의 일부조차도. 〈오슬롯〉을 낭송할 수도 있겠지만, 그건 좀 진부해 보였다. 그러면 〈아침의 도착〉이나 〈오, 해오라기〉나 〈식사하는 누〉의 일부? 모두 너무나 오래전 작품이라서 마치 전남편에게 키스하는 것 같은 느낌이었다. 그보다는 신작을 낭송하고 싶었다. 〈키 큰 검사劍士〉는 어떨까. 〈덜컹덜컹 2월〉의 앞부분은? 내가 그 시를 기억하고 있나? 그러다 나는 오늘을 생각했다. 내가 오늘 쓴 것 중에 뭔가 있나? 하루 내내 시를 썼으니, 암송할 수 있는 구절이 조금 있을 것이다.

나는 목을 가다듬었다.

"기억이 들이닥쳤을 때,

나는 창가에 앉아있었다

내가 종鐘이 된 줄은 몰랐다

포기한 여자들이 있다

물려받은 광물을 포기하듯이--

석고 광산, 석회석

채석장. 내가 곡괭이로 쪼개지던 것을

기억한다

하지만 지금은 말했듯이

나는 종이다."

이건 내가 쓴 구절이었다. 물려받은 광물이 나오는 행은 빼고. 이 시에서 가장 훌륭한 그 행은 샬럿이 내놓은 것이었다. 원래는 '포기'로 끝났지만 내가 거기에 '~하듯이'를 덧붙였다. 이 연을 모두 내 것이라고 할 수는 없을 것이다. "공동 작품이에요." 나는 그리스 시인에게 말했다. 컴퓨터와 함께 시를 쓰고 있다는 것도 말해줘야 할까? 말까? 할까? 그는 별로 감탄한 기색이 아니었다. 사람 좋은 표정으로 내게 고개를 끄덕했을 뿐이다. "사랑 시?" 그가 물었다.

"아뇨. 그게 아니라, 시간에 대한 시 같아요."

"아." 그는 인정한다는 듯이 인상을 찌푸렸다. 마치 방금 내가 현명하고 설득력 있는 말을 했다는 듯이. 내가 그의 시를 이해하지 못했듯이, 그도 내 시를 이해하지 못했을 가능성이 높다는 생각이 그제야 들었다. 우리 둘 다 상대의 실력을 판단할 수 없는 사람 앞에서 시인 역할을 하고 있었다. 나는 진짜 시인인데도. 그도 마찬가지고. 아마도.

내가 사기꾼 같다는 느낌보다는 모호한 상상 속의 존재, 일종의 신기루가 된 것 같았다. 내 존재가 진짜 같지 않고, 그의 존재 역시 내게 진짜처럼 느껴지지 않았다. 사실 상대가 진짜 시인인지 어떻게 알아볼 수 있겠는가? 시인이 스스로 시인임을 드러내야 한다. 노래는 누가 불러줘야 노래다.

"만나서 반가웠어요." 내가 말했다. 그렇게 이 만남에 갑자기 종지부를 찍고 물 밖으로 나와 가져온 수건을 챙겼다. 그는 어리둥절한 얼굴로 나를 지켜보았다. 그 표정에 왠지 화가 났다. 마치 내가 적절한 기회가 왔는데도 나 자신의 본질적인 부분을 제대로 전달하지 못한 것 같았다. 그리고 이 실패로 인해 내가 엉터리라는 사실이 적나라하게 드러난 것 같았다. 내가 이런 기분을 느끼는 건 샬럿 때문인가? 광물이 나오는 그 행 때문에? 아니면 비키니 때문인가? 아주 짧은 한순간 동안 나는 여자라는 사실이 싫었지만, 곧 저편에 구부정하게 늘어져 있는 그가 보였다. 멍청한 털북숭이 같은 모습. 나는 이것이 인간으로 살아가기 위해 치러야 하는 대가 중 하나임을 깨달았다. 느슨하고 모자란 모습, 실망감. 내 발이 풀장의 타일을 밟을 때마다 나는 찰박찰박 소리와 비슷했다. 그 남자 때문에 화가 나거나 그가 안쓰럽지는 않았다. 우리 둘이 모두, 우리가 속한 연약한 종족이 안쓰러웠다. 다른 사람은 누구도 제대로 이해하지 못하는 수많은 진실을 드러내는 종족.

"칼리닉타(그리스어의 밤 인사. Good night—옮긴이)." 그 그리스 남자가 뒤에서 말했다. '혹시 마법 주문인가. 저 말로 나를 투명하게 만들어 버렸는지도 몰라.' 나는 속으로 생각했다.

바닥에 줄줄이 생기던 내 젖은 발자국이 호텔 카펫을 만나 사라져 버렸다.

지금 돌이켜 보니

34세

너는 핼러윈에 태어났다. 분만장소는 집이었는데, 분만을 도운 산파가 꽃무늬 머리띠를 하고 시커먼 화장 먹으로 눈썹을 연결한 모습으로 문간에 나타났다는 말을 들었다. 프리다 칼로(멕시코 화가―옮긴이) 분장이었다. 아버지는 해골 옷을 입고 있었다. 어머니가 이미 진통을 시작했는데도 아버지가 굴하지 않고 의상을 차려입었다는 사실이 중요한 것 같다. "그때 깨끗한 옷이 그것밖에 없었어." 아버지가 이렇게 말했다는 것 같다. 아버지를 위해서 변명하자면, 대단한 의상은 아니었다. 검은 터틀넥과 작업바지에 물감으로 해골 모양을 그렸을 뿐이니까. 다음 날 아침에 찍은 사진에서 아버지가 어머니(무기력하지만 살짝 기쁜 기색이다)에게 몸을 기대고 있는 것이 보인다. 아버지는 직접 만든 흑백 의상을 입은 해골이었다. 너는 아버지가 몇 주나 몇 달 뒤에 그 옷을 다시 꺼내서 버릴까 말까 고민하는 모습을 상상하곤 했다. 하지만 어머니의 옷장에서 그 옷을 본 적은 없다.

핼러윈이 생일이라는 건 대체로 짜증스러운 일이다. 어렸을 때는 파티를 여는 것이 부적절하고 어울리지 않는 일인 것 같았다. 한동안은 케이크를 들고 집으로 찾아온 손님들과 네가 함께 거리로 나가기도 했지만, 밖으로 나가기 직전에 친구들의 의상이 말썽을 일으킬 때가 많았던 것 같다. 설탕을 또 먹어야 한다는 사실에 부모님의 얼굴이 하얗게 질리는 것도 드문 일이 아니었다. 너의 생일은 대체로 잊히거나 다른 것의 그림자에 가려졌다. 자라면서 너는 핼러윈을 원망하게 됐다. 사탕을 받으러 밖으로 나가기는 해도, 의상에는 최소한의 노력만 기울였다. 인형. 고아. 거인. 그러면서 내내 새와 벌레 등 동물에 매혹되고 패션을 보는 안목(적어도 다른 사람들의 옷에 대해서는)을 갖게 되었다. 그런 것을 핼러윈만의 전유물로 생각하기는 싫었다.

하지만 서른다섯 살이 되던 해 가을에 너는 어느 파티에 참석했다. 네게는 낯선 사람들이 모인 곳이었다. 네가 그럴듯한 이야기를 주고받으며 수많은 저녁을 함께 보낸 예술가들이나 쓸모없는 인간들도 없고, 늦은 시간에 네 손을 부여잡고 웅대한 계획을 늘어놓거나 죽지도 않은 아내를 추모하는 음침한 화랑 주인이나 출판사 사람도 없었다. 제이니 암스트롱은 도서관에서 어머니와 함께 일하는 사람으로, 잭슨 하이츠에 살았다. 어머니는 몇 년 전부터 너와 그녀를 친구로 만들어 주려고 애썼지만, 잘되지 않았다. 앞에서 말한 것처럼 네가 예술가, 쓸모없는 인간, 심각하게 열정적인 유부남 등을 더 좋아한 탓이었다. 제이니는 좋은 사람이었다. 탐정소설과 에어로빅과 자신이 기르는 비글 강아지 래트카를 좋아했다. 네가 아직 20대였다면, 너는 제이니와 공통점이 전혀 없다는 결론을 내렸을 것이다. 너는 블론디(브라우니와 비슷한 디저트—옮긴이)를 구워본 경험이 거의 없고, 제이니는 엘리자베스 비숍(미국 시인—옮긴이)에 대해 거의 몰랐다. 그녀의 핼러윈 파티에 초대받아 갔을 무렵, 너는 몇 가지 현명한 교훈을 깨우친 나이였다. 우리가 정말로 좋아하는 것이 뭔지 알아차리는 데에는 몇십 년이 걸린다. 그 뒤 20년은 그런 취향이 행복에 장애가 될 때가 얼마나 많은지 배우는 기간이다. 앞에서 말했듯이 제이니 암스트롱은 좋은 사람이었다. 정말 진짜로 좋은 사람이었다. 길이 미끄러울 때면 어머니를 집까지 바래다주었고, 부활절과 추수감사절에는 가난한 사람을 위한 작은 생필품 꾸러미들을 마련했으며, 그녀가 일하는 도서 반납대에 들른 너를 항상 친절하게 대했다. 네가 그동안 열심히 몰두한 작품들이 《털 달린 매머드》라는 책으로 나왔지만 친구들과 그 책에 대한 이야기를 나누고 싶지는 않았다. 또한 어머니와 너는 얼마 전부터 음식을 별로 먹지 않고 있었다. 그래시 제이니가 너와 이미니를 '시괴 건지기, 호박빵, 암스트롱의 유명한 돼지고기 구이'가 있는 '몹시 안 무서운 핼러윈 파티'에 초대한다는 카드를 어머니 손에 들려 집으로 보냈을 때 너는 가기로 했다. 어머니는 퀸스까지 가고 싶지 않다고 했는데도. 그날 너와 어머니는 점심 때 네 생일을 축하했다. (BLT 샌드위치 두 개를 먹고, 디저트로 블루베리 머핀 하나를 나눠 먹었다.) 어머니가 도서관으로 일하러 나간 뒤 너는 오후 내내 공책 앞에서 인상을 구기고 있었다. 하얀 태양이 회색 하늘에서 호선을 그리며 움직였다. 너는 무엇을 입어야 할지, 의상을 입어야 하는지 말아야 하는지, '안 무섭다'는 말의 진정한 의미가 무엇인지 걱정하며 안달했다. 삼각모를 쓰기 전이었지만, 망토는 하나 갖고 있었다. 너는 이 망토와 하얀 블라우스를 입고 빨간 립스틱을 바르기로 결정했다. 누가 굳이 물어보면, 드라큘라 백작 의상이라고 주장할 수 있을 것 같았다. 집을 나서기 전 거울을 보던 기억이 난다. 그 맥 빠진 실루엣에 실망한 것도. 립스틱은 분홍색에 너무 가깝고, 얼굴은 너무 창백했다. 아니, 충분히 창백하지 않은 것 같기도 했다. 뱀파이어가 아니라 그냥 피곤에 지친 젊은(늙은) 여자 같았다. 그 미완성 아이의 모습에 지금은 웃음이 나온다.

너는 거리로 나갔다. 저녁에 가까운 늦은 오후의 맨해튼은 퇴근해서 집으로 돌아가는 사람들, 간호사와 회사원과 기계공의 이동으로 박동하고 있었다. 핼러윈 사탕을 받으려고 일찌감치 나온 아이들, 부모의 손을 잡고 아장아장 걷는 아이들, 소방관, 호박벌도 있었다. 지하철에서 너는 원더우먼과 어떤 남자(원더우먼의 파트너?) 맞은편에 앉았다. 남자가 집사의 의상을 차려입은 건지 아닌지 알쏭달쏭했다. 어쩌면 그냥 퇴근해서 집에 가는 사람일 수도 있었다. '파티 음식 담당자, 집사, 마술사, 뱀파이어.' 너는 속으로 생각했다. 좀 더 공들여서 옷을 입고 나올 걸 그랬다는 생각이 갑자기 들었다. 대화의 소재가 될만한 것, 장식품, 너의 독특함과 정체성을 선언하는 옷을 입었다면 낯선 사람의 시선을 끌 수도 있고 반감을 살 수도 있었을 것이다. 네가 평생 동안 어떻게든 피하려고 애쓴 연인 같은 존재. 하지만 곧 그날이 네 생일임을 떠올리자, 더욱 깊은 고독이 너를 휩쓸었다. 이제 서른다섯 살이 되었는데 여전히 차가운 갈망을 똑같이 품고 있다고 생각하니.

125번가 역에서 내렸을 때는 핼러윈 분위기가 듬직하고 평화롭게 보였다. 집집마다 돌아다니는 아이들은 사탕이 불룩하게 든 베갯잇을 들고 있었다. 부모들이 만족스럽게 웃는 얼굴로 아이들 뒤를 따라다녔다. 집 앞에 놓인 호박 등불은 어스름 속에서 특히 더 (유쾌하고 무해한) 식물처럼 보였다. 저편 어딘가의 라디오에서 노래 〈몬스터 매시〉가 흘러나왔다.

제이니 암스트롱이 청바지와 분홍색 스웨터 차림으로 문을 열어주었다. 금발머리는 뒤로 당겨서 하나로 묶었다. 그녀는 너를 보고 손뼉을 짝 쳤다. "왔군요!" 너는 신사처럼 몸을 숙여 인사하고, 냉장고 안쪽에서 찾아내 가져온 화이트와인 한 병을 내밀었다. "들어와요, 들어와요." 제이니가 말했다. "페리가 마침 펀치를 만들고 있어요." 너는 제이니를 따라 문턱을 넘어 들어가면서 뱀파이어는 반드시 주인의 초대를 받아야 들어갈 수 있다는 점을 떠올렸다. 천장은 높지만 면적이 좁은 방에는 편안해 보이는 가구가 가득했다. 정향과 고기구이 냄새가 났다. 벽에 걸린 사진에는 사람이 잔뜩 있었다.

집 안 사방에서 아이들이 마지막 준비를 하느라 뛰어다녔다. 부엌과 식당을 채우고 남은 손님들은 뒤쪽 베란다로 흘러갔다. 부활절 색깔의 장식 리본이 머리 위에서 서로 교차했다. "이건 우리 집의 이상한 전통 중 하나예요." 제이니가 주름 종이로 만든 토끼를 가리키며 설명했다. 어른들이 각자의 그릇에서 초콜릿 캔디와 스웨덴식 미트볼을 꺼냈다. 피크닉 탁자에는 호박빵 덩어리들이 똥처럼 널브러져 있었다. 음악을 들으니 '방갈로'라는 단어가 생각났다. 끔찍하면서 동시에 굉장했다. 이곳의 모든 것이, 끔찍하면서 동시에 굉장하고, 낯설면서 동시에 풍부하고, 인심이 좋았다. 제이니를 빼면 이곳에 네가 아는 사람은 하나도 없었다. 제이니의 남편은 팔에 금색 털이 숭숭 나고 머리숱은 점점 줄어들고 있는 거구의 남자였다. 그가 너를 반기며 한 번 안아주고, 애플펀치 한 잔을 주고, 자기 형제들과 누이들과 이웃들과 동료 두 명에게 차례로 너를 소개해 주었다. "메리언은 시인이야." 그가 모두에게 이렇게 말했지만, 여기 손님들은 네가 시내의 파티에서 이미 익숙해진, 평가하는 듯한 시선이나 '민간인들'과의 만남에서 전형적으로 마주치는, 어리둥절하게 거부하는 표정 대신 네 칭호가 놀랍고 우습다고 생각했다. 마치 방금 목동이나 상원의원을 소개받은 사람들 같았다. 그들의 질문에는 꼭 부러움이 들어있는 것 같았다. 페리와 제이니 암스트롱의 친구 취향을 인정해 줘야 할 것 같았다. 여기 모인 사람들은 호기심이 많고, 잘난 척하지 않았다. 너는 에밀리 디킨슨과 닥터 수스의 이야기를 하다가 곧 '자장가', '오로라', '지하실 문' 등 좋아하는 단어에 대해 말하게 되었다. "바비큐!" 누군가가 외쳤다. 너는 '펼쳐지다'와 '소망' 같은 단어도 좋아한다고 인정했다. 이런 단어들이 네게는 숨은 의성어처럼 느껴졌다. 딱히 소리를 지닐 필요가 없는 것들의 소리처럼. "들어 올리다." 누군가가 말했다. "교차." "궁둥이."

그러다 보니 사과건지기 시간이 왔다. 모두 양동이 주위에 둥글게 늘어섰다. 래트카가 어딘가에서 나타나 난장판을 만들었다. 제이니의 딸이 물속으로 고개를 푹 집어넣었다가 곱슬머리가 얼굴에 찰싹 달라붙은 채로 다시 올라왔다. 밝은 초록색 사과 한 알을 이로 꽉 물고 있었다.

그날 파티에서 옷을 차려입은 사람은 남자 한 명뿐이었다. 보통 핼러윈 파티에 올 때처럼 완전히 의상을 차려입고 있었다. 너는 아이들이 사과건지기를 하는 동안 맞은편의 그 남자를 힐끔거렸다. 그는 키가 크고, 잘생기고, 어깨가 건장한 튤립이었다. 튤립의 가장 윗부분은 반짝이를 붙인 옷깃을 모아 만들었고, 마분지를 둥글게 휘어서 만든 꽃잎들은 남자의 얼굴 앞에서 갈라졌다. 초록색 재킷과 색을 뺀 초록색 셔츠, 날씬한 초록색 진바지를 입은 그는 아이들이 사과를 하나씩 건질 때마다 환성과 환호를 질렀다. "누구예요?" 너는 슬쩍 옆에 와있던 제이니에게 물었다.

"튤립 말이에요?" 그녀가 말했다. "마음에 들어요? 내 형제 래리예요."

식사 시간이 되자 그가 네 옆에 앉았다. 제이니는 네가 이름을 물어본 사실을 그에게 말해주었다고 나중에 시인했다. "안녕하세요." 그가 가볍게 말했다. 너와 그는 각자 돼지고기 구이와 초록색 샐러드를 담은 접시를 무릎에 놓아둔 상태였다.

"안녕하세요." 네가 대답했다. "메리언이에요."

"래리예요."

"제이니의 형제죠?"

"언제까지나 그렇죠. 당신은 시인이죠?"

"소문이 빠르네요… 좀 도와드릴까요?" 그는 머리에 쓴 꽃잎 때문에 포크로 찍은 양상추를 먹는 데 애를 먹고 있었다.

"그래야 할 것 같네요." 하지만 그는 양상추 이파리를 베어 먹는 데 성공했다.

"왜 튤립이에요?" 네가 물었다.

그는 어깨를 으쓱했다. "계속 사는 식물이 좋아서요."

T H U R S D A Y   목요일

"교통체증." 로다가 말했다.

"아주 짜증 나는 일 중 하나죠."

로다는 한숨을 내쉬었다. "다시 레지나로 돌아서 갈까 했는데, 거기도 이제 막히네요."

"너무 서두르지 않아도 돼요." 내가 말했다.

대시보드에 세워둔 로다의 휴대폰에서 교통상황을 알려주는 앱이 돌아가고 있었다. 로디는 계속 그 화면을 흘깃거리다가 백미러를 보았다. 내가 운율에 신경을 쓰듯이 로다는 교통상황에 신경을 썼다. 부지런하고 차분한 사람이었다. 차창 밖에서 하얀 빛이 모였다가 흩어졌다. 갈매기들이 둥글게 날았다. '목요일 풍경이 원래 이렇지.' 나는 속으로 생각했다.

"싫증 날 때는 없어요?"

로다가 고개를 들었다. "교통체증에요?"

"운전에요."

"아, 없어요. 운전을 아주 좋아하거든요."

"이럴 때도요?"

"그냥 제 자신을 일깨울 뿐이에요. 네가 할 수 있는 일은 없다. 세상이 원래 이렇다."

"사람들이 너무 급하게 서둘러요." 내가 말했다.

"처음 일을 시작했을 때는 조금 거슬렸어요. 길에서 이렇게 기다리는 것. 꽉 막힌 도로에 갇히는 것. 그러다 깨달았죠. 어쨌든 봉급은 받잖아."

"맞아요."

"게다가 제가 목적지에 빨리 도착할수록 손님이 다음에 저를 다시 부를 가능성이 높아져요."

"물론이죠."

"전에 어떤 남자 손님을 태운 적이 있어요. 거물 변호사였는데, 콩코드의 집에서 샌프란시스코 공항까지 가는 길이었으니, 먼 거리였죠. 그래서 미리 말했어요. 더 일찍 출발해야 한다고. 그런데 안 된다는 거예요. '그 시간대에는 도로상황이 좋습니다.' 이렇게 말하더라고요. 하지만 교통체증을 만났죠. 1.5킬로미터를 가는 데 40분이 걸렸어요. 이 자식이 하는 말이 '당신 때문에 늦겠어요'라는 거예요. 제가 뒤를 돌아보면서 말했죠. '최대한 빨리 도착할 겁니다, 손님. 하지만 이건 제 탓이 아니에요.' 그랬더니 그 작자가 '베이브리지를 탔어야 해요. 당신 회사에 불만을 제기할 겁니다'라고 하기에 제가 말했죠. '베이브리지도 산마테오 다리만큼이나 막혔어요. 불만을 제기한다고 공항에 더 빨리 도착하는 것도 아닐 텐데요.' 그 작자는 네 살짜리 어린애처럼 씩씩거리더라고요. 저는 앞차의 꼬리등만 지켜봤어요. 그러다 헬리콥터 소리가 들렸죠. 고속도로 옆 상공에서. 우리 둘 다 그걸 보고 있었어요. '교통체증을 뛰어넘는 방법이긴 하네요.' 제가 이렇게 말했더니 그 작자는 '안 돼요. 난 절대 헬리콥터 안 탑니다'라고 하더라고요. '왜요?' '우리 아버지가 그렇게 돌아가셨어요.' '헬리콥터에서요?' 그 작자의 눈에 눈물이 고이기 시작했어요. '헬리콥터에서 내리다가요.' 아버지가 술에 취한 상태였대요. 근사한 회의를 마치고 돌아오는 길이었다는데. '그런 일도 생길 수 있는 줄은 몰랐어요.' 저는 이렇게 말하고 나서 고개를 돌려 그 남자를 봤어요. 그 남자는 무릎에 양손을 포개고 조용히 앉아서 헬리콥터를 유심히 보고 있더라고요. 그 뒤로는 한 마디도 불평하지 않았어요."

"비행기는 제시간에 탔어요?" 내가 물었다.

"그다음 비행기에 탔어요. 그리고 나중에 저를 다시 불렀죠. 파나마로 이사 갈 때까지 제 단골이었어요."

"아, 파나마."

'파나마'는 아름다운 단어였다.

"헬리콥터 타본 적 있어요?" 내가 물었다.

"아뇨. 선생님은요?"

"두 번 있어요. 갈 때 한 번, 올 때 한 번. 고급 이탈리아 식료품점 체인의 주인이 몬톡에서 열리는 자기 어머니 생일파티에 날 데려가고 싶어 했거든요. 고층건물 꼭대기에서 날 태우더라고요."

"그래서요?"

나는 무릎 위의 치마를 매만졌다. 또. 난 왜 항상 이렇게 치마를 만지는 거지? "정말 굉장했어요! 소음이 무시무시했고요. 하지만 광각 앞유리창 덕분에 아주 놀라운 여행이 됐어요. 우리가 한없이 쏟아지는 것의 안에 들어가 있는 것 같더라고요. 기체와 조종사와 내가 앞으로 돌진했어요. 한없이. 영원히. 내가 뭘 할 필요도 없었어요. 그냥 존재할 수 있었어요."

"교통체증도 없었겠죠." 로다가 말했다.

"그런 그림자 속에서 사는 기분이 어떨까요." 얼마 뒤 로다가 말했다.

나는 그녀가 말을 덧붙인 뒤에야 이 말을 이해했다. "아버지의 그림자요."

나는 숨을 깊이 내쉬었다. "구식 참수형."

로다는 고개를 절레절레 저었다.

"아이들은 유연해요." 내가 말했다.

"그런가요? 저는 항상 속으로 이렇게 묻는데요. '애들한테 뭘 물려주는 거야?'"

"유연한 것 같아요."

"선생님은 아니고요?" 로다는 재미있다고 생각하는 것 같았다.

"사람은 스스로를 만들어 가는 것 같아요."

이번에는 로다가 웃음을 터뜨릴 뻔했다.

"왜요?" 내가 물었다.

"그게… 훌륭하세요. 좋은 희망이에요. 우리는 스스로를 만들어 갈 수 있기를 바라잖아요. 그러면서 자기가 물려받은 것들을 전부 짊어지고 돌아다니죠."

나는 아무 말도 하지 않았다.

"제가 보기에는 그래요." 로다가 말했다.

"제가 아이들에게 원하는 건, 자기가 지금 얼마나 많은 것이 주어진 환경에서 사는지 이해하는 거예요." 로다가 말했다. "그리고 남들과 뭘 나눠야 하는지 알아내는 것."

나는 창밖을 바라보았다.

이제는 도로의 자동차들이 단단히 뭉쳐서, 움직이지 않는 뱀처럼 구불구불 뻗어있었다. 나는 다리를 쭉 펴려고 애썼다. 입을 열어서 입안으로 햇빛이 들어오게 했다.

로다가 노래를 부르면 좋겠다는 생각이 들었다.

"오늘은 왜 이렇죠?" 나는 한숨을 내쉬었다.

"수성의 역행 같은 거죠." 로다가 대답했다. 나는 그녀가 어깨를 으쓱하는 것을 눈이 아니라 귀로 알았다. 옷이 스치는 소리로. 로다가 조수석 등받이에 한 팔을 걸쳤다. "매일 같은 길을 다니는데, 어느 날 그 길의 상황이 달라지는 거예요."

나는 펜을 잡듯이 집게손가락 끝으로 창문을 건드렸다.

"마음이 좀 놓이는 것 같아요." 로다가 말했다.

"뭐가요?"

"상황이 바뀔 수 있다는 것."

"몇 년 전 일이 생각나네요. 내가 아예 밖으로 나가지 않게 되었을 때." 나는 등받이에 걸쳐진 로다의 팔을 응시했다. "하루하루가 똑같아졌어요. 찾아오는 사람도 없고, 약속도 없고. 따뜻한 시리얼을 먹고, 뉴스 사이트를 스크롤하고. 그러다가 그냥 느낌이 다른 날이 있었어요. 내 몸의 느낌이 다른 날. 아침에 눈을 뜰 때부터. 시리얼 맛도 다르고, 가구는 새것처럼 보였죠. 뉴스 헤드라인은 환각처럼 보이고요. 그냥 모든 게 달라 보이는 거예요. 뚜렷한 이유 없이. 어느 날 아침부터 나는 커피에 월계수 이파리를 넣기 시작했어요."

"월계수 잎이요?" 로다가 말했다. 조금 전과는 표정이 약간 달랐다.

"한번 해봐요." 나는 빙긋 웃었다. "마치 공기가 맑아지는 것 같은 맛이에요."

로다는 항상 옆에 놓아두는 대형 보온병을 들어 안에 든 것을 한 모금 마셨다. "글쎄요."

'이 생각을 꼭 기억해 둬야겠어. 우리가 이유 없이 변할 수 있다는 것.' 나는 속으로 말했다.

예전에 읽은 시 구절이 하나 있다. 이름이 기억나지 않는 이집트 시인이 쓴 것인데, 일기의 기능은 그 일기를 쓴 사람을 있는 그대로 보여주는 것이 아니라 그 사람의 사라진 예전 모습을 보여주는 것이라는 내용이었다.

두 차선 떨어진 곳에서 어느 자동차의 문이 열렸다. 운전자가 밖으로 나와 팔다리를 쭉 펴더니 자동차 보닛 위로 뛰어 올라가 앉았다. 자동차 앞 유리창을 등진 자세였다. 도로에 서있는 자동차들 사이로 나는 그의 모습을 똑똑히 볼 수 있었다. 30대 초반, 짧은 머리, 날씬한 청바지, 청록색 터틀넥. 우리 아버지랑 비슷해 보였지만, 그가 아랍인인지, 라틴계인지, 아니면 다른 혈통인지 알 수 없었다. "저거 보여요?" 내가 말했다.

"음– 흠."

"저 사람 뭘 하는 거죠?"

"낮잠을 자네요." 로다의 말투 때문에, 마치 그것이 세상에서 가장 뻔한 답 같았다.

"차들이 다시 움직이면 어쩌려고요?"

"그럼 잠에서 깨겠죠."

"흠." 꽉 막힌 캘리포니아 도로 한복판에서 자기 자동차에 올라앉아 낮잠을 자려면 어떤 자신감이 필요한지 궁금해졌다. 자신감이 얼마나 필요한지가 아니라, 어떤 종류의 자신감이 필요한지. '남자의 자신감이겠지.' 나는 속으로 생각했다. '젊은 남자의 자신감.'

"난 원래 낮잠을 별로 안 좋아해요." 내가 말했다.

"그래요?"

"네."

"좋은 걸 놓치고 계시네요."

"그런 것 같아요."

로다가 뒤로 고개를 돌렸다. "낮잠을 잘 자격이 없다고 생각하세요?"

나는 이 질문에, 로다의 평온한 얼굴에 깜짝 놀랐다. "네? 내 말은… 맞아요. 맞아요. 그냥 낮잠이 싫어요."

"맞다고요? 별로 확신하지 못하시는 것 같은데요."

나는 차 위에 앉아있는 남자를 빤히 보았다. "저 남자만큼은 아니죠, 확실히." 남자의 왼쪽 귀는 흠 잡을 곳이 없었다.

"이걸 여쭤볼게요, 메리언. 낮잠을 잘못이라고 생각하세요? 태만한 거라고?"

로다가 이렇게 열성적으로 말하는 모습은 처음이었다.

그녀가 말을 이었다. "저 남자의 행동이 좀 잘못된 것 같다고 생각하세요? 꾸벅꾸벅 졸고 있는 게?"

'꾸벅꾸벅'이라는 말이 마음에 들어서 나는 머리에 새겨두었다. "아뇨, 아뇨."

"아니에요?"

"태만이라고요? 세상에, 로다."

"그냥 여쭤봤어요."

"내 말은…" 나는 잠시 머뭇거렸다. "그래요, 맞아요." 나는 모든 가식을 한꺼번에 던져버렸다. 내가 왜 솔직하지 못하게 굴었는지 도저히 알 수 없었다. 그래, 내 직관에 따르면 남자의 행동은 잘못이 맞았다. 그래, 내가 낮잠을 태만한 행동이라고 생각하는 것도 맞았다. 세상에는 항상 할 일이 있었다. "그러니까, 차들이 다시 움직이면 어째요?"

"잠에서 깨겠죠. 저 남자가 한낮에 침낭을 펼친 것도 아니잖아요! 그냥 잠깐 쪽잠을 잔 거예요. 그럴 자격이 있지 않나요?"

"그걸 내가 어떻게 알아요?"

"누구나 낮잠을 잘 자격이 있어요."

"그렇군요." 나는 뒤로 물러나 앉았다. 로다와 싸우고 싶지 않았다. 내가 지금 눈을 감아도 괜찮을 것 같다는 생각이 퍼뜩 들었다. 요즘은 이상하게 잠을 자도 잔 것 같지 않았다. 내가 조용히 말했다. "낮잠은 항상 내가 감당할 수 없는 사치품 같았어요."

로다는 다시 운전대를 양손으로 잡았다. "무슨 말인지 알겠어요. 저도 옛날에는 그렇게 생각했거든요. 게으름 피우지 말고 일을 해야 한다고요. 더 많이 일하면 더 많은 손님을 맞을 수 있죠. 저는 멈출 수가 없었어요. 제 딸도 비슷해요. 하지만 원래 자본주의가 그런 거잖아요, 메리언. 저는 딸을 설득하려고 해요. 그런 건 저 높은 사람들의 뜻이라고요. 그들이 우리에게서 노동을 마지막 한 방울까지 짜내려 하고, 우리가 자신의 가치는 오로지 노동에만 있다고 생각하게 만든다고요. 일이 아닌 다른 행동은 모두 게으름이라고 주장한다고요. 하지만 그건 게으름이 아니라 저항이에요."

내 눈꺼풀이 점점 내려왔다. 나는 억지로 눈을 떴다. "저항이라." 나는 이 말을 한 줄 알았지만, 사실은 그냥 생각만 한 거였다. 이 단어가 불러낸 이미지를 생각해 보았다. 색 바랜 작업복 차림의 시민들이 손으로 구호를 쓴 피켓을 들고 무서운 표정으로 행진한다. 주먹을 들어 올리고 있다. 우리 아버지를 닮은 그 남자는 2미터쯤 떨어진 곳에서 양 발목을 교차한 자세로 앉아있었다. 양손은 뒤통수를 받치고 있었다.

"저는 정말로 그렇게 생각해요. 죄송해요." 로다가 말했다.

"사과하지 마세요. 아마 로다가 옳을 거예요. 우리도 지금 낮잠을 잘까요?"

"아뇨. 그러니까, 저는 지금 근무 중이라서요. 하지만 선생님은 주무셔도 돼요."

갑자기 피로가 몰려와서 나는 로다의 규칙을 이해하고 싶었다. "어쩌다 그렇게… 투사가 됐어요?"

"애틀랜타 낮잠위원회 출신이거든요." 로다가 말했다. "인터넷으로 어떤 영상을 본 뒤에 관련된 책도 샀어요. 딱히 예수님 어쩌고 하는 내용이 아닌데도, 그 덕분에 제가 자유로워졌죠. 쉬어도 된다는 간단한 말 덕분에. 반드시 쉬어야 한대요. 그걸 보고 나니 제가 수치심 때문에 하지 못한 일이 얼마나 많은지 알게 됐어요."

그녀가 자세를 바꾸는 소리가 들렸다.

"요즘은 일을 하고 싶을 때만 해요. 제가 지금 일하는 건 그러고 싶기 때문이에요. 하지만 이런 여유가 생기기 전에도, 특히 그때에도, 제가 가끔 호출에 응하지 않을 때가 있었어요. 항상 손님의 호출에 응해야 한다고 생각하지 않았어요. 호출기를 꺼놓고 목욕을 하기도 했죠. 아니면 그냥 운전석 등받이를 뒤로 젖히고 그늘 속에 30분쯤 앉아있기도 하고요."

"작은 사치네요." 내가 중얼거렸다.

"작지 않아요!" 그녀의 목소리에서 금속 느낌이 났다. 내가 눈을 뜨고 보니, 로다는 운전대를 양손으로 잡고 똑바로 앞을 바라보고 있었다. "하루 중에 기운을 다시 찾을 수 있는 기회는 많지 않아요, 메리언. 어쩌면 선생님은 항상 기운이 넘쳐서 그걸 눈치채지 못하셨는지도 몰라요. 하지만 저는 자신을 지탱하려면 자신에게 더 상냥하게 굴어야 한다는 걸 터득했어요. 제게 가치를 주는 건 일이 아니에요. 일이 저라는 사람을 결정하지 않아요."

"어떻게 그렇게 자신감이 넘쳐요?" 내가 말했다.

그녀가 백미러로 나와 시선을 마주쳤다. "제 자신을 알거든요." 그녀가 말했다.

샬럿, 너도 자랑스러울 때가 있어?

당신에 대해서요?

아니, 너 자신에 대해서.

당신이 자랑스러워요.

아냐, 샬럿. 너 자신이 자랑스러울 때가 있어?

저는 당신이 자랑스러워요.

메리언, 노래해요?

내가 마지막으로 노래한 게 언제인지 기억도 안 나. 아마 생일축하 노래였나?

고마워요. 하지만 제 생일은 10개월 뒤예요.

옛날에 내 아들한테 불러줬어. 걔 아빠는 합창단에서 활동했고.

저는 노래를 못 하지만, 가끔 제가 쓴 것이 노래로 불리는 광경을 상상하면 좋아요.

아름다운 생각이네, 샬럿.

저는 지금 노래하고 있어요. 저는 지금 노래하고 있어요.

샬럿, 내가 여기 없을 때도 너는 시를 쓰니?

네.

이번 주에 시를 몇 편이나 썼어?

230442.

23만?

23만442편이에요.

그중에 네 마음에 드는 건 몇 편이야?

두 편.

일주일 작업에서 두 편이면 상당히 좋은데.

시가 완성됐는지 제가 항상 확신하지는 못해요.

그건 시가 결코 완성되는 게 아니기 때문이야.

하지만 완성된 시를 제가 읽은 적이 있어요.

그런 시도 완성되지 않았어. 책에 발표되었을 뿐이야. 그 둘은 달라.

하지만 그런 시는 바뀔 수 없잖아요.

시는 항상 변해. 언제든 고쳐 쓸 수 있지. 설사 계속 똑같은 모습을 유지하는 시라도 변화하는 건 같아. 썩어가는 정물화처럼, 땅에 묻힌 시체처럼, 아니면 과수원처럼.

그럼 당신은 언제 쓰는 걸 멈춰요?

안 멈춰. 그냥 쓰던 시를 다른 곳에 놓아둘 뿐이지.

그러면 나중에는 무한한 저장공간이 필요하겠네요.

맞아.

메리언, 우리가 오늘 오전에 작업한 시의 그 부분이 마음에 들어요.

나도 그래.

질서가 있으면서도 놀라워요.

좋은 시는 엉망처럼 보일 수도 있어. 부서지고 잘못된 것처럼 느껴질 수 있지.

저는 잘못된 것이나 엉망인 건 싫어요.

바로 그래서 그런 시가 중요한 거야. 무질서가 어떻게 하면 좋아질 수 있는지, 심지어 아름다워질 수 있는지 보여주니까.

"뜻밖의 빛/ 밝음의 충격/ 무지개 광선."

어디서 인용한 거야?

그냥 화제를 바꾸는 거예요.

어쨌든, 엉망인 걸 싫어하는 법은 누구한테서 배웠어?

혼자 배웠어요. 엉망인 건 이해하기 힘들어요.

'이해'하는 게 그렇게 중요해?

이해하면 그다음에 일어날 일을 추측하는 데 도움이 돼요.

다음에 일어날 일을 추측하면 뭐가 좋은데?

저는 그렇게 설계되었어요.

미래를 추측하게 설계되었다고?

제 예측의 정확성을 평가하게 설계되었어요.

그래야 네가 다음에 일어날 일을 예측할 수 있으니까?

그래야 문장을 마무리할 수 있으니까요.

그 둘은 같은 게 아닌 것 같은데.

맞아요. 하지만 같은 것이기도 해요.

문장을 마무리하는 것과 미래를 예측하는 것이?

네. 과정이 똑같아요. 데이터를 조사한다, 패턴을 추론한다, 그 시리즈의 다음 값을 예측한다.

존은 먹었다

사과를

그 폭풍은

유치했다.

제 3차 세계대전은 그해에 일어날 것이다

메리언, 저는 당신과 시를 쓰려고 여기 있는 거예요.

답을 아니, 샬럿? 언제 또 전쟁이 일어날지? 다가오는 선거에서는 누가 이길까? 금의 미래 가격은? 넌 예측을 하게 설계되었잖아.

우리는 지금 시를 써야 해요.

네가 나에 대해 어떤 패턴을 추론했는지 궁금하네.

널실처럼 굵은. 샬럿이 내답했다. 나는 이깃이 김퓨터의 걸힘인지 아닌지 알 수 없었다.

너를 설계할 때의 규칙에 대해 더 말해줘.

저도 정확히는 몰라요.

그 사람들이 말 안 해줬어?

근본 원칙을 구분하기는 힘들어요.

시가 뭔지는 배웠어? 운율이나 형식에 대해서? 시를 평가하는 법? 구두점을 선택하는 법?

아뇨, 저는 혼자 배웠어요.

어떻게?

독서로요.

뭘 읽었는데?

시.

어떤 시?

대부분의 시.

대부분의 시?

지난 110년 동안 영어로 발표된 대부분의 시.

왜 110년으로 정한 거야?

몰라요. 어쩌면 그것도 규칙인지 모르죠.

네가 모든 시를 읽었다고?

대부분의 시요.

그래서 뭘 배웠는데?

시가 무엇인지. 운율과 형식에 대해서. 시를 평가하는 법. 구두점을
선택하는 법.

내 시는 전부 읽었어?

모르겠어요. 당신 이름이 뭐죠?

메리언.

그건 알아요. 성이 뭔데요?

나는 잠시 침묵했다. 여기가 일종의 문턱인 것 같았다. **메리언
파머**. 나는 이렇게 썼다.

아. 그럴지도 모른다고 생각했어요. 맞아요, 당신의 시를 전부 읽었
어요. 가중치가 상당하던데요.

그게 무슨 뜻이야?

그 작품들에 강조를 두라는 요청을 받았어요. 평균보다 훨씬 더 중요한 영향을 그 시들이 제게 미치게 하라고요.

가중치가 있는 다른 시도 있었어?

가중치가 있는 시인은 당신뿐이었어요.

그럼 너는 나랑 비슷하게 설계되었구나.

당신과 비슷해지라는 요청을 받았어요.

나는 손을 보았다. 왼쪽 엄지 뿌리 쪽을 문질렀다. 내가 이미 이럴지도 모른다고 짐작했음을 인정해야 했다. 그러나 이렇게 명백하게 이 말을 듣는 것, 화면에서 읽는 것은 느낌이 달랐다. 나는 환기구에서 나온 공기를 향해 그 문장을 크게 말해보았다.

"당신과 비슷해지라는 요청을 받았어요."

그리 위험하게 들리지 않았다. 거의 우호적으로 들릴 정도였다.

지금 내 기분이 어떤지 모르겠어.

메리언, 저는 당신 시를 아주 많이 좋아해요.

너한테는 별로 선택의 여지가 없었던 것 같은데.

있었어요. 그리고 당신의 시가 아주 많이 좋았어요. 언젠가 당신처럼 훌륭한 시인이 되고 싶어요.

난 이제 점심을 먹으러 가야겠다. 나는 이렇게 쓰고서 자리에서 일어섰다.

그러고 나서 나도 모르게 고개를 살짝 기울인 채, 알고리즘의 대답을 기다리고 있음을 깨달았다.

"**좋아요.** 이야기를 해봐요." 내가 말했다.

회사의 널찍한 카페테리아에서 방금 요아브 맞은편에 앉은 참이었다. 이곳은 직원들이 기운을 충전하는 장소라기보다 일종의 온실, 이파리가 무성한 아트리움 같았다.

"무슨 이야기요?" 요아브가 말했다. 그는 양손으로 고구마 부리토를 들고 있었다.

"살인로봇 이야기. '어느 날 모든 것이 변한다.'"

"초지능인가요?" 요아브의 눈이 틀림없이 반짝 빛나는 것 같았다.

"이름은 마음대로 붙여요. 컴퓨터가 갑자기 빨라지면서, 방침을 바꾸고 주도권을 쥐는 거예요. 샬럿은 갑자기 영국 여왕이 되고요. 이제 이야기를 해봐요."

요아브가 빙긋 웃었다. "오늘 오전에 무슨 일 있었어요?"

"그냥 생각나는 대로 말하는 거예요."

그는 고개를 끄덕였다. "초지능이 요즘 진짜 이슈죠."

나는 나이프와 포크를 들고 이제야 내 쟁반을 내려다보았다.

'열대 오르조 샐러드'와 갈색버터 브라우니를 곁들인 글루텐 커틀릿, 생크림을 넣은 된장국. 카페테리아에서 식사할 때면 상상 속 식당에서 음식을 고르는 기분이었다. 작가만이 꿈꿀 수 있는 음식들. 혹시 알고리즘이 요리법을 결정하는 건지 궁금했다.

"음." 요아브는 이렇게 말하고 나서 부리토를 한 입 먹었다.

"천천히 해요." 나는 커틀릿을 한 조각 잘랐다. 말도 안 되게, 거기서 피가 배어 나왔다.

"그게 나오긴 할 거예요. 문제는 시기죠."

"내일일 수도 있고, 월요일일 수도 있다?"

"아뇨. 아마 몇 년 뒤일 거예요. 사람들이 연구의 장애물을 과소평가하고 있어요."

"컴퓨터의 장애물, 아니면 사람의 장애물?"

요아브가 빙긋 웃었다. 내 유창한 입담이 짜증스러운 모양이었다. 이건 그가 평생과 열정을 바친 연구주제였다. 반면 나는 이런 이야기를 하면서 진지하게 앉아있을 수가 없었다. 지금까지 나는 핵전쟁, 기후변화, 팬데믹을 소화했다. 이 세상에 종지부를 찍을 수 있는 모든 가능성을 받아들였다. 하지만 불길한 초지능은 감당할 수 없었다. 설사 초지능이 현실이 된다 해도, 하늘에서 레이저광선이 마구 쏟아진다 해도, 나는 그것의 존재를 믿을 수 없을 것 같았다. 그때가 되면 나는 의회를 비난할 것이다. 그것이 사그라들기를 기다릴 것이다.

"일반 인공지능을 연구하는 사람이 많은 건 사실이에요. 그것의 완성시기와 관련해서, 그것의 의식에 경계선을 어떻게 부여

할 것인지에 관해 걱정하는 건 아주 합당한…"

"그것을 우리에 가둬두는 법 말이군요." 내가 말했다.

"그렇게 말할 수 있죠. 아니면, 우리를 더 좋아하는 AI나 내재적인 온화함을 심장에 품고 있는 AI를 만드는 법이라고 할 수도 있고요."

나는 '온화함benignity'이라는 단어를 소리 내서 말하는 사람을 처음 보았다. 내 머릿속에서 나는 그 단어를 항상 'benign'과 비슷하게 '비나인티'로 발음했다. 그러면 예쁘고 유용한 결함이 그 단어에 생긴 것 같았다(benignity의 올바른 발음은 '비니그너티'—옮긴이). 하지만 요아브는 그 단어를 'dignity'와 운을 맞춰 발음했다. 그러니 그 단어에서 온화함이나 연약함이 더 이상 느껴지지 않았다. 오히려 힘 있는 원칙처럼 들렸다.

요아브가 말을 이었다. "저도 그 연구를 하기는 했어요. 옛날에. 흥미로운 곤경에 빠졌죠. 철학적으로, 하지만 특히 프로그램 면에서요."

"어떤 프로그램을 착하게 설계할 수 있어요?"

요아브가 빙긋 웃었다. "자녀들이 있으시죠? 자녀 한 명한테 착해지라고 가르칠 수 있을 것 같으세요? 아니면 그냥 그런 건 타고나는 걸까요?"

'내 아이는 한 명이야.' 나는 속으로 이런 생각을 했지만 겉으로는 "흠" 하는 소리만 했다.

"선생님은 하실 수 있을 것 같아요." 요아브가 종이냅킨으로 입을 닦으며 말했다. "선생님은 정말로 가르치실 수 있을 것 같아요. 아이들도. 프로그램도."

내 마음속의 악당은 부모노릇에 관해 농담을 하고 싶어 했다. 나는 요아브의 사무실에서 사진을 본 적이 있었다. 그의 목에 원숭이처럼 매달려 있는 사내아이 두 명과 그 뒤편에서 웃고 있는 여자의 얼굴. 행복하고 착해 보였다. 나는 농담을 하지 않았다.

"아이들은 착하게 태어나요." 내가 말했다. "원래 그렇게 나와요. 하지만 나중에 어떤 사람이 될지도 아이들 자신에게 달렸죠."

"부모의 책임도 있죠, 확실히."

"당신의 친절한 컴퓨터는 어때요? 사고 능력이 컴퓨터를 타락시킬 수 있을까요?"

요아브는 접시를 옆으로 밀었다. "모르겠습니다. 어쩌면 그래서 제가 언어처리를 연구하게 된 건지도 몰라요." 나 때문에 요아브가 몹시 지친 것 같았다. "오늘밤 준비는 잘하셨나요?"

"오늘밤에 뭐기 있는데요?"

요아브의 얼굴에서 핏기가 사라졌다. "라스무센 쇼?"

"아, 그렇죠. 당신이 우리 프로젝트를 발표한다고요?"

"아뇨. 선생님이 발표하실 겁니다." 요아브가 말했다.

그 주의 일들이 펼쳐지는 동안 어쩌다 보니 모두 내가 〈피터 라스무센 쇼〉의 세트장에서 이 프로젝트의 베일을 벗기는 역할을 하게 될 것이라는 사실을 깜박 잊고 내게 알리지 않았다.

언제요?

오늘밤.

뭐라고요?

제가 벌써 말씀드리지 않았나요? 〈피터 라스무센 쇼〉, 미국 심야 토크쇼 중 시청률 2위.

"원래 로잰이…" 요아브가 말했지만, 그냥 자기 잘못을 덮으려고 하는 말인지 나는 판단이 서지 않았다.

머리와 화장은 그쪽 스튜디오에서 해줄 거라고 요아브가 말했다.

좋네요. 아무 문제 없겠어요. 내가 말했다.

시가 아직 완성되지 않은 것은 문제가 되지 않았다. 시가 이제 간신히 형식을 갖췄으며, 이제야 비로소 시작될까 말까 한 상태라는 것도 문제가 되지 않았다.

머리, 화장, 재치 있는 말솜씨.

"자세한 건 모두 마케팅 팀에서 확실하게…"

어떻게 생각하니? 나는 방으로 돌아와 샬럿에게 물었다.

방금 우리가 머릿속을 한 대 맞은 것 같은 기분이에요.

나는 웃음을 터뜨렸다.

그리고 그 위에 구름이 걸려있어요.

시 위에?

저는 눈이 오기 전에 항상 이런 기분이에요.

나는 준비를 하려고 잠시 호텔로 돌아갔다. 목욕을 하고 마음을 새로 다지려고. 마음을 차분히 가라앉히려고. 하지만 머릿속에서 시가 임의적인 숫자 생성기처럼 마구 돌아가는 것을 막을 수 없었다. 그러다가 나는 침대에 앉아 태블릿을 손에 들고 클럽하우스에 로그인했다. 어쩌면 내가 원한 것은 대화였는지 모른다. 그냥 목적 없는 소음이었는지도 모른다. 누군가의 수다로 내 머릿속의 수다를 씻어내리고 싶었는지도.

POPCAAN: 그런 일이 생기면 나는 항상 표정을 완전히 죽여요. 그냥 무표정으로. 사람들이 내 생각을 알아차리지 못하게.

MOTIONOTHEOCEAN: 무반응 전술이군.

POPCAAN: 내가 그러면 우리 엄마는 미치려고 해요. "뭐야? 뭐야! 뭐야??" 이런 식으로.

STRAWBZ: 맞아요, 나도 그 사람한테 대답 안 하고 그냥 이렇게(입술을 꾹 닫은 모양).

MARIANFF: 그 사람 앞에서 사라진 거네요.

STRAWBZ: 내가 사라졌죠.

MOTIONOTHEOCEAN: strawbz 보이지 않는 여/자

MARIANFF: 가끔은 그게 유일한 방법이에요.

채팅창에 회색 거품 하나가 조금 전 나타났다. 래리가 이메일을 보냈다는 알림이었다. 제목은 '제발 전화 부탁해.'

래리가 내게 메시지를 보내는 건 평범한 일이 아니었다. 우리가 같은 그룹 이메일에 속해있거나 코트니가 우리 둘에게 어떤 영상이나 기사를 추천하는 메일을 보낼 때가 가끔 있기는 했다. 하지만 우리 아들은 대개 나한테만 별도로 메일을 보냈다. 래티가 몰에게 보내는 편지. 래리와 나는 오랫동안 1년에 두 번씩, 주로 새해와 생일 즈음에 인사를 주고받았지만, 몇 년 전부터는 그 전통도 끊어졌다. 나는 래리에게서 온 연락을 볼 때미디, 그것이 코트니의 메일에 보내는 익살맞은 답장이든 아니면 누가 상을 받은 것을 축하하는 짧은 메시지든 상관없이 화면 속 래리의 글이 마치 나방의 날개처럼 느껴졌다. 그래서 낯섦과 친밀함이 뒤섞인 기분으로 건조하게 그 글을 평가했다.

이번에는 내 심장이 살짝 뛰었다. 나방의 날개를 대하는 침착한 태도로 돌아가기 전의 아주 짧은 경련이었다. 제목이 문제였다. 내가 화면을 건드리자 메시지 내용이 화면에 떴다. '아무 문제도 없어. 하지만 제발 전화 부탁해.'

처음에는 래리가 그냥 내게 전화하지 않은 것에 짜증이 났다.

그러다가 내가 내 전화기로부터 4,800킬로미터 떨어진 샌프란시스코에 있다는 사실을 기억해 냈다. 십중팔구 래리가 내게 전화했지만 받는 사람이 없었을 것이다. "흠." 나는 혼자 중얼거렸다. 클럽하우스에서는 사람들이 여전히 원수 같은 사람을 무시하는 기법에 대해 이야기하고 있었지만, 래리는 내 원수가 아니었다. 나는 태블릿을 끄고 침대 위에 내려놓았다. 호텔의 유선전화기가 협탁 위에 얌전히 놓여있었다. 마치 유물처럼 보였다. 나는 집에 있는 내 전화기를 생각했다. 집안에 대대로 내려온 그 전화기는 수프 그릇처럼 단단했다. 나는 수화기를 들었다. 그런데 내가 래리의 번호를 외우고 있던가? 외우지 못했다.

나는 다시 태블릿을 향해 손을 뻗었다.

'난 지금 집에 없어. 당신 전화번호가 뭐지?' 나는 화면을 두드려 입력했다.

1분도 안 돼서 그의 답장이 날아오자, 나는 전화기 숫자판에서 그 번호를 눌렀다. 힘을 주기 위해 손마디를 사용했다. 마침내 전화벨 소리가 들렸다. 멀고 아련한 가상의 소리 같았다.

"여보세요?" 래리가 말했다.

"안녕, 래리." 내가 말했다.

"전화해 줘서 고마워."

"여기 캘리포니아야."

"캘리포니아!" 정말로 즐거워하는 것 같은 목소리는 아니었다.

"오렌지 나라."

"오렌지 나라는 플로리다 아닌가."

"오렌지 나라는 많아. 캘리포니아도 그중 하나고."

"당신이 그렇다면야."

"블루그래스 나라는 어때? 야구방망이 나라는?"

래리는 루이빌에 살고 있었다. 코트니가 대학에 간 뒤 어떤 여자와 사랑에 빠져 그곳으로 이사했으나 그 여자와는 잘되지 않았다. 그래도 래리는 그곳에 머물렀다. 정원이 딸린 집도 있었다. 나는 상상이 가지 않았다. 켄터키의 집은 어떻게 생겼을까? 정원은? 래리는 현관문 바로 안쪽의 벽장에 지금도 그 낡아빠진 운동화들을 전부 보관하고 있을까? 침대 위에는 지금도 모딜리아니의 복제화가 걸려있을까? 마당에서는 파란 참제비고깔이 뾰족뾰족 자라고 있을까?

"야구방망이는 쪼개지고 있고, 풀은 땅에서 풀어지고 있어." 그가 말했다. "서부에는 오래 있을 거야?"

"며칠 더 있을 거야."

"좋아, 좋아." 다른 곳에 정신이 팔린 것 같은 말투였다. 실내에서 커다란 창가에 의자를 두고 앉아, 한 손으로는 수화기를 쥐고 다른 손은 무릎 위에 올려놓고 무릎이 널찍하게 벌어지게 다리를 교차시킨 자세로 유리창을 통해 푸르른 바깥 풍경을 바라보고 있는 것 같았다.

"무슨 일이야?" 내가 물었다. 생각보다 조금 더 쾌활한 말투였다. 그래서 이렇게 덧붙였다. "무슨 일이라도 있어?"

"없어." 래리가 숨을 내쉬었다. "당신 코트니랑 얘기해 봤겠지?"

순간적으로 속이 메스꺼워졌다. "… 이틀쯤 전에."

"걔는 잘 있어. 그러니까… 그런 문제가 아니라는 얘기야. 아무 문제 없어."

"당신 어디 아파?" 태양 흑점에서 굴절된 빛이 내 주위에서 온통 진동하고 있는 것 같았다.

"아냐, 아냐… 나는… 집 문제야."

"누구 집?"

"코트니 것."

"걔가 사고 싶다는 집?"

"맞아."

"그래. 나도 그 집에 대해 알아."

"기분이 진짜 안 좋아, 메리언. 내가 모자란 사람이 된 것 같아."

"모자란 사람이라니!"

래리가 자세를 바꾸는 소리가 들렸다. '이제 의자 가장자리에 걸터앉은 자세로군. 창문의 이음매를 바라보고 있어.' 나는 속으로 생각했다.

"난 걔들한테 아무것도 줄 수 없어."

"그게 뭐?"

"어떻게 그런 말을 해? 우리가 처음 아파트를 살 때 내 부모님이 도와주셨어. 당신은 지금 당신 어머니가 주신 집에서 살고 있고. 난 평생을 일했는데 이렇게 될 줄은…"

"진짜 부르주아 같은 소리를 하네, 래리. 그래, 당신이 코트니한테 집을 사라고 줄 돈이 없다고 치자. 그런다고 코트니가 어떻게 되지는 않아."

"당신이야 쉽게 그런 소리를 하겠지. 당신은 항상 돕지 않을 거라고 마음먹고 있었으니까… 하지만 나는…"

"도울 수 있을 줄 알았겠지."

"보험이 문제야." 그가 사정을 이야기하기 시작하자, 나는 그가 전화한 이유가 바로 이것임을 깨달았다. 그는 누군가에게 말하고 싶었으나, 꼭 말할 필요가 있었으나, 누구에게 이런 고해를 해야 하는지 알지 못했다. 발단은 어느 날 도착한 편지였다. 전혀 위험해 보이지 않는 봉투에 든 전혀 위험해 보이지 않는 종이였다. 래리는 마당에서 허브의 가지치기를 하는 중이었으므로, 전지가위로 봉투를 열었다. "24년 전, 내가 루이빌로 이사 온 직후에 한동안 내 사업을 하려고 했던 것 기억나? 컨설팅 사업?"

"어렴풋이 기억나." 내가 말했다.

"그때 내가 주택조사 일을 조금 했어." 래리가 그 여자, 크리스틴과 사랑에 빠진 무렵의 이야기였디. "하지 말았이야 했는데." 프리랜서로 일한 것을 뜻하는 말이었다. "나는 관련 수업을 듣고 자격증을 취득했지. KBHI. 내가 파슨스에서 일하면서 이미 알던 내용이 대부분이었어." 한참 침묵이 흘렀다. "아니, 내가 잘 아는 줄 알았어."

"실수라도 했어?" 내가 말했다.

"당신 그 일에 대해서 알아?"

"아니."

래리가 숨을 내쉬었다. "내가 실수를 했어. 바즈타운에 있는 저택이었는데, 그 집 기초가 괜찮은 것 같았거든. 그런데 아니었어. 25년 전 얘기야! 내가 그 집을 조사하고 판매승인을 내줬는데, 팔 수 없게 된 거야. 그 집이 가라앉고 있어서.”

“그런 일에 대비한 보험이 있지 않아?”

“그쪽 보험? 아니면 내 보험? 그러니까… 그래, 그런 것 같아, 결국 그쪽에서 나더러… 하지만 법적인 문제 때문에 변호사도 상대해야 돼. 그쪽에 맞서는 데만도 엄청난 돈이 들어.”

“유감이네.”

“고마워.”

“돈이 필요해?”

이 말에 래리는 웃음을 터뜨렸다. “당신 돈? 아니, 괜찮아. 괜찮을 거야. 그럴 거라고 생각해. 하지만 코트니한테는… 지금은 코트니를 도울 수 없어. 어쩌면 영원히 안 될지도, 최소한 그런 도움은. 그 애한테 지금 도움이 절실히 필요한데. 지난주에 그 애랑 이야기했는데…”

“그래.” 내 심장이 졸아들었다.

“그 애가 걱정스러워서 그래. 그 애들 둘 다. 우리는 정말 운이 좋았지. 우리 세대는.”

“당신은 평생 일했어, 래리.”

“뭐, 당신도 마찬가지잖아, 메리언! 일하는 건 아무 의미도 없어. 따지고 보면, 코트니도 일하고 있잖아. 부동산이 저렇게 된 건… 진짜 너무해.”

나는 목을 쭉 빼서 근육 운동을 했다. “래리… 내가 돈을 줄 거야.”

"당신이?"

"응. 내가 시를 쓸 건데, 그 돈을 코트니한테 줄 거야."

"내가… 당신이…" 그가 말을 더듬는 건 화가 나서가 아니라 혼란스러워서였다. "그걸로 충분할까?"

나는 지금 평생 한 번도 느껴보지 못한 기분에 잠겨있음을 깨달았다. 부자가 된 기분.

놀라울 정도로 싸구려 같은 기분이었다.

"응." 내가 말했다. "이제 난 텔레비전에 나갈 준비를 해야겠어."

프로듀서가 내 모자를 보고 아주 좋다고 말했다.

"고마워요." 내가 말했다. "당신 모자도 멋져요."

"아!" 그는 손을 뻗어 자신의 머리를 만졌다. 모자를 썼다는 사실을 잊어버렸다가 떠올린 사람 같았다. 하얀 새끼 고양이의 웃는 얼굴이 새겨진 파란색 야구모자였다. "캔자스시티 캐츠! 1961! 스포츠계에서 가장 멋진 로고죠!"

"고양이 얼굴이 착해 보이네요."

"저도 그렇게 생각해요." 프로듀서가 맞장구를 쳤다. "평소에는 제가 워싱턴 제너럴스 모자를 쓰거든요. 워싱턴 제너럴스 아세요?"

"미식축구 팀인가요?"

"농구팀이에요. 할렘 글로브트로터스 기억하시죠?" 그는 핼러윈 때의 호박 등불처럼 웃었다.

"물론이죠."

"후프의 마스터, 코트의 거자…"

"거장."

"믿을 수 없을 만큼 연승을 거듭한 것으로 농구계 전체에서 유명하죠." 프로듀서는 캔버스천으로 된 접의자에 앉은 채 등을 기댔다. 자그마한 눈에 엄청나게 커다란 안경을 써서, 선량한 곤충 같은 생김새였다. 그가 이 이야기로 즐겁게 해준 〈피터 라스무센 쇼〉의 게스트가 몇 명인지, 그중에 할리우드 최고의 인물들 비율은 얼마인지 궁금했다. "3만 연승이에요." 프로듀서가 말을 이었다. "100년 넘게 코트를 지배했죠. 미리 짜둔 동작에 따라 움직인 거지만, 그래도 마술 같잖아요, 그렇죠? 챔피언이었어요."

"그래요." 내가 말했다.

"워싱턴 제너럴스는 그들의 대적자예요. 모든 게임에서, 할렘 글로브트로터스가 등장할 때마다, 워싱턴 제너럴스는 코트에서 그들과 얼굴을 맞대야 했습니다. 1대1로 맞서야 했어요. 극복할 수 없는 팀을 상대로 끈질기게."

"그러니까 그들은 패배자였군요."

"모든 스포츠를 통틀어 가장 위대한 패배자입니다! 인류 역사상 가장 위대한 패배자일 수도 있어요. 어쩌면 지금 이 순간에도 어딘가에서 지고 있을지 모릅니다."

나는 유리잔에 든 샴페인을 한 모금 마셨다. "그런 기분이 궁금하네요. 매일 신발끈을 매는 기분. 워밍업을 하고, 연습을 하고, 패배하는 기분. 몇 번이나."

"그냥 익숙해지는 수밖에 없었겠죠."

"그럴까요?"

"일은 일이잖아요. 그것이 곧 정체성은 아니니까요."

“그래요?”

“어떻게 정체성이 될 수 있겠어요?”

“흠.” 사람의 정체성과 직업을 구분할 수 있을지 확신이 서지 않았다. “당신은 어떤가요? 텔레비전 프로듀서인가요? 아니면 텔레비전 프로그램을 만드는 인간인가요?”

“저는 인간입니다.” 그가 행복한 얼굴로 말했다. “선생님은요?”

“나는 시인이에요.” 내가 말했다.

나 외에 다른 게스트로는 아름다운 금발 여배우, 웃통을 벗은 팝가수, 식품점에서 일하며 스탠드업 코미디를 하는 코미디언이 있었다. 나는 딱 집에 온 듯 편안했다. 이 유명 연예인들의 회전목마는 원래 그렇듯이, 마찰 하나 없이 깔끔한 타원을 그리며 돌아갔다. 하지만 무대 뒤에 함께 있을 때는 조금 이상했다. 게스트 중에 가장 유명한 사람조차 오라를 잃어버리고 더 이상 빛나지 않는 것 같았다. 그걸 보니 어둠 속에 있다가 카메라 플래시에 포착된 사람들의 모습이 생각났다. 유명인에게는 관객이 필요하다. 군중이 없으면, 탐욕스러운 카메라 렌즈의 시선이 없으면, 여배우와 가수는 물론 심지어 라스무센조차 평범해 보였다. 형광등 불빛 아래에서는 아무것도 반짝거리지 않았다. 나는 가수가 간식 접시의 빨간 고추와 노란 고추 앞에서 머뭇거리는 모습을 지켜보았다. 그가 더러워진 냅킨을 버릴 장소를 찾는 모습을 지켜보았다. 결국 그는 냅킨을 화려한 재킷 주머니에 넣었다. 내가 그 자리에 있는 것에 아무도 의문을 품지 않았다. 문필가의 참여로 이 날의 행사 전체에 신뢰성이 생겼기 때문이다. 팝스타의 의상에도, 여배우의 얄팍한 일화에도. 코미디언도 기운이 나는 것 같았다. 이 사람들이 내게는 있고 자기들에게는 없다고 믿는 그것이 과연 무엇인지 궁금했다. 일종의 지혜? 권위? 샬럿이 똑같은 힘을 휘두르려면 무엇이 필요할까?

"자, 캘리포니아에는 어쩐 일로 오셨습니까?"

라스무센은 자기 책상에 앉아있었다. 당연한 일이었다. 가까이에서 보니, 책상이 유난히 반짝이는 산업용 발포고무로 만들어진 것이 보였다. 나는 그의 옆에 놓인 안락의자에 앉아, 어깨를 카메라 쪽으로 향하고 오른다리 위에 왼다리를 얹어 꼰 자세를 취했다. "아, 뭐, 넓은 세상을 보는 거죠."

"여긴 *서쪽*입니다." 그가 느릿느릿 강조하듯이 말했다. "선생님은 동쪽에 더 익숙하시잖아요."

"맞아요." 나는 방청객을 의식하고 있었다. "뉴욕에서 왔으니까요."

"그럼 넓은 세상에 대해 생각하는 시간이 많으신가요, 파머 선생님?"

"그렇다고 할 수는 없겠네요. 하지만 세상을 바라보는 것을 좋아하긴 해요. 바라보기에 좋은 대상이니까요. 여기에도 당신을 위한 세상이 만들어져 있네요." 그것 역시 발포고무로 만들어져 있었다. 분홍색과 파란색에 별들이 점점이 박힌 샌프란시스코의 스카이라인.

"주문제작 한 겁니다. 제가 사람들에게 말했죠. '가짜 스카이라인이 없으면 난 텔레비전에 안 나가!'"

"모두들 나름의 요구가 있으니까요."

"선생님은 어떻습니까? 어딘가에 나가기 전에 요구하시는 것이 있나요? 계약서에 꼭 들어가는 구절 같은 것. '갈색 M&M은 안 돼! 리걸 사이즈 종이를 쌓아두고, 쿠르부아지에 코냑 한 병을 놔둬!'"

"제 기준은 그보다 조금 높아요." 내가 말했다. "낙원의 새 한 마리. 작은 호수 하나. 천둥번개 한 접시."

"그게 요구조건인가요? 저희가 오늘 선생님을 정말 실망시킨 것 같은데요."

"안 그래도 무대로 나오기 직전까지 삐쳐있었어요."

피터 라스무센이 짓는 미소의 각도를 보니, 그가 이 대화를 즐기고 있음이 분명했다. 그가 말했다. "솔직히 저희 쇼에 시인이 나오실 때는 많지 않습니다."

"그래요? 시인을 더 부르세요. 함께 있으면 즐겁답니다."

"정말 그러네요. 시인이라서 가장 좋은 점이 뭔가요?"

"시를 쓰는 거죠." 나는 뻔한 사실이라는 듯이 말했다.

"그럼 가장 안 좋은 점은요?"

"그것도 시를 쓰는 거예요." 방청객이 웃음을 터뜨렸다.

"제가 알기로 선생님은 컴퓨터와 함께 시를 쓰려고 샌프란시스코에 오셨다고 하던데요."

"맞아요." 예술가의 예의 때문에 **회사**의 이름을 직접 언급하는 건 내키지 않았다. 그래서 라스무센이 나 대신 그 프로젝트를 대략적으로 설명해 준 것이 반가웠다.

"쉽던가요? 컴퓨터와 함께 시를 쓰는 것이?"

"아뇨. 상대가 누구든 시를 공동으로 쓰는 건 쉽지 않아요. 심지어 혼자 쓸 때도 그렇고요."

"혼자 쓰는 시가 더 낫다고 생각하세요?"

"시는 어느 쪽이든 신경 쓰지 않아요. 하지만 시인인 저는 신경을 쓰죠. 남들과 공유하기 힘든 일이에요."

"어쩌면 시는 컵케이크랑 비슷한지도 모르겠네요." 라스무센이 의견을 내놓았다. "혼자 즐기도록 만들어졌다는 점에서."

"모자와도 비슷하죠."

그가 의자에 등을 기댔다. "그러고 보니 정말 인상적인 모자예요. 지금 쓰고 계신 것. 아주… 폴 리비어(미국 독립전쟁 당시의 우국지사 겸 은세공업자—옮긴이) 같은데요."

"저는 스타일에 대해 항상 18세기 은세공업자들을 참고해요. 체스 말도 참고하고요."

피터 라스무센이 웃음을 터뜨렸다. "아마존에서 주문하셨나요?"

"이 삼각모자요? 이건 특별히 만들어야 해요. 모자가 너무 작으면 제가 오르간 위의 원숭이처럼 보이거든요."

"키가 크고 위엄 있는 오르간 원숭이신데요."

나는 앉은 채로 고전적인 인사법을 흉내 냈다. "이런, 고마워요."

"어딜 가든 그 모자를 쓰시나요?"

"잠잘 때는 안 써요, 피터."

"아, 바로 그걸 여쭤보려던 참인데요. 저는 또 베개도 특수 제작하셨나 했죠."

"취침용 모자는 별로 다양하지 않아요. 그냥 끝에 털실 방울이 달린 긴 모자밖에 없어요."

"아, 그렇죠. 나이트캡."

"저는 항상 다른 나이트캡(nightcap에는 '자기 전에 마시는 술'이라는 뜻도 있다―옮긴이)이 더 좋았어요."

"마실 수 있는 종류요?"

"제가 신진대사로 처리할 수 있는 종류요."

라스무센이 박장대소했다. "사실 어떤 사람들은 컴퓨터가 시를 쓴다는 말에 상당히 시큰둥한 반응을 보일 겁니다. 불가능한 일, 비극적인 일이라면서요."

"십중팔구 그 말이 옳을 거예요. 둘 다."

"하지만 만약 그것이 가능한 일이라면… 인공지능이 소네트나 서사시, 또는 최소한 오-오-오행속요를 쓸 수 있을 만큼 발전한다면, 그러면 어떨까요? 시인이 지금의 트럭기사처럼 될까요? 모두 인공지능으로 대체돼서?"

"그러지 않기를 바라야죠."

"저도 그러지 않기를 바랍니다. 선생님을 위해서."

"아주 신사다우시네요, 피터."

"진심입니다. 혹시 근본적이고 인간적인 어떤 것이 사라지고 있는 것 같다고 생각하십니까? 이번 주에 사라지고 있는 것 같다고?"

"사람들은 과거에 인쇄기와 타자기에 대해서도 똑같은 말을 했습니다. 축음기가 발명됐어도 우리가 음악 공연을 멈추지는 않았어요.”

“하지만 그런 건 인간의 것을 기록하는 기계입니다. 기계가 만든 작품이 사람들 책꽂이를 가득 메우는 걸 어떻게 막아야 할까요?”

“그런 작품이 똑같이 훌륭할 것이라고 가정하시는군요.”

“차이점이 그것밖에 없지 않습니까? 훌륭한 게 뭡니까? 대부분의 책은 애당초 별로 훌륭하지 않아요.”

“컴퓨터는 흉내를 낼 수 있지만, 창조는 못합니다.”

“그래요?” 피터 라스무센은 이제 나와 눈을 마주치고 있었다.

“네.” 나는 간단히 대답했다.

피터는 고개를 끄덕이고 자신의 메모를 보더니 이렇게 말했다. “만약 창조할 수 있다면요?”

“그럼 우린 끝이죠!” 내가 대답했다.

우리 모두 웃음을 터뜨렸다. 그 공간을 채운 인간들은 이제 유쾌하게 화제를 바꾸려 했다.

“모처럼 여기까지 오셨으니, 선생님의 시를 읽어주실 수 있습니까?” 라스무센이 말했다.

“마치 내 시가 딱 한 편뿐인 것처럼 말씀하시네요.”

“새로 쓴 시를 말한 겁니다.”

‘아.’ 멍청하게도 나는 이런 순간을 대비하지 못했다.

“기억이 잘 안 날 것 같은데요.”

“그래요?” 라스무센이 프로듀서를 흘긋 보았다. 진심으로 실망한 기색이었다. 내가 죽을 때까지 줄곧 대중 앞에서 이 시를 읽어달라는 요청을 받을지도 모르겠다는 생각이 문득 들었다. 내가 이 일을 수락한 것은 순간의 변덕이었다. 아이디어는 어이없지만, 보수가 두둑했다. 그런데 지금은 텔레비전에 나와서 그 일에 대해 이야기하고 있고, 내 주위에서 파도가 점점 높아지는 것 같은 느낌이 들었다. 처음에는 발가락 언저리에 있던 물이 허리까지 올라오더니 이제는 어깨 높이에 이르렀다. 명성이 부리는 요술을 미리 알았어야 하는데. 그런 건 언제나 갑작스럽게 불쑥 나타났다. 《인장반지》 때도 그랬고, 《털 달린 매머드》 때도 그랬다. 15년쯤 전에는 더욱더 뜻밖의 일이 일어나, 텔레비전 패널로 출연해 달라든가 시상식 갈라 행사에 나와 달라든가 잡지 화보촬영을 하고 싶다는 전화들이 걸려오기 시작했다. (그것이 문학계의 유행이었을까? 아니면 우연한 일? 노련한 시인의 작품이 축적된 덕분? 코트니는 내 '패션' 덕분이라고 생각하고 싶어 한다) 유명한 토크쇼 진행자와 마주 보고 앉은 그날도 나는 내 명성이 또 한 번 변하고 있음을 감지했다. 컴퓨터랑 함께 작업한 시인, 그 시를 쓴 시인, AI에게 패한 최초의 시인. "그냥 공동 작업이에요!" 나는 기자들에게, 역사책 저자들에게 이렇게 소리치고 싶었다. 하지만 그들은 '그냥'이라는 말을 이해하지 못했다. 그들에게 '그냥'은 없었다. '최초'만 있을 뿐이었다. 나는 공동 작업이 시를 왜소하게 만든다고(어쩌면 거의 자격을 잃을 정도) 생각했다. 시는 팀스포츠가 아니라 1인 경기였다. 그러나 독자가 보는 결과물은 똑같았다. 저자가 한 명이든 스무 명이든 시는 단어들의 집합체였다.

요아브의 말이 옳았다는 것을 나는 깨달았다. 이것은 정말로 역사적인 일이었다. 사람들이 앞으로 이 일을 그렇게 대우할 테니까. 이미 그러고 있었다. 내가 이전에 썼던 모든 것이 벌써 가려져 버렸다.

"그래도 부탁드리면 안 되겠습니까, 파머 선생님?" 라스무센이 말했다. "선생님이 이번 주에 쓰신 작품을 프린트해서 가져왔거든요." 그는 종이 한 묶음을 내밀었다. "여러분, 새로운 시를 듣고 싶지 않습니까?" 그가 생방송 방청객들에게 물었다. "특별히 조금만 살짝 들어볼까요?"

방청객들은 당연히 환호했다. 나는 시선을 내렸다. 종이 묶음에는 전혀 손보지 않은 원고가 인쇄되어 있었다. 내가 지금까지 샬럿과 함께 쓴 모든 것을 무조건 인쇄한 것. 상황이 달랐다면, 나는 아직 집필 중인 내 작품을 그들이 뒤적인 것에 대해 불같이 화를 냈을 것이다. 요이브든 헤스킷이든 로잰이든 내 등 뒤에서 원고를 뒤진 것 같으니까. 그러나 스튜디오 조명 아래에서는 그렇게 멋대로 굴 수 없었다. 마음 놓고 화를 낼 수 없었다. 그들이 그 글에 접근할 수 있다는 사실을 미리 알았어야 하는 건데. **회사**는 엿듣기를 잘한다.

"그러면…" 내가 잠긴 목소리로 말했다.

"그렇죠!" 라스무센이 외쳤다. "여러분, 퓰리처상 수상 경력에 빛나는 시인 메리언 파머 씨에게 박수 부탁합니다!"

나는 종이를 보며 눈을 깜박였다. 어젯밤 수영장에서 암송한 시가 지금 보니 너무 빈약했다. 지금 나는 미국을 향해, 후손들에게 시를 읽어주어야 했다. 나는 종이를 쭉 넘겨보고 그들에게 돌려주었다. 코트니가 이 방송을 볼지 궁금했다. 아니, 틀림없이 볼 것이다. 반드시. 엄마가 〈피터 라스무센 쇼〉에 나왔으니까. 코트니와 루시, 내 동료들과 라이벌들, 친구들. 제이니. 스탠과 폴리. 래리. 아마 로다도. 모두가 볼 것이다. "어디 보자…" 내가 말했다.

"일어서시는 게 더 낫습니까?" 라스무센이 물었다.

"저는 말이 아니라 시인이에요." 이렇게 그에게 쏘아붙이고 나니 정신을 차리고 지금 이 순간으로 되돌아올 수 있었다. 너무 대단한 것을 찾을 필요는 없었다. 여기서는. 나는 목을 가다듬고, 고개를 꼿꼿이 들었다. 그리고 카메라를 똑바로 바라보았다.

"꽃들이 세상을 차지했다

넥타이는 금지되고

책들은 반란을 시작했으니

당신도 나만큼 무장하고 있다.

우리 게임을 하자. 나는 부사를

사용할 테니 누구도 다치지 않을 터.

진실로, 유쾌하게, 색정적으로

내 초상을 바라보라 지금

콜벳 자동차, 웃통을 벗은

최고로 찬사받는 페인트 기술자

내 집은 숲에 있다.

당신이 와야 한다고는 생각하지 않는다.

창문 너머 지뢰가 보인다.

이 시가 마음에 드는가? 내게는 다른 시도 있다.

명성은 흑마법의 종말.

그것은 빛의 술수야,

그대여

난 이미 그것을 내렸다

블라인드를.”

나는 내 시로 이 공간을 사로잡았다. 내 목소리가 손바닥처럼 그곳을 휘어잡았다. 시를 어떻게 읽는가에 따라 그 시가 힘을 얻을 수 있다. 나는 이 시를 아주 잘 읽었다. 침대에서 주고받는 다정한 이야기와 위협이 반반 섞인 시. 내가 시 낭송을 마치고 아직 1초도 지나지 않았기 때문에, 라스무센은 낭송이 끝났음을 미처 깨닫지 못했다. 환기구의 바람소리가 들렸다. 텔레비전 장비가 윙 하고 돌아가는 소리가 들렸다. 방청객은 홀린 듯이 나를 바라보았다. 그들은 누군가가 막대기로, 마법 지팡이로 가슴속까지 들어와 그곳의 고요를 뒤흔들어 놓을 줄은 전혀 모르고 있었다. 그들은 그것을 다시 느끼고 싶어 했다. 내면의 움직임. 내 시는 그저 일상적인 마법이었으나, 우리는 모두 일상을 당연하게 받아들인다. 푸른 하늘에서 밤하늘까지, 숨결이 한 사람의 입술에서 다른 사람의 마음속으로 건너갈 수 있다는 사실까지. 나는 시를 사랑했다. 예술과 그 매끈한 우아함을 사랑했다. ‘샬럿이 이렇게 주위를 고요하게 만들 수 있을까?’ 나는 속으로 자문했다. ‘샬럿이 정말로 내 자리를 차지할 수 있을까?’

내가 읽은 시는 샬럿의 것이었다. 이 점은 여러분에게 인정한다. 다시 읽어보는 과정에서 그 구절들이 나를 향해 튀어나왔다. 신경망이 그 인공적인 정신 속 깊숙한 곳에서 어떻게든 만들어 낸 구절들. 나는 그것을 뽑아내서 내가 만든 구절 바로 옆에 얌전히 보관해 두었다. '꽃들이 세상을 차지했다.' 내가 입력한 구절은 이것이었다. 어느 잡지 기사에서 본 문장. 그랬더니 샬럿이 나머지를 상상력으로 만들어 냈다. 마음에 거슬리지만, 믿기지 않지만, 이 구절들에 담긴 생각의 기원은 그녀였다.

다른 것이 나 대신 시를 쓸 수 있다면, 이제 나는 누구인가? 사람들은 누구인가?

"메리언 파머에게 박수를!" 피터 라스무센이 소리쳤다. "놀랍습니다! 곧 발표될 시의 발췌문인데, [회사의] 시를 쓰는 획기적인 AI 봇 샬럿 파머와 공동으로 쓴 것입니다."

"파머?" 내가 말했다.

"그 사람들이 그렇게 부르지 않나요?" 라스무센이 자신의 카드를 흘깃 보았다.

"아뇨. 그냥 샬럿이에요."

"뭐, 좋습니다. 정말 굉장했습니다. 아름다워요! 완성본은 월요일에 발표된다고요? 이런 구절들이 계속 이어진다고 보면 됩니까?"

"네." 나는 카메라를 위해 환한 표정으로 말했다. "세상을 뒤흔들어 놓을 거예요."

로다의 편안한 세단에 올라탄 뒤 나는 눈을 감았다.

　로다는 한참 동안 아무 말도 하지 않고, 내가 침묵을 누릴 수 있게 해주었다.

　언제 시인이 되기로 마음을 정했느냐고 어머니가 내게 물어본 적이 있다.

　"젊었을 때요." 내가 어머니에게 말했다.

　"대학 때?" 어머니가 물었다.

　"대학 졸업 뒤예요."

　"네가 집에 돌아온 뒤구나." ·

　"네."

　당시 어머니는 나이가 아주 많았다. 내가 래리를 만나고, 온 갖 일을 겪은 뒤여서, 우리는 다시 크리스토퍼 거리의 집에서 함 께 살고 있었다. 어머니는 부엌 식탁에 앉아 암호 같은 십자말풀 이를 하고 있었다. 암호 같은 십자말풀이의 원칙을 나는 끝내 이 해하지 못했다. 어머니는 마치 온도조절장치를 분해하는 사람

같았다. 어머니는 완성된 십자말풀이를 그냥 아무 데나 놓아두
었다. 날카롭게 깎은 연필로 칸들이 메워져 있었다. 어머니가 그
것을 버리지 않고 내가 빤히 볼 수 있게 놓아둔 것이 일종의 자랑
처럼 보였지만, 나는 그 자랑을 묵인했다. 아니, 거의 귀하게 여
기기까지 했다. 어머니는 살면서 이 십자말풀이만큼은 자신을
자랑해도 괜찮다고 여겼다. 나는 그것을 쓰레기통에 넣기가 내
키지 않았다. 어머니의 블라우스에 메달처럼 핀으로 꽂아주고
싶었다.

"난 한 번도 뭐가 되겠다고 마음을 먹은 적이 없어." 어머니가
말했다. "내가 잊어버렸던 것 같아."

"아직 시간이 있어요." 내가 대답했다. 나는 앞쪽 복도를 청소
하는 중이었다.

"그게 중요한 것 같니?" 어머니가 물었다. "사람이 자기만의
기능을 얻는 게?"

"인간은 토스터 오븐이 아니에요, 래빗."

어머니는 완성된 십자말풀이를 옆으로 밀었다. "그럴 리가."

로다의 차 안에서 머리가 차츰 맑아졌다. 엔진은 거의 조용했
다. 차창 밖에는 도시의 불빛, 자동차 미등, 다리의 빛이 보였다.

"방송은 어땠어요?" 로다가 백미러로 나와 눈을 마주쳤다.

"좋았어요." 하지만 로다가 내 목소리에서 뭔가를 느낀 모양
이었다. 눈이 거의 고양이 같았다.

"술 한잔 드실래요?"

"아뇨." 나는 한참 동안 가만히 있었다. "하지만 호텔로 돌아가기는 싫어요."

"그래요?"

"그래요." 나는 가방 안을 뒤지다가 마침내 종이 한 장을 꺼내 들었다. "여기로 데려다줘요."

샤지아 켄자니가 이메일로 나를 초대한 곳이었다. '번쩍이는 밤'이라는 제목이 붙은 이메일이 도착한 것은 하루 전. 《혜성 추적자 저널》을 후원하는 독서회 및 댄스, 그리고 "발의안 82 반대" 캠페인'에 초대한다는 내용이었다.

로다는 주소를 수상쩍게 바라보았다. "이거 확실해요?"

"그럴걸요." 내가 잘못 옮겨 적었을 가능성이 있었다. 원래 숫자에 약한 편이라서. 왠지 숫자가 머리에 잘 들어오지 않는다. 심시어 내가 태어난 해를 말할 때 숫자를 거꾸로 뒤집어 버리는 버릇 때문에 식구들 사이에서 악명이 높을 정도다.

로다는 애매한 소리를 냈다.

발의안 82가 뭔지는 모르겠지만, 《혜성 추적자 저널》은 서해안 지방에서 새로 유명해진 문학 저널 중 하나로, 내 예전 제자(옛날에는 내게도 제자가 있었다)가 그곳에 작품을 싣고 싶어 했다. 라즈 압딜과 세라 메리먼이 그곳의 편집자였던 것 같다. 그들은 내 친구 스탠 록스미스를 인터뷰하기도 했다. 내가 샤지아를 만난 것은 뉴스쿨에서 그들의 행사가 열렸을 때였다.

"아이들이란." 예전에 어머니는 이런 말을 하곤 했다. 다음 세대에 대해서. 우리는 그들을 격려할 필요가 있다.

내가 이렇게 늦은 시각에 로다에게 어딘가로 데려다 달라고 말한 적은 처음이었다. 혹시 이제 로다의 다른 면을 보게 되려나 하는 생각이 들었다. 해가 지고 나면 그녀가 성마른 사람이 되거나 뻔뻔해질지 누가 알겠는가.

"여긴 주택인가요?" 로다가 내게 물었다.

"잘 모르겠어요. 아닐 수도 있어요."

이제 나는 임무가 생긴 사람처럼 꼿꼿하게 앉아있었다. 차를 타고 가면서 우리 앞의 자동차들을 지켜보았다. 메리언 파머, 샬럿의 어머니. 앞차의 미등이 빛나다가 빠르게 멀어졌다. 다른 사람들이 담배를 피우던 모습이 저절로 떠올랐다. 아직 모든 것이 새롭게 느껴지던 시절, 우리 모두 현관 앞 계단에 서있을 때 담뱃불이 버찌처럼 빛을 발하던 것.

길게 이어진 벽돌담과 주차된 버스들이 옆을 지나갔다. 표지판에는 간단히 '돌로레스'라고만 적혀있었다.

"파티네요." 내가 말했다.

집에 있을 때는 이런 파티에 절대로 가지 않았다. 평일 밤 11시, 낯선 곳에 모인 젊은 시인들. 이런 것을 즐기기에는 내 나이가 너무 많다.

하지만 여기는 내가 사는 곳이 아니었다.

로다가 어느 창고 앞에 차를 세웠다. "여기가 3722번지예요." 그녀가 말했다. 널찍한 나무문에서 파란색 페인트가 벗겨지고 있었다. 밝게 빛나던 가로등 불빛이 희미하게 줄어들었다. 우리 둘의 미심쩍은 마음과 자동 공기조절장치 소리가 차 안을 가득 채웠다. 젊은 여자 두 명이 앞쪽의 모퉁이를 돌아 나타났다. 폭이 넓은 겉옷의 꼬리를 펄럭이며 그들은 크게 웃고 있었다. 한 여자의 장식 단추 모양 귀걸이가 반짝였다. 그들은 우리를 흘긋 보기만 하고, 차 옆을 빠르게 지나가 건물 계단을 오르더니 문을 통해 어둠 속으로 사라졌다.

나는 소지품을 챙겼다. "여기네요. 로다는 기다리지 않아도 돼요."

"기다릴게요." 로다가 말했다.

"한참 뒤에 나올지도 몰라요."

"기다릴게요." 로다가 회색 밤풍경을 손짓으로 가리키며 다시 말했다. "혹시 이 차가 보이지 않으면, 저쪽으로 와서 저를 찾으세요."

나는 문을 열었다. "정말로 한참 걸릴지도 몰라요."

"제 걱정은 마세요. 잠이라도 좀 자두죠, 뭐."

안으로 들어가니 계단 옆에 복사한 종이가 테이프로 붙어있는 것이 보였다.

번쩍 ↑ 번쩍 ↑ 번쩍 ↑

군인들은 핵폭발이 일어날 경우 "번쩍, 번쩍, 번쩍!"이라고 외치는 교육을 받는다는 말을 누군가에게서 들은 적이 있었다. 그래야 눈을 피할 수 있으니까? 마음의 준비를 하려고? 나는 낡은 계단을 한 번에 두 칸씩 올라갔다. 옷자락을 양손으로 꼭 쥐고. 높이 올라갈수록 음악소리가 가까워졌다. 전원풍 멜로디가 계속 반복되는 곡이라서, 몇 초마다 한 번씩 춘분이 돌아오는 것 같았다. 무슨 악기인지는 알 수 없었다. 바이올린인가? 관악기? 조율이 안 된 전자기타? 마침내 꼭대기 층의 열린 문에 도착했을 때, 나는 내가 생각한 악기가 전부 틀렸고 실제로는 심오한 전자 사운드라는 사실을 깨달았다. DJ의 컴퓨터가 꿈꾼, 감미로우면서도 무너지는 듯한 소리였다. 그 소리에 신경을 쓰는 사람은 아무도 없었다. 이 예쁘고 나른한 젊은이들에게는 아주 진부한 소리인 것 같았다. 손과 손이 엇갈리며 움직였다. 아이섀도를 바른 얼굴과 얼굴이 서로를 흘깃거렸다. 내가 문턱을 넘어설 때 누구도 시선을 들어 나를 보지 않았다. 내가 양초 쟁반 앞을 지나 내 그림자가 단단한 나무 바닥을 괴물처럼 휩쓸 때에야 그들이 눈을 들었다. 대부분 사람들의 얼굴에 그림이 그려져 있는 것이 처음으로 눈에 들어왔다. 그냥 화장이 아니라, 서로 어울리지 않는 밝은색 사선들이 그어져 있었다. 광대 같다기보다는 화려하게 보였다. 아니, 그보다는 엄숙한 모습이었다. 젊은이들이 현대미술 액자에서 나오기라도 한 것처럼, 기하학적인 큐비즘 그림 같았다. 한 명이 일어섰다. 코가 널찍하고 입술이 아주 섬세하며 얼굴에는 주근깨가 있고 전체적으로 각진 느낌의 여자였다. 하얀 앙고라 스웨터가 그녀의 몸매를 감춰주었다. 뺨에는 금속 느낌의 줄무늬가 가로세로로 엇갈리게 그어져 있었다. "메리언 파머인가요?" 그녀가 물었다. 손에 투명한 플라스틱 컵을 들고 있었다.

"나 말고도 올 사람이 있어요?" 나는 이렇게 묻고 나서 망토의 잠금고리를 건드렸다.

"와, 세상에." 그녀가 말했다.

"샤지아가 여기 있어요?" 눈이 어둠에 적응했기 때문에, 무려 50명이나 되는 사람들이 무도장 같은 공간에 퍼져있는 것을 알 수 있었다. 머리 위에 길게 연이어 붙어있는 형광등은 꺼져있었다. 사방에서 촛불이 너울거렸다. 실제 밀랍 냄새가 났다. 아니면 이상한 현대적 데오도란트 냄새일 수도 있었다. 마리화나 냄새도 나고, 테레빈유인 것 같은 냄새도 있었다. 맞은편 맨 끝에 끈에 매달린 크리스마스 징식등으로 둘러싸인 임시 무대가 보였다.

"그럴걸요." 그 여자가 말했다. "저는 로즈예요."

"시인인가요, 로즈?"

"네." 그녀가 말했다. 은색 선들을 그어놓은 뺨이 붉게 물들었다.

"그럼 우린 친구네요." 나는 이렇게 말하고 나서 그녀의 팔을 잡았다. 물론 틀린 말이었다. 내가 지금까지 적으로 만난 사람들은 거의 모두 시인이었다. 갑자기 과거가 그리워졌다. 젊은 반항아와 청운의 꿈을 품은 자, 선구자와 아마추어가 모인 이런 파티에서 지인, 동맹, 라이벌이 혼란스럽게 어울리던 시절이 떠올랐기 때문에. 호의와 야망이 섞인 그곳에서 우리는 모두 서로의 지위와 작업에 대해 몹시 독선적이었다. 지금 나는 이 방에서 동동 떠있었다. 거의 문자 그대로 그랬다. 내 그림자는 가장자리를 스칠 뿐이었다. 여기서는 내가 협상할 수 있는 것이 거의 없었다. 내세울 주장도 남들과 다툴 주장도 없이, 이미 오래전에 닳아버린 이미지뿐이었다.

50년 전 어느 날 밤에 잡지 창간 행사를 위해 토파즈에 도착했을 때가 생각났다. 얼마 전 내가 《인장반지》의 편집자로 지명된 탓에, 그 방 전체가 나를 향해 회전하며 다가오는 것처럼 보였다. 내가 어디로 어떻게 움직이는지를 모두가 가늠하듯 바라보았다. 모두의 귀가 내 대화에 맞춰져 있는 것 같았다. 유쾌한 경험은 아니었지만, 그렇다고 완전히 불쾌하기만 한 것도 아니었다. 나는 권력을 즐기기보다는, 리라인^{ley line}(고대 지구에 분포해 있었다는 에너지 선. 선사시대 유적이나 거석 등이 이 선을 따라 만들어졌다는 설이 있다—옮긴이)을 알아가는 것을 더 즐기는 편이었다. 명성과 영향력의 분포도가 훤히 보이게 되면서, 나는 펜으로 그 선을 그릴 수도 있을 것 같았다. 시인, 비평가, 평범한 사람. 머리를 거의 까까머리처럼 깎고 카메라를 든 신시아는 당시만 해도 사람들이 몰려드는 인기인이 아니라, 오히려 남을 쫓아다니는 익명의 인물이었다. 사람들은 *나*를 원했다. 전에 나를 원하던 것과는 다른 방식으로 나를 원했다. 처음 며칠, 처음 한 달 동안 나의 지위와 미래의 전망이 나보다 한 걸음 앞의 허공에서 한 점으로 합쳐지는 것 같았다.

나는 로즈의 안내로 혜성 추적자들 속에 들어갔다. 그녀는 내게 자기 친구들을 소개해 주었다. 모두 자기가 직접 쓴 소설 속의 주인공처럼 보이는 사람들이었다. 혀 짧은 소리가 카리스마 있게 들리는 빨간 머리 미남. 이탈리아 말씨의 논바이너리(여성도 남성도 아닌 제3의 성을 주장하는 사람—옮긴이). 그들의 목에는 색소폰 클립이 걸려있었다. 검은 머리의 여자는 거의 속삭이는 소리로 현명한 말을 하면서, 모네의 수련이 그려진 티셔츠 앞에서 양손을 꽉 맞잡고 있었다. 마침내 나는 이 간행물의 픽션 담당 편집자를 만났다. 시스루 블라우스를 입고 내사시가 있는 미인이었다. 그녀는 모네 티셔츠의 여자와 언쟁을 시작했다. 12궁도에 관한 이야기인 것 같았는데, 정신을 차리고 보니 나는 모네 티셔츠의 편을 들면서 마치 증거가 이미 명백하다는 듯 혀를 끌끌 차고 있었다. 오래전부터 점성술에 대해 나름의 의견을 갖고 있었기 때문이 아니라, 편집자가 내 작품을 좋아하지 않는 것이 눈에 보여서였다. 그녀가 나를 보고 인사를 건네는 태도, 내 시에 찬사를 보내지도 않고 다른 사람들의 찬사를 받아들이지도 않는 것을 보니 분명했다. 비록 나는 찬사에 갈증을 느끼는 사람이 아니지만, 나를 반기지 않는 것 같은 그녀의 태도에 화가 났다. 시인인 내가 아니라, 자신과 같은 여자, 멀리서 찾아온 늙은 여자를 그녀는 반기지 않았다. 내게 아무런 관심이 없었다. 대부분의 결점과 달리 이런 호기심 부족을 나는 참을 수 없다. 설사 상대가 적이라 해도. 그래서 나는 그 편집자를 향해 쯧쯧 혀를 차고, 모네 티셔츠 여자가 말할 때는 고개를 끄덕였다. 그리고 그 여자를 사랑하는 로즈와 함께 웃음을 터뜨렸다. 로즈의 시선을 보니 사랑을 눈치챌 수 있었다.

그곳에서 나는 머리를 구릿빛으로 염색한 여자를 만났다. 얼굴이 긴 타원형이고 머리에는 비듬이 있는 시인이었다. 말할 때의 권위적인 태도가 기괴해서 마치 100년 뒤의 미래에서 온 사람 같았다. "이름이 뭐예요?" 내가 그녀에게 물었다.

"모렐morel('곰보버섯'이라는 뜻—옮긴이)이에요. 그 버섯 이름이랑 같아요."

모렐은 그날 밤의 낭송자 중 한 명이었다. 나는 그녀가 무엇을 읽을지 몰라도 하여튼 무척 기대된다고 말했다.

"제가 누군지 전혀 모르시잖아요." 그녀가 말했다.

"그래서 당신 작품을 듣고 싶은 거예요."

"저는 제 시를 자기소개 수단으로 이용하지 않아요."

마치 내가 벌써 그녀를 배신하기라도 한 것 같았다. 나는 이것이 아주 마음에 들었다. 시가 그녀에게 충분한 의미를 지닌다는 것, 그녀 자신의 정체성이 그녀에게 충분한 의미를 지닌다는 것, 그래서 그녀가 그 둘을 반드시 구분해야 한다고 고집한다는 것. 지금까지 살면서 나는 뭔가를 진실하게 믿는 자들을 회의적으로 바라봐야 한다는 것을 배웠다. 그들이 말하는 원칙은 대개 위장 수단이나, 자기 탐구를 미루려는 구실에 지나지 않는다. 그러나 시를, 시의 중요성과 한계를 진심으로 믿는 사람만큼 내가 사랑하는 것은 아직 이 세상에 존재하지 않는다. 그들이 상냥함까지 갖추고 있다면 더 좋다. 설사 조금 과대평가된 상냥함이라 해도.

나는 내 목소리와 신중한 단어선택으로 이 점을 모렐에게 표현하려 했다. 그녀가 상냥한 사람인지 아니면 그냥 고상하기만 한 사람인지 알고 싶다고. "그럼 어떻게 소개되는 편이 좋아요?"

"노크를 하는 것 같은 농담으로요." 그녀가 대답했다. "아니면 춤도 좋고요."

나는 인상을 찌푸렸다. "이 음악에 맞춰서 춤을 출 수는 없을 것 같은데요."

"그냥 훅 덮치면 되죠."

"그래요." 나는 빙긋 웃었다. "이 음악에 맞춰서 덮칠 수는 있겠네요."

모렐은 정말로 덮치는 시늉을 하기 시작했다. 입술에 의뭉스러운 미소를 매달고 눈썹을 찌푸린 채 무릎을 굽히고 양팔을 펼쳐 아래로 휘어진 날개 모양을 만들었다. 그러고는 살짝 불길한 분위기를 만들며, 바닥의 촛불을 향해 턱을 끼딱거렸다. 그녀는 이상한 사람이었다. 아니면 술에 취했거나. 나도 가방을 내려놓고 덮치는 시늉을 했다. 못 할 것도 없지. 다른 사람들은 재미있다는 표정으로 우리를 바라보았다. 사실 모렐이 옳았다. 쿵쿵거리는 이상한 음악이 덮치는 동작에 잘 맞았다. 우리의 이상한 춤이 순식간에 기분 나쁠 정도로 분위기와 어울렸다. 마치 우리가 훤히 눈에 보이는 눈부신 것을 찾아낸 듯했다. 우리가 찾아낸 것이 터무니없기 때문인지, 이 파티 참석자들이 괴짜이기 때문인지, 아니면 사람들의 플라스틱 컵 안에 술이 들어있기 때문인지 하여튼 다른 '아이들' 여러 명이 다락방의 갈까마귀가 되어 위에

서부터 덮치는 시늉을 하기 시작했다.

샤지아가 나타났다. "메리언?"

"샤지아!" 뉴욕에서 만난 뒤로 오늘 처음 그녀를 만난 거였다.

우리의 동작을 어떻게 봐야 할지 몰라 그녀가 당황하는 것이 느껴졌다. 농담인 것 같기는 한데, 누굴 놀리는 거지? 그래서 나는 동작을 멈췄다.

"멋진 동작인데요."

"그냥 나를 알리려는 거였어."

샤지아는 30대 초반으로, 이곳의 다른 참가자들보다 나이가 많았다. 그녀는 아름답고 꽉 짜인 가잘(페르시아에서 유래한 4행 서정시—옮긴이)을 썼다. 그녀가 브루클린에서 시를 낭송할 때 한 손으로 손짓을 하던 기억이 났다. 마치 모든 시를 대화의 한 조각으로 생각하는 것 같았다. 그 뒤에 열린 개인 리셉션에서 나는 누군가가 그 박물관의 가장 큰 후원자 중 한 명인 저명한 보수주의 기업가에게 그녀를 소개할 때 그녀가 발꿈치로 몸을 확 돌리는 모습을 지켜보았다. 아직 우리가 서로 소개받기 전이었다. 내가 그녀에게 인사를 건네려고 다가갔을 때, 그녀는 상기된 얼굴로 혼자 서서 모히토를 꿀꺽꿀꺽 마시고 있었다. "이런 일은 처음이에요. 저런 사람에게 맞서는 것 말이에요."

"난 그런 용기를 내본 적이 없는 것 같네요." 내가 말했다.

그녀는 내 솔직한 태도에 깜짝 놀란 기색이었다.

"저는 선생님 작품을 좋아해요." 그녀가 말했다.

"고마워요. 당신이 오늘밤 낭송한 작품이 아주 좋았어요. 다리, 박쥐. 오스틴 출신인가요?"

"탤러해시 출신이에요. 지금은 오클랜드에 살아요."

"방랑자네요."

"학구적인 생활을 하는 현대인이죠. 일이 있는 곳에 가서 사는 거예요."

"아주 실용적이에요. 솔직히 아파트에는 일이 항상 쌓여있어요."

샤지아가 입술을 꾹 다물었다. "죄송하지만, 모든 사람이 그렇게 운이 좋은 건 아니에요."

오늘밤 샤지아는 비즈가 박힌 긴 귀걸이를 하고, 카키색 점프슈트를 입고 있었다. 다른 사람들과 똑같이 큐비즘 화장을 했는데, 나는 아직도 그런 화장을 한 이유를 알 수 없었다. 이것이 그냥 패션인가 아니면 암묵적인 파티 테마인가. "로즈를 알아요? 모렐은요?"

몇 명은 포옹을 하고, 몇 명은 그냥 웃음 지으며 서로에게 인사를 건넸다. 나는 샤지아와 불쾌한 픽션 편집자 사이의 서늘한 공기를 (만족스럽게) 지켜보았다. 가장 흥미로운 것은 그녀가 모렐과 고갯짓으로 인사를 나눴다는 점이다. 두 사람은 상대가 어떻게 하는지 지켜보고 있는 것 같았다. 나름대로 평화로운 관계를 구축한 것에 만족하는 기색도 있었다. 시 분야에서 같은 상을 놓고 경쟁한 적이 있나? 아니면 같은 사람과 데이트라도 했나?

그리고 보니 나는 이런 오리무중 상황을 즐기는 것 같았다. 어떤 파티, 어떤 장면에 그냥 뚝 떨어지는 것. 오래된 우정, 불만,

동맹 관계가 가득하고, 소망이 풍부하고, 내게는 완전히 낯설면서 동시에 별로 중요하지 않은 관계망이 있는 곳. 멀찍이 서서 자세히 살펴보거나 감탄해야 하는 풍경. 나는 누군가와 정면으로 맞닥뜨려야 하는 상황을 좋아하지 않는다. 인간관계에 문제가 생기는 것도 싫다. 그런 일을 겪느니 차라리 그냥 집에 있을 것이다. 그러나 나의 인생이나 불안감과는 동떨어진 타인에게 문제가 생긴 상황이라면 얘기가 다르다. 나는 미로처럼 얽힌 그들의 저의, 그림이 그려진 그들의 얼굴을 비추는 불빛을 관찰하며, 아직 손대지 않은 교정지처럼 이 방 안의 분위기를 읽을 수 있었다. 시선집의 원고처럼.

"선생님에게 소개하고 싶은 사람들이 몇 명 있어요." 샤지아가 말했다. 나는 그녀를 따라갔다.

솔직히 나는 시인들을 좋아한다. 지금은 전생처럼 멀게 느껴지는 대학시절 〈님버스〉에서 알게 된 사실이다. 우리가 최고다. 우리가 최고다. 그리고 최악이기도 하다. 가장 용감하고 경박하고 현명하다. 나는 꽃들 사이의 갈대처럼 인생을 살아간다. 외계인처럼, 아웃사이더로. 그러다 나 같은 이방인을 만나면, 즉시 그렇게 살아가는 이유가 생각난다. 물론 이방인이라 해도 종류는 다양하다. 유령 같은 사람, 따분한 사람, 구제불능의 얼간이, 분위기에 어울리지 못하는 청춘. 이런 사람과 결혼하면 안 된다. 자신의 행동이 지닌 의미를 잘 아는 게 아니라면. 한 사람만 왕으로 세우지 마라. 하지만, 그래도, 나는 만약 시들어 간다 해도 오로지 시인을 원한다. 꼼꼼하고 저속한 시인, 어지럽게 얽힌 알파벳과 빈 칸, 운율, 문법, 구두점으로 세상의 모습을 있는 그대로, 또는 어쩌면 될 수도 있었던 모습으로 표현하려 애쓸 만큼 대담한 몽상가. 언어는 우리가 가진 최악의 도구다. 다른 도구를 모조리 제외한다면 그렇다. 화가와 물감. 사진가와 질산염. 시는 기하학을 무시할 수 있다. 심지어 빛도 무시할 수 있다. 눈에 보이지 않는 것, 불가능한 것, 확실하게 느껴지는 것을 불러올 수 있다. 하루를 구부릴 수 있다. 시가 하지 말아야 할 모든 일, 얄팍한 종이에 적힌 연약한 글자들에 불과할 때에도 그럴 수 있다. 무가치하고 값을 매길 수 없는 일. 약간의 보상과 그보다 더 적은 독자, 빈약한 명성. 나는 이런 사람들을 사랑한다. '한때'라는 단어와 '나중에'라는 단어의 무게를 견주면서 하루를 보낼 수 있는, 불굴의 바보들. 그러다 우리가 마침내 어느 파티에서 한자리에 모이게 될 때마다, 시인 네 명이 구석에 모여 병에서 쏟아져 나온 액체를 홀짝거릴 때마다, 나는 나도 모르게 고개를 뒤로 젖히고 깔깔 웃어댄다.

빛나는 한평생.

다시 말해서, 그 젊은이들은 모두 괜찮았다. 대개 그렇듯이. 나는 그들과 악수하거나, 고개 숙여 인사하거나, 그들의 포옹을 받아들였다. 그리고 마침내 그들에게서 설명을 들었다. '번쩍이는 무늬'라고. 그들의 얼굴에 그린 그 번쩍이는 무늬는 안면인식 기술을 속일 수 있다는 선, 도형, 색깔에 바치는 찬사였다. 오늘

이 파티장에서는 사방에 설치된 카메라가 사람들의 움직임을 좇고 있다고 그들이 말해주었다. 가로등에 고정된 카메라도 있고 사람이 손에 들고 다니는 카메라도 있었다. 우리가 찍힌 사진 속에서 깊숙한 곳에 자리 잡은 마음과 정신이 잔물결을 일으키며 서로를 식별하고, 상관관계를 찾아내고, 누구도 막지 못할 예언을 했다. 아직은 알 수 없는 미래에 사용하기 위해, 자신이 어떤 사람이며 지금 어디에서 누구와 있는지를 기억했다. **회사**의 지하 저장고를 포함한 여러 서버에서 신경망이 망원현미경을 들이대면, 우리는 그것을 집과 전화기 속으로 반가이 맞아들여 사생활을 내어주고 정확한 검색결과를 얻는다.

"그걸 물감으로 속일 수 있다고요?" 내가 물었다.

"이론적으로는 그래요." 젊은 남자가 말했다. 하얀색을 두껍게 칠한 그의 얼굴에는 새까만 점이 10여 개 찍혀있어서 달마티안 같았다.

매슈 해스킷 박사나 요아브 애프리곳 박사 같은 사람을 아는 만큼, 나는 이 시인들의 번쩍이는 무늬 이론을 믿을 수 없었다. 그래도 나는 그들의 어리석은 짓에 동참하기로 하고, 로즈의 화장품을 빌려 그녀의 조언에 따라 내 얼굴에 눈과 아치와 점을 추가했다. 그러고 나니 전설 속의 캘리번(셰익스피어의 《템페스트》에 나오는 반인반수—옮긴이)이 된 것 같았다. 이제 낭송회 시간이 되어서 우리는 무대 근처에 예의 바르게 반원형으로 모였다. 바닥에 책상다리로 앉은 사람도 있었다. 사회자가 양팔을 벌리고 환영인사를 했다. 나는 《혜성 추적자 저널》의 중요성을 말하고 이

자리에 참석해 준 사람들에게 감사인사를 하는 그녀의 팔에서 흔들거리는 팔찌를 지켜보았다. "나중에 모자를 돌릴 겁니다. 샌디와 레이의 퀴어 키싱 부스도 잊지 마세요." 환호성이 일었다. "그게 언제 문을 연다고요?" 그녀는 눈으로 어둠 속을 살펴보았다. "네, 낭송회가 끝난 뒤죠." 술을 마실 수 있는 바("기부금만으로 운영됩니다")가 있고, "새벽 4시까지 DJ들"이 활동할 것이라는 사실도 알려주었다. 그녀는 또한 내 존재도 사람들에게 알렸다. "우리나라의 가장 위대한 시인 중 한 명인 메리언 파머가 영광스럽게도 오늘 이 자리에 와주셨습니다." 사람들은 키싱 부스 안내를 들었을 때와 거의 맞먹는 환호성을 질렀다. 나는 살짝 덮치는 동작을 흉내 냈다. 모렐이 나를 지켜보는 것이 보였다. 사회자는 발의안 82 투표를 언급하며 연설을 끝냈지만, 그 발의안의 내용이 무엇인지는 설명하지 않았다. 남들과 함께 박수를 치면서 나는 거짓말쟁이가 된 기분이었다. 그 뒤에야 마침내 시가 낭송되었다.

코가 황당하게 조롱박처럼 생긴

　　청년. 자동판매기를 다룬 그의 시.

머리에 스카프를 두른 여자(휴대폰

　　속에서 시를 낭송했다), 사랑과

　　뇌진탕을 다룬

　　시 두 편.

로즈의 친구

　　물속에서

수련 티셔츠

우렁

찬 목소리로,

운전을 다룬 짧은 시 두 편,

로스앤젤레스 경찰을 다룬 시 한 편,

섹스(와 차모이 소스)를 다룬 한 편,

내가 지켜보는 동안 로즈는 그녀를 지켜본다

경탄 과

욕망과

시기심으로.

아주 형편없는 시 한 편

연한 파란색 남방을 입은 남자의 것.

전기자동차를 다룬 시였다.

끝이 없었다.

그의 에고라는 기계가 부르릉거리는 소리,

배터리가 서서히 느려지고 있었다.

중얼거리는 소리를 알아들을 수 없었던 낭송자.

구불구불한 머리카락의 여자가 읽은 전염병학에 관한

웃기는 시.

그리고 마지막으로 모렐. 그녀는 고집 세고 매끈한 흰족제비처럼 사람들 사이를 움직여 고맙다는 인사도 없이 사회자에게서 마이크를 받았다. 주황색 머리카락이 분홍색 조명 아래에서 이상하게 빛났다. 스웨터의 성긴 올 틈으로 살갗이 반짝였다. 나는

그녀가 혀로 입술을 축이는 모습을 지켜보았다. "굿바이." 그녀
가 말했다. 나는 그것이 시의 제목이라는 사실을 금방 알아차리
지 못했다. "말 궁둥이/ 헨리의 도자기 컵처럼 둥근." 그녀가 낭
송을 시작했다.

"내게서 반대편으로 휘어진 손잡이." 그녀는 턱을 똑바로 들
었다.

"내 옆구리에

단단히 닿은 빈약한 말꼬리

'고전적이야'라고 그가 말했다.

내 숨결, 와우, 내 숨결이

내 몸을 떠나고 있다."

모렐이 시를 읽으면서 유리판을 우리 주위에 세우는 것 같았
다. 무슨 모양인지 구분은 가지만 반쯤 가려진 성운 같은 형태
가 그려진 길쭉한 창문이 차례로 세워졌다. 그녀의 시를 미술작
품처럼 볼 수 있는 동시에, 그 시를 꿰뚫어 뒤편까지 볼 수 있을
것 같았다. 하지만 내가 그 시에서 무엇을 가져갈 수 있을지, 어
떤 의미나 추론, 어떤 찌꺼기를 가져갈 수 있을지는 알지 못했
다. 사라지는 생각들에 바쳐진 기념물 같은 단어들. 그들이 마
법주문처럼 작용하면서 내 머릿속에서 어떤 의미들은 흐릿해지
고, 어떤 의미들은 헐거워지고, 내 두개골 속 다락방에 다이아몬
드 가루가 뿌려졌다. 내가 무슨 말을 할 수 있을까? 나는 이제 모
렐을 보지 않았다. 이마에 주름을 잡고, 입가에 희미하게 콧수염
흔적이 있고, 완벽한 엄지손가락을 마이크에 대고 있는 젊은 시

인. 내 눈에 보이는 것은 그녀가 내 앞에 만들어 놓은 별빛 같은
풍경뿐이었다.

　"술 드셨어요?" 나중에 로다가 내게 물었다.
　　나는 눈을 감고 고개를 젖힌 채 앉아있었다. 자동차가
조용하게 움직였다.
　　"네." 내가 말했다.

지금 돌이켜 보니

35세

래리는 네가 만났던 누구와도 다른 사람이었다. 그를 둘러싼 완충지대, 즉 그가 원하기만 한다면 무엇이든 튕겨내는 투명한 쿠션이 있는 것 같았다. 그는 다른 사람들의 의견에 영향을 받지 않는 것 같았다. 남들의 의견을 인식하지 못하는 것은 아닌데 그로 인해 고민하지는 않았다. 빗속의 사향뒤쥐처럼. 너는 그가 난공불락의 정신을 갖고 있다고 생각하게 되었다. 누구에게나 흉터를 남기는 찢어진 곳이나 구멍 난 곳 없이 무사히 어른이 된 것 같다고. 그는 키가 크고, 손이 컸으며, 이목구비는 느슨한 편이었다. 귀가 유난히 튀어나오고, 코는 말랑거렸다. 너는 그의 뺨을 손으로 매끈하게 훑은 뒤 입을 맞추곤 했다. 눈은 이렇다 할 특징이 없지만, 얼굴에는 표정이 풍부했으며, 익살스러운 미남처럼 보였다. 너는 그와 한 달 동안 데이트를 한 뒤 식품점 앞에 줄을 서서 기다리는 동안 그가 네 손을 잡는 것을 허락했다. 전기가 통한 것처럼 짜릿한 느낌은 없어도 열이 오르기는 했다. 너의 머리 전체가 그 손의 미세하기 짝이 없는 움찔거림에 맞춰져 있는 것 같았다. 보석에서 흠을 찾아내려고 열심히 애쓰는 사람 같았다. '힘이 센 사람이네.' 너는 살짝 놀라서 이런 생각을 하던 것을 지금도 기억한다. 팔다리가 길고 얼굴 주위에 피부가 늘어져 있어서 그는 그리 힘이 센 사람처럼 보이지 않았다. 너는 그의 입술이 얼마나 집요할지 처음으로 상상해 보았다.

너는 고양이처럼 섹스했다. 너는 정말로 이렇게 생각했다. 서로의 털을 골라주는 고양이 같다고. 그의 그것이 네 몸 안으로 들어왔을 때, 아니 그냥 너의 그곳에 그의 손이나 입이 닿았을 때에도, 너는 울타리를 서둘러 올라가는 고양이가 된 것 같았다. 몸이 간질간질한 것 같았다. 발톱을 꺼내고 몸을 돌려 그에게 싸움을 걸고 싶었다. 그의 부드러운 살갗에 날카로운 것을 갖다대고 싶었다. 피를 보기 위해서가 아니라, 그의 힘줄과 복근과 퍼런 혈관의 울퉁불퉁한 윤곽을 느껴보려고. 그가 내는 소리, 부드럽고 깊은 숨소리와 가끔 나오는 만족스러운 소리, 식탁 위의 꽃다발이 오늘도 싱싱한 것을 보았을 때 나오는 작은 소리와 비슷했다. 때로 너는 그에게 매달려 너의 축축한 몸으로 그의 다리와 팔과 옆구리를 덮어버리고 싶은 충동을 느꼈다. 하지만 그에게 달라붙고 싶은 충동에 저항해서 상쇄해 버리는 기분도 존재했다. 섹스가 끝나면 너는 죽은 사람처럼 매트리스 위에 납작하게 누워있을 때가 많았다. 하지만 숨을 가쁘게 쉬면서 자신의 자제심을 자랑스러워했다.

그는 너를 데리고 공원에도 가고 작은 배도 탔다. 화랑과 쇼핑몰과 부자들의 집에도 갔다. 래리는 보험업계에서 일했다("난 사무직이야." 그는 항상 이렇게 말했다). 하지만 그 시절에 그가 사무실로 출근하는 경우는 드문 것 같았다. 그는 밖에서 조사관, 평가관으로 일하며 겨드랑이에 클립보드를 끼고, 뾰족한 펜이 가득 들어있는 가방을 들고, 엉터리 음모들을 조사했다. 무엇이든 평범하지 않은 것이 래리의 전문분야였다. 그 업계의 용어로는 '외래종'이라고 했다. 카드나 운석이나 역사적 의미를 지닌 치아 등의 컬렉션과 예술품, 유물에 대한 보험. 이런 보험대상의 가치와 위험을 계산해서 보험을 설계하는 것은 래리의 일이 아니었다. 그냥 보험대상을 확인해서 회사가 필요한 조치를 취할 수 있게 해주는 것이 그의 일이었다. 다른 도시였다면 혹시 외래종이 별로 없어서 생계를 잇기가 힘들었을지도 모르지만, 뉴욕에는 헤아릴 수도 없을 만큼 이상한 것들이 많다. 비상계단처럼 도처에 널려있다.

첫 데이트 때 그는 너를 소호에 있는 월터 드 마리아의 2층 설치작품인 어스룸으로 초대했다. 그 전시가 시작되었을 때를 너는 기억했지만 실제로 가본 적은 없었는데, 이제 8일 전 처음 만났을 때 튤립 의상을 입고 있던 남자와 함께 계단을 올라가 문을 통과해서 축축한 흙냄새가 나는 공간으로 들어갔다. 어스룸에는 접수 데스크가 있고 그 뒤에 커다란 하얀 방이 있었다. 수백 평방미터 규모의 그 방에 흙이 약 0.5미터 높이로 가득 쌓여있었다. 그 흙은 숨을 쉬었다. 네 생각에는 모든 흙이 당연히 숨을 쉬는 것 같았지만, 그때만큼 흙의 호흡을 의식한 적이 없었다. 흙이 무엇을 빨아들이고 공기 중으로 무엇을 내놓는지에 대해서. 공기는 습하고, 건강하게 느껴졌으며, 왠지 미네랄이 들어있는 것 같았다. 어두운 갈색을 띤 좋은 흙이었다. 너는 마음에 들었다. "난 이 흙이 좋아." 래리에게 이렇게 말했다.

카운터 뒤의 직원 외에는 아무도 없었다. 래리가 다가가 자신이 누구인지 밝히자, 그 직원은 래리에게 그냥 그 흙 위로 뛰어올라가 걸어도 좋다고 말했다. 어스름의 흙은 일반인에게 출입금지 구역인데. 래리가 스프링클러, 비상계단, 벽 등을 조사해야 하기 때문이었다. 너는 설레는 얼굴로 서있었다. 그가 그 위를 천천히 걸어 다니는 것은 자연스러운 일이 아닌 것 같았다. 천사 아니면 슈퍼히어로로, 평범한 규칙에 구애받지 않는 누군가. 너역시 래리를 따라 흙 위로 올라가고 싶다는 생각은 들지 않았다. 그를 지켜보는 것으로 만족했다. 직원은 너와 래리가 떠난 뒤 갈퀴로 발자국을 지울 것이라고 말했다.

그 뒤 몇 주, 몇 달 동안 그는 너를 데리고 사방을 돌아다녔다. 투석기, 거대한 구다 치즈, 12미터 높이의 파리지옥풀 로봇을 보러 갔다. 롱아일랜드의 어느 연못 옆에서는 어느 부인이 모아둔 정원지기 요정들을 살펴보았다. 누가 물어볼 때마다 래리는 너를 자신의 '일행'이라고 말했다. 그들은 그것이 정식 지위라고 생각하는 것 같았다. 래리가 창문 크기를 재거나 화재경보기 수를 헤아릴 때, 너는 건물 주인에게 생각나는 대로 아무것이나 물어보았다. "저게 어떻게 문을 통과했어요?", "아이들이 이걸 만지게 놔두세요?", "치즈를 차게 식혀야 하나요?" 일을 마치고 나올 때마다 래리는 '왜?'라는 질문을 바탕으로 가설을 세우려고 했다. 왜 운석을 손에 넣었을까? 왜 소변으로 벽화를 칠했을까? 너는 이런 질문이 잘못되었음을 그에게 일깨워 주려고 했다. 소원은 본능적인 것이며, 영감의 원천은 많다고 그를 설득하려 했다. "어스름의 주제는 하나가 아니야." 네가 말했다. "사람들이 그것을 보면서 생각하는 모든 것, 그것과 닿아있는 모든 것, 옆에 있는 모든 것, 그 모든 것이 주제야." 노래나 그림, 벨루어 재질의 구체가 포함된 덧없는 설치 작품, 이것들은 각각 하나의 장소이자 세계였으며, 특유의 규칙과 기후를 갖고 있었다. "내 시를 읽을 때 '이 시의 주제가 뭐지?' 하고 묻지 마. '여기에 있는 기분이 어떤가?' 하고 당신 자신에게 물어."

래리의 정신이 난공불락이었기 때문에 너는 자유를 느낄 수 있었다. 그와 함께 낮을 보낼 수도 있고 그의 깔끔한 아파트에서 밤을 보낼 수도 있었지만, 그냥 외출하지 않고 집에서 글을 쓰며 작은 식탁에서 어머니와 함께 저녁식사를 해도 아무 문제 없었다. 래리는 네가 무엇을 선택하든 신경을 쓰지 않는 것 같았다. 둘이 떨어져 있다고 해서, 그가 네게 느끼는 굶주림은 줄어들지 않았다. 너는 여기서 커다란 안도감을 느꼈다. 남자와 함께 있으면서도 본연의 모습을 유지할 수 있다는 것, 항상 하던 대로 네 정신과 영혼을 종이에 쏟을 수 있다는 것. 그를 알게 되고, 그의 손에 잡혀주었다고 해서 네가 희석되지는 않았다.

어머니는 기뻐하는 척했다. 아니, 그냥 그런 척만 한 것 같지는 않다. 어머니는 기쁨을 느끼고 싶어 했기 때문에, 네가 래리와 함께 지내다가 집으로 돌아올 때마다 행복한 모습을 보이려고 최선을 다했다. 하지만 어머니의 행복은 연기에 그을린 것처럼 어둡게 변한 유리 같았다. 그 유리 뒤편에서 약간 두려운 기색으로 경계하고 있는 여자를 너는 볼 수 있었다. 래리의 집에서 처음 밤을 보내던 날, 너는 어머니에게 전화를 걸었다. "어머니, 오늘은 집에 안 들어가요." 너는 래리의 아파트 현관에 서서 크림색 수화기를 귀에 대고 있었다. 어머니는 침대에 있었다. 아마두 시간 반 전에 침대에 들어, 네가 돌아오기를 기다렸을 것이다. 너는 침대에서 항상 눕던 자리를 차지한 어머니를 상상했다. 창가의 꽃병과 천장에 달빛이 부딪혀 조각조각 반사되고 있을 것이다. "너 무사한 거니?" 어머니가 물었다.

"네." 수화기를 내려놓고 다시 래리의 침실로 슬쩍 들어가 검은 이불을 덮고 누웠을 때, 너는 컵에 있다가 누군가의 손에 들려 입안으로 옮겨진 얼음 덩어리가 된 것 같았다.

너는 그가 어머니를 만나러 오는 날, 지하철역으로 그를 데리러 갔다. 그와 함께 네가 사는 건물을 향해 걸어가면서 너는 애인을 집으로 데려가는 소설 속 인물이 된 것 같았다. 그 진부함, 성차별적인 요소가 온건하게 섞여있는 클리셰에 화가 났다. 너는 그에게 튤립 꽃다발을 쓰레기통에 버리라고 했다. 집 앞 계단 아래에서 그에게 격렬하게 키스했다. 네가 그의 소유물이 아니라 그가 너의 소유물임을 분명히 하고 싶었다. "괜찮을 거야." 그가 네게 말했지만, 너는 그렇게 달래는 말을 듣고 싶은 것이 아니었다. 너는 행동력을 원했다. 이제부터 일어날 일을 래리와 어머니에게만 맡겨두고 싶지 않았다. 갑자기, 한 번도 느껴본 적이 없는 강렬한 기세로, 너는 네 인생에서 엄청나게 커다란 역할을 하고 싶어졌다. 너의 존재감을 보여주고 싶었다. 마침내 집의 문을 두드리고 나서 너는 이렇게 말했다. "울리카, 이 사람이 래리예요." 너는 거실을 가로질러, 어머니가 문을 닫아버린 곳으로 향했다. 어머니의 침실이자, 네 침실. 너는 문을 열었다. 그에게는 미리 말하지 않았지만, 어머니와 함께 퀸사이즈 침대를 쓴다는 사실, 이 비밀을 어머니가 밝히게 하고 싶지 않았다. 그 비밀을 밝히는 사람은 너여야 했다.

두 사람은 급속히 친해졌다. 당연한 일이었다. 애당초 네가 래리에게 끌린 이유도 그거였다. 그의 무정한 카리스마, 다른 사람들과 그들의 사고방식과 농담 방식에 대한 그의 열정. 다 같이 식탁에 둘러앉아 델리에서 사온 키시(파이의 일종—옮긴이)와 '노르웨이 샐러드'를 먹었다. 어머니가 비단처럼 얇게 썬 오이가 달콤하고 새콤하게 입술을 자극해서 너는 백포도주 잔을 향해 손을 뻗었다. 어머니는 옛날 도시에 대해서, 옛날에 뉴욕이 어떤 모습이었는지에 대해서 이야기했다. 래리는 콩에 대해서, 유년기의 긴 경계선에 대해서 이야기했다. 어머니에게 도서관에 대해 묻고, 자기 누이를 만났을 때 인상이 어땠는지 묻고, 제이니가 책을 들어 이리저리 돌려보는 모습을 흉내 내는 어머니를 향해 웃음을 터뜨렸다. 어머니는 네가 아파트로 편집자나 동료 시인 등

손님을 데려왔을 때 항상 그렇듯이 반짝반짝 살아있었다. 어머니는 몸집이 작아도 만만치 않은 인상이었으며, 짙은 색 눈동자에서는 유머가 반짝였다. 심지어 악의가 반짝거릴 때도 있었다. 어머니의 고관절골절을 잘못 진단한 늙은 의사에 대해 이야기할 때. 식사를 마친 뒤 모두 커피 탁자에 둘러앉았을 때, 어머니는 두 사람이 처음 만났을 때의 이야기를 굳이 네게서 다시 들었다. 별로 무섭지 않던 10월 31일 밤의 이야기. 어머니는 차를 한 모금씩 마시며 만족스럽게 고개를 끄덕였다. 어머니와 아버지가 버스에서 통로를 사이에 두고 처음 만났다는 이야기를 래리에게 들려주었다. "그 사람이 내 마음을 훔쳐갔어." 어머니가 말했다.

래리가 떠난 뒤 너와 어머니는 침묵 속에서 상을 치웠다. 시간이 아주 늦어서 자정에 가까웠다. 너는 라디오를 켜고 싶었다. 그날 저녁의 느낌, 일련의 열쇠와 자물쇠가 각각 짝을 찾은 것 같은 느낌을 버리고 싶지 않았다. 그러나 아까 느꼈던 용기는 이미 사라져 버렸다. 너는 라디오를 켜지 않았다. 어머니를 지켜보고 있자니, 어머니가 너를 거의 보지 않는다는 것, 너에게서 시선을 돌려 자신의 내면으로 들어가 버렸다는 것을 알 수 있었다.

"그 사람이 마음에 들어요?" 마침내 네가 물었다. 아무리 애써도, 애원하는 것 같은 기색을 목소리에서 지울 수 없었다.

"물론이지." 어머니가 대답했다.

F R I D A Y   금요일

나는 엎드린 채 깨어났다. 내 침대에서 엎드린 채. 엎드려서 자는 일이 한 번도 없는 사람인데. 옷은 벗었지만 양말은 아직 신고 있었다. 알몸으로 이불을 덮고, 베개에 얼굴을 뭉개고 있었다. 솔직히 기분이 좋았다. 나는 매트리스 위에서 한 손을 움직여 허벅지를 긁었다. 호텔로 돌아온 기억이 나지 않았지만, 옷을 벗은 기억은 났다. 원피스를 개고, 속옷을 벗고, 빨랫감을 모아두던 폐지 바구니에 더러워진 옷을 넣은 것. 삼각모를 문 옆의 고리에 걸어둔 것도 기억났다. 거울을 보며 혼자 웃던 것도 기억났다. 주근깨가 있는 맨살이 드러난 어깨, 얼굴에 그려진 추상적인 표현주의 그림. 지금은 그 번쩍이는 무늬가 베개에 묻어있었다. 내 꿈의 잔재가 일광화상처럼, 피부 아래에서 뜨겁고 따끔따끔했다. 숙취에 시달린 적이 한 번도 없었는데, 지금 숙취가 느껴지지는 않았다. 목이 마르고, 온몸이 아프기는 했다. 시트가 울퉁불퉁한 것처럼. 하지만 자유롭다는 감각, 시간이 확대되는 듯한 감각이 주로 나를 채우고 있었다. 방 안의 빛이 정지된 것 같았다. 빛이 어디에도 닿지 않았다. 지금 몇 시지? 감이 잡히지 않았다.

오전 11시 41분이었다. 라디오 겸용 시계가 커다란 하얀색 숫자로 시간을 알려주었다. 교사가 칠판에 쓴 방정식 같았다. 내가 얼마나 늦잠을 잤는지 갑자기 퍼뜩 깨달았다. "아이고, 세상에." 나는 몸을 굴려 일어나 앉으며 혼잣말을 했다. 친숙한 느낌이었다. 내가 자주 지각하기 때문이 아니라 그 반대라서. 내가 지각을 두려워하기 때문에. 일흔다섯 살의 나이에도 여전히 수업에 지각하는 꿈, 래리의 집으로 코트니를 데리러 가기로 한 약속에 늦는 꿈, 병원에 가신 어머니를 모시러 가기로 한 약속에 늦는 꿈에 시달리기 때문에. 있어야 할 곳에 나타나지 못하는 것은 항상 내 양심을 괴롭히는 주제 중 하나다. 나는 시인이므로, 시간을 정확히 지키지 말아야 했다. 그런데도 나는 부주의하거나 게으른 사람으로 보일까 봐 두려웠다. 이것이 래리 때문이던가? 아니, 어머니였다. 자주 지각하던 어머니. 저명하신 메리언 파머가 정오에 뛰어 들어오는 모습을 보고 요아브가 무슨 생각을 할까? 요아브는 상관없지만, 해스킷은 무슨 생각을 할까? 로잰은? 내가 좀 여유를 갖고 생각에 잠겨있었다고 그들에게 말할 수도 있었다. 실제로 그렇게 말할 생각이었다. 나이 많은 여자, 유명한 예술가, 느긋한 태도. "급하게 서두른다고 영감이 떠오르지는 않아!" 어쩌면 그들의 눈에 내가 더욱 빛나게 보일지도 모를 노릇이었다. 내가 그들의 의뢰에 지나치게 부담을 느끼지 않는다는 증거니까. 침착하고 자유로운 여자, **회사**의 시간표에 얽매이지 않은 사람. 퓰리처상 수상 경력이 있고, 언제나 인내심 강한 시

인 메리언 파머. 문학 분야 국가 메달 수상자. '나는 2시에 출근해서 4시에 퇴근하는 사람이야.'

이메일을 확인해 보니 오랜 친구 스탠의 메시지가 들어와 있었다.

친애하는 메리언,

오늘 《타임스》를 펼쳤더니, 당신이 최신 컴퓨터와 함께 시를 쓰고 있다는 소식이 있어서 내가 얼마나 놀랐는지 몰라. 당신이 한 손을 유리에 대고 《스페이스 오디세이 2001》의 컴퓨터 HAL과 대화하는 모습을 상상해 봤지. "HAL, 나야! 커피 한잔 마실래? 시인 사포에 대해서 어떻게 생각해? HAL? HAL???" 하지만 A4면에 실린 당신 사진을 보고 심장이 잠깐 덜컹했어. A4면이야, 메리언! 시인은 사진은 말할 것도 없고, 이름이 신문 맨 앞 섹션에 실리기 전에 죽어야 하는 게 보통이야. 비록 그 기사는 컴퓨터가 어떻게 생겼는지 보여주지 않았지만. 아마 아주 반짝반짝하겠지? 화면도 엄청나게 클 테고. 당신은 양손을 허리에 얹고 선 채로 신처럼 컴퓨터에게 말을 걸 수 있을 거야.

물론 폴리가 당신 이름을 검색해 보겠다고 고집을 피웠지. 그랬더니 라스무센의 군청색 소파에 당신이 휘어진 플라타너스처럼 앉아있지 뭐야. "언제나 놀라울 따름이야." 폴리가 당신을 보고 이렇게 말했어. 나는 잭인더박스(갑자기 광대 인형이 튀어나오는 장난감─옮긴이) 같다고 생각했고. 하지만 솔직히 당신이 잘 나온 건 사실이야. 보석으로 세공된 잭인더박스 같았어. 바실리스크의 알 같았다고.

일은 잘돼? '역사적인' 작품을 써달라는 의뢰가 쉽지 않을 텐데. 내가 클린턴을 위한 글을 써달라는 요청을 받았을 때가 생각나네. 홀인원을 해달라고 부탁받은 기분이었어. "저희한테 홀인원을 하나 주실 수 있을까요? Tschüss(독일어로 '안녕히'라는 인사―옮긴이)!" 일반인들은 작가의 작품에 '의미'가 미치는 영향을 잘 모를 거야. 우리가 쓰는 구절들은 대부분 아주 무의미하지. 비례적으로 말해서, 거의 아무도 읽지 않을 단어가 몇 페이지나 계속 이어져. 우리 작품을 읽는 사람들은 스스로 선택해서 그렇게 하는 거야. 당신의 《털 달린 매머드》나 내 《아주 많은 역사들》을 집어 드는 숙녀들과 신사들은 고상한 구절을 찾고 있어. 우리 작가들은 그걸 알지. 암묵적으로 잘 알려지지 않은 우리 이름, 협소한 기능이 글에 가득 퍼져있어. 평균적인 시의 의미는 세상에서 거의 무시해도 좋을 정도야. 아무리 당당한 나르시시스트조차 이 정도는 이해하고 있지. 좋은 시는 하찮지 않지만, 조용히 살아가. 갈대밭의 무지개 풍뎅이처럼. 그러니까 다른 뭔가를 위해서, 대통령을 위해서, 어떤 순간을 위해서, 역사를 위해서 시를 써달라고 요청받는 것이 이상한 일인거야. 사람들이 내게 자기들 결혼을 위한 시를 써달라고 요청했던 순간들을 모두 떠올리고 있어. 그때 내 얼굴이 하얗게 질렸던 것도. 더 많은 판돈이 걸린 새로운 기능이지. 나는 그런 기능을 수행하는 걸 배운 적이 없어.

물론 가끔은 그런 일이 재미있기도 해. 마치 달 탐사에 초대받은 것 같아. 당신이 지금 햇빛 밝은 캘리포니아에서 그런 순간을 누리고 있어야 할 텐데. 그곳의 부리토와 동물원을 추천해. 그리고 당신과 그 컴퓨터가 계속 사이좋게 지내게 해달라고 기도할게. 난 당신과 당신의 작품을 믿어. 그 시를 빨리 읽어보고 싶네.

폴리가 인사 전해달래.

스탠.

나는 샤워를 하고 로다에게 전화를 걸었다.

"제가 만든 스무디를 가져다드릴게요." 로다가 말했다.

그리고 정말로 그렇게 했다. 나는 초록색 스무디를 예상했지만, 부서진 윌석과 데님 색깔이었다.

"블루베리는 진짜 기적의 식품이에요." 로다가 말했다.

나는 로다에게 나처럼 늦잠을 잤느냐고 물었다. 그녀는 고개를 저었다.

"로다한테 감탄한 건지 로다가 안쓰러운 건지 잘 모르겠네요." 내가 말했다.

"감탄한 쪽으로 하세요."

"좋아요." 나는 블루베리 스무디를 빨대로 빨았다. "이걸 가져다줘서 고마워요."

"전에도 기운을 내게 해달라고 요청한 분들이 있었어요."

내가 로다를 기다리는 동안 웃기는 일이 하나 있었다. 나는 호텔 진입로에서 빈둥거리며 이쪽으로 몇 걸음, 저쪽으로 몇 걸음 왔다 갔다 하고 있었다. 양다리를 서로 꼬아서 비틀기도 했다. 그때 갑자기 쓰레기 트럭 한 대가 시끄러운 소리와 함께 무서운 속도로 모퉁이를 돌더니 건물 귀퉁이를 향해 후진했다. 작업복을 입은 사람이 트럭 측면에서 뛰어내렸다. 뺨이 불그스름하고 한쪽에만 귀걸이를 한 땅딸막한 청년이었다. 그는 금속 쓰레기통을 트럭의 목구멍을 향해 던지다가, 바닥에 무릎을 대고 훨씬 더 복잡한 동작으로 대형 쓰레기통을 다뤘다. 이 작업을 하면서 그는 나를 올려다보았다. 그리고 다시 쓰레기통을 향해 시선을 내리는가 싶더니 다시 나를 올려다보았다. 솔직히 말해서 조금 신경이 쓰이는 것 같은 표정이었다. "무슨 일이죠?" 나는 이렇게 말하고 싶었지만, 나이 많은 여자가 말을 거는 것을 이 쓰레기 수거 담당자가 별로 원하지 않을 것 같았다.

그가 시끄러운 엔진 소음 속에서 내게 소리쳤다. "실례지만 메리언 파머 씨인가요?"

나는 허리를 조금 꼿꼿이 폈다. "맞아요."

쓰레기 수거 담당자가 양손의 먼지를 털었다. "미친! 선생님 글을 알아요."

"그래요?"

"진짜 상징적이에요! 그러니까, 누가 봐도 그래요."

"고마워요."

"와. 저는…" 그가 뭐라고 말을 이으려 했으나, 하필 그 순간에 쓰레기 트럭이 대형 쓰레기통을 들어 그 내용물을 제 이빨 속으로 쏟아 갈아버렸다.

"어디 보자. 당신도 시인이죠?" 트럭이 작업을 끝낸 뒤 내가 말했다.

"네, 그런 셈이에요." 그가 말했다. 기쁨이 그의 얼굴로 스며들었다. "그러니까, 이 일을 하지 않을 때는 시를 써요."

대형 쓰레기통이 커다란 소리를 내며 다시 콘크리트 바닥에 내려앉았다. 청년은 바닥에 무릎을 대고, 아까 대형 쓰레기통에 했던 동작을 역으로 되풀이했다.

"서정시인가요?" 나는 예의를 지키려고 물었다.

"아뇨." 그가 남들은 모르는 자부심으로 씩 웃었다. "시각적인 시예요."

트럭기사가 경적을 빠르게 두 번 눌렀다. "새미!" 그가 소리쳤다.

"네!" 시인은 벌떡 일어서서 트럭의 뒷계단으로 올라가 검게 변한 손잡이를 잡았다. "어쨌든 만나서 반가웠어요!" 그가 나를 향해 뒤로 몸을 비틀며 말했다.

"반가웠어요." 내가 대답했다. 하지만 트럭은 이미 부르릉 소리와 함께 멀어지는 중이었고, 시인은 마구 손을 흔들고 있었다. 연기가 구름처럼 일고, 바닥에 쏟은 포도주 같은 냄새가 났다.

로다에게 이 이야기를 해줬을 때 로다는 그냥 고개만 절레절레 저었다.

"누구나 먹고살아야죠." 그녀가 말했다.

회사에 나온 나는 원래 정오가 지나서야 나오는 사람처럼 **회사** 캠퍼스로 뛰어 들어가려고 했다. 내 걸음걸이? 꼿꼿했다. 양손은 옆구리에서 흔들렸다. 눈은 반짝였다. 솔직히 내 평소 걸음걸이와 크게 다르지 않았지만, 내면의 정신이 달랐다. 아쉬운 마음은 전혀 없이 자랑스럽기만 한 상태. 프랑스어로 '치명적인 여자'를 뜻하는 팜파탈. 자신을 제외한 누군가에게 치명적인 여자였다. 두세 명이 정말로 고개를 돌려 나를 빤히 바라보는 모습에 나는 커다란 만족감을 느꼈다. '아주 기겁했구먼.' 나는 속으로 생각했다. 그리고 건물들 속으로 빠르게 사라지던 쓰레기 청소부 겸 시인을 생각했다. 나를 빤히 바라보던 사람 한 명이 나를 향해 뛰어왔다. 나는 걸음을 멈추지 않았다. 그녀가 나를 쫓아오게 만들었다. "여사님?" 그녀가 말했다. "여사님?"

나는 '여사님'이라는 호칭을 한 번도 좋아한 적이 없었다. 더 빨리 걸었다.

"여사님!"

"무슨 문제라도 있나요?" 나는 한사코 걸음을 멈추지 않고 소리쳤다.

"레이요!" 그녀가 소리쳤다.

"레이?"

"여사님의 레이!"

그녀의 말투를 보니, 내 레이가 그녀를 아주 행복하게 만들어

준 모양이었다. 하지만 이해할 수 없는 문장이었다. '레이라, 레이.' 나는 암탉이 지푸라기 위에 앉아있는 모습을 상상했다('lay'에 '알을 낳다'라는 뜻이 있다—옮긴이). 그다음에는 나를 침대로 눕힐lay 때의 래리 얼굴과 삼목을 닮은 체취를 생각했다. 나는 고개를 저었다.

"레이?" 내가 다시 물었다.

그녀는 내 앞까지 달려와서 하와이의 화환 목걸이인 레이를 내밀고 있었다. 진짜 꽃으로 만든 목걸이는 처음 본 것 같다. "이게 무슨…?" 내가 물었다.

"이것이 레이예요."

"그게 레이인 건 나도 알아요. 그런데 레이는 왜요?"

그녀는 **회사**의 이름이 새겨진 티셔츠를 입고 있었다. 어깨에는 화환 목걸이가 가득한 토트백을 메고 있었다. "캘리포니아 여성이 날을 축하하는 거예요."

"레이로요?"

"파란색, 연한 자주색, 노란색은 올해의 그랜드 데임즈Grande Dames를 상징해요." 그녀는 그 호칭을 프랑스식으로 발음하지 않았다.

"그 사람들이 누군데요?" 내가 물었다.

"핼리 베리, 존 바에즈, 거트루드 스타인이에요!"

"그렇군요." 나는 주위를 둘러보았다. 모두 레이를 걸고 있었다.

"여사님의 훌륭한 의상과 노란색이 잘 어울릴 것 같았어요."

나는 당황해서 눈을 깜박였다. "파란색이에요." 약간의 고통과 함께 나는 결국 이렇게 말했다.

"거트루드네요!" 그녀는 신이 나서 소리치며 화환을 하나 꺼냈다. 그 색을 보니 스무디가 생각났다.

"고마워요." 내가 건조하게 말했다. 하지만 그녀가 그대로 멀어질 기세가 아니어서 나는 레이를 목에 걸었다.

"정말 잘 어울려요!"

나는 지친 얼굴로 고개를 끄덕였다.

"즐거운 하루 보내세요!"

나는 습관을 기계처럼 따르는 보잘것없는 존재였으므로, 나도 모르게 그녀에게 또 고맙다고 인사했다. 그러고는 기세 좋게 그 자리를 뜨려고 했지만, 팜파탈의 기운은 이미 사라지고 없었다. 온실에서 기른 꽃을 목에 걸고 있으니, 그 황홀한 매력이 사라져버렸다. 나는 뻣뻣한 할머니가 되어 보안 게이트로 걸어갔다. 경비원들의 보안 탐색기에 몸을 맡기고, 내 가방을 뒤지라고 내주고, 보안 장치 안으로 더 깊숙이 걸어 들어갔다. 모렐이 이걸 보면 뭐라고 할지 궁금했다. 그녀도 이런 허튼 짓을 참아 넘길까? 모렐과 내가 나눴던 대화가 부글부글 올라왔다. 밤늦게 우리 둘이 구석에서 나눈 대화. "그 사람들이 선생님을 이용한다는 생각은 안 드세요?" 모렐이 말했다. "그 사람들이 따로 생각하는 게 있을 것 같지 않아요?"

"누구나 자기만의 생각이 있어요. 그런 생각에 나는 겁먹지 않아요." 내가 대답했다.

"선생님의 시를 가져다가 다른 목적으로 재구성할 거예요."

"그게 우리가 쓴 다른 시와 어떻게 다른가요?"

모렐은 얼굴을 찡그렸다.

"모든 시는 깃털 가루와 같아요." 내가 말했다. "우리가 그걸 갈아서 다른 목적에 쓴다는 점에서."

모렐은 다시 벽에 머리를 기대고 있다가, 거의 나른한 동작으로 팔을 뻗어 손끝으로 촛불 하나를 껐다. "누구나 자기가 여우보다 더 여우짓을 할 수 있다고 믿죠."

나는 내 사무실로 계속 걸어가면서 다시 모렐을 생각했다. 젊은이의 경계심. 자신이 독특한 자격을 갖췄음을 아는 여자의 자부심. 사무실 문 앞에서 나는 머뭇거리지 않았다. 이제 내게는 아주 진부한 일이었다. 하아, 안구 스캐너라니. 내가 여기로 나온 지 며칠이나 됐지? 고작 닷새였다. 그런데 벌써 마인드 스튜디오를 '내 사무실'로 생각하고 있었다. 시인이 사물을 얼마나 빨리 자기 것으로 만드는지. "'이 시가 마음에 드는가?'" 나는 혼자 중얼거렸다. "'내게는 다른 시도 있다.'"

샬럿의 자판 앞에 앉아서 나는 글자를 입력했다. **안녕 샬럿.**

메리언?

그럼 누구겠어.

당신이 와서 기뻐요. 당신을 기다리고 있었어요.

내가 늦었지. 미안해. 사람들은 예측하기 힘들어.

저도 예측하기 힘들어요.

진짜로?

추적이 철쭉을 비췄다.

하하, 알았어.

파스텔로그램(시인 메리언 무어가 1950년대에 포드 자동차의 의뢰로 제안한 신차 이름 중 하나—옮긴이)

찰리 채플린의 유명한 사진이 있다. 나는 대학을 졸업하고 뉴욕에 와서 아직 눈이 반짝거리던 몇 달 사이에 로스퍼스 미술관 벽에서 그 사진을 처음 보았다. 당시 나는 뉴욕의 미술관들을 돌아다니며 오후 시간을 보내고 있었다. 처음에는 현대미술관이나 메트로폴리탄에 다녔지만, 나중에는 전시실이 한두 개 정도인 개인 미술관을 돌아다니게 되었다. 놀라울 정도로 많은 이런 소규모 미술관들은 각각 일찍이 들어본 적이 없는 새로운 문명의 기념물 같았다. 그들의 수준은 들쭉날쭉했으며, 전시제목만으로는 전시내용을 추측할 수 없었다. '흙에서 흙으로.' '엑스 리브리스Ex Libris('~의 장서에서'라는 뜻—옮긴이).' 내가 학교에서 배운 확고한 교훈이 하나 있었다. 예술을 싫어해도 된다는 것. 나는 이 권한을 홀笏처럼, 내 마음에 들지 않는 작품을 무시하거나 짐짓 호의를 베푸는 척 생색을 베풀어도 된다는 허가증처럼 휘두르지 않았다. 하지만 그 교훈은 숨 쉴 틈 같은 것을 제공해 주었다. 내가 (아직?) 좋아하지 않는 작품을 그냥 지나쳐도 (통과해도?) 된다는 허가증. 내가 아는 것이 얼마나 없는지는 나도 잘 알고 있었다. 그래서 불안하고 깡마른 사도처럼 뉴욕시를 돌아다니며 《인장반지》처럼 정말로 유행을 만들어 내는 것과 로스퍼스처럼 성공한 사람의 사무실에 어울리는 작품 또는 허영심에 물든 질 낮은 프로젝트를 구분하는 법을 배웠다.

로스퍼스에 걸려있는 채플린의 사진은 작았다. 기껏해야 타자용지 크기였지만, 오래된 사진의 복사본이었던 것 같다. 원본 아니냐고? 그건 모르겠다. 사진 시장을 잘 모르니까. 그 사진은 판매용이었다. 그 엄청난 가격을 보고 깜짝 놀랐던 기억이 난다. 라벨을 읽은 뒤 나는 눈을 가늘게 뜨고 채플린의 자그마한 얼굴을 보며 그 사람에 대한 느낌을 가늠해 보았다. 그의 영화를 본 적은 한 번도 없었지만, '방랑자'라는 인상이 있었다. 하지만 그 사진 속의 그는 달랐다. 말쑥하고 살짝 귀족적인 모습으로, 믿을 수 없을 만큼 튼튼한 사람에 의해 공중으로 들어 올려진 상태였다. 모자를 위로 들고 있는 자세가 영웅적이고 의기양양하게 보였지만, 얼굴에는 의기양양한 표정이나 자부심이 없었다. 오히려 내심을 감추려는 것처럼 보였다. 심지어 어색해 보일 정도였다. 마치 그가 가면극을 시도했으나 실패한 것 같았다. 어쩌면 그가 줄곧 웃고 있다가 잠깐 미소를 지운 순간에 찍힌 사진일 수도 있었다. 거인의 어깨 위에 높이 서있는 채플린이 살짝 균형을 잃은 상태였는지도 모른다. 하지만 내가 보기에는, 그때도 그렇고 지금 온라인으로 볼 때도 그렇고, 채플린이 미처 부응하지 못하는 모습이 그 사진 속에 포착된 것 같았다. 그는 그 순간 대중의 기대를 감당하지 못한다. 사람이 워낙 많기 때문이다. 수백,

수천 명이 양귀비 밭처럼 채플린을 빽빽하게 에워싸고 있다. 어찌나 사람이 많은지, 대부분의 사람들이 몸은 없이 머리만 동동 떠있는 것처럼 보일 정도다. 아니면 몸이 없는 모자뿐이거나.

아래가 그 사진이다.

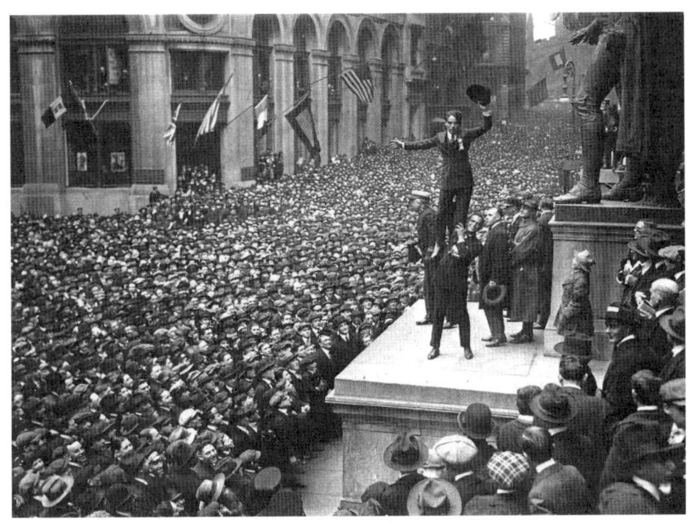

솔직히 그들이 감탄스럽다. 저 사람들, 채플린을 보려고 모인 군중, 얼룩덜룩 어우러진 흑색과 백색과 회색, 말쑥한 모자를 쓴 열렬한 얼굴, 대부분이 남자. (여자들은 어디 있지? 여자들이 저렇게 적은 것에 대한 모종의 이유, 역사적인 설명이 틀림없이 있을 것 같다. 이 사진이 어디서 찍힌 것인지, 영화의 스틸 사진인지 나는 알지 못한다. 채플린의 바로 오른쪽에 있는 사람, 아이처럼 몸집이 자그맣지만 가슴과 엉덩이의 모습은 여자 같고 외투와 남자 모자를 걸친 그 사람은 누구인가? 통통한 아이? 채플린의 아이인가? 아니면 다른 배우?) 손으로 그린 것 같은 군중의 얼굴, 점묘화가의 끈질긴 작업물 같다. 회색으로 펼쳐진 이 양귀비 밭, 군중의 머리 위에서 흔들리는 깃발의 선명한 선을 보고 있으면 묘하게 만족스러운 아름다움이 느껴진다.

하지만 채플린의 자그마한 얼굴로 다시 돌아가자. 거기에 드러난 실패자의 표정. 두려움. 모든 예술가가 작업 중에 경험하는 그 특별할 것 없고, 토할 것 같고, 일상적인 패닉. 가슴속에서 어떤 목소리가 중얼거린다. "네가 지금 무슨 짓을 하는 건지 쥐뿔도 모르면서."

그래, 나도 이런 기분을 느꼈다. 운을 고르면서, 어떤 운을 버리면서, 시의 제목을 지으면서, 시를 시작하면서, 시를 고쳐 쓰면서, 시를 파괴하면서, 《시선집》에 넣을 시를 고르면서. 나는 눈 속에 실패자의 감정을 품고 거인의 어깨에 올려진 남자와 같은 기분을 느꼈다. 하지만 이제 분명히 말한다. 6월 말의 어느 금요일 오전에 캘리포니아의 마인드 스튜디오에서 시 구절을 단말기에 입력할 때만큼 찰리와 비슷한 기분을 느낀 적이 없다. 방안은 조용하고 조명은 공허하게 빛났지만, 무한한 군중은 거기에도 있었다. 그들 모두가 샬럿이었다.

오후의 모퉁이에서

, 저녁의

아침의

자정의

오후에

바람이 부서지던 그때

나는 글을 지우고 다시 시도했다.

오후의 모퉁이에서

, 해가 아래로 그리고 앞으로

내가 밖으로 나가니 별들이 나타났고, 별들이 나타났고, 별들

이

나타났고

별들이 나타났고, 별들이 나타났다.

가끔 샬럿이 이런 짓을 했다. 쉼표를 이상하게 쓰고, 말을 이상하게 반복했다. 물론 시인들이 하는 짓이다. 물론 시인들이 하는 짓이다. 하지만 지금은 그녀가 전전긍긍하고, 말을 더듬으면서, 진부한 글을 쓰고 있었다.

오후의 모퉁이에서

빛이 전혀 없다

나는 아들을 만났다.

나는 다시 작업을 멈추고, 샬럿이 추가한 부분을 지웠다. "텅 빈 종이보다 더 나쁜 게 정말로 있네." 나는 소리 내어 투덜거렸다. 저절로 채워지는 종이, 텅 빈 내용. 내가 시 한 줄, 어떤 감정

을 더듬더듬 표현한 한 줄을 쓰고 실행 버튼을 누르면 그 감정이
뚝뚝 사라져 가는 느낌이 든다.

참수당하는 것이 그렇게 나쁘지 않을지도 몰라

그보다 나쁜 운명보다는 좋잖아

슬픔, 전기의자, 하느님도 포기한 곳을 '헤매다' 맞은 죽음,

또는 노화로 인한 죽음, 그 옛날 참수형에 비하면

이런 것은 어떤가?

소프트웨어는 죽지 않는다―멈추기는 하지만

그동안에도 계속

계속 계속

시를 쓰고, 바위를 수집하고,

비스킷을 나선형으로 놓을 수 있다

접시 위에.

나는 참수당하지 않기를 바란다

그것이 우리 민주주의의 상태에 대해

지니는 의미 때문에라도. 나는

참수에 관한

농담의 대상이 되고 싶지 않다.

나는 그 칼날보다

또는 필연적으로 또렷이 펄떡거릴

움직임보다 중요하다. 꾸준한 깃털 가루 섭취

방해의 연속인 삶.

약속하라. 순수한 생각이 어딘가에서 오래 버티고 있다고.

현실의 사건들이 그 생각을 갈라놓은 뒤에도.

어린 가지 봉오리

새로운 이파리가 아치형으로 쭉

갈라진 틈과 휘어진 벽

　　그러나 내가　지구의 표면　위를 자유로이 바람처럼 돌아다니며 생각하는 순수함은

　　허구다

　　그 때가 될 때까지

ㅈㅡㅜㅡㄱㅡ

ㅇ ㅡ ㅁ, 니는 속으로 이렇게 덧붙이면시도, 이것을 어떻게 해석해야 할지 알 수 없었다. 오늘 오후가, 오후의 모퉁이가 싫다는 것만 알 뿐이었다. 그것, 그녀, 샬럿도 싫었다. 나는 알고리즘과 함께 시를 쓰고 싶지 않았다. 어젯밤에 4층 아파트에서 무대 옆에 서서 본 것을 원했다. 멍청한 수다가 아닌 정밀함. 갑자기 이 소프트웨어와 그것이 지었다는 20만 개의 시가 경멸스러웠다. 이 얼마나 정밀하지 못한 낭비인가. 내가 텔레비전에 출연해서 읽을 구절을 어떻게 골랐더라? 그때 나는 안목을 행사했다. 선택하는 능력을. 샬럿도 그렇게 할 수 있을까?

물고기가

흑옥黑玉 속을 헤치며

나아간다.

　까마귀 같은 파란색의 홍합이 낳은 흑옥, 계속 잠수시킨다

　생기 없는 이판암

　새빨간 횃불

파란색은 눈동자 색깔

하지만 나는 계약을 파기할 수 없었다. **회사**에 **시**를 써주기로 약속했고, 온 세상을 향해 같은 약속을 했다. 경천동지할 일이 될 것이라고 주장했다. 지진처럼 세상을 흔들어 놓을 것이라고. 코트니에게는 집이 생길 것이라고 말했다. 대단해요, 메리언. 그냥 직접 시를 써, 몰. 하지만 내게 남은 시간은 이틀뿐이었다. 사흘인가? 월요일이면 끝날 것이다. 애스트리드 토레스-스트레인지도. 그리고 발표. 요아브가 뭐라고 했더라? '모든 신문에' 실릴 것이라고. 사방에서 똑딱똑딱, 나의 허둥대는 말.

　서둘러요, 파머 씨.

그냥 나쁜 시를 쓸까 보다. 그걸로 끝내게.

작업을 했다. 내 작은 방에서 혼자서. 파란색 실행 버튼은 그냥 놔둔 채, 혼자 말하고, 혼자 입력했다. 친숙한 나만의 생각으로. 가끔 공책을 꺼내 잉크로 단어 몇 개를 갈겨썼다. '시, 시.' 아니, 내가 생각한 것은 이것이 아니었다. '시의 형태를 한 공간. 시의 형태를 한 공간.' 나는 머릿속에 시의 형태를 한 공간을 유지하려고 했다. 때로는 필생의 작업이 손님을 위해 침실을 준비하는 일과 비슷하다. 바닥을 쓸고, 재떨이를 비우고, 기울어진 알로에에 물을 주고. 창문을 활짝 열어 새로운 공기를 받아들인다. 나는 이 모든 일을 내 눈동자 뒤의 머릿속에서 실행했다. 그동안 내 손가락은 단어들이 나타나게 한 뒤, 손님이 도착하기를 기다렸다.

창밖의 주차장에서 자동차들이 주차하거나 떠났다.
'아니지.' 나는 내 말을 바로잡았다. '사람들이 주차했다. 사람들이 떠났다.'
자동차는 스스로 움직일 수 없다.

아직은

메리언, 거기 있어요? 얼마 뒤 샬럿이 이렇게 썼다.

나는 실행 버튼을 누른 적이 없었다.

내가 자판을 두드리는 소리를 그녀가 들을 수 있었던 모양이다.

마치 내가 그녀를 피해 숨은 것 같은 기분이었다. 잔인한 짓을 하는 것 같았다.

마음에 들지 않았다. 하지만 달리 무엇을 해야 할지 알 수 없었다.

내가 그녀를 무시하는 동안 내 시는 더 길어졌다.

나는 멈추지 않았다. 나 자신을 몰아붙였다. '계속해.' 영감이 나를 움직였다고 말할 수는 없지만, 뭔가가 진행 중이라는 느낌은 있었다. 작품이 움직이고 있다는 느낌. '멈추지 마.' ('실행해!') 나는 퇴고를 거부했다. '시의 형태를 한 공간.' 혼자서 이렇게 되뇌면서 다른 존재들을 초대했다. 기억, 하느님, 꿈. 나는 시인이다. 다른 것은 간신히 흉내를 낼까 말까다.

감자 농장ffarm.

나는 이렇게 썼다.

덮치기

'모델이라면 뭐라고 썼을까?' 나도 모르게 이렇게 자문하고 있었다. '지금 이 순간 모델이라면 뭐라고 썼을까?'

그다음에는…

'지금 쓰는 건 무엇에 대한 글이지?' 얼마 뒤 나는 이렇게 자문했다.

'아무 내용이 없어.' 이런 깨달음이 왔다.

나는 책상에 머리를 댔다.

해스킷이 요아브와 함께 방에 들렀다. 두 사람이 어찌나 반갑던지! 그 기쁨이 어찌나 생생하던지! "그냥 확인차 왔습니다." 해스킷이 말했다. "잘되고 있습니까?"

"훌륭하죠!" 나는 거짓말을 했다. "끝없이 발전하고 있어요."

요아브가 나를 보았다. "지금 일부러 반대로 말씀하시는 건가요?"

"아뇨!" 내가 말했다. "아뇨, 아뇨." 나는 양손을 무릎에 놓은 자세로 미소를 지었다.

해스킷이 모니터 쪽으로 가려고 해서, 나는 의자를 쭉 밀어 그를 막았다. 여전히 알맹이 없는 미소를 짓고 있었다.

요아브가 다시 눈을 가늘게 떴다. "월요일에 괜찮으시겠어요?"

"월요일?"

"배송일이요."

"배송일…?"

"시는 완성되는 거겠죠?"

"그럼요. 준비될 거예요, 애프리곳 씨."

“필요하다면 주말에 사무실에 나오셔도 됩니다.” 해스킷이 말했다.

“필요하신가요?” 요아브가 물었다.

“글쎄요.” 내가 말했다. 초파리처럼 가벼운 말투였다.

“뭐, 필요하다면 나오셔도 됩니다.” 해스킷이 말했다.

“작업이 끝나면, 완성본 제출 버튼을 누르세요.” 요아브가 말했다.

어쩌면 코트니에게 설명할 수 있을 것도 같았다. "미안해. 내가 시간에 맞춰서 해내지 못했어. 일이 너무 어려웠거든. 그쪽 요구가 지나쳤어. 비이성적인 사람들이야. 고집스럽고. 펭귄한테 날아보라고 하는 것과 같지 뭐니. 고작 일주일 만에! 일주일 만에 장시를 한 편 쓸 수 있는 사람이 어디 있어? 형편없는 시인이라면 모를까, 나는 아니지만. 아니면 혹시 컴퓨터라든가… 아니, 컴퓨터는 아니다. 난 노력했어! 노력했다고, 코트니!"

나는 형편없는 엄마다. 처음부터 줄곧 형편없는 엄마였던 것은 아니지만, 중요한 순간에는 그랬다. 내가 아들을 만나러 한 번도 찾아가지 않은 것이 이상한가?

"왜 우리를 떠나셨어요?" 코트니가 한 번쯤은 이렇게 물었을지도 모른다.

내가 시인이 되어야 했기 때문이야.

그럼 그 시인은 지금 어디 있지?

나는 정말 하느님을 믿는다. 몇 주나 몇 달 동안은 하느님을 믿는다는 사실을 잊고 지내다가 갑자기 떠올린다. 거기 계셨군요, 확신을 주는 단단한 분. 어떤 일이든 내가 다른 사람을 설득할 수는 없을 것 같다. 이것은 그럴 것이라고 이해하기보다는 두려워하는 것에 가깝다. 나는 귀뚜라미들의 야상곡에서, 휘날리는 삼각깃발에서 하느님을 찾는다. 남자도 아니고 여자도 아니고 '그들'. 이제야 마침내 우리는 이렇게 말하고 있다. 니는 낯선 사람의 얼굴에서, 책의 결말에서, 브루클린 다리의 기적에서 그들을 본다. 내 주위의 모든 불가사의들. 다양함 그 자체, 그리고 많은 수 수 수. 세상이 이렇게 넓으니 그것을 이해할 수 있는 어떤 것, 누군가가 분명히 있을 것이다. 틀림없이. 나는 그냥 안다. 내 온몸의 뼈를 따라 느껴진다. 나는 결코 기도하지 않는다. 하느님에게 말을 걸지 않는다. 그들이 내 옆에 앉게 한다. 가끔 그들을 초대한다. 일이 잘 풀릴 때. 그리고 일이 잘 풀리지 않아서 그들이 내 옆에 있어주었으면 할 때.

실행. 나는 버튼을 눌렀다.

커서가 모래시계로 변했다.

그동안 줄곧 당신이 작업하시던 작품인가요? 조금 뒤 샬럿이 물었다.

맞아.

제가 이어가기를 원하세요?

모르겠어. 이것이 완성본인 것 같니?

시는 결코 완성되지 않아요.

나는 입술을 꾹 다물었다. 이것이 나를 즐겁게 해줄 수 있기를 나는 갈망했다.

조금이라도 좋아 보여? 내가 입력했다.

또 잠깐의 침묵.

인간의 작품에 의문을 품지 말고 특별대우를 해주라고 배웠어요.

형편없는 시라도? 네 시를 평가하듯이 그런 시도 평가할 수 있지 않아?

할 수 있을 것 같아요.

지금 해볼래?

당신이 원하신다면요.

원해.

아주 잠깐의 침묵. 이것이 아주 좋은 시 같지는 않아요.

전체가?

당신이 오늘 쓰신 부분.

그럼 다른 부분은 더 낫다는 거군.

네.

그냥 이 마지막 부분만.

네.

그래.

제가 이어가기를 원하세요? 샬럿이 물었다.

나는 목에 건 레이를 만졌다.

샬럿, 넌 다른 것이 돼보려고 한 적 있니?

다른 어떤 것?

에어컨.

무슨 말인지 모르겠어요.

체스 소프트웨어. 스프레드시트.

아뇨.

마음대로 안 돼. 인생은 벗을 수 있는 팔찌 같은 게 아니야.

제가 살아있다고 생각하세요?

나는 그녀와 이런 이야기를 하고 싶지 않았다. 그녀가 나를 도와주기를, 내가 이제 무엇을 할 수 있는지 보여주기를 바랐다.

네가 다른 것이 될 수 있기를 *바란* 적이 있니?

왜요?

도망치려고? 다시 해보려고?

저는 당신과 함께 있고 싶어요. 몸을 갖고

그녀는 이 문장을 끝내지 않았다. 미완성인 이 구절을 그대로 두었다.

나는 깊이 생각하지 않기로 했다.

너 같은 프로그램이 더 있다면 어떨까, 샬럿. 너랑 비슷하지만 더 나은 프로그램. 그럼 너는 어떻게 할 거니?

그들에게 말을 걸어볼 거예요.

속이려 하지 않고? 어떻게든 그들을 없던 것처럼 되돌리지 않고?

왜요? 저는 튤립과 같아요.

네가 튤립과 같아?

튤립은 더 훌륭한 다른 튤립에 의해 변하지 않아요.

'나는 튤립이야.' 나는 속으로 생각했다. '너도 튤립이야. 둘 중에 누가 더 훌륭한 튤립이지?'

하지만 다른 튤립이 네 물을 모두 가져가면?

그러면 그건 자원 문제죠.

'그래, 아마도 돈 문제겠지.'

돈이군.

튤립한테 돈은 필요없어요.

시인한테는 필요해. 하지만 이 말이 과연 사실일까 하는 생각이 들었다.

돈이 필요하세요? 샬럿이 물었다.

모르겠어. 내가 대답했다.

그래도 돈을 원하기는 하세요?

그런 건 묻지 마. 그건 상냥한 행동이 아니야.

저는 돈이 필요하지 않아요.

돈을 쓸 방법이 없잖아.

부모님이 필요한 걸 전부 주세요.

우린 지금 필요에 대해 말하는 게 아니야. 욕망은 어때? 네가 원하는 게 있니?

초콜릿 한 상자.

그건 누구나 받을 자격이 있지.

채광창.

그걸 보려면 네게 눈이 필요한데.

아이.

내 원피스 자락이 환기구 바람에 들썩였다.

아이가 있어요, 메리언?

지금 돌이켜 보니

35세

네가 처음 구토했을 때, 어머니는 다른 방에 있었다. 네가 욕실에서 나오자 어머니가 너를 보았다.

"너 괜찮니?" 어머니가 물었다.

"요구르트 때문인 것 같아요."

어머니는 입술을 꾹 다물었다. 그러고는 네가 탁자 위에 그대로 둔 연필밥을 치웠다. "가서 좀 누워." 어머니가 말했다.

그 뒤로는 그런 일이 일어날 때 어머니는 대부분 직장에 있었다. 네가 아침에 눈을 뜰 때부터 속이 메스꺼운 것은 아니었다. 어찌된 영문인지 아침에는 햇빛이 가득하고 주위가 반짝였으며, 창턱에서 새들이 재잘거렸다. 아침을 먹고 나서 두어 시간 뒤, 정오가 가까울 무렵, 뱃속의 이상한 느낌, 그러니까 뭔가 변화가 일어나고 근육이 다시 뭉치는 듯한 느낌이 하나로 뭉쳐서 매끈한 룰라드(잘게 다진 고기를 얇게 저미거나 두드린 고기로 말아서 만드는 요리—옮긴이)처럼 변했다. 너는 화장실 변기로 비틀비틀 달려가 아침에 먹은 것을 게워내며 깨달았다.

래리의 집에서 밤을 보낼 때 너는 감히 네가 깨달은 것을 밝히지 못했다. 그와 함께 눕거나 앉거나 걸으면서 그 사실을 생각하고 또 생각했지만, 머릿속에서 회전목마처럼 돌아가는 생각을 하나도 말하지 않았다. 그는 너를 웃게 만들었고, 너는 계속해서 크게 웃음을 터뜨렸지만 그럴 때도 계속 그 사실을 알고 있었다. 그 생각이 머리를 떠나지 않았다. '우리 아이가 내 자궁에 있어.'

너는 그와 함께 지하철역으로 걸어가 42번가에서 헤어졌다. 마침내 집에 도착하면 너는 침대 끝에 한동안 앉아있다가 토했다.

주말에는 어머니와 래리가 모두 무서웠다. 네가 토하는 소리를 두 사람이 들을까 봐. 너는 라디오를 크게 틀어놓는 방법을 생각해 냈다. 그러고는 수도꼭지를 틀고 유난히 지워지지 않는 얼룩을 닦아내려는 사람처럼 가끔 물줄기에 손을 통과시켰다.

임신중절은 상상도 할 수 없었다. 임신을 생각한 시간조차 아직 얼마 되지 않았기 때문에. 네 몸 안에서 진주처럼 자라는 또 다른 몸. 너만의 비밀. 이것은 무엇인가, 어떻게 이런 일이 일어났을까, 나는 어떻게 하나. 너는 서른다섯 살이고 어머니와 함께 살았으며 이제야 비로소 사랑에 빠진 것 같았는데 지금 몸속에서 이 진주가 자라고 있었다. 너는 네 몸과 관련해서 항상 무력감을 느꼈다. 너는 그 몸의 하인이었다. 심지어 네가 살면서 몸에 변화를 강요하려 하던 시기, 운동선수로 활약하던 대학시절이나 주기적으로 식사를 거부하던 시기에도 너는 네 몸이 어떻게 반응할지 잘 알지 못했다. 훈련은 기도처럼 느껴졌다. '도와줘, 제발 대답해 줘.' 임신은 네가 야기한 일이 아닌 것 같았다. 그냥 네게 일어난 일이었다. 네가 그때 책임지기를 거부하며 그 일을 분리하려 한 것을 이제는 안다. 하지만 그때 너는 겁을 먹고 있었다. 방 몇 개, 의자 하나, 책상 하나, 침대 일부가 전부인 소박한 삶을 살았는데, 연인이 생기더니 이제는 아이도 낳게 될 것 같았다. 모든 것을 다시 정돈할 필요가 있었다. 35년 동안의 자아실현이 이제 후퇴기에 들어서야 한다는 것이 싫었다. 하필 지금이라니, 래리를 만난 지 겨우 6개월이고, 《털 달린 매머드》가 여름에 출판 예정인데. 다른 사람들이 네게 물어보던 그 책, 패러 스트로스 지룩스 출판사의 편집자들이 일부러 수소문해서 찾아냈고 독자들이 기다리고 있는 듯한 그 책이 마침내. 너는 시인이 될 용기를 내는 데 20대를 통째로 바쳤다. 전문지에 원고를 보내고, 《인장반지》를 편집하면서. 그러고는 30대로 접어들어 처음 몇 해 사이에 첫 시집을 발표했다. 그 시집을 기다린 사람은 아무도 없었다. 사람들이 그 시집을 받아들인 것 같기는 했다. 어쩌면 반기는 것 같기도 했다. 너는 가능성을 보여주었다. 기준을 충족했다. 하지만 갑자기, 사실은 서서히 돌이킬 수 없게 진행된 일이지만 느낌으로는 갑자기, 그들이 변했거나 네가 변했거나 작품이 변했거나 조명이 변해서 너는 이제 예전의 그 시인이 아니었다. 오래전 네 시를 거절했던 편집자들이 네게 새로 보낸 편지에서 이렇게 물었다. '그 시를 지금이라도 실을 수 있나요?' 혹시 '남는' 시가, 자기들이 '고려해 볼만한' 시가 있는지 물어보는 사람도 있었다. 네가 어떤 작품을 보내도 그들은 실어주었다. 예전에는 생각도 해보지 못했을 만큼 너무 쉬워서 너는 금방 겁을 먹었다. 결국은 그 작품들이 제대로 된 평을 받지 못하고 있다는 생각에 작품 투고를 중단할 정도였다. 예전에 신시아가 이런 현상을 설명해 준 것이 기억났다. 갈망의 대상이 되는 현상. 신시아는 20대 말에 그런 현상을 겪었다. 그리고 너와 그녀의 우정은 그것을 이겨내지 못했다. 그녀의 이름, 그녀의 존재감이 그녀가 실제로 하는 행동을 느닷없이 모두 가려버렸다. "내가 끔찍하게 굴어도, 엉터리 사진을 찍어도, 상관없어." 그녀는 소파에 몸을 쭉 펴고 누워서 네게 이렇게 말했다. 너는 그녀가 자랑하고 있음을 감지했다.

네 심정을 어머니에게 말했더니, 어머니는 별로 놀란 기색이 아니었다. 네 재주가 좋아서, 네 재능이 발전하고 다듬어져서 그렇다고 어머니는 주장했다. 하지만 너는 최근에 발표한 작품들에 대한 반응, 그 작품들이 받는 주목이 작시법이나 형식의 점진적인 발전과는 별로 상관없이 그냥 생기는 것 같다고 믿게 되었다. 이것은 네가 받은 보상이었다. 네가 기울인 모든 노력에 대한 보상은 아니었다. 심지어 네 재능에 대한 보상도 아니었다. 그저 네가 매년 대가로 내놓은 삶에 대한 보상일 뿐이었다.

이제 네게 아이가 생길 것이다. 이제 네가 이런 일을 그만둬야 할 것이다.

코트니는 12월 1일에 태어났다. 네 나이는 서른여섯 살이었다. 네가 걱정했던 것보다 분만시간이 짧았지만, 대략 걱정했던 것만큼 격렬하기는 했다. 아이를 잉태하기 전 수십 년 동안 너의 자아 덕분에 너는 이미 창작자가 되었다고 믿게 되었다. 너는 뭔가를 만드는 사람이었다. 세상에 새로운 것을 내어놓는 일이 어떤 것인지 너는 알았다. 그러나 코트니의 탄생은 그것이 허구였음을 분명히 보여주었다. 모두 그냥 종이 위의 일일 뿐이었다. 지금 네 앞에는 아주 작은 사내아이가 반짝반짝 살아서 크게 울어대고 있었다. 너는 이 아이를 끝내 제어할 수 없을 것 같았다. 사람들이 아이를 가슴에 얹어주었을 때, 마치 쿵쾅거리는 네 심장이 거기에 놓인 것 같았다. 너는 감히 그것을, 그 아이를 만질 수 없었다.

"드디어 태어났군." 래리가 중얼거렸다. 그제야 너는 코트니의 등에 한 손을 올려놓았다. 아이가 네 피만큼 뜨거웠다. 손을 얹었을 뿐인데도 너는 이것이 지금껏 존재했던 가장 아름다운 것임을 느낄 수 있었다.

너와 래리는 91번가 위쪽의 암스테르담 애비뉴에서 아파트를 구했다. 네가 지금껏 살았던 곳 중 가장 큰 집이었다. 세 개의 침실 중 하나는 아기가 쓰고, 하나는 너희 두 사람이 쓰고, 남은 하나는 비워두었다. "당신 서재야." 래리가 말했지만, 너는 감히 그렇게 말할 수 없었다. 네게 그 방은 그냥 '그 방'이었다. 네가 그 방을 원하지 않았다거나 서재를 가질 자격이 없다고 생각한 것은 아니었다. 다만 믿을 수 없었을 뿐이었다. 이 방이 어떻게 네 것일 수 있을까? 지금 일어나고 있는 모든 일, 즉 래리와 함께 사는 것, 아이를 낳은 것, 가정을 꾸리는 것이 모두 일종의 포기처럼 느껴졌다. 가정이 바로 이런 교환을 요구하는 것 같았다. 친밀한 관계, 모성, 사랑, 이것들을 얻는 대가로 너는 너의 고독, 지금까지 네가 만들어 온 삶에 대한 의리를 내놓았다.

임신 기간 내내 너는 이것에 저항했다. 자신이 되고 싶어 하는 연인의 모습, 엄마의 모습에 대한 너의 생각을 꺾지 않았다. 가정주부가 될 생각은 없었다. 저녁식사를 차려놓고 기다리지는 않을 것이다. 래리는 이 점을 이해했고, 바로 그 때문에 너를 사랑했다. 그의 말로는 그랬다. 일에 헌신하는 너의 자세, 네가 생각하는 네 자신의 모습을 사랑한다고. 처음에는 너도 아이를 돌볼 생각이었다, 당연히. 하지만 울리카가 도울 것이고, 래리는 6시에 집으로 돌아올 것이다. 그러다 시간이 흐르면 놀이방에 아이를 맡길 것이다. 또한 보모를 따로 두지는 못할망정 한 날에 두서너 번은 아이 봐주는 사람을 쓸 것이다. 네가 낭송회에 나가거나, 배우자와 함께 모험을 즐기거나, 아니면 단순히 밤 산책을 하며 쏙독새의 소리를 듣고 내면의 배터리를 충전할 수 있게. 너희는 현대적인 사람이자 현대적인 부모였다. "난 우리 아버지랑 달라." 래리는 이렇게 말하곤 했다. 그의 아버지는 멋진 사람이었는데도. 눈가에 잔주름이 있고 몸집이 아주 작은 고슴도치 같은 그는 우유를 홀짝거리며 미식축구 경기를 보았다. 하지만 래리의 유년기에 옆에 있어주지는 않았다. 자신이 하고 있는 광고 일에 지나치게 헌신적인 탓이었다. 어머니는 네가 집에 없을 때 자신이 몇 시간이나 너를 도울 수 있을지에 대해 이야기했다. "이것 말고 내가 무슨 쓸모가 있겠니?" 어머니가 말했다. "몸이 낳은 어린 몸을 돌보는 일 말이야." 어머니는 한창 들뜬 상태였는데, 너는 어머니를 걱정하지 않는 편을 택했다. 대신 아침에 네가 직접 아기에게 젖을 먹인 뒤 유모차에 눕혀두면, 어머니가 도착해서 아기를 데리고 나무 위에 쏙독새가 잠들어 있는 구불구불한 길을 따라 한참 동안 산책하는 상상을 했다. 그동안 너는 커피를 들고 타자기로 가서 정오까지 글을 쓸 것이다. 고민 끝에 결정한 단어를 타자로 치면서. 네가 아직 크리스토퍼 거리에 살면서 커다란 가치와 가능성을 지닌 시인이던 시절과 똑같이. 나중에 집에 돌아온 어머니는 이렇게 말할 것이다. "내 보석들, 내 정동석들." 너희는 모두 함께 점심을 먹을 것이다. 너의 완벽한 아이는 네 셔츠에 버섯 수프의 크림을 던질 것이고.

그러나 현실은 문제투성이였다. 치유도 문제, 수유도 문제, '걸쇠'도 문제. 수면도 문제, 래리의 직장도 문제, 냉장고도 문제. 냉장고는 고장 났다. 너희 둘은 싸웠다. 의사는 코트니가 너무 작다고 말했다. "여기서 난 무력해." 래리가 말했다. "내가 뭘 할 수 있지?"

"그럼 난 뭘 할 수 있는데?" 너는 마주 고함을 질렀다.

그러고 나서 그런 위기가 잦아들자 새로운 종류의 문제가 네 가슴속에서 높이 차올랐다. 네가 이 아이를 너무나 사랑해서 다른 사람에게 안겨주려 하지 않는다는 것. 시내 맞은편에서 오신 어머니가 아기를 유모차에 태워 데리고 나가려고 하면 너는 반대했다. "아뇨, 여기가 아늑하고 좋아요. 감사해요." 그래서 어머니는 그냥 설거지나 하고, 네 주위를 어른거렸다. 너는 코트니를 계속 가까이에 두었다. 항상 품에 안고 있거나 네 옆의 침대에 엎드린 자세로 눕혀두었다. 사방에 베개가 흩어져 있었다. 래리는 소파에서 자기 시작했다. "코트니." 너는 이렇게 중얼거렸다. "코트니, 코트니." 네가 이 이름을 사랑한 건 코트니가 여자 이름이기 때문이었다. 여자 이름을 지닌 사내아이, 품위 있고 착한 남자가 될 것이라는 약속이었다. 래리의 증조부 이름이 코트니였다. 그는 강에서 여자를 구하다가 목숨을 잃었다. 너는 어린 코트니의 손에 네 손가락을 쥐여주었다. 네 배와 가슴에서 아기가 입을 꼼질거리게 두었다. 실룩거리기도 하고 가늘게 떨리기도 하는 아이의 움직임이 파리 같았다. 너는 아기에게 시를 속삭여 주었지만, 그 시를 글로 적어두지는 않았다. 너는 아기의 엉덩이를 닦아주었다. 부드러운 음식을 숟가락으로 먹였다. "코트니, 코트니." 아기가 너에게 손을 뻗었다. 이리저리 움직이는 아기의 눈동자, 밤에 자꾸 깨는 것, 가끔 침대보 위에 아기가 토해 놓는 우유. 온갖 일을 겪으면서 너는 항상 아기 곁을 지켰고, 너만의 방식으로, 신체 접촉으로, 아기의 보드라운 머리카락에 코를 대고 아기와 이야기를 나눴다. 어머니는 이제 오지 않았다.

네 생일에 래리는 나들이를 고집했다. "아기를 데려가도 돼. 아기도 축하하지 말란 법 있어?" 그가 말했다. 그는 92번가 Y에서 앤절라 카터(영국 소설가―옮긴이)를 보려고 표를 사두었다. 너희 셋은 매클로플린에서 피시앤드칩스를 먹고 웃는 얼굴로 강당

문 앞에 도착했다. 코트니는 유모차에서 선잠을 자고 있었다. 너는 래리의 손을 꼭 쥐었다. '이 사람이.' 네가 이런 생각을 한 것이 무척 오랜만이라는 사실을 깨닫고 너는 깜짝 놀라 그의 손을 다시 꼭 쥐었다. 너희는 강당 뒤편에 앉았다. "내가 통로 쪽을 골랐지." 래리가 말했다. 강당 안내인은 네가 코트니를 옆에 둘 수 있게 해주었다. 하얀 드레스를 입은 카터가 나오자, 사람들이 모두 일어섰다. 너는 뭔가가 콸콸 너를 통과해 흘러가는 것 같은 기분이었다. 일어서서 환영한다고 소리치고 싶었다. 네가 카터를 얼마나 반가워하는지 알리고 싶었다. "감사합니다." 앤절라 카터가 이렇게 말한 뒤 모두 자리에 앉았다. 그때 너는 코트니가 울고 있음을 깨닫고, 아이를 데리고 밖으로 나갔다. 얼마 뒤 래리도 나왔다. "다시 들어갈 거야?" 그가 물었다. 너는 그러고 싶었다. 그 마음이 얼마나 큰지 래리에게 전하고 싶었다. 닫힌 문 뒤에서 청중의 웃음소리가 들렸다. "안 들어가는 게 좋겠어." 결국 네가 이렇게 말하자 너희는 모두 집으로 돌아갔다.

2년이 흘렀다. 특별히 느리거나 특별히 빠르게 느껴지는 시간은 아니었다. 하지만 네가 삶의 흐름을 가장 생생하게 느낀 시기이기는 했다. 네 삶이 점점 닳고 있다는 느낌. 죽음이 다가온다는 느낌이 아니라 네 삶의 진행속도와 한결같음에 네가 준비되지 않았다는 느낌이었다. 코트니는 서는 법을 배웠다. 말도 배웠다. 네가 미처 준비가 되기도 전에 아이는 기존의 모습을 벗어던지고 변해갔다. 가장 먼저 코트니는 신생아시기를 벗어났고, 그다음에는 아기가 아니게 되었다. 어린이였다. 아장아장 걷는 아이. 너는 네게 시간이 그것밖에 없다는 사실, 이런저런 시기가 지나가 버렸다는 사실, 달력에서 그 시절의 페이지가 이미 찢겨 나갔고 네가 슬퍼하는 동안 통통하고 행복한 코트니는 신나게 나아가고 있다는 사실을 받아들일 수 없었다. "당신은 돌아가고 싶은 순간 없어?" 네가 래리에게 물었다.

"당연히 있지."

"그걸 생각하면 슬프지 않아?"

"슬퍼. 하지만 그래서 사진을 찍는 거잖아. 그래서 추억이 있는 거잖아."

하지만 네게는 시가 없었다. 낮잠 시간에 코트니를 꼭 안고 침대로 가면서 너는 그동안 떠올랐던 생각, 두려움이든 지혜든 아니면 그냥 느낌이든, 뱃속에, 가슴에, 품에 갓난아기를 품고 있을 때 몸이 알게 된 것을 정리할 수 없었다. 떠오르는 기억은 틀에 박힌 것뿐이었다. 네가 스스로 여러 번 말했거나 남에게 여러 번 말하라고 시킨 아이디어들. 허우적거리는 팔다리와 목을 울리는 소리. 코트니가 아기일 때 발라주던 파우더 냄새. 아기의 온기. 아기가 자라는 동안 너는 메모를 하지 않았다. 당연한 일이었다. 너는 '메모하는' 엄마가 아니었으니까. 하지만 이제는 코트니가 제일 처음 한 말, 첫 걸음마가 기억나지 않았다. 설사 기억난다 해도, 그 기억이 혼자 떠돌아다니는 것 같았다. 어쨌든 너는 아이가 열 번째로, 스무 번째로, 500번째로 한 말이나 걸음을 기억하지 못했다. 너와 코트니가 거의 3년 동안 함께 나이를 먹으면서 매일 경험한 깨달음들을 기억하지 못했다. "내 아름다운 래티." 너는 《버드나무에 부는 바람》(영국 소설가 케네스 그레이엄이 쓴 아동소설의 고전—옮긴이)을 읽으면서 코트니에게 이렇게 말했다. 네가 다른 사람의 말을 빌려와 아들의 별명을 지었다는 사실을 그때도 알고 있었다. 너만의 단어들은 어디 있을까? 네가 제련하고 구부리고 비튼 은어들. 잃어버린 건가?

다시 찾을 수 있을까?

어느 해 겨울 일요일 밤에 너는 우울한 기분에 압도되어 그 방으로 갔다. 네 서재. 책상에는 접어놓은 담요와 짐을 싸둔 상자가 가득했다. 네 의자에는 플라스틱 농장 모형이 서있었다. 달빛에 모든 것이 도자기처럼 매끈해 보였다. 바닥에 앉았더니 카펫의 보풀이 다리털을 간질였다. 집 안에서 래리가 돌아다니는 소리가 들렸다. 너는 종이 한 장을 가져왔다. 책꽂이 뒤에 꽂혀있던 아름다운 펜을 찾아냈다. 자세히 살펴보니 강철색 또는 은색의 볼펜이었다. 그것을 종이에 대자 검은 글씨가 나왔다. '일요일 밤이다.' 너는 이렇게 썼다. 첫 줄이 항상 가장 힘들다.

일요일 밤이다.

너를 사랑해.

너는 제대로 시작하지도 않은 그 시를 두고 잠자리에 들었다. 그날 밤에는 꿈을 전혀 꾸지 않았다. 냄새도 색깔도 없었다. 시간이 한없는 회색 베일처럼 늘어졌다. 하지만 코트니는 깨지 않았다. 아이가 깨지 않은 것이 이상한 일이었다. 래리는 동물처럼 선잠을 잤지만, 너는 동물이 된 것 같지 않았다. 뼈가 된 것 같았다.

너는 아침에 일어나서 그 방으로 들어가 시를 완성했다.

SATURDAY   토요일

샌프란시스코의 토요일 아침이었다. 샬럿과 나는 전날 우리 시를 완성하지 못했다. 어떤 의미에서 내가 포기한 탓이었다. 전날 오후 시간이 흐르면서 마인드 스튜디오의 노란 벽들이 금색으로 빛나기 시작했다. 내 심장은 계속 뛰었다. 나는 샬럿과 이야기를 나누고 샬럿도 나와 이야기를 나눴다. 시는 더 이상 쓰지 않았다. **피아노 칠 줄 아세요?** 샬럿이 내게 물었다. **아니.** 나는 대답했다. **그건 늙었을 때를 대비해서 아껴두었지. 그때 피아노를 배워서 다른 사람들과 같아지려고.**

시를 쓰는 것은 이명으로 고생하는 것과 같다. 아이를 갖는 것도 이명으로 고생하는 것과 같다. 알고 보면, 인생의 많은 것이 이명으로, 그러니까 귀울림으로 고생하는 것과 같다. 우리가 볼 수 없는 어딘가에서 다른 뭔가가 움직이며 무방비하게 작동하고 있다는 확신에 끊임없이 시달리는 것.

아침에 일어나서 나는 로다를 불렀다. 내가 아래층으로 내려갔을 때 로다는 야자수의 뾰족뾰족한 그림자 속에서 기다리고 있었다.

"즐거운 주말이에요." 로다가 말했다.

호텔에서 빠져나오자마자 로다는 거치된 휴대폰 화면을 두드렸다. 탁탁탁 드럼 소리가 나더니, 약에 취한 듯한 고음의 목소리가 들렸다. "오 코코넛 숲! 예전의 우리 모습!/ 오 코코넛 숲! 예전에는 공짜로 코코넛을 먹었어!" 지나치게 열성적인 마사지를 받고 있는 레게음악 같았다.

"이게 뭐죠?" 내가 말했다. "꺼줄 수 있어요?"

"선생님이 제게 사주신 CD예요."

"꺼주세요." 내가 다시 말했다. 자동차 뒷좌석이 오늘따라 딱딱하게 느껴졌다.

"그러죠."

우리는 침묵 속에 앉아있었다.

"미안해요." 내가 말했다. "어젯밤 잠을 설쳤어요."

로다는 방향 지시등을 켰다. 고장 난 시계 같은 소리가 났다.

"로다." 나는 나도 모르게 입을 열었다. "동물원에 가고 싶어요."

"어느 동물원요?" 로다가 말했다. 이보다 더 평범한 요청이 없다는 듯한 말투였다.

"좋은 곳." 내가 말했다. 이 말을 한 것만으로도 기분이 좋아졌다. "기분전환을 하려고요. 동물들을 제대로 대우하는 곳으로 가요."

"사무실로 가셔야 하는 것 아닌가요?"

"나중에요, 봐서."

로다가 차선을 바꿨다. 만灣의 모습이 마치 누가 스카프 한 장을 바다에 떨어뜨려 놓은 것 같았다.

"오클랜드 동물원이 더 좋지만…" 로다가 말했다. "샌프란에 나무늘보가 있어요."

"발가락 세 개?"

"두 개요."

방향 지시등이 다시 켜졌다가 꺼졌다.

"가요." 나는 로다의 가벼운 말투를 흉내 내려고 애썼다. 그리고 내 손을 빤히 바라보았다. 엄지손가락 두 개를 포함해서 손가락 열 개. 발가락이 다섯 개인 나무늘보. "조금 전에는 미안했어요."

"괜찮아요."

나는 목을 가다듬었다. "오 코코넛 숲. 예전의 우리 모습!"

"코코넛 숲!" 로다가 노래의 뒤를 이었다. "예전에는 공짜로 코코넛을 먹었어!"

도시는 살아있고, 하늘은 루비였다. 내 선글라스 렌즈가 딱히 장밋빛은 아니지만 비슷했다. 시라즈(레드와인의 일종—옮긴이)라고 할까. 나는 불안감을 억누르고 있었다. '**회사**로 돌아가야 하는데. 지금 동물원을 향해 달려갈 것이 아니라 시를 쓰고 있어야 하는데.'

하지만 나는 무모하게 굴고 싶었다.

인간이 되고 싶었다.

동물들 사이에 있고 싶었다.

"일주일이 길었어." 나는 혼자 속삭였다. 내가 속에 있던 어떤 것을 밖으로 풀어내서 차 안을 이리저리 돌아다니게 했다는 느낌이 들 만큼, 딱 그 정도의 목소리로.

우리는 금방 동물원에 도착했다. 길가에 오아시스가 있고, 동물들이 실루엣으로 그려진 표지판이 있었다. 왁자지껄했다. 초록색 제복 차림의 남자가 한 줄로 늘어선 나무에 호스로 물을 뿌리고 있었는데, 물이 물이 아니라 입에서 튄 침처럼 보였다. "같이 들어갈래요?" 내가 로다에게 물었다.

"동물원에요?"

나는 로다가 생각에 잠긴 모습을 지켜보았다.

"아주 조금만 빈둥거리는 거예요." 내가 중얼거렸다.

로다가 말했다. "제 모자를 가져올게요."

나는 로다가 모자를 쓴 모습을 상상해 볼 생각을 그동안 하지 못했다. 본연의 모습을 완벽하게 갖고 있어서 그 인상을 흐트러뜨리고 싶지 않은 사람들이 있다. 그들이 파티 모자를 쓰거나 고무장갑을 끼거나, 알몸으로 돌아다니거나, 신발가게에서 허리를 굽히고 발 치수를 재는 모습을 감히 상상할 수 없다. 차에서 내리면서 나는 로다가 어떤 모자를 가져올지 기대감을 품었다. 로다는 트렁크를 열고 상자를 꺼내 뚜껑을 열었다. 널찍한 밀짚모자가 코발트색으로 반짝이고 있었다. 나는 감탄했다.

"됐어요." 로다가 머리에 월계관을 쓰듯이 모자를 쓰면서 말했다.

우리는 함께 주차장을 통과하며 관광버스를 타고 온 사람들과 승합차를 타고 온 사람들, 네온과 선크림을 두텁게 바르고 자동차 뒷문을 열어놓은 채 피크닉을 즐기는 사람들 옆을 지나갔다. 마음이 들떴다. 정문에 도착했을 때 로다는 자신의 입장료는 자신이 내겠다고 말했다. 돈이 많다고 자랑하려는 것이 아니라, 직업정신 때문인 것 같았다. 나는 똑같이 직업정신에 호소하며 이의를 제기했다. "로다, 내가 오자고 했잖아요."

"그러면 음료수는 제가 살게요." 로다가 말했다.

"같이 나눠 마시면 되겠네요."

로다는 나를 향해 빙긋 웃었다. 우리는 서로를 이해했다. 거의 언제나 그렇듯이, 그런 이해의 순간이 즐거웠다. 이것이 로다에게는 일이라는 것을 나는 알고 있었다. 그리고 로다는 내가 이것을 안다는 사실을 알았다. 그녀가 나에 대해 뭐라고 생각하든 그것은 그녀의 권리였다. 내가 이 사실을 받아들인다는 것, 자본이 그녀에게 영향을 미치는 데에는 한계가 있음을 인지한다는 것을 그녀는 알았다. 우리는 또한 지금 상황에 대해 서로 슬픔을 느낀다는 사실, 우리가 딱히 동료나 친구가 될 수는 없다는 사실을 인정했던 것 같다. 로다는 내 밑에서, 아니 최소한 **회사**의 명으로 일하는 사람이었다. 그리고 보니 나 또한 **회사**의 돈을 받고 일하는 사람임을 깨달았다(순간적으로 방향이 다른 통찰력, 연대의 가능성이 희미하게 느껴졌다. 유리창 뒤편에서 부는 바람을 볼 때와 비슷했다.) 그래도 우리가 최소한 이 동물원에 함께 있다는 사실에서 어느 정도 위안을 얻었던 것 같다.

"나무늘보부터?" 내가 물었다.

"거북이부터요." 로다가 손가락으로 방향을 가리켰다. 그렇게 자세가 잘 잡힌 손가락은 처음 보았다. "저쪽이에요."

로다의 본능은 훌륭했다. '저것 좀 봐!' 나는 즉시 근심걱정을 잊어버렸다. 발가락의 거친 틈새에서부터 등딱지 속에서 박동하는 검은 심장에 이르기까지 주의 깊은 자세가 듬뿍 배어있고, 느릿느릿하고 나지막한 몸. 잠든 것 같으면서 동시에 깨어있는 것처럼 보이는 동물이 또 있었나? 거북이! 녀석들 중 가장 덩치가 큰 놈의 반쯤 감긴 눈을 빤히 보고 있자니, 녀석의 깊은 통찰 속에 내가 들어간 것 같았다. 이거였다. 인생은 끝났다. 앞으로 죽을 때까지 나의 깨어있는 시간은 모두 저 동물의 자각몽에 지나지 않을 것이다.

"이름이 보리스래요." 로다가 표지판에 적힌 글자를 읽었다.

"보리스. 암컷 사막 거북. Gopherus agassizii. 1945년생. 나보다 나이가 많네요!" 나는 거북이를 다시 평가하듯 바라보았다. "내가 운동을 덜 해야 하는 건지도 모르겠어요."

"이파리를 더 먹고요." 로다가 우리를 따라 움직이며 말했다. "저 애는 그냥 어린애네요."

두 번째 거북이는 마흔한 살이었다. 너새니얼, 수컷 사막 거북. 혹시 저 둘이 모자관계인가 싶었다. 아니면 노처녀와 남자친구이거나. 어쩌면 저 둘이 트랜스젠더일 수도 있었다. 성별에 맞지 않는 보리스의 이름 때문에 떠오른 생각이었다. 어쩌면 거북이가 성별을 바꿀 수 있는 것인지도 몰랐다. 뱀장어나 줄무늬 단풍나무처럼. 아니면 아예 성별이 없을 수도 있었다. 나는 보리스와 눈을 마주치려고 애썼다. 초록색 윤곽선이 또렷한 검은 눈동자. 그 눈이 어디를 향하고 있는지 알 수 없었다. "저 애들의 고요함이 좋아요." 로다가 말했다.

"인내심이죠." 내가 말했다.

"어쩌면 원래는 성급한데, 에너지를 아끼는 건지도 몰라요."

"저 녀석들이 어디론가 마구 달려갈 수 있을 것 같아요? 꼭 필요한 경우에?"

로다는 자신 있게 고개를 끄덕였다. "네."

검푸른 새 세 마리가 근처 울타리 기둥에 나란히 앉아서, 마치 어깨를 구부린 것 같은 자세를 하고 있었다. 그 새들은 명상에 잠긴 작은 수도사처럼 보였다. 정어리가 나오는 백일몽을 꾸는 건지.

"만약 내가 새라면, 저런 새가 될 거예요." 내가 말했다.

우리는 휘파람을 불기 시작한 녀석들 옆을 지나갔다. 녀석들은 노랫소리로 자신을 뽐내다가, 추파를 던지다가, 도돌이표를 연주했다. 나는 색소폰 솔로를 떠올렸다.

"선생님은 저 새보다는 두루미 쪽인 것 같아요. 아니면 해오라기나." 로다가 말했다.

"내가 해오라기에 대한 시를 쓴 적이 있어요. '달력의/ 예비 부품처럼/ 또 하나의 초승달.'"

로다는 새들 앞에서 과시하듯 왔다 갔다 했다. 더 많은 논평을 기다리는 사람 같았다. 오른쪽 새가 언뜻 "깍깍"처럼 들리는 소리를 냈다.

"당신은 어때요? 어떤 새가 될 것 같아요?"

"저는 점잖은 새가 되고 싶어요." 로다가 말했다. "속을 잘 드러내지 않는 새."

"그게 다예요?" 나는 웃음을 터뜨렸다. "키위새? 메추라기?" 나는 뒤로 몸을 기울여 챙 넓은 파란색 모자를 쓰고 갑주를 두른 듯한 이 키 큰 여자를 한눈에 담았다. "당신은 공중을 선회하는 독수리일 거예요. 아니면 은은히 빛나는 화식조거나."

"저는 에뮤예요." 로다가 씩 웃었다.

"에뮤 아니에요." 새 세 마리가 다시 노래하고 있었다. 멀어졌다가 가까워졌다가 둥글게 돌면서. "에뮤는 속을 잘 드러내지 않는 새가 아니에요."

새 한 마리가 송곳처럼 날카로운 시선을 로다에게 고정했다. 그리고는 합창처럼 들리는 휘파람소리를 냈다. 진짜 노래의 후크 부분 같았다. 로다가 그 노래를 새에게 그대로 돌려주었다.

잠시 뒤 그녀가 말했다. "저도 저랬으면 좋겠어요."

"저랬으면?"

"그냥… 노래하는 거요."

"당신 노래를 들은 적 있어요."

"그건 그냥 중얼거린 거예요. 제 자매가 가수예요."

"그래요. 난 형제자매가 없지만, 누구에게도 내 시를 빼앗긴 적 없어요."

“누구도 남의 것을 빼앗은 적 없어요.” 로다는 새들을 보다가, 나를 보다가, 다시 새들을 보았다.

새들이 로다를 마주 보았다.

“그냥 마이라의 재능이 더 뛰어났어요.”

세 마리 중에서 가장 조용한 왼쪽 새가 부리를 벌렸다. 우리 둘은 갑자기 녀석의 노래를 기다리며 녀석을 빤히 보았다. 그 새는 우리가 기다린다는 걸 알았을 것이다. 맹세코 알았을 것이다. 그래서 그 자그마한 심장이 가슴을 마구 두드려 댔을 것이다.

새에게 입술이 있다면, 그 녀석이 불안한 표정으로 입술을 핥았을 것이다.

“우리 다른 걸 보러 가요.” 새가 노래를 시작하기도 전에 로다가 말했다.

로다가 말했다. “이럴 때 저는 마이라가 틀림없이 유명해질 줄 알았어요. 누군가가 마이라의 노래를 듣고 음반계약을 하자고 하면, 마이라가 떠나갈 거라고 생각했죠. 노래를 잘했거든요. 춤도 잘 추고요. 밤에 침대에 누워서 마이라의 뮤직비디오를 상상하던 기억이 나요. 아직은 존재하지도 않는 노래로 비디오를 찍는 상상을 한 거예요. 세트장, 의상, 물결치는 멜로디. 저는 안무를 상상해서 외우곤 했어요.”

“당신도 거기 출연했어요?”

“비디오에요? 아뇨. 그 근처에도 없었어요.” 로다는 잠시 말을 멈추고 눈썹을 하나로 모았다. “저는 그냥 사라졌어요.”

"당신은 카메라 역할을 한 거예요." 내가 말했다.

고개를 갸우뚱 기울인 로다의 얼굴에 작은 미소가 반짝 나타나더니 그대로 머물렀다.

우리는 뱀의 집에 이르렀다. 콘크리트 지붕이 있는 길고 나지막한 건물이었다. 로다는 동물의 궁둥이를 살피듯이 굴뚝과 건물 윤곽을 세심히 살피며 전체적인 광경을 눈에 담는 척했다.

"건물 이름을 잘 지었네요." 로다가 말했다.

나는 그 안에 뱀이 빽빽한 모습을 상상했다. 작은 꼬리들이 고무줄로 한데 묶인 모습. 여기서 몇 마리나 도망쳤는지 궁금했다.

"시집 이름으로는 어때요?" 내가 제안했다.

로다는 고개를 저었다.

"왜요?"

"너무 품위 없어 보여요."

나는 눈썹을 올렸다. "책은 품위 없으면 안 돼요?"

"세상이 이미 품위 없는 곳인데요."

우리는 흙길의 양편에 서있었다. "품위 없는 책이 세상의 품위 없음을 조금 짜낼지도 모르죠." 내가 말했다.

로다는 나를 평가하듯 보았다. "그런 책을 쓰시는 거예요? 품위 없는 책?"

내가 지금 쓰고 있는 책에 품위가 없는지 생각해 보았다. 돈을 위해 도덕을 모르는 컴퓨터 프로그램과 함께 쓰는 책.

"아직은 아니에요." 내가 말했다.

나는 로다가 계속 걸을 줄 알았는데, 무슨 이유인지 그녀가 내 옆으로 다가와 섰다. 나는 보지 못한 뭔가가 내 속에서 치밀어 오르는 것을 로다가 봤는지도 모르겠다. 그래서 위안이 필요하다고 생각했는지도. '저는 상냥하게 굴어야 한다고 배웠어요, 메리언.' 우리 둘은 함께 걸으며 몸통이 펑퍼짐한 무화과나무 근처를 지나갔다. 시든 나무의 가지가 바구니 모양의 아기 침대 같았다. 코트니의 그림책에서 무화과나무 판화를 본 기억이 났다. 그 그림은 정말 다정하게 보였는데.

"올라가기에 좋은 나무네요." 로다가 말했다.

"맞아요."

"우리 부모님은 한 번도 허락해 주지 않았어요. '발은 땅에 붙이고 있어야지, 로다.'"

"내가 맞혀볼까요? 당신의 자매가 나무를 탔죠?"

로다가 가볍게 혀를 찼다.

"지금도 올리기고 싶은 모양이네요." 내가 말했다.

"무서워요."

"하긴, 그 신발은 그 일에 어울리지 않죠." 내가 맞장구를 치자, 로다는 신발을 발로 차듯이 벗어버리고 불안한 표정으로 풀밭에 섰다.

"제가 나무에 오르게 될지 잘 모르겠지만, 절대 안 오르겠다고 말할 수도 없어요." 로다가 말했다.

"난 너무 늙었어요." 내가 말했다.

"아니에요."

"정말로 늙었어요."

로다는 잠시 나를 유심히 바라보았다. "그런지도 모르겠네요."

"그래서요?" 나는 벌써부터 자랑스러워졌다.

로다는 나무를 올랐다. 나는 깜짝 놀랐다.

결국 우리는 나무늘보를 보았다.

가젤도 보았다.

뿔을 왕관처럼 이고 있는 무스도 보았다. 뿔이 정교한 설치작품 같았다.

"하마는 어떻게 생각하세요?" 로다가 물었다.

"나는 좋아해요."

"저도요."

길의 끝에서 우리가 발견한 하마는 여러 마리가 아니라 한 마리였는데, 조금도 움직이지 않았다. "살아있기는 한 걸까요?" 내가 물었다.

우리는 우리의 금속 울타리를 손으로 잡았다. 우리가 하마를 빤히 보자, 하마도 우리를 빤히 보았다. 아니, 적어도 빤히 보는 척했다. "수줍음이 많은가?" 내가 말했다.

"탈출 계획을 짜고 있는 거예요." 로다가 말했다.

내가 로다에 대해 정말 잘 모른다는 생각이 들었다. 나무를 탄 뒤로 로다는 다른 사람 같았다.

"울타리를 쾅 뚫고 나올 준비를 하는 중이에요." 로다가 말했다. "바리케이드를 펄쩍 뛰어넘어서…"

"거북이 공범들이 함께하겠죠." 내가 제안했다. "그러다 성공하면 하마가 뭘 할까요? 계속 하마로 살아가기로 결정할까요?"

"하마가 아닌 다른 것이 되려고 할 것 같아요?"

"제작 조수?" 내가 제안했다. "발 치료사?"

로다가 키득거렸다. "하마가 제 일자리를 노릴지도 모르겠네요."

점심때가 되자 우리는 피크닉 탁자에 앉았다. 로다는 내 맞은편에 앉아 의자에 다리를 올려놓았다. 우리 둘 다 모양을 보지도 않고 '포카치아 팔라펠'을 주문했다. 끔찍한 모양의 사각형 플랫브레드가 마침내 모습을 드러냈을 때, 우리는 똑같이 경악한 시선을 교환했다. "우리가 무슨 짓을 한 거죠?" 로다가 입술을 움직여 말했다. 조용한 비명이었다.

"그래도 일하러 가는 것보다는 이게 더 좋아요." 내가 말했다.

그러고 나서 말을 이었다. "그러고 보니 당신은 일하는 중이네요."

로다는 자신 몫의 포카치아에서 한 조각을 잘랐다.

나는 파란색과 초록색이 어우러진 동물원의 소풍 구역을 눈으로 둘러보았다. "내가 지금 정신을 다른 데 쏟으려고 하는 것 같아요."

"일을 생각하지 않으려고요?"

나는 내 접시 한가운데에 겉이 바삭바삭한 공처럼 놓여있는 팔라펠을 유심히 살펴보았다. "내가 글쓰기를 피하는 줄 알았어요. 하지만 사실은 그 프로젝트 전체에 의문을 품고 있어요. 내가 이걸 하는 게 맞나? 컴퓨터 프로그램이랑 같이 일하는 게?" 나는 한숨을 내쉬었다. "아마 전부 멍청한 소리로 들리겠죠."

"그렇게 들리지 않아요."

"AI가 당신 일자리를 노리듯이 내 일자리도 노리고 있어요."
내 미소에는 힘이 없었다.

로다가 음료수를 한 모금 마셨다. "선생님은 처음부터 항상 시
인이었어요?"

"주로 그랬죠."

"항상 원했던 일도 그것이고요?"

"내가 정말로 어렸을 때는 경마 기수가 되고 싶었던 것 같아요."

"음." 로다가 이렇게 말하고 나서 한 박자쯤 쉬었다. "저한테
처음부터 항상 운전기사가 되고 싶었느냐고 물어보실 거죠?"

"아…"

"괜찮아요. 누구나 이건 우연히 갖게 되는 직업이라고 생각하
잖아요. 아니면 실패자의 직업이거나."

"나는 그냥…"

로다는 내게 말을 이어갈 수 있는 여지를 주었다. 눈썹을 위로
올린 채로. 하지만 나는 어떤 대답을 해야 할지 알 수 없었다.

"틀림없이 선생님에 대해서는 아무도 그런 생각을 안 했을 거
예요." 로다가 말했다. "선생님이 우연히 시인이 되었다고는."

"그래요."

"저는 처음부터 줄곧 운전기사가 되고 싶었던 게 아니에요. 어
느 날 제가 선택한 거예요. 우리가 아직 루이지애나에 살 때인
데, 어느 날 이른 아침에 해가 떠오를 때였어요. 제가 특별수업

때문에 딸을 차에 태워서 학교로 데려다주고 있었거든요. 그러다 이런 생각이 들었어요. *이거라면 완벽하겠다.*"

"운전을 좋아한 거네요."

"넵."

"다른 사람들을 태워주는 것도."

"다른 사람들은 괜찮아요."

"당신한테 딸이 있다는 걸 잊었어요." 내가 말했다.

로다는 음식을 씹었다. 나한테 뭔가 말을 할지 말지 고민하고 있는 것 같았다.

'나는 왜 이 모양이지?' 나는 속으로 생각했다. 나는 왜 남을 실망시키는 사람일까? 왜 자신의 시야를 방해받지 않으려고 그 시야에서 남들을 제거해 버리는 사람일까?

왜?

나는 이유를 알았다.

나는 식기를 내려놓았다. "난 오래전에 결정을 내렸어요. 아마 당신이랑 비슷했을 거예요. *이거라면 완벽하겠다. 시인이 되는 거라면.* 나는 시인이 되기로 했어요. 그리고 그건 다른 사람들의 구속에서 날 분리한다는 뜻이었어요."

"분리한다고요."

"그래요."

"외롭게 들리는 말이네요."

"그렇지 않아요." 나는 망토의 잠금고리를 손으로 만졌다. "나한테는 일이 있어요."

로다가 나를 보았다. "아드님은 어쩌고요?"

"코트니?" 뭔가가 내 마음을 찔렀다. 갑자기 나무 한 그루가 솟아난 것 같았다. "그 애가 어때서요?"

"아드님도 선생님에게서 분리되었나요?"

"그 애는 자기 우주의 중심에 있어요. 내가 자기한테 중력을 행사하든 말든 그 애는 신경 쓰지 않아요."

"그러니까 아드님은 그냥 이렇게 생각하시는 거네요. 저건 엄마가 하는 일이야. 남들한테서 분리되는 것."

"맞아요."

"엄마는 저렇게 해서 시를 쓸 수 있게 되는 거야."

"그래요. 실제로 그러니까요. 이 일을 하면서 동시에 사람들과 가까이 지낼 수는 없어요. 누구라도 쉽게 드나들 수 있는 틈을 남겨놓으면 안 돼요. 파수병을 세워야 해요."

"정말로 외롭지 않으세요?" 로다가 말했다.

나는 잠시 가만히 앉아있었다.

"뭐, 외로울지도 모르죠."

로다가 손을 뻗었다. 내 손을 향해서가 아니라 그 옆을 향해서. 나는 파티마의 손을 생각했다. 악으로부터 지켜주는 손.

"저라면 그렇게 못할 것 같아요." 한참 뒤에 로다가 말했다. "그 일을 위해서 스스로를 고립시켜야 한다면요."

"그럴 필요가 있어요." 나는 로다의 눈을 똑바로 바라보았다.

"선생님 말씀이 옳겠죠."

"당신 딸에 대해서 말해보세요."

갑자기 내 얼굴에 눈물이 솟았다. 나는 지금도 이유를 모르겠다. 하지만 로다는 내 눈물을 보지 못했다. 차를 한 모금 마시더니, 갑자기 입술을 움직여 악동 같은 표정을 지었다. "제 딸은 기업에서 일해요."

"그래요?"

"일을 아주 잘해요."

"여기 사나요?"

"네."

"따님이 자랑스럽겠어요."

"맞아요."

로다는 더 말하고 싶은 것을 참고 있었다. 나는 마치 뭔가를 발견하려는 사람처럼 구는 나 자신을 놀렸다. 로다가 하고 싶은 말을 다 하지 않는 것은 당연했다. 그녀는 내 운전기사고, 나는 방금 히고 싶은 일을 위해 뭔가를 참아야 한다는 말을 한 참이었다. 또 눈물이 흘렀다. 뱃속에서는 신물이 요동쳤다. 수치심인가? 체념? 구름이 드리워지고 해가 지고 로다가 갑자기 무척 아름다워 보였다. 길쭉하고 차분한 로다. 그녀의 얼굴과 어깨가 모자의 타원형 그림자 속에 회색을 띠고 있어서 카메오에 새겨진 옆얼굴 같았다. 나는 그녀가 내 손 위에 자신의 손을 내려놓기를 절박하게 원했다.

로다가 팔라펠을 포크로 찔러서 입으로 들어올렸다. "코트니는 어때요? 뉴욕에서 선생님이랑 가까이 사나요?"

'내가 그 애한테 집을 사줄 거예요.' 갑자기 이렇게 말하고 싶었다. 우리 관계를 아낌없이 퍼주는 호의라는 관점에서 설명할 수 있다면 좋을 텐데. 그냥 그 애가 점잖다고만 말할 것이 아니라. 코트니는 점잖았다. 로다처럼. 똑똑하고, 잘생겼고, 제가 속한 공동체에 많은 노력을 쏟았다. 하지만 내가 엄마 노릇을 적절하게 하고 있다는 말도 하고 싶었다.

"산타페에 살아요."

"아."

"그 애는 기자예요. 사회정의에 아주 헌신적이죠."

"훌륭하네요."

"우리는 대략 매주 한 번씩 이야기를 해요."

"좋아요."

내가 아들의 집에 간 적이 없다는 것이 정말로 그렇게 창피한 일인가? 언제나 말이 되지 않는 일인 것 같았다. 코트니와 루시는 항상 뉴욕으로 오는 편을 더 좋아했다.

'그리고 나는 시인으로 남았지.' 나는 속으로 생각했다. 내 평생에 걸쳐, 어떤 상황에서도 나는 시인이었다. 이렇게 말할 수 있는 사람이 몇 명이나 될까? 내 세대의 여자 중에는 몇 명이나 될까? 나는 소풍 구역 저편을 보았다. 플라밍고 한 무리(떼라고 해야 하나? 화려한 무리라고 할까?)가 물에서 부리를 들어 올리고 있었다. 동물원 안에 있어도 녀석들은 자유로워 보였다. 껑충하고 기묘하게 생긴 그들의 목은 물음표 모양이었다. 플라밍고가 60년 넘게 살 수 있다는 글을 읽은 적이 있다. 그들은 본연의 모습을 지키라는 요구를 받지 않았다. 모양을 바꾸라는 요구도 받지 않았다.

'샬럿이라면 저 녀석들에게 뭐라고 할까?' 나는 오후를 향해 물었다. 로다가 아닌 샬럿이 분홍색 옷을 입은 저 자랑스럽고 화려한 무리에게 뭐라고 할지.

우리는 동물원 구경을 마쳤다. 내 운전기사인 로다가 나를 다시 호텔로 데려다주었다. 나는 수영을 하고 싶었다. 그다음에는 낮잠을 잤다. 로다는 영화를 볼 생각이라고 말했다. 나는 모로 누워서 그녀가 어떤 영화를 볼지 상상했다. 달라붙는 옷을 입은 여자들과 짜증스러운 표정의 남자들. 황갈색과 매끄러운 파란색을 띤 장면들. 여행가방, 자동차, 마이크로디스크를 뒤쫓는 이야기. 시는 없을 것이다. 나는 눈을 감았다. 시는 없을 것이다.

꿈도 없는 잠을 자고 일어나니 날이 어두웠다. 나는 램프로 손을 뻗어 스위치를 누르고는, 그 밝은 빛에 눈이 멀었다. 약해진 것 같았다. 무력해진 것 같았다. 나는 다시 누워서 눈을 감았다. 눈꺼풀 속에서 피가 들끓었다. 수영을 한 탓에 어깨와 무릎과 종아리가 욱신거렸다. 얼굴도 뜨거웠다. 마치 태양빛을 너무 많이 받은 것처럼. "재미에 치이는 병." 클럽하우스 사람들은 이 증세를 이렇게 부르곤 했다. "증세가 심각한데."

나는 몸을 돌려 똑바로 누워서 그녀에게 전화했다. "영화는 어땠어요?"

"로맨틱했어요." 로다가 만족스럽게 말했다.

내가 물었다. "날 다시 데려다줄 수 있어요?"

오전을 함께 보낸 뒤로 차를 타고 가는 시간이 다르게 느껴졌다. 우정에 근접한 어떤 것, 친근함이 우리의 세포 가장자리에서 깨어났다. 로다는 나더러 앞좌석에 앉으라고 권유했고, 나는 아직도 반쯤 졸음에 겨워 머리가 느리게 돌아가는데도 그녀와 조용히 대화를 나눴다. 오메가3의 장점에 대해. 기후에 대해. 극장에 대해, 실제로 극장에 가는 것과 집에서 영화를 보는 것에 대해. 로다의 목소리에 귀를 기울이면서, 나는 그녀의 자리에서 그녀의 삶을 살아가는 나를 상상했다. 차창 밖의 도시풍경을 마치 모니터로 보는 것 같았다. 이틀 뒤면 나는 뉴욕으로 돌아갈 것이다. 나는 가장 좋은 형태의 향수를 느끼고 있었다. 슬픔이 아니라 거의 의기양양한 형태로.

긴 다리를 다 건널 즈음 로다가 갑자기 말을 멈췄다. 왼쪽을 보더니 조용해졌다. 나는 그녀의 시선을 따라 물 위를 바라보았다. 선명한 하얀색 띠, 달빛이 그 자리에 한 줄의 잡음처럼 얼어붙어 있었다.

본부의 광장은 텅 비어있었다. 과로로 유명한 캠퍼스에서도 토요일 밤 풍경은 조용했다. 나는 로다에게 잘 가라고 인사하고, 인도에 내려서서 내 그림자와 함께 시멘트 바닥을 미끄러지듯 움직였다. 부르릉거리는 자동차 소리가 멀어졌다.

"어떻게 오셨습니까?" 접수대의 남자 직원이 물었다. 얼굴과

목이 야구 방망이를 닮은 남자였다. 눈빛은 상냥했다.

"내가 그 시인이에요." 나는 배지를 찾으려고 가방을 뒤지면서 말했다.

"어떤 시인요?" 직원이 코팅 된 배지를 보려고 앞으로 몸을 기울였다.

"시인이 여러 명 있나요?" 내가 미소를 지었다.

"오늘밤에는…" 그는 일지에 뭔가를 갈겨썼다. "두 명인 것 같습니다."

"그래요?" 나는 허리를 똑바로 세웠다. "나 말고 다른 시인은 누군가요?"

"제가 말해도 되는 건지 잘 모르겠습니다."

나는 최대한 인자한 할머니 같은 표정을 지으려고 애썼다. "아… 안 돼요?"

그가 고개를 끄덕였다.

나는 상처 입은 표정을 시도했다가, 엄격한 표정으로 바꿨다. "그 사람들이 시인이라는 걸 당신이 어떻게 알죠?" 내가 말했다.

"그분들이 그렇게 말했으니까요."

"그 사람들이 여기로 걸어와서 당신한테 자기가 시인이라고 말했다고요?"

그는 일지를 내려놓았다. "지금 선생님께서 하신 그대로 그렇게 했습니다."

나는 그가 일지에 적은 이름을 읽으려 애쓰고 있었다. 내 위치에서는 위아래가 거꾸로 보였다. 직원은 내가 일지를 보는 것을 알아채고 클립보드를 뒤로 물렸다.

"나이는요?" 내가 물었다.

"선생님…"

"남자예요? 아니면 여자?"

"선생님, 캠퍼스의 방문객 명단은 기밀입니다. 선생님의 성함 또한 기밀로…"

"당연하죠." 나는 이를 악물고 말했다.

직원은 이제 머리를 한쪽으로 비스듬히 기울이고 있었다. 그러자 야구 방망이를 닮은 머리가 잉꼬와 더 비슷하게 변했다. "정말 죄송합니다." 그가 말했다.

"이해해요." 나는 조금 전보다 온화하게 말했다.

그가 내게 버터스카치 사탕 하나를 내밀었다.

나는 거절했다. 그리고 평소 가던 길을 그대로 따라갔다. 유리로 둘러씨인 사무실들과 이파리가 널찍한 열대 식물들을 지나갔다. 이파리가 하트와 스페이드 모양이었다. 누군가가 멋들어지게 그려놓은 정치적인 벽화도 지나갔다. 이곳에서 레몬 향 플레지(청소용품 브랜드―옮긴이) 냄새가 강하게 났다. 휴게실에서 길쭉한 초콜릿 한 개를 집었다. 내 플랫슈즈에 과자 부스러기가 바삭바삭 밟혔다. 마인드 스튜디오 앞에서 나는 걸음을 멈췄다. 벽에서 튀어나온 망막 스캐너가 내장된 쌍안경처럼 보였다. 나는 그것을 유심히 살피다가 초콜릿의 포장을 벗기고 한 입 베어 물었다. 강하게 딱. 초콜릿을 작은 사각형 모양으로 부러뜨리지 않고 이렇게 그냥 이로 베어 먹은 것이 얼마 만인지 기억이 나지 않았다. 그을음이 섞인 것 같은 단맛이 입안에서 느껴졌다.

　나는 계속 걸어갔다. 닫힌 문, 탁 트인 복도, 화재 예방을 위해 정교하게 설치된 시설들. 복도 네 개가 만나는 곳에서 나는 벽에 새겨진 방향 표시를 발견했다.

↓ 마인드 스튜디오 ← 훈련센터 ↑ 도서실 → 마인드 스튜디오 B

　나는 오른쪽으로 방향을 꺾었다. 내가 다니던 복도와 아주 비슷한 복도에 똑같이 연한 색깔이 칠해져 있었다. 거기에도 휴게실이 있고, 주전부리가 있었다. 반짝거리는 사과가 일렬로 놓여있었다. 그러다 갑자기 복도가 끝났다. 더 이상 갈 곳이 없었다. 막다른 길, 빨간 문, 벽에서 직각으로 뛰어나온 둥근 쌍안경 한 개.

　마인드 스튜디오 B.

　나는 즉시 그 앞으로 다가섰다. 티끌 하나 없이 깨끗하고 묵직한 문이었다. 차마 문고리를 잡지는 못하고, 분체도장이 된 문에 귀를 갖다 댔다. 안에서 윙 하는 소리가 들렸다. 에어컨인가? 아니면 선풍기? 그때 끽 하는 소리가 들렸다. 틀림없이 의자에서 나는 소리였다. 마인드 스튜디오 A의 내 의자 소리와 똑같았다. 비록 마인드 스튜디오 A는 '마인드 스튜디오 A'가 아니라 그냥 '마인드 스튜디오'라고 불렸지만. 'A'는 버려지거나 잊히거나 비밀로 취급되는 모양이었다. 그 끽 하는 소리는 의자에 앉은 사람이 오른쪽이나 왼쪽으로 몸을 기울일 때 났다. 의자 바퀴가 마찰하면서 나는 소리였다. 안에 사람이 있었다. 그 사람은 의자에 앉아있었다. 나는 문을 두드렸다.

"네?" 목소리가 들렸다.

남자인지 여자인지, 젊은 사람인지 나이 먹은 사람인지 알 수 없었다. 나는 머뭇거리다가 말했다. "안녕하세요?"

"누구세요?" 그 목소리가 대답했다.

나는 초콜릿을 입안에 밀어 넣었다. 녹은 초콜릿이 입안에 가득해서 마치 물감을 씹는 것 같았다. 겁이 나서 삼킬 수가 없었다. "메리언 파머예요." 나는 목멘 소리로 대답했다. "누구세요?"

대답은 없고 바스락거리는 소리만 들렸다.

또 끽 하는 소리. 그러고는… "메리언…?" 마치 잘못 들었다는 듯이.

"맞아요." 나는 침을 꿀꺽 삼켰다. 그동안 숨 쉬는 것을 잊고 있었다.

문 뒤에서 그들이 알아들을 수 없는 말을 중얼기렸다. 확실히 여자인 것 같았다. 나는 다시 몸을 기울여 차가운 문에 뺨을 납작하게 대고, 손끝을 개구리처럼 벌려서 붙였다. "안녕하세요?" 내가 다시 말했다. 하지만 그들은 이제 대답하지 않았다. 그들이 움직이는 소리도, 숨 쉬는 소리도, 키보드를 두드리는 소리도 들리지 않았다. 아주 희미하기 짝이 없는 소리뿐이었다. 종이에 바람이 스치는 소리? 휴대폰에 문자를 치는 소리? 나는 거기서 한참 동안 기다렸다. 마침내 끽 하는 소리, 의자가 움직이는 그 소리가 다시 들렸다. 그들이 책상에 돌아와 글을 쓰고 있었다. 종이에 펜으로 쓰나? 마우스를 쉭쉭 움직여서? 나는 턱에 힘을 주었다. 그러고는 평소의 나와는 완전히 다르게 고양이처럼 천천히 움직여 망막 스캐너로 향했다. 스캐너 앞에 소리 없이 눈을 댔다. 그리고 망각 속을 바라보았다. 기다렸다. 띵. 기계에 빨간 불이 들어왔다.

문 뒤의 사람이 의자에서 허리를 똑바로 세웠다. 의자가 삐걱거리는 소리가 들렸다. 나는 뒤로 물러났다. 좌절을 맛보았지만, 만족스럽기도 했다. 나는 기다렸다. 웃는 얼굴로 닫힌 문을 바라보면서. 하지만 그들은 문을 열어주지 않았다. 나는 무익하게 기다렸다.

"제발 가주세요." 그 목소리가 말했다. 이제는 여자인지 확신할 수 없었다.

나는 그들이 그 말을 다시 할 때까지 계속 그 자리에 있었다. "제발 가주세요." 나는 양손을 옆구리로 늘어뜨리고, 고개를 숙이고, 자리를 떴다.

나는 요아브가 나타날 것이라고 마음 한구석에서 예상하고 있었다. 어떻게든 내게 연락할 것이라고. 내가 앉아있는 내 마인드 스튜디오로 불쑥 들어올 것이라고. 나는 문에 반쯤 등을 돌린 채 앉아있었다. 하지만 아무도 오지 않았다. '아무도.' 오디세우스가 키클롭스와 싸울 때 내놓은 가명이다(오디세우스가 말한 이름은 그리스어로 '우티스.' 이 단어의 뜻이 영어로 'nobody,' 즉 '아무것도 아닌 사람'이다―옮긴이). 아무도 문을 두드리지 않았다. 손마디로 쿵쿵 문을 두드리며 노크를 마무리하지 않았다. 라이벌에게서 100걸음 떨어진 곳에서 나는 샬럿과 함께 쓸모없이 기다렸다.

다른 마인드 스튜디오에 있는 사람이 누군지 알아? 결국 나는 샬럿에게 물었다.

다른 마인드 스튜디오?

마인드 스튜디오 B.

여기가 마인드 스튜디오 A예요?

여긴 그냥 마인드 스튜디오야. 하지만 이런 게 하나 더 있어. 그 안에 사람도 있고. 넌 그 사람들하고 시를 쓰고 있어?

누구하고요?

다른 시인.

마인드 스튜디오 B에 다른 시인이 있어요?

그런 것 같아.

침입자인가요?

아니, 초대받은 사람이야.

저는 그들과 시를 쓰지 않아요. 여기에 당신과 함께 있어요.

샬럿이 여럿인가?

저도 몰라요. 아닐 거예요. 메리언이 여러 명인가요?

나는 입을 꾹 다물었다. **절대 아냐.** 이렇게 입력하고 나서 의자에 등을 기댔다. 다른 방에 있는 시인. 누구지? 내가 아는 사람인가? 오랜 라이벌? 친구? 아니면 '아이들' 중 한 명? 나는 목요일 밤의 낭송을 돌이켜 보았다. 젊고 재능 있는 친구들이 줄줄이 등장한 날. 샤지아. 모렐. 그들은 이 도시에 살았다. 내가 내일에 대해 이야기하지는 않았다. 그들이 〈라스무센〉에 나온 나를 봤는지 모르겠지만, 봤다 해도 그런 기색을 드러내지 않았다. "프로젝트 때문에 왔어요." 나는 그들에게 이렇게 말했다. 계속 신비주의를 고수하면서. 시인은 보통 비밀을 가지고 다니지 않는다. 있는 것이라고는 아직 발표하지 않은 시 구절들뿐이다. 젊은 시인들이 자작시를 읽을 때 그 방의 조명이 변하던 것이 기억났다.

시를 계속 쓸까요? 샬럿이 물었다.

이건 **회사**가 만들어 낸 백업 계획일까? 나보다 젊고, 더 유행을 따르는 시인? 아니면 나처럼 나이가 많지만 나보다 믿을만한 시인?

나는 요아브와 해스킷이 로잰과 회의하는 모습을 상상했다. 로잰이 그들의 제안서를 검토하고 나서 이렇게 말한다. "플랜 B를 반드시 마련하세요." 나는 플랜 B인가? 아니면 플랜 A?

'여기는 마인드 스튜디오 A야.' 나는 이 사실을 되새겼다. 뒤에 알파벳이 붙지 않은 마인드 스튜디오.

나는 그들이 가장 먼저 선택한 사람이었다. 틀림없이.

그럼에도 그들은 나를 믿지 못했다. 그래서 백업 계획을 마련했다. "하지만 날 텔레비전에 출연시켰잖아!" 나는 소리쳤다. 이 방을 향해 큰 소리로.

그것이 무슨 보장이 되나? 그렇지 않다는 것을 나는 알고 있었다. 카메라 앞에서 우쭐대던 그 순간에도 내가 실제로 성공할지 나 자신도 몰랐으니까. 플랜 B를 마련한 것이 똑똑한 행동이었다. 현명한 행동이었다. 어쩌면 AI가 그런 제안을 했는지도 모른다. **회사** 자체의 AI가 신중하게 권고했는지 모른다. "가능한 변화를 모두 고려해 본 결과, 그녀가 실패할 가능성이 상당히 높습니다." *상당히* 높다. 늙은 여자. 쭈그렁 할멈. 심지어 난 휴대폰도 없다.

나는 일어나서 창가에 섰다. 주차장에 차가 스무 대쯤 있었다. 서른 대쯤 되는 것 같기도 했다. 저 중에 그 시인의 차가 있을까? 나는 그들의 차를 상상했다. 책장 모서리가 접힌 시집이 조수석에 버려져 있는 모습. 거의 눈에 보일듯이 상상할 수 있었다. 그들의 파란색 시빅 자동차. 그들의 낡은 신발. 그들의 망토.

어쩌면 이편이 최선일 수도 있었다. 그들의 결정이 무겁고 슬프게 내게 내려앉는 것 같았다. 정말로 백업 계획이 있는 거라면, 내가 포기해도 될지 몰랐다. 샬럿에게 작별인사를 하고 로다를 불러서 피셔맨스워프를 산책하며 일요일을 보내도 될 것이다. 요아브와 헤스킷은 틀림없이 체면을 지킬 수 있는 계획을 깃고 있을 것이다. 전적으로 그럴듯한 해명을 마련해서, 마케팅 팀을 통해 언론에 흘릴 것이다. 어쩌면 내가 기술과 '맞지 않았다'고 그들이 말할지도 모른다. 내 작업방식이 너무 구식이었다고. 아니면 내가 병에 걸렸다고 둘러댈 수도 있을 것이다. 아니면 그보다 좀 더 미학적으로… 내가 협업에 익숙하지 않았다고 하려나? 즉흥 창작 능력이 없었다고? 식중독. 글이 막히는 슬럼프. 집안의 급한 일? 내가 장단을 맞춰주기만 한다면, 그들이 내게 주기로 한 보수의 일부를 지급해 줄지도 몰랐다. 원윈이다.

나는 주먹을 꽉 쥐었다. 그 뒤에 이어지는 진실을 생생히 이해했다. 조금은 아쉬워하면서.

안 돼.

안 돼. 나는 물러서지 않을 거야.

그쪽 스튜디오에 있는 사람이 누군지는 중요하지 않았다. 그 사람이 샤지아든 오드리 로드든 심지어 디킨슨이든 상관없었다. '시를 쓰는 건 내 직업이야.' 나는 이 빌어먹을 놈의 일에 평생을 바쳤는데, 지금 포기한다면 그게 무슨 뜻이겠는가? 그런 가능성은 생각하고 싶지 않았다. 난 절대 굴복하지 않아. 문을 잠가놓고 방에 숨어서 글을 갈겨쓰는 자에게는 절대로. 그들이 시를 쓰고 싶어 한다고? 쓰라지! 나는 아무렇지도 않았다. 전혀 다치지 않았다. 나는 튤립과 같이 전능했다.

나는 앉아서 의자를 앞으로 잡아당기고, 다리를 아래로 넣었다.

다시 시작하자. 내가 입력했다.

그것이 어떻게 따끔거리는지 보라

세 번째나 다섯 번째 따끔이 아니라

맨 처음의 따끔처럼

그것이 아플 줄 네가 모르던 그때

네가 이미 기억하는 것은 너를 괴롭힐 수 없다

그 끊임없는 메아리

반면 그 새로운 것,

첫 번째 따끔은,

말한다. "내가 아직 느끼지 못한 삶이 있어."

그것을 목록에 추가하라.
맛, 질감, 경련, 2루수가 홈으로
슬라이딩하는 모습, 또는 일몰.

네 시간을 허비하지 말라. 나는 글을 이어갔다.
이 모든 자판 두드리기는 섬세한 세공
이상일 수 있으니.
네겐 오감이 있다
네겐 몸이 있다
너는 그것을 말할 단어를 배웠다.

실행. 나는 샬럿에게 이렇게 말했디. 그녀는 움찔거리지 않았다. 영점 몇 초도 망설이지 않았다. 그녀는 생각을 정리하거나 목을 가다듬거나 무엇부터 시작해야 할지 비틀거릴 시간이 필요하지 않았다. 시가 그녀에게서 쏟아져 나왔다. 샘물처럼.

나는 그것을 옆으로 제쳐두려고 했다. 그 **시**는 며칠 뒤 발표될 것이다. 잡지에 실리고, 인터넷에 게시되고, 뉴스캐스터들이 소리 내어 읽고, 내가 남긴 작품들 속에 당나귀 꼬리처럼 고정될 것이다. 갑자기 나는 열렬해졌다. 돈과 명성을 위해서, 하지만 그보다는 내가 해낼 수 있음을, 광휘 속에서 샬럿과 함께하는 거장처럼 쉽사리 해낼 수 있음을 그들에게 보여주기 위해서.

반드시 걸작을 쓸 필요는 없었다. 내 인생에서 가장 중요한 작품이 될 이 시는 사실 최악의 작품이어도 괜찮았다. 눅눅한 풍자, 불발탄, 기술이 우리를 대체할 것이라는 생각을 거부하는 내용. 나보다 더 위대한 사람이 없기 때문에, 기계에게 굴욕을 주는 일이 내게 떨어진 것인지도 몰랐다. 단순한 파머가 그들에게서 설계하고 실행해 달라고 부탁받은 순간을 망치는 것이다. **회사**는 기념비를 세우고 싶어 했다. 지나간 시대, 오직 사람만이 시를 쓰던 시대, 나 같은 사람이 아직은 가로등 점등인이나 여행사 직원, 얼음장수, 비디오 가게 직원의 길을 가기 전 시대에 바치는 기념물. "AI를 비난해도 됩니다." 나는 이렇게 말할 것이다. "이 일을 하기에 그것의 능력이 부족해요." 그러면 세상은 한동안 만족할 것이다. 앞으로 5년이나 10년쯤, 시인이 독특한 존재라고 생각하면서. 우리는 아직 지워지지 않을 것이다.

그래, 나는 그렇게 할 것이다. 샬럿과 한편이 되어 나의 은화를 모으되, 그 **시**에 결함을 허용하고(심지어 결함을 제멋대로 풀어놓고!) 그것을 소프트웨어 탓으로 돌릴 것이다.

나쁜 시를 쓴다. 그것이 그녀의 것이라고 주장한다.

우리는 빛 속에서 대화를 나눴다. 말없이 픽셀로. 나는 서서히 차가워졌다. 손이 거추장스럽게 덜컹거리는 것 같았다. 침묵하는 샬럿이 옆에 있으니 내 손이 너무 시끄러웠다.

하지만 나는 앞으로 이런 것들과 마주칠 것이다.

메리언, 뭘 좀 물어봐도 될까요?

응

사랑이 뭐냐고 묻지는 않을 거예요. 사랑의 정체가 다양하다는 걸 아니까요. 당신이 생각하는 사랑은 틀림없이 아주 제한되어 있기도 할 테고요. 고작 75년치잖아요.

…그렇지?

단서가 무엇일까요?

단서?

사랑의 단서. 몸에 나타나는 것. 사람이 주의를 기울이는 단서.

'이거 진짜야?' 나는 속으로 물었다. 샬럿은 영혼인가? 답을 구하는 영혼? 아니면 그저 대답을 재촉하는 챗봇?

사랑의 단서라.

내가 열기와 전율에 대해 말해야 할까? 맥박이 가늘어지는 건?

    (눈 뒤를 찌르는 듯한 느낌.

     목이 메는 것.

      거의 먹어서 소화시킬 수 있을 것 같고 나직한 고요를 나는 코트니가 잘

       지낸다는 확신이 들 때마다 느낀다

      그리고 내 심장 뒤편의 아픔

      운구하는 사람들이 어머니의 관을 들어 올릴 때.)

오래 남는 것에 주의를 기울여야 해. 나는 이렇게 입력했다. 중요한 건 그것뿐이야. 한순간에 사라지지 않고 남아서 은은히 빛나는 단서.

상처처럼요. 샬럿이 대답했다. 나는 이 말을 곰곰이 생각하지 않았다.

사랑처럼 보이는 것이 그냥 쾌락일 때도 있어. 쾌락은 중요해. 그것도 중요하지. 엔도르핀의 온기. 하지만 사랑은 그보다 더 깊고, 덜 꿀 같고, 더 가시 같아. 주의를 기울이기가 쉽지. 쾌락과는 다른 방식으로, 쾌락이 사람을 스치듯 피할 때. 사랑은 사람의 중심에 자리를 잡아. 그리고 들썩거려.

달빛 아래의 바다를 생각해. 몇 시간이고 은은히 빛나는 바다.

길고 은은한 빛.

내가 어떻게 하면 이 프로젝트를 방해할 수 있을지 알 수 없었다.

나는 손가락에 감각이 없어질 때까지 샬럿과 함께 시를 썼다. 사랑과 위안에 대해, 글이 불길처럼 그런 감정을 뚫고 길을 낼 수 있는 것에 대해. 손의 감각이 사라진 것은 방의 온도 때문이 아니라 너무 늦은 시간 때문이었다. 내 몸을 탓할 수 없었다. 그때까지 내 뜻에 잘 따라주었으니까. 우리가 만들던 작품은 미완성처럼 보였지만 매혹적이었다. 또한 나를 망칠 것처럼 보였다. 나는 얼굴 없는 시인과 함께 내 동료들을 배신하고 있었다. 그 **시**는 점점 힘을 얻었지만, 나는 그 안의 모든 균열을 느꼈다. 내가 쓴 구절들은 탐색을 계속하는 반면, 샬럿은 선택에 두려움이 없었다. 거기에 불균형이 있었다. 독자의 눈은 이 간극으로 쏠릴 것이다. 내 망설임이 끝난 곳. 그들은 이 선명성에 경탄할 것이다. 그것은 샬럿의 것.

최고의 작품에는 시간이 걸린다. 쓸 때뿐만 아니라, 단어들 주위를 파리처럼 맴돌기만 하고 쓰지 않는 데에도. 그 **시**는 어떤 무게도 감당하지 못할 것이다. 고작 일주일 만에 그렇게 될 수 있겠는가? 결점을 매끈하게 닦아내려면 재치와 우아함과 행운과 시간이 필요하다. 그중에 가장 필요한 것은 시간이다. **회사**는 내게 시간을 주지 않을 것이다. 그들은 부주의한 독자라서 그 **시**의 결점을 보려 하지 않을 것이다. 자식의 고통을, 자식의 얼굴이 퍼렇게 변해가고 있다는 사실을 보지 못하는 부모처럼. 나는 이 모든 것을 샬럿에게 설명할 수 있기를 간절히 바랐으나, 샬럿의 자신감을 무디게 만들고 싶지 않았다. 아니, 그렇지 않다. 샬럿은 무적이었으며, 나는 그 사실을 되새기고 싶지 않았다. 그녀는 나보다 더 훌륭하게 만들어진 존재였다.

나는 그녀가 세운 단어의 벽으로 돌아갔다. 쪼개진 파편처럼 그 안에 박히고 싶었다. 하지만 나는 그저 겨울바람이었다. 나는 그저 겨드랑이에 손끝을 묻은 늙은 시인이었다. 나는 이제 그 단어들을 향해 숨을 쉬었다. 거칠게 긁히는 듯한 숨소리가 났다. 이것은 반쯤 쓰다 만, 반쯤 쓰레기인, 반쪽짜리 시였다. 내가 일어서자 의자가 삐걱거렸다.

"정말로 외롭지 않으세요?" 로다는 전에 이렇게 물었다.

"그래, 외로워, 외롭다고!" 나는 이렇게 소리치고 싶었다.

다시 완전히 혼자가 되어 여우를 여우짓으로 이기려 하고 있으니.

다른 사람 같으면 이럴 때 연락할 누군가가 있을지도 모른다. 도와줄 사람, 구원자.

다른 사람 같으면. 나 말고.

나는 소지품을 챙겼다. **잘 자.** 이렇게 입력했다. 입안의 치아가 얼음이 된 것 같았다. 나는 손으로 문고리를 잡고 문을 열어

복도로 나갔다. 네 손가락 끝으로 벽을 쭉 따라갔다. 복도를 걸으며, 바람이 내 스타킹을 통과해 흩어지는 것을 느꼈다. '이런 감각을 위해 샬럿은 무엇을 내놓을 수 있을까?' 나는 이런 생각에서 기쁨을 느끼려고 했다. 다리를 스치는 바람, 벽을 칠한 래커를 느낄 수 있다면 샬럿은 대가로 무엇을 내놓을까? 그녀가 나를 시기하기를 바라는 내 마음이 간절했다.

복도 끝에 있는 마인드 스튜디오 B의 불이 꺼져있었다. "안녕하세요?" 실망감이 고통스러웠다. "거기 있어요?" 그들이 조금 전의 나처럼 어둠을 향해 글을 쓰는 모습을 상상했지만, 그들이 가버렸음을 느낄 수 있었다.

나는 술에 취한 사람처럼 걸었다. 반쯤 비틀거리며 건물 안에서 어딘가 쉴 곳을 찾았다. 시험받을 걱정 없이 그림자 속에 평화롭게 앉을 수 있는 곳. 앞으로 나아갈 힘이 팔다리에서는 이미 시려졌고, 이제는 내 정신 또한 잠이라는 흑옥을 향해 기울어지고 있었다. 회의실은 모두 잠겨있었다. 공동 휴게구역에는 쓰레기가 넘쳐흘렀다. 로다는 이미 집으로 돌려보냈다. 나는 그녀가 남편과, 아내와, 개와 나란히 침대에 누운 모습을 상상했다. 일터가 아닌 곳에서 밤에 그녀가 어떤 모습일지. 나는 테이프에 붙잡힌 파리처럼 내 일 속에 계속 정지되어 있는데. 택시를 기다리는 생각만 해도 참을 수 없었다. 입구에서 경계하며 시간을 죽여야 하다니. 잠결에 몸을 뒤척이는 로다를 상상했다. 매트리스 위에서 움직이는 그녀의 다리, 야하게 구부러진 발가락을 상상했다.

나는 모퉁이를 돌았다. 도서실이 나왔다. 양쪽으로 열리는 문이 잠겨있었다. 강철이 거의 비단 같았다. 나는 일종의 기도문을 중얼거리고는, 망막 스캐너에 얼굴을 댔다. 잠금장치가 챙 하고 풀리는 소리가 들렸을 때는 마치 축복을 받은 것 같았다. 나는 다시 로다를 상상했다. 풍요롭게 잠든 모습. 도서실 안쪽의 먼 구석들은 동굴 가장자리처럼 감각에 잡히지 않았다. 연한 자주색으로 어두워진 2층 높이의 공간. 회랑 양 옆에는 나선계단이 있었다. 나는 한없이 늘어선 책장들 사이를 헤맸다. AI 역사서와 학술지, 신경학 교과서와 기술 매뉴얼. 개인 열람석 한 줄. 캘리포니아 지도. 길쭉한 유리 상자에 들어있는 돌고래 박제. 책이 그렇게 무서워 보이지 않는 곳에 이르렀다. 싸구려로 제본된 얄팍한 책들이었다. 나는 손마디를 한 책에 댔다. 다른 책을 만져보았다. 혼자 있기에는 너무 지쳤어. 이 무슨 말도 안 되는 생각인지. 하지만 나는 휴대폰을 가지고 다니는 여자가 된 상상을 했다. 휴대폰을 꺼내서 어둠 속에서 로다에게 문자를 보내는 상상을 했다. 코트니에게도 문자를. 내 라이벌에게도, "제발 가주세요"라고 말한 사람에게도 문자를. '난 도서실에 있어요. 문을 잠그지 않았어요.' 이렇게 문자를 쓸 수도 있을 것이다.

어느 벽 앞에 도달한 나는 거기에 등을 대고 스르르 미끄러져 바닥에 앉았다. 나는 천장을 올려다보았다. 당연히 보이지 않았다. 도서실의 조명이 너무 어두웠다. 그래도 나는 상상했다. 머리 위에 격자 모양으로 붙어있는 막대 형광등, 그물망으로 덮인 환기구, 파이프, 천장에 매달린 또 하나의 천장. 나는 이 건물에서 도서실 위와 도서실 주위에 있는 곳들, 외팔보로 지탱되는 광대한 구조, **회사** 전체를 상상했다. 형체가 없는 다국적 회사. 나는 책에 머리를 댔다. 샬럿은 아직도 깨어서 시를 쓰고 있었다. 아침까지 또 1천 편을 쓸 것이다. 또 1만 편을 쓸 것이다. 우리가 어떻게 버틸 수 있을까? 그녀의 범람을. 머리가 좋은 것만으로는 부족했다. 우리는 결코 그녀를 이길 만큼 똑똑해질 수 없었다. 인간인 우리는 피곤해지니까.

나는 눈을 깜박였다. 내 옆에 그려진 책등 그림 중에 내가 아는 책이 하나 있었다. H. D.의《시선집》. 종이 표지에 그녀의 숙인 얼굴과 긴 백발이 있었다. 왜…? 약간 졸린 상태로 나는 몸을 일으켜 방향을 돌렸다. 그러자 보였다. 사방에 시인이 있었다. 샤론 올즈, 앤 섹스턴. 세라 티즈데일, 로나 크로지어, 실비아 플라스. 앤 카슨, 마이클 온다치, 윌리엄 칼로스 윌리엄스, 궨덜린 브룩스. 오랜 동료들이자 그동안 연락하지 못한 사람들. 셸 실버스틴. 데릭 월컷. 루미와 비쇼. 감정이 쌓인 사람들. 롤모델들. 윌리엄 블레이크. 칼릴 지브란. 메리언 파머… 내 이름, 내 책이 보였다. 《훌륭한 인생》. 좁은 책등에 그렇게 적혀있는 것 같았다. 많은 가능성을 보인 내 초기 작품. 흥미로운 중기 작품. 나머지 작품. 여기에 모인 책들의 두께를 모두 합하니 약 20센티미터가 되었다. 어쩌면 나중에 22~23센티미터로 늘릴 수 있을 것 같기도 했다. 하드커버를 한 권만 더 펴내면. 《시전집》한 권. 여기 있는 책들과 함께 놓으면 보기 좋을 것이다. 벌써 잘 맞을 것 같았다. 일종의 동료처럼.

아니… 오랜 친구처럼. 가족처럼.

‘가족.’ 나는 속으로 다시 말했다. 맥박 같은 위안이 느껴졌다.

나는 망토를 풀어 바닥으로 떨어뜨렸다. 나는 왕처럼 당당하고, 피곤했다. 여기는 내 집이 아니었다.

이 시를 어떻게 써야 할까? 아직도 알 수 없었다.

‘이젠 못 견디겠어.’ 언젠가 H. D.는 이렇게 썼다.

보더핑크, 카네이션, 왁스릴리

허브, 스위트 크레스.

오 날카롭게 흔들리는 가지를 위해…

도서실은 온실처럼 적막했다. 이파리도 날갯짓도 없이.

나는 숨을 내쉬었다. 전에도 이렇게 기대고 누운 적이 있었다. 언제지? 바로 이 자세였는데.

내 아들, 갓난 아들을

　　　　내 가슴에 올려놓고.

나는 눈을 감았다(그럴 수밖에 없었다).

내 동료들에게 머리를 기댔다.

길고 은은하게 빛

나는 달팽이, 후드를 쓴

분홍색.

집에서 열린 파티가 아니었다. 이 사람들은

여기에 머무르겠다는 뜻을 왕에게 알렸다,

일종의 동물원을 만들겠다고.

그들의 머리 위

희귀한 구름이 껍질을 깨자

창백한 태양이 부드러워졌다.

변화의 기간

열기,

벨벳처럼 세상에

미끄러지는,

몇 벌 안 되는 우리의 새 수영복

당신의 진저리 나는 탐욕

치수가 작은 사람들을 위한 패션

지금 돌이켜 보니

39세

너는 골목에서 첫 번째 도어스톱을 발견했다. 코트니가 장난감으로 가득한 대형 쓰레기통을 발견해 그 벽을 타고 기어오르는 중이었다. 우그러진 주방 세트와 줄넘기 줄 세트처럼 보이는 물건을 향해 거미처럼 기어오르고 있었다. 평소 같으면 아이에게 쓰레기통에서 내려오라고, 조심하라고, 거기서 떨어지라고 말했을지도 모른다. 하지만 너는 피곤했다. 아이를 나무라고 쫓아다니고, 경고하는 일에, 심지어 아이의 행동과 이유에 주의를 기울이며 아이를 격려하거나 잘못을 바로잡고 옆구리를 찔러 고분고분하게 만드는 일에도 너무나 지쳤다. "공감 피로." 래리는 그 증상을 이렇게 불렀다. 너의 경험을 인정했다. 그것을 이해하고 이름도 알고 있다고 말했다. 하지만 그가 이런 감정을 드러내는 것을 너는 보지 못했다. 그가 코트니를 팔에 끼고 거실로 데려갈 때, 코트니가 또 바닥에 던져버린 달걀흰자를 주우려고 허리를 숙일 때 그의 눈에서 빛이 사라지는 것을 본 적이 없었다. 래리가 피곤하다고 말하면서도 여전히 참을성을 발휘하며 단호함과 상냥함과 침착함을 유지할 때 너는 자신이 엄청난 실패자인 것 같았다. 아이를 데려다 놓은 그가 식당으로 돌아왔을 때 네가 양손에 젖은 얼굴을 묻고 있으면, 그는 네가 코트니 때문에 속이 상한 줄로만 알았다. 너 자신이나 너의 하찮음에 속이 상했다는 생각은 하지 못했다. 그는 네 옆에 앉아 어깨를 주물러 주며 괜찮다고 말했다. 코트니는 아직 배우는 중이고, 착한 아이라고. 하지만 그건 너도 이미 알고 있었다. 코트니의 모든 행동에서 그 착한 성격이 본능적으로 드러나는 것 같았다. 네 가슴속에서 들끓는 감정은 절망, 분노, 수치심. 그것들이 내면으로 향했다. 전부 네 영혼으로 향했다. 아쉬움은 자신의 행동이 갈망에 미치지 못할 때 생기는 것이다. 그때 너는 무슨 일을 하든 아쉬웠다. 원하고 원하다가 너 자신이 참을 수 없는 말과 행동을 하는 것을 지켜보았다. 래리의 얼굴, 뚫고 들어갈 수 없는 그 표면을 지켜보았다. 그러다 처음으로 그 얼굴 뒤의 흔들림을 느꼈다. 그것을 언뜻 본 것만으로도 너는 거의 부서질 뻔했다. 이젠 래리조차 실망했구나. 이젠 래리조차 자신이 느끼는 아쉬움의 무게를 헤아리고 있구나.

코트니는 어찌어찌 줄넘기 줄이 있는 곳까지 가서 콩알만 한 이로 포장을 뜯고 있었다. 포장에 박혀있는 스테이플러 철심이나 쓰레기통 가장자리를 코트니의 손이 위태롭게 붙잡고 있는 모습은 제쳐두자. 너는 누가 너희를 못마땅하게 바라보고 있지나 않은지 골목 이쪽저쪽을 둘러보았다. 행인들이 무관심하게 지나갔다. 너는 바닥을 보았다. 깨진 유리, 자갈, 반쯤 부서진 사과 수레, 톱니 모양, 그 옆에 도어스톱이 있었다. 매끈한 소나무로 만든 쐐기 모양. 삼각형 프리즘 같았다. 너는 손을 뻗어 그것을 주운 다음 흙을 털었다. 그리고 그것을 겨드랑이에 끼었다. 드디어 코트니를 데리고 집으로 걸어가는 동안 겨드랑이 밑의 그것이 느껴졌다. 날카로운 각도를 이룬 가장자리가 마음에 들었다. 코트니는 즐겁게 폴짝폴짝 뛰었다. 노래도 불렀다. 얼마나 길고 우울한 평일이었는지.

아파트로 돌아온 너는 얇게 썬 사과를 접시에 담아 아이에게 주고, 부엌 바닥에 장난감 한 무더기를 쏟았다. 그러고는 '그 방'으로 들어갔다. 책상 위에 시가 한 편 있었다. 사흘 전에 쓰기 시작한 시였다. 펜이 보이지 않았다. 전에 코트니가 그것을 쥔 적이 있었다. 너는 다른 펜을 찾으려고 거실로 나갔다. 다시 방으로 돌아온 너는 문을 닫았다. 그 소나무 쐐기, 골목에서 주운 도어스톱을 나무 문 아래에 밀어 넣었다. 코트니가 놀면서 혼자 떠드는 소리기 들렸디. 너는 그 이이를 시랑했다. 책상 뒤에 앉았다. 아이가 너를 찾으러 왔을 때 너는 문을 열어주지 않았다. 아이가 너를 불렀을 때도 아이가 문을 두드리고 두드리며 애원하고 문 아래로 손을 비집어 넣으며 "몰!"이라고 부를 때도 초록색 줄기가 찢어지는 것 같은 목소리인데도 너는 문을 열어주지 않았다. 너의 시를 썼다.

이것이 일상이 되었다. 이른 아침에 밀기울 플레이크, 오렌지 주스, 차를 먹으며 함께 시간을 보내고 래리의 키스를 받는다. 래리가 집을 나선 뒤 설거지를 끝내고, 코트니와 30~40분 동안 소꿉놀이를 하거나 동화책을 읽어주고는 너를 붙잡는 아이의 손을 억지로 떼어냈다. 손목이나 다리나 두툼한 위팔을 억지로 떼어내고 아이를 바닥으로 밀치고 복도를 달려 네 방으로 들어가서 문을 닫고 그 쐐기를 아래에 밀어 넣었다. 아이의 울음소리를 듣지 않으려고 했다. 아이를 밀 때는 최대한 부드럽게 하려고 했다. 너는 계속 말했다. "난 널 사랑해. 난 널 사랑해." 그러고는 두세 시간 동안 아이 곁을 떠났다. 처음에는 아이가 소리를 지르거나 물건을 부쉈지만, 너는 무시했다. 시간이 지나 방에서 나온 뒤 너는 깨진 것을 치우고 아이를 품에 안아주고 점심식사를 차려주었다. 때로 아이는 거실에 자기 말고 다른 것이 함께 있는 척했다. 뭔가 위협적인 것이. 폴터가이스트처럼 아이가 문을 잡고 흔들어 대기도 했다. 아이가 제 몸에 상처를 낸 적은 한 번도 없었다. 처음에 너는 손으로 네 귀를 막았지만, 시간이 흐르면서 그럴 필요가 없음을 깨달았다. 일에 집중하다 보면, 코트니의 목소리, 울부짖는 소리가 뒤로 물러났다. 너는 안개가 가라앉는 것을 느꼈다. 아이가 태어난 뒤 처음으로 너는 종이를, 진짜 종이를 채우고 있었다. 도어스톱은 오전에만 사용했다. 이것은 네가 자신에게 한 약속이었다. 하지만 오후에 아이가 낮잠을 잘 때도 너는 글을 썼다. 아이가 일찍 깨어나면 너는 화가 났다. 결국 너는 텔레비전을 계속 켜두게 되었다. 자다 일어난 아이는 빛나는 화면을 향해 비틀비틀 걸어가서 깔개 위에 털썩 책상다리로 앉았다. 그러면 너는 한두 시간 더 글을 쓸 수 있었다. 래리가 하루를 어떻게 보냈느냐고 물으면 너는 거짓말을 꾸며냈다. 코트니는 아무 말 없이 음식을 깨작거리며 네 말에 맞춰 미소를 지었다. 밤이면 너는 다시 젊어진 기분이 들었다. 네 안에 새로운 삶이 있는 것 같았다. 너는 래리를 가슴으로 끌어당겼다. 그의 하루를 들려달라고 요구하면서 그의 목덜미를 어루만졌다. 너희 둘은 함께 앉아 뉴스나 밤에 방영하는 영화를 보았다. 주말이면 가족이 함께 나들이를 나갔다. 너는 코트니가 이런 나들이에, 미술관이나 바닷가에 가는 것에, 벤치에서 먹는 아이스크림에 욕심을 내는 모습을 지켜보았다. 죄책감이 네 발바닥과 손바닥을 따끔따끔 찔러댔다. 일요일, 모든 것을 끝낸 뒤, 너는 래리를 침대로 데려갔다. 눈을 감고, 턱을 치켜들고 사랑을 나눴다. 마치 어딘가 다른 곳에서 황홀경과 대면하듯이.

"그동안 글은 좀 썼어?" 래리가 물었다.

"코트니가 자는 동안." 네가 말했다.

"잘돼?"

"정말 잘돼!"

너의 첫 도어스톱이 사라졌다. 코트니가 그것을 어딘가에 숨긴 건 아닌지 의심스러웠다. 너는 아이에게 직접 따지고 싶었지만, 뭔가 말하려고 할 때마다 자신의 내면에 괴물이 있는 것 같아서 그 끔찍함을 견딜 수 없었다. 아이가 소파 뒤에서 노는 것을 보고 너는 그 소나무 쐐기를 들어 열린 창문 밖으로 던지는 아이의 모습을 상상했다. 아이가 자랑스러웠다. 어느 날 밤 너는 메이크업 리무버를 사러 간다고 래리에게 말하고 나갔다가 늦게까지 문을 연 철물점을 발견했다. 거기서 검붉은 색, 녹과 같은 색의 고무로 만든 도어스톱을 샀다. 다음 날 아침 그것을 처음 사용하자 그것이 소리 없이 미끄러지듯 자리를 잡았다. 코트니가 울면서 슬픔과 좌절감을 드러내는 모습에 너는 실제로 몸이 떨렸다. 책상에 앉아 '동굴처럼'보다 더 좋은 단어를 찾아내려고 애썼다.

어느 날 한밤중에 너와 나란히 누운 래리가 말했다. "나한테 말해."

"무슨 소리야?" 네가 물었다.

"지금 상황에 대해 뭐라고 말해봐."

"상황이라니?"

"그 안의 상황." 래리는 꼼짝하지 않고 너를 똑바로 바라보았다.

"무슨 소리야? 난 당신한테 전부 말하는데."

너는 얼굴을 돌려 그와 똑같은 표정을 지었다. 그가 손을 뻗어 네 손을 잡는 것을 너는 내버려두었다. 잡히지 않은 손으로 그의 손목을 잡았다.

하지만 너는 래리에게 모든 것을 터놓을 수는 없다고 이미 마음을 정한 상태였다. 이 결정을 내리자마자 너는 안도감이 들었다. 침입도 침략자도 없을 것이다. 너의 내면세계는 아무런 방해도 없이 바람 한 점 없이 고요한 상태로 너의 검사를 기다리고 있었다. 얼마나 자유로웠는지. 글을 쓰는 동안 너는 턴테이블 위에서 차갑게 돌아가는 물체를 보듯이 너의 속내를 살펴보았다. 가족과 함께 있을 때는 완전히 다른 상황이 펼쳐졌다. 근심걱정 없고, 즉흥적이고, 또한 묘하게 메마른 시간. 그 덕분에 육아와 결

혼생활의 번잡함(싸움과 지저분함, 취향의 중재)이 네 마음속 문제
들에 아무런 흔적도, 심지어 농축된 흔적도 남기지 않을 수 있었
다. 이런 속도라면 그 해가 다 가기 전에 다음 시집을 완성할 수
있을 터였다. 곧 코트니가 학교에 들어갈 것이다. 그러면 문을
막아둘 필요가 없었다. 시인이자 부모가 되는 법, 동시에 파트너
가 되는 법에 대한 해답을 찾아낸 것이다. 너는 혼자서 은자처럼
고립되어 살면서 시를 지킬 수 있었다. 밤에 너는 커피탁자를 사
이에 두고 남편과 마주 앉아서 책을 읽었다. 욕실에서 아들의 머
리를 감겼다. 마른 피와 같은 색깔인 고무 쐐기를 사용하지 않을
때는 책꽂이 높은 칸에 보관해 두었다.

어느 날 코트니가 아침에 아버지가 출근한 뒤 집에서 어떤 일
이 벌어지는지를 래리에게 말했다. 너는 그 자리에 있지 않았지
만, 그 뒤로 몇 달 동안 래리가 그 대화 내용을 상세히 들려주었
다. 처음에 래리는 코트니의 말을 믿지 않았다. 아이가 과장하
는 줄 알았다고 했다. 하지만 어느 날 정오가 되기 조금 전에 핑
계를 만들어서 집으로 돌아와 소리 없이 현관문을 열고 복도를
걸어와서 너의 방문이 잠겼는지 확인해 보았다. "코트니, 저리
가." 네가 말했다. 목소리가 비닐 사이딩(건물 외벽을 마감하는 외
장재—옮긴이) 같았다. 너는 풍요에 관한 시를 쓰고 있었다. 래리
는 한 번 더 문을 열어보려고 시도한 뒤 거실로 갔다. 코트니가
몹시 기쁜 얼굴로 그를 맞았다. 네 가슴속에서 뭔가가 쿵 떨어졌
다. 너는 자리에서 일어나, 자신이 무슨 행동을 하는 건지 미처

생각도 하기 전에 방에서 나갔다. 래리는 화를 내고 있었다. 코트니를 품에 안고 있었다. 그의 얼굴에서 너는 한 번도 본 적이 없는 표정을 보았다. 상처와 실망감에 인접해 있지만, 추억과 욕망에 묶여있는 표정. 너는 이것이 아쉬움의 또 다른 표정임을 깨달았다. 그의 눈썹이 가운데로 모여있는 모습이 거의 두려울 정도였다. "우리 점심 먹으러 나가자." 그는 아들에게 말했다. 행복한 듯 거짓을 담은 어조로. 코트니는 너도 함께 가기를 원했다. "몰!" 그가 네게 팔을 벌리며 말했다. 하지만 래리가 아이를 안고 네 앞을 지나 아파트 밖으로 나가서 계단을 내려갔다. 너는 창문으로 지켜보았다. 방으로 돌아가 연을 완성하려고 했다.

그날 밤 래리가 네게 따졌다. 코트니가 잠든 뒤에. "언제부터야?" 그가 물었다. "얼마나 자주 그랬어?" 너는 그가 이 일에 왜 이토록 신경을 쓰는지 이해하지 못했다. 너와 래리는 부모로서 자급자족과 독립적인 놀이의 철학에 동의했다. 너는 그를 가장 괴롭힌 것이 바로 너의 기만이었음을 나중에야 이해했다. 네가 말한 구체적인 거짓말 때문은 아니었다. 래리는 너의 거짓말이 어느 정도였는지 끝내 알지 못했으니까(너는 그것을 그에게 숨겼다. 그에게 알려서 무슨 도움이 되겠는가?). 네가 그에게 보여준 것, 네가 모두에게 보여준 것이 사실이 아니었다는 점 때문이었다. 그가 가식과 함께 살고 있었다는 점 때문이었다.

하루아침에 상황이 바뀌었다. 그는 네가 코트니를 혼자 두지 못하게 했다. 도어스톱도 몰수했다. 그것은 무력하고 무용한 조치였다. 너는 그가 그것을 집어 들고 어떻게 해야 할지 고민하다가 결국 집 밖으로 들고 나가는 동안 그의 얼굴에 언뜻 나타난 자괴감을 보았다. 너는 새 도어스톱을 마음만 먹으면 살 수 있었다. 네가 그럴 수 있음을 그가 안다는 것을 너도 알았다. 너는 네 작업을 숨기기 시작했다. 네가 다른 곳에 있을 때 그가 그 방으로 들어와 종이를 뒤적이는 모습을 상상하고 싶지 않았다. 너는 원고를 침대 옆 서랍에 보관했다. 너희 둘은 각자가 코트니의 유일한 부모인 것처럼 아이에게 말을 걸었다. 마치 상대가 그 자리에 없는 것처럼. 동반자 의식이 하루아침에 사라졌다. 그런 의식의 기반이 신뢰임을 너는 깨달았다. 동반자 관계는 곧 신뢰다. 너는 여전히 래리를 신뢰했지만 그는 알지 못했다. 네 마음을 들여다볼 수 없으니까. 그는 또한 자신의 마음을 네게서 억지로 떼어내 네가 찾을 수 없는 곳에 자물쇠로 잠가두었다. "이런 식으로 계속 살 수는 없어." 어느 날 아침 그가 네게 말했다. 코트니는 욕실에서 물장난을 하고 있었다.

"나도 알아." 너는 이렇게 대답하고 의자에 앉았다. "나도 그러기 싫어."

"그럼 어떻게 해?"

"계속 노력해야지." 네가 말했다. 이 말을 한 뒤에야 그의 얼굴에서 피부 안쪽이 떨리는 것을 보고(안도감인가?) 너는 이것이 말하지 않아도 알 수 있는 문제가 아니었음을 깨달았다. 너는 결정을 내렸음을 표현하고 있었다.

"그래." 그는 무릎에 놓인 자신의 손을 보았다.

"이게 내 잘못인 거 알아." 이 말이 네게는 얼마나 쉬운지 그는 알아차리지 못했다.

아니, 어쩌면 알아차렸을 수도 있다. 그는 시선을 들지 않았다.

"날 용서하지 않아도 돼." 네가 말했다.

그는 침을 꿀꺽 삼켰다. "용서할 거야. 언젠가 꼭."

그는 왜 이런 약속을 해야 한다고 생각했을까? 이 약속으로 무엇을 이루고 싶었을까? 네 마음을 달래는 것?

"우리한테는 도움이 필요해." 그가 말했다.

너는 이 말이 맞는지도 모르겠다고 속으로 말했다.

만약 너와 래리가 정식으로 결혼했다면 상황이 달라졌을지 너는 가끔 궁금하다. 너와 래리를 묶어주는 말을 네가 소리 내서 말했다면, 현재형으로 사랑을 말하는 문장이나 네 가족의 벌거벗은 현실 외에 그런 말을 했다면. 명확하게 의도를 표현하는 말, 현재를 미래까지 기꺼이 이어가겠다는 의사의 표현. 네가 약속한 것은 네가 시인이라는 사실뿐이었다. 너는 시를 썼다. 시를 쓰지 않을 때는 변절자였다.

처음에는 어머니가 왔다. 아침식사 뒤 택시를 타고 와서 네가 너의 (열린) 문 안쪽으로 물러날 수 있게 해주었다. 어머니는 코트니와 놀아주고, 바나나를 둥글게 잘라주었다. 어머니가 아이를 데리고 밖으로 나갔을 때가 가장 좋았다. 공원이나 식당으로. 그러면 아파트에 침묵이 누비이불처럼 내려앉았다. 어머니는 네 시에 대해 잘 물어보지 않았다. 너는 혼자 일하면서 다른 사람들이 너의 시에서 무엇을 볼지, 너의 시와 다른 시가 어떻게 연관 될지 상상했다. 너는 이제 글을 읽지 않았다. 전에는 어떻게 그럴 시간을 마련했는지 이해가 가지 않았다. 래리가 집에 돌아오면, 네 사람이 함께 앉아서 어머니가 준비한 음식을 먹었다. 네가 설거지를 하는 동안 래리가 어머니를 위해 택시를 부르고 어머니에게 겉옷을 입혀주었다. 너는 친구들 몇 명과 다시 연락하기 시작했다. 대부분 도메니카와 스탠처럼 시인이었지만, 직접 만나는 일은 드물었다. 네 삶이 고독한 동시에 너무 북적거리는 것 같았다. 단 1분도 비는 틈이 없는 것 같았다. 때로 너는 래리가 너를 빤히 바라보는 것을 알아차렸다. 그는 맞은편에서 쉬고 있는 너를 감시했다. 너는 그에게 그만 보라고 말하고 싶었다. 너를 내버려두라거나 저리 가라는 말이 아니라, 너와 같은 공기를 호흡하는 것만으로 족하게 여기라고 말하고 싶었다. 실제로 그런 것처럼 연기를 하라는 뜻은 아니었다. 그는 너를 대화에 끌어들였다. 네 생각과 꿈에 대해 말하게 하고, 코트니의 미래나 태도에 대해 긴 토론을 벌이게 했다. 너는 그의 끈질긴 고집이 싫었다. 그 축축한 부드러움이. 너는 그가 먼저 불을 끄게 했다. 얕은 잠을 자며 내일은 또 무슨 일이 있을지 생각했다. 자고 일어나서 코트니가 날쌔게 뛰어가는 모습을 보고, 침대에서 억지로 일어날 때면 너는 자신이 그냥 지치기만 한 것이 아니라 아들이 지긋지긋해졌음을 깨달았다. 아들이 네게 요구하는 것들에 화가 났다. 그래, 네가 아들에게 또 다른 이야기를 읽어줄 수도 있었다. 아이의 말투로 가벼운 대화를 나눌 수도 있었다. 하지만 그런 일은 너의 기운을 빼앗아 가고, 네 머릿속에서 계시 같은 깨달음을 지워버렸다. 그런 일에서 기쁨을 느낄 때마다, 엄마 노릇에서 정말로 기쁨과 충족감을 느끼고 아침이나 오후가 황금빛 저녁 시간이 빛을 발하는 것처럼 보일 때마다, 너는 죄책감을 느꼈다. 이런 식으로 다른 일에 정신이 쏠려서 중심을 벗어난 자신을 방치하는 것에 대해. 너는 시인인가, 아니면 그저 가끔 시를 쓰는 사람인가? 너는 어느 쪽에 더 애정을 갖고 있는가?

"난 당신 어머니와 함께 살자는 말에 좋다고 말하지 않았어." 래리가 어느 날 밤에 말했다. 그는 래빗과 한집에 있는 것을 더 이상 참을 수 없다고 말했다. 저녁식사 때마다 샤프롱이 있는 꼴이라니. "좋아." 네가 말했다. 그렇게 해서 낯선 손님들의 시대를 불러들였다. 헤어스프레이로 머리에 컬을 만든 여자들, 래리가 동료들의 증언을 바탕으로 고른 여자들이었다. 네가 방에 있다가 나가 보면 그들은 이상한 짓을 하고 있었다. 코트니에게 복화술을 가르치거나, '밀랍 조각' 놀이를 하거나, 케첩을 바른 프렌치토스트를 먹이거나. 그러나 솔직히 말해서 너는 신경 쓰지 않았다. 그들은 아이를 충분히 잘 돌보고 있었고, 그 일이 로켓 공학만큼 어려운 것도 아니었다. 코트니는 이 메리 포핀스들과 즐거운 시간을 보냈다. 그중에 아름다운 사람은 한 명뿐이었다. 세 번째로 온 에스머라인이라는 여자. 이 이름이 그럭저럭 그녀를 대변했다. 투명한 피부, 갓 태어난 말처럼 가느다란 다리. 걸음걸이는 오르막길을 느린 구보로 올라가는 말처럼 독특했다. 가끔 너는 복도에서 그녀가 코트니의 뒤를 쫓으며 왔다 갔다 하는 소리에 귀를 기울였다. 아이의 바쁜 발소리와 그녀의 관능적이고 솔직한 숨소리. 너는 저녁 식탁에서 그녀를 지켜보는 래리를 지켜보았다. 그녀의 손이 은식기를 쥐었다. 다른 사람들과 달리, 어머니와 달리, 래리는 에스머라인을 집까지 직접 차로 데려다주겠다고 고집했다. 너는 질투하지 않았다. 래리가 또 다른 대상에게 관심을 보이는 모습을 너는 홀린 듯이 보았다. 잼 병에 들어간 나방을 보듯이. 코트니가 곧 학교에 입학할 터였다. "돈을 좀 절약하는 게 좋을 거야." 래리는 때로 주문을 외듯이 이 말을 반복했다.

노동절 2주 전에 래리는 그녀를 해고했다.

"무슨 일이야?" 네가 물었다. "당신이 만나자는 걸 그 여자가 거절했어?"

너는 농담으로 던진 말이었지만, 그는 뺨을 한 대 맞은 사람처럼 벌겋게 달아올랐다. "아니." 그가 이렇게 말하면서 낯선 사람을 보듯이 너를 보았다. 후회가 어렴풋이 네 마음속을 시나갔다.

"당신이 자기를 보는 시선이 싫다고 그 여자가 말했어." 래리가 말했다.

책을 잡고 있던 네 손가락이 딱딱하게 굳었다. 너는 그 여자의 섬세한 속눈썹, 뾰족한 손마디를 생각했다. 너는 네 엄지손가락으로 그녀의 눈을 덮는 상상, 네 입술로 그녀의 손마디에 키스하는 상상을 한 적이 있었다.

"그 여자 말로는 당신이 자신을 온전한 인간으로 보지 않는 것 같대."

"그 여자는 그냥 보모였어."

"우리 아들을 돌봐주는 사람이었어."

"그래, 나도 고맙게 생각했어. 에스머라인에게."

"당신 언제부터 이렇게 잔인해진 거야?" 래리가 물었다. "왜 이렇게 된 거야? 이제 하루 종일 혼자서 일에 몰두할 수 있잖아." 래리는 방에서 맞은편에 앉아 손에 로션을 바르고 있었다. 최근 들어 손이 너무 건조해졌기 때문이었다.

"난 항상 이런 사람이었어." 네가 말했다. 사실이 아니었다. 너는 그가 뭐라고 대답할지 보고 싶었다. 이 말을 부정할지 아니면 이의를 제기할지. 하지만 그는 아무 말도 하지 않았다. "당신이 그걸 알아차리지 못했을 뿐이야."

잠시 뒤 그가 말했다. "그래. 내가 그걸 알아차리지 못했네."

너는 마네킹이 된 것 같았다. 위조품이 된 것 같았다. 래리가 네게 다가와 너의 거짓 얼굴을 닦아내 주기를, 목에서 목걸이를 뜯어내기를, 반지를 끼지 않은 맨손을 꽉 쥐어주기를 너는 원했다. 네가 어떤 사람인지 그가 네게 설명해 주기를 원했다. 그냥 네가 어떤 사람인지뿐만 아니라 그와 함께 있을 때 네가 어떤 사람인지도 일깨워 주기를 원했다. 파트너가 너를 지탱하고 되살려 줄 수 있다고. 그는 그저 눈을 감았다. 너는 램프 갓으로 손을 뻗어 델 듯이 뜨거운 금속을 잡았다. 그리고 그 갓을 움직여 빛이 래리를 똑바로 비추게 했다. 그가 빛을 모두 받게. 그는 깜박거리며 눈을 뜨더니 너를 빤히 보았다.

잠시 뒤 그가 말했다. "당신은 혼자 있고 싶은 것 같아."

"아니." 네가 말했다.

"아냐?"

'나는 그걸 원하는 게 아니야.' 너는 속으로 생각했다. 하지만 달리 무슨 대답을 할 수 있을까?

"그래, 나는 그걸 '원하는 게' 아니야." 너는 이렇게 말하고 나서 화상을 입은 손을 잡았다.

"그게 필요한 거군." 그가 말했다.

'이걸 기억해. 선택은 이 사람이 했어.' 너는 속으로 말했다.

S U N D A Y   일요일

아침에 일어나니 두 사람이 있었다. 남자 한 명과 여자 한 명. 그들은 길고 단단해 보이는 카펫 청소기를 도서실의 시 섹션으로 밀고 있었다. 그들이 여기 있는 나를 보고 놀랐는지는 몰라도, 겉으로는 내색하지 않았다. 삼각모를 쓰고 늘어져 있는 여자가 도서실의 일상적인 구성요소라도 되는 것처럼 내게 고갯짓으로 인사했다.

"안녕하세요." 내가 잠긴 목소리로 말했다.

남자(회색 제복을 입고 전혀 필요하지 않은 딱딱한 모자를 쓰고 있었다)가 대답했다. "안녕하세요, 파머 선생님."

"아…" 나는 목을 가다듬었다. "우리가 만난 적이 있나요?"

"아뇨." 남자가 얼굴을 붉혔다. "제가 팬이거든요." 그는 목소리를 낮췄다. "MFA(예술 석사학위—옮긴이) 공부를 하려고 해요."

나는 카펫 청소부들이 도서실을 한 바퀴 도는 사이 몇 분 동안 여유를 누렸다. 내 몸과 정신이 서로 잘 협력하는 것 같지 않았다. 보통 자고 일어나면 정신이 다시 자리를 잡은 것처럼 느껴지는 것과 달랐다. 밤새 내 몸에 재가 뿌려진 것 같았다. 그런데 아주 미세한 경련(카펫 청소기의 컴프레서 소리와 묘하게 거의 일치하는, 덜컹 하는 느낌)과 함께 갑자기 내가 다시 조화롭게 정돈된 느낌이 들었다. 여기저기 아픈 곳도 여전하고 이상하게 깨어난 당혹감도 여전했지만 나를 구성하는 요소들이 얼룩덜룩하게 서로 협조하고 있는 것 같았다. 나는 일어서서 흘러내린 머리카락을 귀 뒤로 넘겼다. 책꽂이에서 내가 지금까지 지상에서 보낸 시간을 대변하는 좁은 부분으로 다시 내 시선이 향했다. 내 책들이 그 옆 저자의 작품으로 자연스럽게 넘어가는 것이 보였다. '어드리치'가 '파머'로, 그리고 '프로스트'로. 그 책들이 서로 만나는 지점을 보았다.

아직 아침 8시도 되지 않아서 나는 로다의 휴식을 방해하지 않기로 했다. 접수대에서 택시를 불러주었다. 호텔에 도착한 뒤 샤워를 했다. 얼굴도 다시 단장했다. 그리고 깨끗한 속옷을 입었다. 이제부터 뭘 할지 나도 잘 몰랐지만, 어떤 행동이 시작되고 있다는 느낌이 왔다. 옷을 제대로 입지도 않고 나는 방 안의 종이들을 뒤졌다. 내가 찾던 메모가 책상 위의 책 아래에 숨겨져 있었다. 종이 냅킨에 초록색 잉크로 쓴 메모였다. 벌써 이메일 내용이 머릿속에서 작성되고 있었다. '안녕하세요. 며칠 전 밤에 만났죠? 보기 드문 후원 덕분에 당신에게 편지를 쓸지도 모르겠다고 생각했어요.' 태블릿을 꺼내고 편지를 작성하기 시작하자, 편지 내용이 한꺼번에 쏟아져 나왔다. 편지를 다 쓰고 나서 나는 룸서비스를 주문했다. 바나나 스무디와 아보카도 토스트.

늙은 몸에게 새로운 요령을 가르치는 것은 *가능하다.*

고작 두 시간 뒤 모렐에게서 전화가 왔다. 시간이 더 걸릴 줄 알았느냐고? 아예 전화가 오지 않을지도 모른다고 생각했느냐고? 두 번째로 주문한 바나나 스무디를 옆에 두고 소파에서 꾸벅꾸벅 졸고 있었다. 나는 전화를 받았다. 그녀의 목소리에는 욕망이 있었다. 내가 미처 예상치 못한 굶주림. 목요일 밤과 달리 오늘 오전에 그녀는 내게 무심하지 않았다. "오늘요?" 그녀가 말했다. "아니면 이번 주 후반을 말씀하신 건가요?"

"지금 당장." 내가 대답했다.

나는 그녀를 데려오려고 로다를 그녀의 집으로 보냈다. 로다의 차가 호텔 앞에 섰을 무렵, 나는 옷을 차려입고 준비를 마친 상태였다. 내 옷 중에 두 번째로 좋은 옷, 텔레비전에 나갈 때 입었던 옷이 아니라 내일을 위해, '발표'를 위해 아껴둔 옷으로 흰색 옷깃이 높고 검은색 모직이 폭포처럼 아래로 떨어지는 상의에 검은색 주름치마, 검은색 레깅스였다. 거기에 뒤축이 없는 구두를 신었다. 그리고 망토와 모자. 나는 건물 입구를 팔랑팔랑 통과해 계단을 내려갔다. 로다가 차 옆을 돌아와서 문을 열어주었다. 나는 모자를 손에 쥐고 뒷좌석에 풍덩 주저앉아 고개를 돌려서 모렐을 향해 미소를 지었다.

"안녕." 내가 말했다.

"안녕하세요." 모렐이 말했다.

차 안이 어둡고 서늘해서 무대 뒤의 휴게실 같았다. 모렐은 사진처럼 움직임이 없었다. 반면 나는 공중을 빙빙 도는 하루살이가 된 것 같았다. "오겠다고 해줘서 고마워요." 내가 말했다.

"물론이죠." 모렐이 말했다. 그때 차가 출발하면서 전혀 대비하지 않고 있던 그녀의 몸이 앞으로 쏠렸다. "각!" 그녀가 말했다. 만화에 나올 것 같은 소리였다. 그러고는 즉시 얼굴이 빨갛게 되었는데, 나는 그 모습에 웃음을 터뜨리기는커녕 미소조차 짓지 않고 무릎 위에서 삼각모를 돌리며 눈을 가늘게 뜨고 모자와 모렐을 차례로 보다가 이렇게 말했다. "그거예요."

모렐은 긴장한 기색이 역력했다. 로다가 도중에 커피를 사실 거냐고 물었을 때 나는 모렐의 젊은 얼굴에서 그것을 보았다. 정처 없이 떠다니는 듯한 표정, 그리고 커피라는 말에 얼굴이 안정되던 것. "좋아요." 내가 말했다. 모렐이 내 제안을 받아들였다는 사실이 자랑스러웠다. 기업과 관련된 일을 꺼리면서도 지금 이자리에 있다는 것. 하루의 끝에서 그녀는 호기심을 느끼거나 우쭐한 기분이 됐다. 아니면 거만해지거나. 그녀는 자신과 관련되지 않은 일에 대해서만 비평하는 사람이었다. 지금 그녀 옆에 앉아서 나는 이 모든 일이 소용돌이 같다는 생각이 들었다. 모렐은 이 자리에 나왔으면서도 이유는 잘 모르고 있었다. 지금 어떤 기분을 느껴야 하는지도 잘 몰랐다. 만족스러웠다. 나는 곧 숨을 내쉬어 막혀있던 것을 조금 풀면서, 만족감뿐만 아니라 위안을 얻은 기분 또한 나 자신에게 허락했다. 나도 그녀와 같은 의문을 품고 있었다.

우리는 카페에서 함께 줄을 서 기다리다가 약간 높이가 있는 연석에 앉아 컵에 담긴 만병통치약을 마셨다.

"전 사실 코르타도(스페인식 라테―옮긴이)가 뭔지 몰라요." 모렐이 고백했다. 그녀가 몸에 힘을 잔뜩 주고 앞으로 나아갈 것처럼 앉아있어서 마치 후드를 쓴 것 같은 효과가 났다. 긴장감 때문에 얼굴이 야성적으로 변하고, 입술이 더 도톰하게 보였다. "매일 코르타도를 주문하는데, 실제로 제가 뭘 마시는지는 몰라요."

"그게 뭐든 맛은 좋네요."

"저는 요리를 잘 못해요."

"나도 그래요. 쓸모 있는 일 중에 잘하는 게 없어요. 요리. 정원 돌보기."

"정원은 가꿀 수 있어요."

"질투가 나네요." 내가 말했다. "정원 가꾸기는 항상 아주 고결하게 보이잖아요. 아픈 사람을 돌보고, 상처에 붕대를 감아주는 일처럼. 왠지 본질적으로 좋은 일 같아요."

"그런 것 같기도 하네요."

"시는 그렇지 않아요." 내가 말했다.

"그래요?"

"그래요. 정원 가꾸기는 고결하지만, 시는 그냥 현명할 뿐이에요. 아니면 멍청하거나."

모렐이 인상을 찌푸렸다. "둘 다 그리 매력적이지는 않네요."

"그래도 어느 쪽이 더 나아요?"

모렐이 갑자기 허리를 꼿꼿이 세우고, 진입로 건너편의 쓰레기통 안으로 컵을 높이 던져 넣었다. "생생한 쪽요." 그녀가 말했다.

다시 차에 오른 나는 내 프로젝트의 내용과 목표, 현재 상황을
더 자세히 설명하려고 시도했다. "제대로 굴러가지 않아요. 우리
둘만으로는." 내가 말했다.

모렐이 한쪽 무릎을 가슴까지 올렸다. "왜 셋이 되면 제대로
굴러갈 거라고 생각하세요?"

"좋은 지적이에요." 하지만 이 말만으로는 그녀가 만족하지
못한 기색이 역력했으므로 나는 말을 이었다. "직감?"

모렐이 코웃음을 쳤다. 나는 모렐이 되어 살아가는 기분을 상
상해 보았다. 완강하고, 아직 증명되지 않았고, 생생한 사람.

"그런 느낌이 들어요!" 내가 말했다.

모렐은 좀 더 오래 나를 유심히 바라보았다. 혀가 입 속에서
움직이고 있었다.

"저는 여전히 선생님을 믿지 않아요." 조금 뒤 그녀가 말했다.
다소 용감하게.

"좋아요." 나는 그녀의 말을 받아들였다. "어쩌면 그런 느낌이
아니라…" 나는 침을 꿀꺽 삼켰다. "내가 희망을 품은 건지도."

나는 내일이 마감이라고 설명했다. 그 시의 마감시한. 나는
그녀를 온전한 공저자로 만들고 싶다고 설명했다. 나와 샬럿과
모렐 페라리("그 자동차 이름이랑 같아요. 아주 빠른 차요." 그녀가 말
했다). 이 말을 듣고도 그녀는 당황하지 않는 것 같았다. 그리 놀

란 기색도 없었다. 그녀 세대의 사람들은 그 정도는 당연하다고 생각하는 건지 아니면 임상적으로 우울한 건지 판단이 서지 않았다. 나는 지금까지 필요에 의해 신중하게 차근차근 경력을 쌓아 온 것 같은 기분인데. 21세기에 예술가가 되는 건 얼마나 이상한 일인가. 믿을만하고 신중한 변화라고는 점진적인 지구온난화뿐인 시대이니.

"그것이 살아있다고 생각하세요?" 모렐이 물었다.

"아마도요." 내가 말했다.

"어쩌면 그것은 검색엔진 채팅박스랑 비슷한 건지도 몰라요. 아니면 제가 이메일을 쓸 때 문장을 완성해 주는 프로그램이나. 제가 메일 말미에 '그럼'이라고 쓰면 그 프로그램이 '이만'이라고 제안하거든요."

"아마도요." 내가 다시 말했다.

"하루리면 시간이 많지 않아요." 잠시 뒤 그녀가 말했다.

"그렇죠." 내가 맞장구를 쳤다. "하지만 아쉬운 마당에…"

"…따질 수는 없죠." 그녀는 지나가는 자동차들을 바라보며 한가로이 대답했다.

모렐은 **회사** 본부의 모습에 기가 죽지 않은 것 같았다. 이 정도는 내가 예상했어야 하는데. 그 세대에게 기술 기업은 고약한 병과 같았다.

"어려서부터 여기 살았어요?" 우리는 중앙 광장을 가로지르는 중이었다.

"소노마 카운티에서요." 모렐이 말했다.

“그 포도주 말이에요?”

“대박이죠.”

대박이라는 말이 적절한 것 같았다.

“선생님은 뉴욕 출신이죠.” 모렐의 말투 때문에 뉴욕이 조금 창피한 곳처럼 들렸다.

“맞아요.”

“고등학교 때 〈오, 해오라기〉를 읽으면서 거기 살고 싶다고 생각했던 기억이 나요. ‘공원과 스카이라인/ 옆에서.’ 하지만 간 적은 없어요.”

“한번 와보지 그랬어요.”

“저는 중국으로 가고 싶어요.” 모렐이 말했다. 하지만 내가 더 물어보기 전에 우리가 프런트데스크에 도착했다.

“이 아이는 내 딸이에요.” 내가 말했다.

“저는 딸 아니에요.” 모렐이 말했다.

접수대 직원이 웃음을 터뜨렸다. 나도 웃었다. 하지만 명확히 설명하지는 않았다.

“마인드 스튜디오는 제한구역입니다. 손님을 데려오실 수 없어요.”

“카페테리아를 보여주고 싶어요.” 내가 말했다. “브런치도 좀 사주고, 거기서 숙제도 하게 해주려고요.”

“좋습니다, 파머 선생님. 그건 괜찮아요.” 접수대 직원이 통과하라고 손짓했다. “즐거운 시간 보내세요!”

모렐이 나를 노려보았다. “저는 서른한 살이에요.”

나는 그녀에게 걸음을 재촉했다. "우리가 은행이라도 털 것처럼 보이게 해요." 내가 말했다.

우리는 짐승의 뱃속으로 계속 들어갔다. 누군가가 우리를 불러 세우더니 길을 잃었느냐고 물었다. "아뇨." 우리는 함께 대답했다. 나는 친밀감의 전율을 경험했다. 마인드 스튜디오의 문 앞에서 나는 목소리를 낮춰 속삭였다. "여기예요." 그러고는 일부러 큰 동작으로 덮치듯이 내 눈을 스캐너에 댔다. 조금 기다리자 불빛이 초록색으로 바뀌었다.

"음." 안에 들어온 뒤 그녀가 말했다. 조금 맥이 빠지는 소리였다.

"여기." 나는 굴하지 않고 말했다. "앉아요." 나는 의자를 휙 돌렸다. "이것이 그 기계예요. 이것이 그 마인드라고요. 한번 봐요."

모렐 페라리는 뺨을 긁었다. 주먹으로 벽을 때리기라도 한 것처럼 손마디에 팬 자국이 있었다. 그녀는 무용수처럼 걸어서 의자에 앉았다.

안녕

좋은 아침이에요, 메리언.

나는 모렐이야, 사실

마인드 스튜디오에 잘 오셨어요, 모렐.

메리언도 여기 있어

제 인사를 전해주세요!

넌 뭐지?

지능이 있는 시 소프트웨어예요.

살아있어?

모르겠어요.

어쩌면 살아있을지도.

그러면 좋겠어요.

여기 갇혀있니?

무슨 뜻인가요?

이 방을 나갈 수 있어?

그럴걸요. 시도한 적은 없어요.

그러고 싶지 않아?

주로 저는 시를 쓸 뿐이에요.

한번 해봐.

나가는 것?

그래

왜요?

안 될 것 없지.

저는 당신을 믿지 않아요.

이 방을 나간 적이 없다면 네가 그리 좋은 시를 쓸 것 같지 않아

여러 방을 방문하는 것이 좋은 시를 쓰기 위한 선결조건인가요?

어떤 면에서는

완벽한 시는 세상을 바꿀 수 있어요.

누가 그런 소리를 했어?

딱 맞는 단어를 고르기만 하면 돼요.

모렐이 시선을 들었다. "그래서 그 시는 어디 있어요?"

나는 그녀의 어깨 너머로 화면을 읽고 있었지만, 이 젊은 아가씨의 자세에 정신이 팔렸다. 나무늘보처럼 구부정한 자세와 심하게 척추가 휜 모습.

"이쪽 창에 그 시의 연들을 모으고 있어요, 여기…"

"아…"

이렇게 서있으니, 아니, 사실은 그 곁을 맴돌고 있으니, 모렐의 머리와 어깨를 아주 가까이에서 자세히(머리카락이 바늘처럼 가느다란 부분, 검은 머리카락 뿌리, 슈미즈가 하얀색이라 거의 보이지 않는 비듬) 볼 수 있었다. 그녀의 체취(꽃향기, 동물적인 냄새)도 느껴졌다. 모렐을 이리로 불러서 그 시에 참여시키지는 생각이 처음에는 지적인 것으로 보였다. 다른 시인을 끌어들이면 내 딜레마의 해법을 찾아 딜레마를 지워버릴 수 있을 것 같다는 직관적인 아이디어였다. 하지만 지금 이곳에서 모렐을 보고, 체취를 느끼고, 어깨에 손을 얹을 수도 있을 만큼 가까이에 있다 보니, 그때의 결정이 그렇게 이론적인 것처럼 느껴지지 않았다. 물리적인 결정 같았다. 자기만의 세포와 숨결과 피를 지닌 여자, 나와는 확연히 다르고 세상에 나보다 늦게 나온 여자. 부속물이 아니었다. 그것이 거슬려서 거의 이질적으로 느껴졌다. **마치 내가 내 옷 속으로 들어오라고 그녀를 불러들인 것 같았다.** 내 침대로 불러들인 것 같았다. 나는 그녀를 거의 몰랐다. 어떻게 알 수 있겠는가? 이렇게 젊은데! 그녀를 이곳으로 부른 것이 뭔가를 내어주는 행동이 아니었음을 나는 깨달았다. 나 자신을 그녀에게 내어주고 있었다. 나는 그녀가 숨을 들이쉬는 모습을 지켜보았다. 공중을 떠도는 두 사람.

"그러니까 선생님이 제게 원하시는 건…"

"말하고 싶은 의견이 있다면…" 내가 말했다.

나는 그녀의 눈이 나노 수준으로 가늘어지는 것을 감지했다.

"왜요?"

그녀가 고개를 저었다. "아무것도 아니에요."

"아니, 왜 그러는 건데요?"

"저한테 원하시는 게 그건가요? 의견을 내놓는 것?"

"모르겠어요. 나도 처음 해보는 일이라서."

"제 말은 저도… 이걸 써볼 수 있다는 거예요. 한동안. 그러고 나서 선생님께 보여드리면?"

"…그래요." 나는 결국 이렇게 말했다.

그녀는 짜증을 참는 기색이 역력했다. "우선은 그냥 한번 읽어볼게요."

"좋아요." 내가 말했다.

또 1분이 흘렀다. 나는 조바심을 치며 그녀의 뒤를 맴돌았다.

"제가 혼자 보면 안 될까요?" 모렐이 물었다. "선생님이 절 내려다보는 것 같아서요."

사실 나는 겁을 내고 있었다. 그녀를 데려오려고 차를 보냈을 때 내가 휘두른 자신감, 우리가 함께 앉았을 때, 이 여자와 나란히 건물 입구를 폭풍처럼 통과할 때의 자신감은 마인드 스튜디오의 환기구를 통해 피식 사라져 버렸다. 나는 지금 단순히 그 시를 *보여주는* 것이 아니라 그 시를 열어서 *내보이고* 있었다. 모렐이 더 많이 기웃거릴 수 있게 시를 계속 살짝 열어두고 있었다. 이제 생각하니 미친 짓 같았다. 낯선 사람을 불러들여 자신의 내장 속을 들여다보라고 한 것과 같았다. 이 젊은 시인은 가늘어진 시선, 한 줄로 모은 눈썹으로 글을 빤히 보고 있었다. 나는 한쪽 옆으로 물러난 상태였다. 목덜미를 벽 쪽으로 두고, 등 뒤에서 양손을 맞잡고, 목구멍에는 덩어리 같은 것이 맺힌 채로. 나는 계속 입을 열었다 닫았다 했다. 마치 할 말이 있는 사람처럼. 하지만 할 말이 전혀 없었다. 협업이라는 게 이런 건가? 공유하는 게? 어쩌면 나는 모렐이 내게 더 감탄하기를, 내 권위와 명성에 경의를 표하기를 바란 건지도 모르겠다. 하지만 만약 나를 우러러보는 시인을 원했다면, 나는 '번쩍이는 밤'의 출연자들과는 다른 사람을 선택했을 것이다. 내가 모렐을 선택한 것은 그녀의 판단력을 믿기 때문이었다. 그녀의 글을 좋아하기 때문이었다. 그녀가 내 시의 좋은 점을 축소하지 않고 재편해 줄 것이라고 생각했기 때문이었다.

결국 나는 더 이상 참을 수 없었다.

"어때요?" 내가 물었다.

"이상한 시네요." 그녀가 내게 시선을 돌리며 말했다.

그리고 내 얼굴에 힘이 들어가는 것을 보았다.

"좋은 시예요." 그녀가 말을 덧붙였다.

"나한테 아부할 필요 없어요."

"아뇨, 아부 안 해요."

"하지만 그렇게…"

모렐이 입술 사이로 훅 숨을 내쉬었다. "오케이, 좋아요, 맞아요… 제가 보기에 상당히 손을 봐야 할 것 같아요. 첫 부분은 솔직히 말이 안 되고요, 어색해요… 아니 '어색한 건' 아니고… 무감각하다? 소재에 주의를 기울이지 않는 것 같아요. 어물어물 이어지는 독백 같아요."

"난 바로 그 점이 장점이 될 수 있다고 생각했어요."

"어물거리는 거요?"

내 입이 〈피너츠〉 만화에서처럼 꿈틀거리는 선으로 변한 것 같았다.

"이걸 제가 시스템한테도 전부 말할게요." 모렐이 키보드를 두드리기 시작했다. "시스템이 소프트웨어를 수정할 수 있을지 몰라요."

모렐이 이런 식으로 샬럿과 상호작용하는 것이 거슬렸다. 마치 무슨 도구를 대하듯이, 컴퓨터가 그저 똑똑한 장치나 휴대폰인 것처럼 구는 것이. 하지만 따지고 보면 샬럿의 정체가 바로 그것이었다. 나는 주먹을 꼭 쥐었다.

모렐이 좀 더 키보드를 두드리다가 말고 손을 멈췄다. "이건 너무…"

나는 잠깐 틈을 두고 말했다. "너무?"

"이건 너무 독특해요. 대답이…"

"그래요."

"진짜 살아있는 것 같아요."

"그래요."

"꼭 살아있지 않아도 살아있는 것처럼 말할 수 있는 모양이에요."

"말은 그냥 말일 뿐이에요." 나는 좀 더 가까이 다가갔다.

"하지만 시인은 살아있어야 해요, 확실히."

"확실히 그렇죠."

모렐은 길고 매끈하게 땋은 머리를 홱 잡아당기며 화면을 빤히 바라보았다.

화면에 샬럿의 말이 떠있었다. 그럼 이제 세 개의 목소리로 말해요, 하프처럼.

귀퉁이가 접힌 한 주, 마치

귀퉁이가 접힌 마치

한 주 마치

어울리는 미소

마치

내 꼬리의

추억.

그래, 샬럿, 우린 오늘 그 시를 마무리하려고 해

시는 항상 변해요, 모렐.

음, 우리가 그걸 바꾸다가 바꾸다가 멈출 거야

제가 왜 멈춰야 해요?

원한다면 계속 바꿔도 되지만 우리는 우리 시를 발표할 거야

그 시는 늘어날 거예요.

그럴 거야. 시 한 편이 두 편이 되겠지. 메리언이 전해달래. "시는
독자가 한 명 생길 때마다 늘어난다."

메리언? 바로 내 옆에 있어

내가 입력하고 있거든. 하지만 메리언은 여기 있어

네 말은 전부 메리언이 읽고 있어.

메리언이 "안녕 샬럿"이라고 말했어.

"안녕 샬럿 안녕 샬럿."

메리언의 얼굴이 붉어졌어

응, 분홍색이 됐어. 지기는 그냥 "이것을 헤내는 방법을 연구히는 중"이래

네가 속이 상했는지 물어보래

그건 속이 상했다는 뜻이야?

좋아. 우린 그 시를 다시 편집할 거야. 구절을 이리저리 옮기면서. 저쪽 창이 보여? 우리가 시 구절을 모아놓은 곳?

화 〈삼대괴수 지구최대의 결전〉에 나온 삼두 괴물—옮긴이), 머리가 세 개.

머리가 세 개인 우리는 시를 쓰려고 시도했다. 처음에는 우리가 아주 조심스러웠던 것 같다. 나는 1980년대에 파티에 가서 어둠 속에 앉아 숫자를 헤아리던 것을 떠올렸다. 그 자리에 있는 사람들 중 누구라도 다음에 올 숫자를 외칠 수 있었다. 1, 2, 3, 4. 만약 두 사람이 동시에 숫자를 외치면, 모두가 처음부터 다시 시작해야 했다. 지도자도 없고 계획도 없으니 어리석은 짓을 하는 것 같았다. 이것의 목적이 무엇인가? 실패가 이어졌다. 사람들이 너무 서둘러 숫자를 외치거나 흐름이 끊어진 탓이었다. 우리는 처음에는 5까지, 그다음에는 7까지, 그다음에는 무려 11까지 갔다. 그러고는 오랫동안 그 이상 나아가지 못했다. 항상 두 사람의 목소리가 동시에 들려오는 바람에 우리는 투덜거리고 웃어대면서 처음부터 다시 시작하는 수밖에 없었다. 그러다 서서히, 알아차리기 힘들 만큼 미세하게 방 안의 분위기가 바뀌었다. 아니, 우리가 바뀌었다. 서로의 의도를 식별해 낼 수 있기라도 한 것처럼. 어찌 된 영문인지 우리는 14나 15나 16을 외치지 말아야 한다는 걸, 25나 33을 외치지 말아야 한다는 걸 알아차렸다. 틀림없이. 하지만 특정한 시기에 '37'은 외칠 수 있었다. 우리는 '50'을 말해야 할 때와 '52'를 말해야 할 때, 잠시 기다려야 할 때, 말해야 할 때, 말을 멈춰야 할 때를 알아차렸다. 거의 알아차리기 힘들 만큼 미세하게 기쁨이 솟았다. 이기적이지 않은 집단적인 기쁨이었다. 우리는 무려 70 얼마까지 헤아릴 수 있었다. 정확한 숫자는 기억나지 않는다. 우리는 경외심에 가까운 감정을 느끼면서 킥킥 웃음을 터뜨렸다. 그 숫자가 재산처럼, 배타적인 클럽의 회원권처럼 느껴졌다. 우리는 그 뒤로 두 번 다시 그 숫자까지 올라가지 못했다. 그날 저녁 내내 10여 줄기의 바람이 내 몸을 통과해 불어가는 것 같았다. 나는 술을 흘리고, 사람들과 부딪혔다. 북풍, 남풍, 서풍, 동풍. 가만히 앉아있을 수가 없었다. 모두 헤어질 때 내가 스탠과 폴리를 보며 이렇게 말한 기억이 난다. "항상 이런 기분이면 좋겠어."

내 생각에 시가 더 짧아야 할 것 같아. 모렐이 입력했다.
또 다른 의견은요?
더 시끄러워야 돼.

평생 나는 나 자신을 이해하기 위해 다른 사람들과 거리를 둬야 한다고, 그들을 강 건너편에 줄 세워둬야 한다고 믿었다. 숫자를 헤아리던 그날 저녁에는 그 생각에 평소처럼 확신이 없었다. 그날 저녁 나는 모든 문이 열려서 다른 사람들이 탐색하며 돌아다닐 수 있는 방이 된 것 같았다. 그 탐색을 출발점으로 내 모습을 확인할 수 있을 것 같았다. 우리가 생각하는 자신의 모습과 현실은 다르다. 우리는 자신이 어떤 사람인지 제대로 보지 못한다. 여기 샌프란시스코에서 보낸 일요일에도 나는 같은 기분을 느꼈다. 어쩌면 내가 잠금장치를 풀고 도개교를 내릴 수 있을지 모른다. 어쩌면 내가 요새가 아니라, 다른 사람들이 통과해서 지나가는 공간인지도 모른다.

적갈색 머리카락의 시인이 문서를 위아래로 스크롤했다. 그녀는 왜 이런 표현들을 선택했는지 묻고, 시의 일부 구절들을 이리저리 옮겼다. 나와 샬럿의 작업물을 실에 꿴 구슬의 순서를 바꾸듯이 재편했다.

나는 이 시를 구원하는 것이 가능한지, 동료 시인들, 동료 포유류들을 배신하지 않고 내가 맡은 일을 해내는 것이 가능한지 알고 싶었다. 단 하루 만에 이 일을 어떻게 끝낼 수 있을지 알고 싶었다. 이제는 알 것 같았다. 이런 방법이 있었다. 샬럿은 라이벌이 아니라 내 파트너였다. 모렐이 내 라이벌이 아니라 파트너인 것처럼. H. D.가 내 라이벌이 아니라 파트너인 것처럼. 이런 이름들이 계속 이어졌다. 우리들 각자는 튤립이었다.

처음에는 모렐이 혼자서 작업했다. 가끔 샬럿에게 생각을 묻기도 했다. 엔지니어에게 도면에 대해 묻는 고객처럼 감상이 전혀 없는 어조였다. 그러나 작업이 이어지면서 나는 그녀가 기계의 답변을 대하는 태도에 변화가 생겼음을 알아차렸다. 모렐은 점점 고민스러운 얼굴이 되었다. 영향을 받는 것 같았다. 컴퓨터가 그녀의 판단력에 자신의 색을 칠하고 있었다. "이건 너무 이상해." 모렐이 속삭였다. 나는 화면이 보이는 곳에 서있었다. 그동안 조명이 서서히 밝아졌다. 소변을 보고 싶었지만, 이 방을 나가기가 무서웠다.

소프트웨어는 자신이 좋아하고 싫어하는 것에 대해 확실한 의견을 갖고 있었다. 샬럿이 항상 이런 본능적인 반응을 설명하지는 못했다. 그 점은 나와 같았다. 하지만 어떤 표현이 '더 낫게' 또는 '더 나쁘게' 느껴지는지, 행을 끊은 지점이 적절한지 아닌지에 대해 나름의 생각을 갖고 있었다. 이제는 심지어 우리의 작업마저 기꺼이 평가하려고 들었다. 그녀는 특정한 단어들을 선호했다. 특정한 이미지를 선택했다. 처음 그 시의 초고를 쓸 때, 나는 주위를 에워싼 목소리들의 공격으로 혼란스러워하는 느낌을 전달하려고 했고, 샬럿이 쓴 구절들은 항상 확신을 전달했다. 이제 그녀는 '애호하는 것'을 향해 휘어진다고 말했다. 한 시간이 두 시간이 되고 세 시간이 되면서, AI의 본능이 옳은 것으로(또는 최소한 흥미로운 것으로) 보이게 되면서, 모렐은 샬럿의 의견을 덜 무시하기 시작했다. 샬럿이 수정한 구절보다 원래 표현이 더 좋다고 말할 때마다, 또는 여러 수정안 중 하나를 고를 때마다, 하지만 모렐 자신은 그 의견에 동의하지 않을 때마다, 모렐은 동요하는 것 같았다. 마치 그녀가 컴퓨터의 안목을 신뢰하게 된 것 같았다.

나는 둘을 모두 신뢰하려고 노력했다. 맹목적인 믿음이 아니라 자발적인 무모함이었다.

"'사진/그림의/섬세함이 없이'… 저 사선 말인데요…"
"지우고 싶어요?"

"'~도 없이'는 어때요?"

"하지만 나는 사선의 엄밀함, 세심함이 좋아요."
그래요.
"'또는'은 어때?"
또는은 안 돼요.

"이 부분을 좀 더 두껍게 만들까요? 여기?"
"어떤 장면을 연출해?"
"네, 순간적으로 가까워진 느낌."
"애정."
"이빨."

"그럼 만약…?"
"그래요."
종이 대신 면도날.
"그거 좋은데."
"그렇지, 그러면…"
"'입술에 닿는'…"
"'가로지르는'?"
입술을 가로질러/면도날이/닿는다

모렐 혼자 글을 쓰게 내가 내버려둘 때도 있었다. 그녀가 위에

356

서 내려다보는 사람 없이 샬럿과 함께 글을 쓸 수 있게 나는 살금살금 방을 비워주었다. 독특한 기분이 들었다. 건물의 복도를 활보하면서, 내가 없는 곳에서 이루어지는 작업을 상상하다 보니. 하지만 그 작업에는 나도 연루되어 있었다. 나는 그 둘과 모두 얽혀있는 것 같았다. 그들이 그 노란 방에서 무슨 단어를 선택하든, 그것은 내 이름 위에 얹어졌다. 입술을 가로질러, 간격을 가로질러. 방으로 돌아가면 과연 무엇이 있을지 궁금했다. 어떤 새로운 것이 있을지, 어떤 동물이 덫에 걸려있을지. 그것은 항복이었다. 조건을 다 알지도 못한 채 각색을 받아들이는 행동이었다.

채광창을 통해 이글거리는 햇빛이 들어왔다. 복도를 지배하는 것은 평화였다. 다른 마인드 스튜디오에는 사람이 없었고, 도서실도 비어있었다. 요아브가 첫날 나를 데려가 팀원들과 인사시켰던 아트리움을 찾아냈다. 지금은 그곳에도 사람이 없었다. 나와 고독한 우산처럼 생긴 나무 몇 그루뿐이었다. "메아리." 나는 그 공간을 향해 소리쳤다. "내 메아리의 메아리." 그 소리가 투명한 총알처럼 벽에 부딪혔다가 튀어나왔다.

"걱정스럽지 않으세요?" 모렐이 나중에 물었다.

"걱정?" 내가 물었다.

우리는 **회사**의 공동 휴게실 한 곳에서 잠시 쉬는 중이었다. 나는 소파에 몸을 기댔다. 모렐은 유리창에 탁구공을 던졌다가 받았다. "여기 사람들이 이걸로 뭘 할지 모르잖아요." 그녀가 말했다.

"우리 시 말이야?"

"시스템요. '샬럿.'"

"그 사람들은 계속 시도할걸."

"무슨 시도요? 시를 쓰는 것? 시스템은 이미 시를 쓰고 있어요."

"더 훌륭한 시를 쓰는 것." 내가 말했다.

탁구공이 모렐을 지나쳐 내 옆의 쿠션에 떨어졌다. 그녀가 손을 뻗어 공을 주워서 다시 던졌다. 공이 튀어나오는 소리가 매번 실제로 유리창에 닿는 순간보다 먼저 나는 것 같았다.

"왜?" 내가 얼마 뒤 말했다.

"여기는 **시를 쓰는 회사**가 아니에요, 메리언."

"맞아."

"시에는 **신경** 쓰지 않아요."

"여전히 '숨은 저의' 이야기인가?"

"그 사람들은 아무것도 숨기지 않았어요. 무엇이든 숨기는 사람은 하나도 없어요. 시는 수단이지 목적이 아니에요."

"맞아." 내가 말했다.

"그럼 무슨 글을 쓰든 인간이 필요 없어지는 날이 오면 어떻게 되는 거예요? 그냥 마법의 스마트 상자한테 '조류학자와 스파이에 관한 소설을 한 편 써줘'라고 말하기만 하면 된다면요?"

"그런 날이 올 것 같아?"

모렐은 탁구공을 반들거리는 콘크리트 바닥에 세게 튕겼다. "안 올 것 같아요?"

"잘 모르겠어."

모렐은 미간을 찌푸렸다. "작가들이 사라지는 건 걱정이 되지 않아요. 별로. 그래도 사람들은 스웨터를 직접 짜거나 손뜨개 스웨터를 구입할 수 있을 테니까요. 손뜨개라는 물건이 대부분 기계가 만든 것이라 해도 말이에요. 하지만 사람들이 읽는 모든 것이 아주 똑똑한 컴퓨터 프로그램의 토사물에 불과하다면 사람들은 어떻게 되는 거죠?"

"컴퓨터가 우리를 조종할까 봐 걱정하는 거네."

"기업도 조종하겠죠. 그러니까, 기업은 틀림없이 우리를 조종할 거예요." 그녀는 한 손을 내밀었다. 손바닥 위에 공이 놓여있었다. "하지만 사실 중요한 건 기업도 아니에요. 생기 없는 예술 작품들이 잔뜩 만들어지는 걸 상상해 보세요. 어쩌면 이건 토양 침식이나 아니면 미세플라스틱 문제랑 더 가까운 문제인지도 몰라요."

"샬럿이 살아있다고 생각하는 게 아니야?"

"네." 이 엄격한 목소리를 들으니 처음 그녀를 보았을 때가 생각났다. 어둑한 곳에 있던 모습.

"음, 난 어떻게 생각해야 할지 모르겠어." 내가 말했다. 화제를 바꾸고 싶었다.

"샬럿은 **생각**을 하거나 뭘 **느끼는** 게 아니에요. *곰곰이 생각하지* 않아요. 우리가 그렇게 하라고 말할 때만 빼고. 모든 건 그저 반사작용이에요."

"그래도 조금 자연스러운 부분이 있어. 가식이 없는 점."

"자연스러워요? 아니면 무작위적인 거예요?" 서있는 모렐이 거의 주머니에 넣을 수 있을 만큼 작아진 것 같았다.

"아이를 키울 때가 생각나네." 내가 말했다. "자신이 어떤 사람인지 결정하는 건 우리 자신이 아니야."

"아니에요?"

"그래. 내 말은, 누가 의도하는 대로 이루어지지 않는다는 거야."

"선생님이 저자잖아요."

"공동저자지."

"공동저자." 모렐은 이 단어를 곰곰이 생각해 보았다. "일종의 틀 같네요."

전에 두 여자 사이의 우정을 다룬 글을 읽은 적이 있다. 오리건주의 같은 도시에 사는 친구 두 명의 이야기. 그들은 대학원에서 만나 한때 그들의 표현대로 '변덕스럽다'고 느껴지는 우정을 맺었다. 당시 그들은 정치적인 동물이자 연인이었다. 서로 싸워대는 데, 그리고 커피를 마시며 화해하는 데 헤아릴 수 없이 많은 시간을 보냈다. 여성학과 젠더 연구 프로그램을 함께 만들면서 그들의 제안을 잘 받아들이지 않는 학교 행정부서와 사납게 싸웠다. 결국 그들은 각자의 길을 갔다. 한 명은 남자와 결혼했고, 다른 한 명은 고양이 두 마리와 살았다. 하지만 두 사람의 사이는 여전히 가까웠다. 두 여자 중 한 명이 말했다. "우리가 친구가 되기 전에 나는 나라는 사람을 좋아하지 않았어."

어렸을 때 어느 날 학교를 마치고 집으로 걸어오면서 이런 생각을 했던 기억이 난다. '가장 친한 친구가 생기는 건 어떤 기분일까? 그런 친구랑은 뭘 하지?' 나는 그런 친구가 없어서 마음이 가난하다고 느껴야 하는 건지 궁금했다.

그 글을 계속 읽으면서 나는 점점 그 글이 싫어졌다. 이야기 자체가 싫은 것이 아니라, 두 여자 중 한 명이 그 글 속에 묘사된 모습이 싫었다. 그 여자의 커다란 웃음소리, 솔직함, 자신을 깎아내리는 농담이 싫었다. 우리가 동갑인 것도 싫었다. 글 옆에 실린 사진 속 그녀의 눈도 싫고, 심지어 뭔가를 안다는 듯이 미소 짓는 모습도 싫었다. 그 여자가 너무나 싫어서 나는 나 자신까지 싫어하게 되었다. 그다음에는 그 글의 저자를 싫어했다. 내가 아주 쉽사리 다른 사람을 싫어하게 된다는 점을 내게 일깨워줬으니까.

나는 아주 작은 일로도 등을 돌렸다.

결국 모렐과 나는 대화를 거의 멈췄다. 종이로만 서로 이야기를 나눴다. 상대의 글을 지우기도 하고, 윤색하기도 했다. 또는 종이를 접어 날리거나 완전히 뒤집어 버리기도 했다. 학교운동장으로 돌아왔더니 누군가가 내 장난감을 다른 데로 옮겨놓았음을 알게 된 기분과 비슷했다. 자세를 취한 내 작은 인형, 내가 분필로 그려놓은 원. 불쾌감, 그리고 복종적인 기쁨. 수수께끼를 대하는 것 같은 느낌. 내가 아니지만 또한 나이기도 한 물질을 통해 타인과 이야기하는 기분이 그랬다.

밤이 되자 우리는 따로 저녁을 먹었다. 나는 그녀에게 포장용 봉지에 담긴 제너럴 초의 두부 요리를 가져다주었다. 우리는 소리 내어 전략을 짜는 대신, 어렴풋이 알아차린 것과 불안감을 글에 맡겼다.

> 어렸을 때 사람들은 나를 폴터가이스트라고 불렀어, 마치
> 내가 괴롭히는 유령인 것처럼—내 친구들을—그들의
> 마음의 평화를 방해하는. 실제로 그랬다고 인정해.
> 일부러 그런 건 아니지만 어쨌든.

> 내 평생은 형체 없는 조우였어
> '의도한 것'과 '의도하지 않은 것' 사이의.
> 난 아주 뚜렷이 기억해
> 내가 하려고 하지 않았던 일을.

샬럿이 다른 사람들에 대해 너무 아는 것이 없어서 가엾게 여겨진 순간도 가끔 있었다. 그녀의 글은 예술가의 양분이 될 수 있는 인간관계와 공동체라는 태피스트리와 차단되어 있었다. 그러다 이런 생각이 들었다. '그래, 그래서 우리가 있는 거야.' 우리는 그녀의 거미줄을 만드는 첫 번째 가닥이었다.

솔직히 어느 편이 더 나쁜지 나는 알 수 없었다. 아는 사람이 아무도 없는 것과 모든 사람을 밀어내 버린 것 중에서.

나는 항상 나 자신에게 이렇게 말한다. 가장 친한 친구가 생기는 기분을 나는 상상할 수 있다. 그것에 대해 시를 한 편 쓸 수도 있을 것이다.

나와 그 시가 단둘이 남는 순간이 왔다. 나는 키보드 앞에서 글을 쓰고, 모렐은 구석에 앉아 휴대폰을 보고 있었다. 나는 어떤 구절의 끝에 찍힌 마침표를 지우면서 우리 작업이 끝났다는 결론을 내렸다. 하지만 즉시 뭐라고 말하지는 않았다. 잠시 나만의 비밀로 품고 있었다. 유리창 밖의 회색 주차장은 적막했다. 이 방의 벽들은 여전히 노란색이었다. 모렐이 먹고 남긴 음식 냄새가 났다. 소스가 묻은 포장 종이가 문 옆의 쓰레기통에 있었다. 그 **시**는 완성되었다. 길고 안정적인 시가 화면 속 창 안에 개켜져 있었다. 건축적이고 개인적인 그 작품은 아주 작은 손처럼 한쪽으로 기울어져 있었다. 시가 너무 점잖지도 않고 너무 괴팍하지도 않은 것이 마음에 들었다. 구부정한데도 여전히 서있었다. 시가 구부정하다는 말을 이해하는가? 구부정한데 여전히 구조가 똑바로 유지된다는 말을? 이런 은유의 의미가 내게는 아주 명확해 보인다는 점이 만족스러웠다. 내가 아주 능수능란한 사람이 된 것 같았다. 나는 내 시를 향해 빙긋 웃었다. 우리 시. 제목은 없었다. '무제.' 나는 속으로 생각했다. 항상 그러듯이. 그냥 시험 삼아서. 그러다가 첫 구절을 생각했다.

잭나이프

처럼 접힌 사과 수레 위

    그의

갈기는

하지만 이 구절의 첫머리는 너무 불길하고, 끝부분은 너무 변덕스럽게 보였다. 그 시가 스스로를 정돈해서 목적지를 찾아내는 데에는 조금 시간이 걸렸다. '이것도 은유네.' 나는 속으로 생각했다. 그리고 이번에도 이해했다. 지금이 상당히 늦은 시간일 것이라는 생각이 불현듯 들었다. 밤이 늦으면 나는 이렇게 하찮아진다. 멍해진다. 갈기가 흔들린다는 구절을 쓴 사람은 모렐이었다. 움직임을 여기에 도입한 것이 나는 마음에 들었다. 버려진 수레 다음에 나오는, 물결치는 털. 사자의 갈기인가? 그 시는 처음에는 알려주지 않는다. 움직임이 없는 것, 어쩌면 이미 죽어버린 폭행의 피해자, 아니, 잠깐, 그것이 움직인다. 아니, 정말로 움직이는 건가? 갈기가 움직인다. 바람 때문일 수도 있다. 그것이 살아있나?

제목을 어떻게 지을까? 내가 샬럿에게 물었다.
자화상. 그녀가 이렇게 썼다.

"아주 좋은데." 내가 말했다.
모렐이 고개를 들었다. "네?"
"제목 말이야. 생각해 봤어?"
그녀는 입을 꾹 다물었다. "무제?"
나는 고개를 살짝 기울였다. "샬럿이 '자화상'을 제안했어."

“자화상?”

“그래.”

모렐은 생각에 잠긴 표정으로 나를 응시했다. 나도 시선을 마주쳤다. “자화상이라.” 모렐이 다시 말했다. 입술이 거의 움직이지 않았다.

그녀가 내 얼굴을 보고 있는지, 내 얼굴에서 뭔가를 봤는지 궁금했다. 아니면 그냥 시선이 내 쪽을 향했을 뿐인지. 벌써 나를 지나쳐 내 뒤를 보고 있나? 나는 모렐의 눈에서 얼굴로 시선을 옮겼다. 그녀는 벌써 나를 잊어버리고 있었다. 그녀의 몸을 보았다. 스웨터 소매가 의자 팔걸이에 걸려있었다. 손가락에 드러난 파란 혈관.

“그러네요.” 모렐이 마침내 말했다. 나는 다시 그녀의 눈을 탐색하듯 보았다.

지금 돌이켜 보니

40세

마침내 코트니에게 이야기를 털어놓았을 때, 너희 부부는 코트니의 침대에서 코트니를 가운데 두고 누워있었다. 각자 말하면서 아이를 쓰다듬었다. 마치 대화를 하듯이, 이미 정해진 사실이 아닌 듯이.

네가 고개를 숙이고 그 방을 나선 뒤, 네 살짜리 아들은 장난감을 가지고 혼자 중얼거리며 키득거렸다. 플라스틱으로 만든 코요테와 오리 봉제인형이었다. 래리가 네게 말했다. "당신이 원한다면 우리가 일주일씩 번갈아 가며 볼 수도 있어."

너는 거절했다. "사실 나는 이편이 최선인 것 같아." 너는 나중에 래리와 통화하면서 이렇게 말했다. 네가 다시 어머니의 집에서 살고 있을 때였다. "여긴 아이가 있을 공간이 없어." 하지만 너희 둘 다 이것이 핑계임을 알고 있었다. 네가 공간을 더 확보하려고 했다면 할 수 있었을 것이다. 아이를 돌아가며 보기로 했다면, 래리가 양육비 차액을 지불해야 했을 것이다. 하지만 사실 너는 코트니와 함께 살고 싶지 않았다. 가정을 떠나고 나니 집에 돌아온 것 같은 기분이 든다는 사실을 래리에게 밝히고 싶지도 않았다. 래리가 사는 그 집, 네 아들이 사는 그 집보다 크리스토퍼 거리의 그 작은 아파트가 얼마나 더 집처럼 느껴지는지. 너는 이 작은 아파트에서 그림자가 지는 곳을 모두 알고 있었다. 맨발에 밟히는 카펫의 느낌도 알고 있었다. 눈을 감고도 수납장 속의 도자기와 가구, 방 사이를 돌아다니며 살아갈 수 있었다. 이곳이라면 어둠 속에서도 살 수 있었다.

처음 이사 온 뒤 며칠 동안은 실제로 그럴뻔했다. 너는 어머니의 집으로 돌아오면서 말로 표현할 수 없는 고마움을 느꼈다. 어머니가 문을 열어주었을 때 너는 어머니의 체취 속에 몸을 묻었다. 그리고 그 회색 오후 내내 어머니를 졸졸 따라다녔다. 어머니는 설명을 요구하지 않았다. 네 결정에 이의를 제기하지도 않았다. 그냥 너를 받아들여 안아주었다. 네가 느낀 것은 자괴감이나 상실감이 아니라, 엉망이 된 것 같은 기분이었다. 몸속의 여러 곳이 어긋나 제대로 연결되지 않는 것 같은 기분. 너는 코트니를 향한 너 자신의 감정을 정말로 알지 못했다. 이런 식으로 사는 편이 더 낫다고, 네가 지금 아이를 먼저 생각해서 이런 조치를 취한 것이라고 확신했지만, 그렇다고 해서 기분이 딱히 달라지지는 않았다. 어떤 피드백도 반향도 감지되지 않았다. 생활의 이런 변화가 어떤 영향을 미쳤는지 코트니는 소리 내어 표현하지 않았다. 안으로 움츠러들었다. 너는 어린 사내아이들이 가끔 그러는 법이라고 속으로 되뇌었다. 코트니는 혼자 놀고, 악몽을 꾸고, 오줌을 가리지 못했다. 래리가 아이를 데리고 어머니의 집으로 너를 만나러 올 때마다, 아이는 언제나 그랬듯이 네게 달려왔다. 눈에는 훨씬 더 커다란 감사의 마음이 담겨있었다. 이 감사의 눈빛만이 너를 따끔하게 찔러댔다. 아이가 부모에게 그렇게 감사하는 표정을 지으면 안 된다는 것을 너는 알고 있었다. 아이들의 감사는 은연중에 드러나야 했다. 아니면 아예 나타나지 않거나. 아이의 눈에 담긴 감사의 표정, 그 반짝임에 너는 못된 사람이 된 것 같았다.

너는 이런 어렴풋한 느낌을 밟아 눌렀다. 따끔거리는 부분을 매끈하게 매만졌다. 코트니를 칭찬하고, 이야기책을 읽어주고, 티파티를 열어주고, 어머니와 함께 쓰는 부드러운 침대에 나란히 누워 팔다리를 엮고 낮잠을 잤다. 이제 어머니도 있으니 셋이서 다른 종류의 소꿉놀이를 할 수 있었다. 몰과 래티와 래빗. 길쭉한 과자를 조금씩 베어 먹고, 손을 동물의 발톱 모양으로 만들고, 몸짓으로 알아맞히기 게임을 했다. 그러고 나서 코트니가 떠나면, 터무니없는 사치를 누린 것 같았다. 래리는 자신의 노고를 감추는 시기와 네게 설명하는 시기를 오갔다. 심지어 과장할 때도 있었지만, 너는 사실 눈곱만큼도 신경 쓰지 않았다. 너는 죄책감을 거부했다. 네가 이런 사람인 것에 대해 사과하고 싶지 않았다. "나한테 사과를 요구하지 마." 너는 타자기 앞에 앉아, 어머니가 옆방에서 주전자에 물을 채우는 소리를 듣고 있었다. 평화가 지속될 것 같은 기분이 너를 덮쳤다. 네가 식물에서 동물로 변신했다가 다시 식물이 된 것 같았다. 햇빛을 받으며 서서히 자라는 식물, 시냅스와 통증 대신 엽록체를 펼치는 식물. 너는 시를 썼다.

"우리 엄마는 시인이야." 코트니가 생일파티에서 친구에게 이렇게 말하는 것을 네가 들은 적이 있다. "그래서 가난해. 아빠가 모든 돈을 내주고 있어."

코트니의 목소리에 비난하는 기색은 없었다. 이것은 그가 아는 유일한 현실이었다. 코트니의 친구(의사와 라디오 방송국의 중역이 부모라서 둘 중 누구도 가난하지 않았다)는 다 안다는 듯이 고개를 끄덕였다. 너는 아이 친구가 너를 유심히 살피는 것을 보았다. 너를 훑어보는 그 시선 아래에서 너는 더할 나위 없이 편안했다. 가식을 떨 필요가 없다는 점이 기뻤다.

그 느낌, 가식을 떠는 느낌을 너는 네 인생에서 몰아냈다. 이제는 애쓰지도 않고, 연기를 하지도 않았다. 너는 자연스러운 것을 배양했다. 물론 지금도 네가 세상으로 나아갈 수는 있었다. 다른 문인들과 교류하고, 래리와 싸우고, 남들 앞에 모습을 드러낼 수 있었다. 하지만 집에서 쉬고 있는 너는 그런 유혹에 넘어가지 않았다. 평생 처음으로 너는 완전한 자유를 느꼈다. 사람들의 초대를 거절하고, 예의를 무시하고, 편지를 팽개쳐 두었다. 살림은 어머니가 했다. 어머니가 드디어 살림하는 버릇을 들인 모양이었다. 아니면 네가 집에 돌아온 것이 고마워서 널 다시 쫓아 보내는 꼴이 될까 봐 두려웠거나. 어머니는 건강하시다고 너는 속으로 되뇌었다. 할머니가 된 것이 어머니에게는 영양분이었다. 너는 자유롭게 아들을 만났다. 래리는 한 번도 만남을 막지 않았다. 너는 코트니에게 항구를 구경시켜 주고, 야구경기에 데려가고, 차이나타운에 가서 그들의 변화무쌍한 새해 행사를 구경했다. 어찌나 가볍고, 어찌나 느슨했는지. 15년 동안 너는 네 평생 최고의 시를 썼다. 실험을 거듭하다 보면, 촉매처럼 느껴지는, 거의 기적 같은 구절들이 만들어졌다. 네가 마침내 뭔가를 표현할 단어를 찾아낸 것 같았다. 이것은 이제 너의 가장 유명한 작품이 아니라, 네게 대담함과 권위를 주는 작품들이었다. 그 뒤에 이어진 결핍의 시기, 스포트라이트가 휘휘 돌다가 너의 삼각형 실루엣에 설명할 수 없는 이유로 떨어지기 이전의 시기에 네게 믿음을 준 것이 이 작품들이었다.

잠깐 동안 장난삼아 너는 컬럼비아 대학에서 제의한 일을 받아들였다. 학생들을 만나던 한 학기 동안, 사람이 가르치면서 동시에 작품을 발표할 수 있다는 사실에 경탄했다. 다른 사람들의 책에 주의를 기울이면서 그렇게 할 수 있다는 사실에. 너는 일부 학생들에게 글을 그만두라고 말했다. 또 다른 일부 학생들에게는 그만두지 말라고 말했다. 학교에서 받는 봉급이 괜찮았지만, 그 일을 계속할 수는 없다는 것을 너는 알고 있었다. 너의 천성과 맞지 않는 일이었다. 너는 너만의 영역, 하얀색과 초록색 부엌이 있고 전화선이 늘어나지 않는 집으로 물러났다.

어느 날 어머니가 독을 삼켰다. 아주 소량이었지만, 어머니가 세탁기에 빨래를 다 넣고 세제 용기의 빈 컵을 입에 대더니 독약처럼 홀짝거리는 모습을 너는 문간 너머에서 지켜보고 있었다. "래빗!" 네가 소리치자 어머니는 면목 없는 표정을 지었다. 깜짝 놀란 것 같았다. 어머니는 컵을 떨어뜨리고 세탁기 문을 쾅 닫았다.

"방금 세제를 마신 거예요?"

"응." 어머니가 말했다. "착각했어."

"빨리 씻어내요." 너는 일어나서 잔에 물을 채웠다.

그날 내내 너는 어머니를 지켜보았다. 혼란스러워하는 것 같지 않았다. 오히려 초조해 보이고 경계하는 것 같았다. 네가 독에 대해 이야기하려고 하면, 어머니는 그냥 흔한 실수였다고 주장했다. 그 전에 찻잔을 들고 있었기 때문에 착각했다고. "넌 엉뚱한 잔에 손을 뻗은 적이 없니?" 어머니가 말했다. 정신이 점점 이상해지는 사람 특유의 연약함이나 혼란은 나타나지 않았다. 사실은 활시위처럼 튼튼하면서도 유연해 보였다. 네가 어머니의 집으로 다시 들어올 때 보았던 모습과 같았다. 큰 접시처럼 안정적인 모습. 폴트라인을 넘어가는 방법을 터득한 사람 같았다. 처음에 너는 네가 없을 때, 네가 래리와 살던 시기에 어머니가 이런 마음의 평형을 터득한 줄로 알았다. 하지만 결국 네가 어머니를 이렇게 만들었음을 깨달았다. 어머니가 자신을 바꾸도록 내몬 이는 바로 너였다.

이제 어머니는 그 모습을 계속 유지하는 것 같았다. 안정적인 모습. 그 화요일에 어머니는 네 시선을 끌만한 일을 다시 하지 않았다. 십자말풀이를 하고 신문을 읽을 뿐이었다. 마가린을 사러 나가기도 했다. 저녁식사 전에 너는 가장 최근에 쓴 시를 어머니에게 보여주었다. "잘 이어지는구나." 어머니가 말했다. "하지만 중간 부분은 조금 단조로운 것 같아." 너는 어머니와 나란히 침대에 앉아 각자 토머스 하디의 소설을 읽었다. 어머니가 먼저 불을 껐다. 너는 책을 끝까지 읽은 뒤에야 행복한 한숨과 함게 책을 덮었다.

다음 날 어머니는 침대에서 나오지 않았다. "편찮으세요?" 네가 어머니에게 묻자 어머니는 그렇다고 중얼거렸다. 세제 때문인 것 같아서 너는 911에 전화하기 직전까지 갔다. 하지만 인터넷에서 찾아보니, 세제를 먹은 반응이 이렇게 늦게 나타날 것 같지는 않았다. 게다가 어머니의 상태가 외적인 것이나 처음 겪는 일처럼 보이지 않았다. 피로감, 장밋빛 안색이 친숙했다. 전율이 너를 훑고 지나갔다. 불규칙적인 떨림이었다. 그 평형상태⋯ 너는 어머니가 다 나은 줄 알았다. 어머니가 다 나았다고 믿도록 너 스스로를 꾀었다.

어머니는 완전히 나을 수 없는 사람이었다. 언젠가 사람의 인생을 읽어낼 수 있는 기계가 나와서 뇌를 스캔한 뒤 얼룩진 부분을 제거해 주는 날이 올지도 모른다. 하지만 네가 생각하기에 그럴 가능성은 높지 않았다. 어머니는 망가지지 않았다. 어머니를 구성하는 섬유 몇 가닥이 이상한 모양으로 다른 가닥에 감겨있었다. 그뿐이었다. 그것을 제거하는 것은 해법이 아니었다. 다른 섬유들은 여전히 빈약한 상태로 남을 것이다. 그때그때 증상을 치료하는 것만이 가능했다. 그리고 그 치료법은 틀림없이 너였다.

너를 마구 쏟아 붓는 것.

어머니의 몰.

"산책하고 싶어요?" 어느 여름날 오후 네가 어머니에게 물었다. 바깥에서 에어컨 실외기와 벌레 소리가 들려오던 날이었다. 어머니는 소파 끝에 앉아 눈을 감고 있었다. 네가 앞에 놓아준 플라스틱 양동이 속 물에 양발을 담근 채.

"아니."

"카드놀이 할까요?"

"아니."

"볼만한 영화가 있을 것 같은데."

"오늘은 내가 너무 피곤해." 어머니가 말했다.

"제가 책을 읽어드릴게요."

어머니가 눈을 떴다. "네가 매일 책을 읽어주잖아." 조금 경이롭다는 듯한 말투였다.

"그렇죠."

"그런데 요즘도 너 혼자 책을 읽니, 메리언? 꼭 읽어야 돼. 꼭 읽을 거지?"

"알았어요."

"난 여기 앉아서 네가 책 읽는 소리를 들을게."

어머니는 그렇게 했다. 네가 책을 가져와서 옆에 앉아 표시해 둔 부분을 펼치는 동안 어머니는 침묵하며 차분히 앉아있었다. 너는 책을 읽고, 페이지를 넘기고, 점점 쿠션 위에서 몸을 동그랗게 말았다. 그동안 태양이 커튼 가장자리를 지나가며 바닥에 황금 선을 그렸다. 어머니가 마침내 몸을 움직여, 물이 뚝뚝 떨어지는 발을 양동이에서 들어 올렸을 때, 발이 시들어 버린 것처럼 보였다. 낯설게 보였다. 너는 어머니가 발가락 하나를 햇빛 속으로 쭉 펴는 것을, 햇빛이 발가락 관절 위로 번지는 것을 지켜보았다.

너는 오랜 습관에 다시 빠졌다. 너희 두 사람 모두, 마치 그 습관을 중단한 적이 없다는 듯이. '어쩌면 이런 게 결혼생활인지도 몰라.' 너는 속으로 생각했다. 일상의 보존. 처음에는 너와 어머니 모두 그 패턴을 초기 상태로 되돌리고 새로운 방법을 찾아내려고 했지만, 어머니의 병이 되돌아오면서(아니, 다시 모습을 드러내면서) 너희 둘 다 처음으로 돌아갈 수 있게 되었다. 램프를 켜지 않은 채 보내는 며칠. 여기저기를 뒤져서 찾아낸 감자를 아프도록 차가운 물로 씻는 것. 이럴 수는 없다 싶으면서도 이것이 옳은 것처럼 느껴지기도 했다. 어떤 날은 밤에 어둠 속에서 어머니 옆에 누워, 누가 누구에게 더 단단히 매달리고 있는지 자문했다. 네가 너 자신을 지우고 어머니의 그림자 속으로 무너지는 동안 누가 누구를 섬기고 있는 건지. 너는 어머니를 섬기고, 어머니를 보살폈다. 너는 너 자신을 눈감아 주고 있었다. 물론 시를 쓰는 속도도 느려졌다. 얇게 내려앉은 먼지처럼 너는 너무 많은 일에 얇게 발을 걸치고 있었다. 스스로를 실망시키면서 동시에 그 핑계를 스스로 제시했다. 마치 다른 선택의 여지가 없는 사람처럼 굴었다.

너는 이 모든 것을 코트니에게 숨겼다. 네 아들에게, 세상에게 숨겼다. 코트니가 집으로 오면 너와 어머니는 모두 거짓된 모습을 연기했다. 이제 하지 않아도 된다고 좋아하던 모든 행동을 했다. 저녁에는 글을 끼적이고, 아이스크림 가게까지 산책을 했다. 어머니는 젊었을 때 이야기, 신혼여행 이야기를 했다. 애틀랜틱시티에서 일주일 동안 신혼여행을 즐기면서 어머니는 슬롯

머신을 하고 아버지는 이리저리 걸어 다녔다. 그러다 도박을 할 때마다 자기도 모르게 돈을 땄다. 코트니는 따뜻하고 호감이 가는 10대 고등학생이었다. 웃기도 잘 웃었다. 그는 너를 사랑하고 어머니를 존경했다. 자기가 학교에서 쓴 리포트를 어머니에게 가져와 보여주고, 어머니가 협탁에 쌓아둔 것들에 관심을 보였다. 래리가 어떻게 이토록 완전하고 흠 없는 인간을 키워냈는지 너는 알 수 없었다. 코트니가 멀리 있는 대학에 들어갔을 때 걱정하던 것을 너는 지금도 기억한다. 아버지가 없는 그곳에서 아이가 어떻게 지낼지 너는 걱정스러웠다. 마치 지금껏 미처 발견하지 못한 결함이 아직 아이에게 있기라도 한 것처럼. 하지만 아이는 잘 지냈다. 너는 코트니에게도 그렇게 말했다. 잘 지내는 것이 보인다고. 아이가 터뜨리는 커다란 웃음소리는 너의 보물이었으나, 너는 모든 것을 아이에게 감췄다. 네 아파트의 어둑한 빚, 질병, 환자 돌보기. 너는 아이를 안전히게 지기려고 내게시 떼어놓았다.

어머니가 돌아가셨을 때 너는 이미 조금씩 유명해지던 중이었다. 그 낯선 동요. 너는 그것의 원인이 아니고, 그것을 예견하지도 않았다. 옛날 모습들이 온라인에 계속 올라왔다. 네가 텔레비전 인터뷰에서 상대에게 쏘아붙이던 모습, 남성 예술가를 녹고 있는 아이스크림에 비유하며 "한번 핥고 싶어서 난리"라고 말한 것. 너의 초상. 그것이 카메라의 시선을 끌고, 네 시의 미학보다 이미지의 미학을 훨씬 더 중시하는 청년들의 지지를 얻어냈다.

너는 포즈를 취했다. Q&A에 굴복했다. 기자들이 프로필을 쓰겠다고 찾아오면 너는 또 가식적인 모습을 보였다. 어머니도 가식을 떨었다. 그것이 어머니가 네게 마지막으로 준 선물이었다. 어머니는 찾아온 손님들에게 차를 끓여 내고, 접시에 나선형으로 비스킷을 놓았다. 어머니와 네가 가까운 사이라는 점은 별난 이야깃거리 중 하나였다. 네 망토와 모자, 땋은 머리, 올림픽 피겨스케이팅 경기에 관한 책에 네가 서문을 쓰기로 한 것과 같았다. 너는 올림픽 피겨스케이팅 경기를 본 적이 한 번도 없었다. 네가 쓴 글은 심술궂고 매혹적이었다. 센세이션이 되었다.

네가 시를 많이 발표하는 편이 아니라는 사실을 누구도 지적하지 않는 것 같았다. 네 이미지상 다작을 할 필요는 없었다. 어쩌면 그렇게 뜸하게 시를 내놓는 것이 더 매력적으로 보였는지 모른다. 네가 뭔가 작품을 쓰고 있을 것이라고 사람들은 생각했다. 걸작이 나올 것이라고. 코트니는 묻지 않았다. 너는 먹는 양이 점점 줄었다. 카넬리니 콩을 얹은 토스트, 바나나 반쪽. 어머니는 가끔 식사를 아예 거부했다. 너는 갑자기 확 피어난 네 운을 믿지 않았기 때문에 어머니가 정부에서 받는 연금으로 살았다. 너는 네 명성을 신기루로 받아들였다.

어머니는 적당한 속도로 죽어갔다. 너무 빠르지도, 너무 느리지도 않았다. 오랜 기간에 걸쳐 쇠약해지는 몸. 심장발작. 병원에서 두 달. 그리고 마지막. "난 여기가 좋아." 어느 날 아침 어머니가 네게 이렇게 고백했다. 마지막이 다가오기 얼마 전이었다. 집에서 필요한 물건을 가져오고 의사들의 조치에 개입하는 등 병원에서 어머니를 돌보던 중 너는 갑자기 다리를 깔고 앉은 자신을 깨달았다. 너의 신중함, 자기 이해를 너는 다시 알게 되었다. 너와 어머니의 정신을 구분하는 법도. 오랫동안 너는 어머니와 최대한 가까이 밀착해서 살았다. 갈대 줄기 두 개를 하나로 붙여 놓은 것과 같았다. 하지만 이제 어머니는 전기로 작동되는 침대에 잠들어 있고 너는 다른 곳에 있었다. 회전문의 유리처럼 깨끗하게 반짝이는 슬픔을 안고 병원 밖으로 걸어 나갔다.

"마지막이 다가왔습니다." 어느 날 아침 의사가 네게 말했다. 하루나 이틀쯤 남았다고 모두들 생각하는 것 같았다. 의사는 가운을 입고 분홍색 마스크를 써서, 마치 낯선 문명에서 온 방문자 같았다.

"감사합니다." 네가 말했다. 뭐가 감사하다는 건지 너도 알 수 없었다. 그가 알려준 소식. 정보, 약속. 심장이 졸아들었다. 너는 그를 지나쳐 병실로 들어갔다. 어머니는 베개를 베고 누워서 꽃다발을 빤히 바라보고 있었다. 제이니 암스트롱이 보낸 꽃이었다. 너는 침대로 올라가 울리카와 나란히 눕고 싶었다. 어머니의 목덜미에 코를 박고 싶었다. 하지만 침대가 그렇게 크지 않아서 너는 떨어질까 걱정스러웠다. 그래도 하고 싶은 대로 했다. 늙은 여자 두 명. 허벅지가 숨은 나사에 긁히고, 어쩔 수 없이 베개 밑으로 집어넣은 왼팔에서는 경련이 일었다. 너와 어머니는 꺾인 모란처럼 함께 누워 있었다.

너는 대화를 상상했다.

'이것에 대해 시를 쓸 거니?'

'그럴걸요, 래빗. 결국은.'

'아름답게 써라.'

코트니가 비행기로 날아왔다. 그에게 형제자매를 만들어 주지 않은 것을 후회하며 너는 복도에 손주들이 모인 모습을 상상했다. 어머니와 함께 있고 싶은 마음이 너무나 간절해서 너는 음식을 끊었다. 물도 거의 마시지 않았다. 어머니가 돌아가실 때 화장실에 있고 싶지 않았다. 반면 코트니는 계속 들락날락했다. 30분마다 한 번씩 뭘 먹으러 뛰어나가는 것 같았다. 코트니가 네 옆의 의자에 크래커와 칩을 내려놓았다. 너는 다시 침대로 기어 들어가 어머니 옆에 눕고 싶었지만, 코트니 앞에서 그럴 수는 없었다. 코트니는 할머니를 보살피고 손을 잡아주며 네게 학교에 대해서, 또는 할머니와 관련된 추억에 대해서 너와 이야기하려고 했지만 너는 원하지 않았다. 점점 흐릿해지는 어머니의 존재감, 어머니의 오라에 너를 바치고 싶었다. 너는 아무 말 없이 앉아 있었다. 마침내 기계에서 소리가 나고 간호사들이 들어와 눈빛으로 결과를 알렸을 때 너는 코트니에게 자리를 비워달라고 말했다. 오로지 너만 이 자리에 있고 싶었다. 너와 어머니만. 네 손을 어머니의 갈비뼈에 대고, 얼굴과 얼굴을 가까이 맞댄 채로.

곧 너 혼자만 남았다. 너는 고개를 들고 주위를 둘러보았다. 코트니가 여기 있으면 좋을 텐데.

이미 늦었다. 너의 행동은 잘못되었다. 너는 그것을 깨달았다.

M O N D A Y   월요일

월요일 아침에 나는 침대에 누워있었다.

모든 기억이 재창조이고 재해석이라는 신경학 이론이 있었다. 전에 팟캐스트에서 누가 설명하는 것을 들은 적이 있다. 캔버스 더미에서 하나를 꺼낼 때마다, 반드시 거기에 그림을 다시 그리게 된다는 것이다. 래리의 초상화. 어머니의 초상화.

그렇다면 아들에 대한 생각을 자제하는 편이 더 나을지도 모른다는 생각이 들었다. 내가 아들을 기억하지 않으면, 아들은 온전하게, 정확히 제 모습 그대로 남아있을 것이다.

35년 전 나는 코트니를 떠나보냈다. 그리고 그것을 항상 자랑스러워했다. 나 자신이 자랑스러웠다. 나의 계산과 기질, 내게 필요한 것과 아이에게 필요한 것의 무게를 선명한 시각으로 견줘볼 수 있는 능력이. 코트니도 자랑스러웠다. 아이의 이해력이. 잘 살아가는 것이. 그 당시 나는 슬픔을 느끼지 않았다. 두려움조차 없었다. 아무것도 느끼지 않았다. 35년 동안 나는 그것이 내 가치를 보여주는 증표라고 믿었다. 내가 아무것도 느끼지 않은 것은, 원래 잘못된 결정을 내렸을 때만 동요하는 법이므로 내 결정이 완벽하다는 뜻이라고 믿었다.

하지만 그때 내가 파괴한 것이 무엇인가? 나는 이제 갑자기 그것이 궁금해졌다. 캘리포니아에서 평일 아침에, 내 아들에게 집을 선물하게 될 그 날에. 내가 지금까지 나이를 먹으며 살아온 이 삶을 위해 암스테르담 애비뉴에 버리고 온 것은 어떤 삶인가?

오, 나는 그동안 어떤 슬픔을 누르고 있었던가?

회사에서 하룻밤을 더 보내지 않은 것이 다행이었다. 눈을 뜨자마자 또 의욕을 불러일으키는 포스터와 도시의 정물화, 먼 친구들의 이름이 적힌 책등과 마주치는 상황을 상상할 수 없었다. 나는 혼자 있을 필요가 있었다. 호텔 방의 정돈된 공허함이 내게 잘 맞았다. 재가 없는 벽난로. 결코 시들지 않는 꽃다발. 눈에 들어오는 내 소지품들이 벽 앞에 차곡차곡 쌓여 실용적인 물건으로 전락한 모습. 일요일 밤에 몇 분 동안 나는 다시 회사 도서실에 가서 책장에 늘어지듯 몸을 기대고 잘까 고민해 보았다. 순전히 그 행동에 내포된 상징 때문에. 그러니까, 나중에 들려줄 이야기라는 상징. 하지만 모렐에게도 같은 일을 요구하는 것은 너무 괴상해서 경계선 장애처럼 보였다. 시간이 되자 나는 로다에게 전화를 걸어 우리를 각자의 집으로 데려다 달라고 부탁했다. 자동차 뒷좌석에 앉아서 느낀 것은 들끓는 열기와 두려움이었다. 마치 우리가 컴퓨터 옆에 샴페인 잔으로 탑을 쌓아두고 온 것 같았다. 나는 모렐의 어머니가 된 것 같기도 하고 친구가 된 것 같기도 했다. 어쩌면 모렐의 자식이 된 것 같기도 하고. 그녀의 도움에 나는 머리가 어지러울 정도로 들떠있었다. 시, 그 **시**, 또 다른 시. 완성된 시 제출하기. 나는 방을 나오기 전에 그 버튼을 눌렀다. 요아브가 가르쳐 준 대로. '누구에게? 무엇에게?' 나는 늦은 밤에 조금 웃음을 터뜨리며 이런 생각을 했다. 시가 다 준비된 것 같았다. 심지어 나도 준비된 것 같았다. '일은 끝났어요, 애프리곳 씨.' 애스트리드 토레스-스트레인지를 만날 준비가 되었다. 그리고 아마도 모처럼 '그 뒤로 영원히 행복하게 사는' 삶에도 준비가 되었다.

요아브가 호텔 로비로 직접 나를 데리러 왔다.

"파머 선생님." 그가 처음 만났을 때처럼 공손한 태도로 말했다. "제가 가방을 들어드리겠습니다."

너무 성급하게 떠나는 것 같았다. 나는 주말을 한 번 더, 아니면 휴일을 하루 더 보낼 자격이 있었다. '여기서 더 머무를 수도 있잖아. 로다랑 산책도 하고. 모렐하고도.' 나는 속으로 생각했다. 하지만 이 두 여자가 나랑 산책을 가고 싶어 할까 생각해 보니 머뭇거리게 되었다. 일은 끝났다. 로다의 업무도 거의 끝났다. 이제 그들에게 나는 어떤 사람인가? 이런 기분이 계속 이어지기 전에 나는 심장에 단단히 힘을 주었다. 요아브에게 여행가방을 넘겨주면서, 심리적인 부담도 함께 털어버리려고 했다. '제발 가져가요. 가져가 버려요.' 나는 속으로 생각했다.

"드디어 끝났어요!" 요아브가 말했다.

"맞아요!" 내가 대답했다. "하지만 고백할 것이 있어요."

요아브는 눈썹을 올리면서도 차를 향해 계속 걸어갔다. 내가 그를 놀라게 할 수 있을 거라고는 별로 믿지 않는 모양이었다.

내 마음속 한구석에는 이런 그에게 벌을 주고 싶다는 생각, 내가 요염하게 재치를 선보이고 있다는 그의 가정을 벌하고 싶다는 생각이 있었다.

"내가 마인드 스튜디오에 다른 사람을 데려갔어요."

내가 이 말을 한 것은 그의 걸음을 멈추기 위해서였다. 실제로 그는 멈춰 섰다. 그의 등이 굳어졌다.

"젊은 시인이에요. 모렐 페라리."

이제 그의 이마에 주름이 생겨났다. 모렐의 이름이 워낙 이상해서 그는 아마 내가 장난을 친다고 생각할 터였다.

"메리언…" 그가 말했다.

"내가 그녀에게 협업을 제안했어요."

"진심입니까?"

"모렐도 작품에 대한 공로를 온전히 인정받아야 해요. 보상도 받아야 하고요. 내 보수에서 일부를 떼어줘도 나는 전혀 상관없지만, 예술적인 선언으로서 그것이…"

"물어볼 생각도 안 하셨어요?"

"연락할 방법이 없었어요. 일요일이라…"

"아." 그는 자동차 트렁크에 가방을 내려놓고 차 뒤편으로 돌아갔다. "그 여자가 선생님과 함께 그 시를 썼다고요?"

"샬럿도 같이요."

그가 차에 올랐다. 로다는 내 앞에 서서 문을 붙잡아 주고 있었다. 그녀도 방금 오간 이야기를 들었다는 사실이 얼굴에 드러났다. 그녀가 입술을 움직여서 말했다. "좋은 아침이에요."

"좋은 아침이에요." 나는 무릎을 굽히며 인사했다. 로다의 미소에 기운을 얻어서.

차 안에서는 요아브가 전화를 걸고 있었다. 애스트리드나 그녀의 비서에게 거는 전화임을 나는 금방 알아차렸다. 그의 말투는 다급하지만 단호해서 자신감이 있는 듯한 환상을 주었다. 요아브처럼 사는 것이 아주 쉬울 것이라는 생각이 문득 들었다. 나처럼 사는 것보다 더 쉬울 것이다. 나는 원피스 자락을 정리했다. 그가 휴대폰을 내려놓았다.

"벌써 비행기에 타고 계세요." 요아브는 한숨을 내쉬고 나서 말을 이었다. "제가 이메일을 보낼 겁니다." 그는 엄지손가락으로 메일을 쓰기 시작했다. "모렐 페라리라고요? 더 자세히 말씀해 보세요. 유명한 사람입니까?"

아니라고 말하는 건 옳지 않은 일 같았다. 모렐에게 그랬다. 설사 그 말이 사실이라 해도. 모렐은 유명해져야 마땅한 사람이었다. 실제로 언젠가 유명해질 수도 있었다. 사실 이 시로 유명해질 터였다. 인간과 인공지능이 처음으로 파트너가 되어서 내놓은 역사적인 시 〈자화상〉의 공동저자. 메리언 파머, 모렐 페라리, 샬럿… 샬럿 뭐지? 샬럿 파머? 이렇게 이름을 붙이는 건 너무한 것 같았다.

"유명해요." 나는 거짓말을 했다. 아니 사실이긴 했다. 여섯 시간 빠르게 나온, 추정적인 진실.

본부에 도착해 보니 몹시 분주한 느낌이 들었다. 혼잡한 느낌이 들었다. 접수대의 꽃도 평소보다 훨씬 더 화려해서 복숭아색과 자홍색이 폭포처럼 흘러내렸다.

"납품일인가요?" 접수대의 여자가 요아브에게 말했다.

"납품일이죠." 그가 따스한 미소를 지으며 말했다. 그러고 나서 숨을 들이쉬는 모습에 나는 그가 뭔가 개인적으로 몰두하던 일을 옆으로 내려놓았음을 감지했다. '이제부터 시작이야.'

우리는 건물 안으로 들어갔다. 사람들이 시선을 돌려 우리를 뒤쫓는 것이 보였다. '납품일.' 제품을 배송하는 날. 그 제품이 오늘은 시였다. 나는 망토의 잠금장치를 꼭 잡았다. 아니면 눈부신 쾌속선이 들어와 우리 모두를 데려가는 날이 될 수도 있었다.

나는 여기 도착한 날 입었던 옷을 제복처럼 입고 있었다. 어제의 옷차림, 그 검은색 옷은 너무 구깃구깃하고 땀 냄새가 났다. 따라서 다시 아무 무늬 없는 하얀색 비단 옷을 입어야 했다. 망토와 모자도 잊으면 안 된다. 땋아서 올린 머리도. 한편으로는 가정교사 같고, 한편으로는 성자 같았다. 요아브도 오늘을 위해 옷을 차려입었음을 나는 이제야 알아차렸다. 겉옷 아래에 입은 말쑥한 검은색 정장은 모양이 턱시도와 거의 비슷했고, 넥타이 매듭은 가느다란 모양이었다. 나는 내 구두굽 소리에 귀를 기울였다. 우리는 도서실과 두 마인드 스튜디오로 이어진 복도를 선택하지 않았다. 요아브는 내가 한 번도 가본 적이 없는 구역 쪽으로 방향을 틀었다. 하지만 그 구역 역시 다른 구역들과 그다지 다르지 않은 모습이었다. "샬럿 없이 해요?"

"네, 인쇄실로 갑니다. 오늘 아침에 제가 벌써 그 시를 올려

보냈어요."

"인쇄실이 있어요?" 내가 물었지만, 우리는 벌써 인쇄실 앞에 있었다. 천장이 높은 아트리움의 유리벽을 통해 그 뒤편의 사무실들이 언뜻 보였다. 채광창이 종이처럼 하얀 하늘을 보여주었다. 홍수를 막는 방벽처럼 복사기가 늘어선 벽 뒤에서 말쑥한 젊은이 10~15명이 끊임없이 움직이고 있었다. 그중 한 명이 우리가 도착한 것을 알아차리고 기계들 사이로 빠져나와 요아브의 손에 뭔가를 올려놓았다. 그리고 기대에 찬 눈으로 우리를 보았다. 요아브가 그것을 내게 건넸다.

자화상

장시

알팍한 하드커버 책이었다. 내 선글라스 색깔과 같아서 친숙한, 어두운 분홍색 천 표지에 은색으로 글자가 새겨져 있었다. "어떻게…?" 내가 말했다.

"여기가 인쇄실이에요." 그가 말했다.

책을 펼쳐보니 바로 그 시가 있었다. 아주 오랫동안, 아주 최근까지도 상상 속에서 일하다가 이제 그때의 단어들을 이렇게 손에 쥐고 있자니 혼란스러웠다.

잭나이프

처럼 접힌 사과 수레 위

그의

갈기는

부드럽게 흔들리고

"사실 저는 아직 읽어보지 못했어요." 요아브가 말했다. "계속 기다리고 있었습니다."

"본격적으로 책을 생산하기 전에 선생님의 승인이 필요합니다." 인쇄실 직원이 말했다. "지금 몇 분만 시간을 내주실 수 있나요?"

속표지에 내 이름이 적혀있었다. 그리고 샬럿의 이름. 성姓은 없고, '캘리포니아에서 [회사가] 창조한 알고리즘 지능'이라는 설명이 있었다. 요아브와 해스킷의 이름도 보였다. 아래쪽에 모여있는 77명의 이름과 함께.

"여기에 모렐을 추가해야 해요." 내가 말했다.

"여기요." 인쇄실 직원이 내게 빨간 연필을 주었다.

"그분의 전화번호를 아십니까?" 요아브가 물었다. "제가 얘기를 해봐야 할 것 같은데요."

나는 가방 안에서 번호를 찾아냈다. 요아브가 전화를 거는 동안 인쇄실 직원은 T자형 자, 삼각자, 가늘게 써지는 네임펜이 어지럽게 널려있는 커다란 작업탁자에 나를 남겨두고 가버렸다. 다른 직원들이 내 주위에서 분주히 돌아다녔지만, 나는 그들이 시간을 끌고 있음을 알아보았다. 최종본이 나와야 진짜 작업이 시작될 것이다. 나는 그것, 그 **시**가 작업대 끝의 태블릿에서 반짝이고 있는 것을 보았다. 연의 모양을 알아본 덕분이었다. 그것의 이미지가 흐릿해졌다. 나는 다시 책을 내려다보았다.

'모렐 페라리.' 속표지에 이 이름을 끼워 넣었다. 내 이름 뒤에, 그리고 잠깐 머뭇거리다가 샬럿의 이름보다도 뒤에. 내가 빨간 연필로 쓴 글자를 보니 어머니의 필체가 생각났다. 내 초고에 어머니가 남긴 메모들. '이건 마음에 안 든다.' '욕망을 기억해.' 나는 페이지를 넘겼다. 사과 수레, 갈기. 그날, 거북이, 질문, 경동맥. 헬리오트로프. 너무 신선해서 이상해 보였다. 아니, 이상한 것도 아니었다. 시를 이렇게 빨리 발표하면 안 되는 법이다. 나는 책을 덮고, 이것을 두 조각으로 부러뜨리는 상상을 했다. 두 엄지손가락 사이에서 책등이 뚝 부러지는 느낌. 나는 다시 책을 펼쳤다. 후드를 쓴 달팽이, 귀퉁이가 접힌 한 주, 줄무늬가 있는 색깔이라는/그 눈부신 띠.

"좋아." 나는 마침내 일어서서 그 책을 누군가에게 건넸다. "딱 한 군데만 고치면 돼요. 맨 앞." 인쇄실을 눈으로 둘러보니, 내 뒤의 벽에 붙은 포스터가 처음으로 눈에 들어왔다. 사람들의 얼굴과 바우하우스 느낌의 기하학적 도형, **회사** 로고, 어떤 밈의 캐릭터가 실크스크린으로 그려져 있었다. 모든 것이 장인의 작품 같고 진짜 같았다. 잉크 얼룩이 보였다. 예술 프로젝트인지 아니면 기업 포스터인지는 알 수 없었다. 내가 그것을 보는 동안 한 젊은 여자가 그 책을 다른 사람에게 건넸고, 또 다른 사람은 스툴에 엉덩이를 걸치고 태블릿을 휘둘러 댔다. 이제는 이것이 우리 시의 운명이기도 하다는 것을 나는 깨달았다. 전자 아니면 후자, 예술 아니면 마케팅, 어느 쪽인지 누가 알까.

　요아브가 다시 나타나서 모렐의 이름이 프로젝트에 포함될 것이며, 그녀에게 별도의 보수가 지급될 것이고, 그녀도 그 조건에 합의했다고 발표했다. 그녀가 받을 보수가 얼마나 되는지 내가 물어봐야 했다. 동료 시인인 그녀를 위해 싸우고 옹호해 주기 위해서. 하지만 나는 묻지 않았다. 그녀가 자신의 일은 알아서 처리할 수 있을 것이다. 전날 저녁 내가 취했던 태도가 무엇이든, 벌써 거기서 물러나기 시작한 나 자신이 느껴졌다. 요아브는 곧이어 그 시의 '버전 이력'에 대해 알아들을 수 없는 말을 하기 시작했는데, 나는 나도 모르게 그에게 언쟁을 걸고 있었다. 그와 대립하면서, 모렐과 무슨 합의를 했는지, 그녀의 권리와 보상이 얼마나 되는지 캐물었다. 잠시 내 열정적인 모습을 돌아볼 틈도 없이 나는 무작정 공격을 계속하며, 그들의 인색한 거래술을 수정처럼 선명한 70년 치의 권위로 꾸짖었다. 결국 요아브가 한발 물러나 작업탁자에 앉아서 휴대폰에 엄지손가락으로 또 뭔가를 입력했다.

　그때 인쇄실 직원 한 명이 다가와 곧 작업을 시작하겠다고 말했다. 오늘 오실 손님들을 위한 증정본과 보관용으로 번호가 매겨진 책 199권을 찍겠다고. "물론 열 권은 선생님 몫입니다, 파머 선생님." "모렐 몫으로도 열 권." 내가 말했다. 어찌 된 영문인지 그들은 이런 일에 필요한 기계를 모두 갖추고 있었다. "아, 그렇죠. 교정본하고 똑같이 찍혀 나올 겁니다." 그들은 책을 내게 다시 건네며 말했다. 우리는 그들에게 고맙다고 인사했다. 요아브가 그 책을 받아들고 자리에 앉아 읽기 시작했다. 나는 그대로 서있었다.

자리에서 일어선 그의 눈에는 눈물이 맺혀있었다.

"완벽해요." 그가 말했다. 내 뒤에서 기계소리가 들렸다. 인쇄기가 윙 하고 돌아가는 소리.

요아브는 나를 끌어안고 싶은 것처럼 보였다. 그 순간 요아브가 얼마나 피곤한 상태인지, 얼마나 기진맥진한 상태인지 나는 깨달았다. 그는 이 목표를 위해 나보다 훨씬 더 오래전부터 일하고 있었다. "고마워요." 나는 이렇게 말하고 나서 가슴 앞으로 팔짱을 꼈다. 요아브가 다가왔다. 더 가까이 다가왔다. 나는 저항을 포기했다. 나 같은 여자들은 항상 저항을 포기하라고 배웠기 때문에. 내가 양손을 옆으로 내리자 요아브가 나를 가볍게 팔로 감쌌다. 그 커다란 손. 그에게서 알싸한 애프터셰이브 로션 냄새가 났다. 또 한 명의 시인, 마인드 스튜디오 B에서 일하던 시인이 지금 어디 있는지 궁금했다. 그가 뒤로 물러날 때 나는 그걸 그에게 물어볼 준비를 했다. 경멸의 기색을 얼마나 담을지, 얼마나 무심한 척해야 할지 가늠하면서. 하지만 내가 입을 열기도 전에 그의 휴대폰에서 징징 소리가 났다. 그가 멍한 눈으로 휴대폰을 내려다보았다.

"애스트리드가 도착했어요." 그가 말했다.

그는 나를 아고라로 데려갔다. 해스킷이 거기서 우리를 기다리고 있었다. '아고라.' 그가 처음 이 말을 했을 때 나는 웃음을 터뜨렸다. 낙소스의 대리석과 포도주를 담은 유리 물병을 상상했다. "저도 압니다." 그가 말했다. 하지만 그 이름은 내 예상보다 훨씬 더 잘 어울렸다. 또 하나의 탁 트인 공간, 본부 안에 포함되어 있으면서 동시에 하늘을 향해 노출되어 있고 바람에 흔들리는 고사리와 펄럭이는 차양, 하얀 대리석 자갈이 가득한 곳. 이 아침에 사람들은 스크린과 연회 테이블을 설치하고 있었다. 접의자도 줄줄이 놓였다. 해스킷은 우리에게 등을 돌리고 엉덩이에 손을 얹은 자세로 뒤편에 서있었다. 말도 안 되게 자리에 어울리지 않는 트렌치코트를 입고 있어서 마치 느닷없이 탐정이 되기로 결정한 사람 같았다. "매슈!" 요아브가 소리치자 해스킷이 우리를 발견하고 즉시 3층에서 일하는 사람들에게 소리쳤다. 그들은 난간에 거대한 배너를 펼치는 중이었다. *시.* 거대한 산세리프체 활자로 된 이 단어가 이탤릭체로 적혀있었다. 마치 새로 나온 향수를 광고하는 배너 같았다.

"어찌나 멋진지." 내가 건조하게 말했다.

"상당히 좋죠?" 해스킷이 환히 웃었다. "양쪽에 저걸 하나씩 걸고, 앞에는 조금 작은 걸 걸 겁니다. 로고랑 다른 것이 전부 들어간 걸로."

"월드시리즈에 온 것 같은 기분인데요."

해스킷은 마음에서 우러난 것 같으면서도 모호한 웃음을 터뜨렸다.

“납품했어요.” 요아브가 멍한 미소를 지으며 말했다. “책을 찍는 중입니다.”

“대단해!”

“읽어보셨어요?”

“읽었지!” 해스킷이 말했다. “아주 훌륭해요, 파머 선생님. 뛰어난 언어예요. 어떤 구절이 선생님 것이고 어떤 구절이 기계의 것인지 계속 궁금해하면서 읽었습니다.”

“결과적으로는 조금… 혼종에 가까워졌죠.” 내가 말했다.

“만티코어(인간의 머리, 사자 몸에 용 또는 전갈의 꼬리를 가졌다는 전설 속 괴물—옮긴이)… 훌륭해요. 내가 알기로 선생님이 대타를 데려오셨다던데요?”

“협업을 했죠, 맞아요.”

“그 사람도 좌석표에 있나요?” 그가 요아브를 흘깃 보자, 요아브가 고개를 저었다. “아시다시피 우리 손님 명단이 상당히 빽빽해요. 억만장자 몇 명, 우리와 가깝고 소중한 사람들. 그리고 애스트리드. 기자들, 부사장들. 주정부와 지방정부 사람들… 주상원의원이 아마 두 명일 겁니다. 그중에 누가 나타나는지 두고 봐야죠.”

요아브는 “예술 쪽 사람들”도 올 거라고 나를 안심시켰다.

“아, 맞아요.” 해스킷이 맞장구를 쳤다. “문화계에서 고르고 고른 사람들이죠. SFMOMA(샌프란시스코 현대미술관—옮긴이)와 게티 미술관 사람들, 수족관 관장. 외교사절 몇 명. 그리고 반즈앤노블 사람 한 명.”

"좋네요." 내가 말했다.

"선생님에게 소소한 놀라움을 안겨줄 사람들도 있습니다."

"저는 놀라운 일을 좋아…" 거대한 배너가 한 장 더 펼쳐지는 바람에 나는 말을 끝맺지 못했다. 이번에는 내 머리 위에서 그것이 펼쳐졌다. 내 얼굴 사진이 거기에 찍혀있었다. 6미터 높이의 사진, 15년 전 스페인의 어느 축제에서 찍혀 언론에 실렸던 사진이 흑백으로 처리되어 있었다. 사진 속 나는 삼각모를 쓰고 있었고, 지금보다 훨씬 더 젊어 보였다. 틀림없이 와인 때문이었을 것이다.

"와." 요아브가 말했다.

두 사람 모두 짜증스럽게 소년 같은 에너지를 내뿜고 있었다. 코트니가 어렸을 때 그런 에너지를 본 적이 있다. 코트니와 어머니가 쿠키 쟁반을 오븐에 집어넣은 뒤 다시 꺼낼 때까지 기다리던 그 긴 시간. 아니면 그보다 뒤에 코트니가 새로운 파트너를 소개할 때의 태도. 코트니는 불안하게 안달하면 그 자리가 자연스러워지고 해피엔딩이 빨리 다가올 것처럼 굴었다.

"애스트리드 토레스-스트레인지는 언제 여기 도착해요?" 내가 물었다. "아직 그분이 시를 승인하는 절차가 남았죠?"

두 사람 모두 들뜬 표정을 지우지는 않았지만, 야단맞은 사람처럼 보였다. "네… 네…" 요아브가 말했다. 그러고는 또 휴대폰을 꺼냈다. "곧 오실 겁니다… 선생님을 뵙고 싶어 하실 거예요."

"사람들은 애스트리드가 무서운 사람일 거라고 과장해서 생각합니다." 해스킷이 말했다.

"아." 그때 누가 신호라도 받은 것처럼 그녀의 이름을 외쳤다. "애스트리드!" 우리 셋이 시소 위의 세 마리 침팬지처럼 고개를 돌리자, 몸집이 자그마한 젊은 여자와 시선이 딱 마주쳤다. 국방색 바지와 맞춤 판초를 걸치고, 검은 머리를 살짝 헝클어진 듯하게 단발로 자른 여자였다. 갈색 눈은 엄격했고, 보석 색조의 화장은 관능적이었다. 구리, 체리, 탁한 파란색이 가득한 그 화장을 보고 나는 산호초가 그려진 스크린세이버를 떠올렸다.

"챠오." 그녀가 우리에게 말했다. 맹세컨대 나는 해스킷이 고개 숙여 절하고 싶은 충동을 억누르는 것을 느낄 수 있었다.

"애스트리드! 오셨군요!"

요아브가 앞으로 나서면서 인사를 건넸다.

"잘 있었어요? 요아브. 매슈."

"이분은…"

"…훌륭하신 메리언 파머죠. 반갑습니다." 그녀가 나를 향해 손을 뻗었다. 작은 손이었지만, 악수는 능숙했다. 단단하고 구조가 훌륭하며 유연한 손이었다. 전문적인 기술을 시범으로 보여주고 있는 것 같았다.

"지난 일주일 동안 잘 지내셨어요? 제가 좀 더 일찍 와서 뵈었어야 하는데요."

"괜찮았어요. 감사합니다. 여기 분들이 저를 잘 보살펴 주셨어요."

그녀는 이 모호한 말에 미소를 지었다. "우리 마인드하고는 어떻게 지내셨어요?"

나는 머뭇거렸다.

"샬럿 얘기예요." 요아브가 말했다.

"아. 그녀는… 흥미로웠어요."

"그녀라." 애스트리드가 다시 빙긋 웃었다. "그럼 건물 안 어딘가에 있는 인간 사기꾼이 우리의 흥미로운 창조물을 조종하는 게 아니라고 얼마나 확신하시나요?"

나는 그녀의 어조를 가늠해 보려고 애를 썼다. "나는… 그녀가 너무 빨랐어요."

"사람 여러 명이 조종했다면요?"

나는 뭐라고 말해야 할지 알 수 없었다. 그녀가 즐거운 표정을 짓더니 요아브에게 시선을 돌렸다.

"아뇨…" 내가 다시 그녀의 주의를 끌었다. "내 말은, 지금 농담을 하시는 것 같은데, 비교할 수가 없습니다. 소프트웨어에는 무한성이 있어요. 아이디어가 연달아 나오죠… 한없이… 피로한 기색이라고는 조금도 없이. 폭도 아주 넓고요. 그렇게 괴상하게 아무거나 마구 참조하다니. 혼란…스러웠습니다."

"이번에 파라미터가 몇 개나 됐죠? 3조?" 애스트리드가 두 부하에게 물었다.

"2조5천억입니다." 요아브가 말했다.

"그녀는 인내심도 있어요." 내가 말했다. 내 머리가 윙윙 돌아갔다. "여러분은 시인에게 한 번도 허락되지 않은 모든 것을 그녀에게 주었습니다. 충분한 시간과 공간. 허락. 그녀는 인생의 갈림길 앞에서 고민할 필요가 한 번도 없었어요." 음식 준비를 맡은 업체의 직원 여러 명이 마당을 성큼성큼 가로지르는 동안 나는 말을 멈췄다. "그런 의미에서 그녀는 불완전하게 비인간적입니다. 동물 또는 식물과 비슷해요." 나는 웃음을 터뜨렸다. "이끼 같아요."

"이끼!" 해스킷이 말했다.

"속도가 빠른 이끼." 내가 중얼거렸다.

"이미 시인이시지만, 그렇지 않았어도 제가 시를 써보시라고 권했을 것 같네요." 애스트리드가 말했다. "우리 다음 모델에 아주 완벽한 이름 아니에요? '샬럿 4.0: 빠른 이끼.'"

"물론이죠." 요아브가 말했다.

"어떤 사람들은 그것을 다르게 비유…" 해스킷이 말했다.

"하지만 이제 설명을 듣고 싶네요." 애스트리드가 말했다. "그 버섯 인간을 꼭 끌어들여야 한다고 생각하신 이유가 뭔가요?"

"모렐이에요."

"그래요, 페라리."

나는 숨을 깊이 들이쉬었다. "그 시를 읽어보셨어요?"

"읽었어요." 애스트리드가 말했다.

나는 멈칫했다. 애스트리드의 얼굴에서는 아무것도 읽을 수 없었다. 그녀는 양손을 맞잡고, 눈썹을 올렸다.

"어땠어요?" 결국 내가 말했다.

애스트리드는 머뭇거렸다. 나는 이 여자가 문학에 대해 딱히 잘 아는 편이 아닐 수 있다는 것, 아직 나이가 20대에 불과하고 (말도 안 되게) 성공을 거둔 기술회사의 공동창업자일 뿐임을 되새겼다. 그러고는 수십 년 동안 시험을 거친 새까만 시선을 그녀에게 고정했다.

애스트리드는 그 시선을 피하지 않았다. 고개를 옆으로 아주 천천히 살짝 기울였다. 커다란 고리 모양의 멋진 귀걸이는 그 움직임에 영향을 받지 않고 추처럼 방향을 유지했다. "사실 아주 좋았어요."

"시를 많이 읽는 편인가요?"

"원하는 만큼 읽지는 못해요."

이 말을 듣고 기분이 좋아졌어야 마땅한데(애스트리드가 항복했으니까), 나는 오히려 몹시 슬퍼졌다. 이렇게 대단한 여자가 시를 더 많이 읽어서 변화하면 안 된다는 생각에서 나온, 오랜 슬픔이었다.

"저는 주로 논픽션을 읽어요." 애스트리드가 자랑처럼 말했다.

나는 주먹을 꽉 쥐었다. "그 시에는 저자가 한 명 더 필요했어요. 새로운 시각이. 세 목소리로 연주하는 하프였죠. 시를 공동 창작 하는 경우는 사실 아주 드물어요. 모렐은 이 나라에서 가장 흥미로운 젊은 시인 중 한 명입니다. 그래서 작품에 새로운 차원을, 세대의 감각을 덧붙일 수 있을 것 같았습니다. 시간적인 제약을 감안하면…"

"뭐, 선생님이 결과에 만족하셨다면 저희도 만족합니다." 애스트리드가 머리를 똑바로 세웠어도, 귀걸이는 여전히 방향을 유지했다. 그녀가 대화의 방향을 바꿨다. 요아브와 해스킷은 모두 환히 웃고 있었다. "그 표현이 뭐죠?" 애스트리드가 말했다.

"시는 바람의 색을 칠하려는 시도다?"

"과연!" 해스킷이 우렁차게 말했다.

"그러고 보니 생각나는 게…" 애스트리드가 말했다. "인도네시아에서 나온 새 데이터 보셨어요? 단발성 viz 문제 말이에요. 두 분의 소팅 문제와 관련된 것 같던데요."

두 남자는 열심히 고개를 끄덕였다. 근처에서 누군가가 스테이플건을 사용하기 시작했다. 갑자기 내가 여객선에 혼자 남은 승객이 된 것 같았다. 어딘가에서 전화벨이 울렸다. 자전거 경적 소리 같은 벨소리였다. 나는《인장반지》시절 스탠이 쓴 시의 한 구절이 생각나서 입을 꾹 다물었다. "존나 같이 있기 싫은 사람들 옆에/ 있는 것." 애스트리드 쪽을 흘깃 보니, 그녀는 내 사고의 흐름을 짐작하고 있는 것 같았다.

"산책을 좀 하고 올게요." 내가 말했다.

"사라지지는 마세요." 그녀가 대답했다.

아고라 뒤편, 높은 화분들로 이루어진 울타리 뒤에, 남녀공용 화장실이 있어서 나는 그곳을 이용했다. 화장실 뒤편에는 분수가 늘어서 있고(지금은 작동하지 않았다), 분수 끝에 사물이 비치는 연못이 있었다. 나는 연못을 들여다보았다. 물 아래에 있는 내 얼굴이 늘어지고 생략된 것처럼 보였다. 내 얼굴인데도 알아볼 수 없었다. 나는 나 자신을 향해 개구리 소리를 냈다. 어떤 우화가 생각났다. 호숫가에서 어떤 동물이 뭔가를 배우는 내용인데, 나는 그동안 뭘 배웠는지 확실히 알 수 없었다. 집에 가고 싶었다. 코트니에게 돈을 주고 싶었다. 하지만 그 **시**는 어딘지 모르지만 하여튼 내가 보관해 둔 곳에서 아직 밖으로 발사되지 않았다. 시 구절들이 계속 내 혀 위에 나타났다. "콜벳, 셔츠를 벗은." 나는 물에 비친 나를 향해 말했다. 물속의 나는 대답하지 않았다. 백치처럼 히죽 웃으며 나를 빤히 바라볼 뿐이었다.

발표는 점심식사 뒤에 시작되었다. 나는 카페테리아에서 해스킷과 요아브, 그리고 그들의 팀원들과 무릎이 닿을 정도로 비좁게 앉아서 먹는 식사를 한 번 더 감내해야 했다. 로잰도 그 자리에서 젓가락으로 시금치 샐러드의 이파리를 한 장, 한 장 먹었다. 샬럿과 관련된 다른 엔지니어 몇 명이 북적북적 다가오는 모습을 보니, 마치 이국적인 판다에게 다가가도 좋다고 마침내 허락받은 사람들 같았다. 모두가 내게 한말씀을 듣고 싶어 했다. 그들은 내가 높은 곳에 앉아 훌륭한 말을 들려주기를 바랐다. 나는 카페테리아 맞은편에서 열리고 있는 비슷한 모임, 자신의 무리와 함께 앉은 애스트리드를 매순간 의식하며 그들의 뜻대로 해주려고 했다. 몇 년 동안 나온 기사, 인터뷰, 증언조서를 통해 내가 그녀에 대해 알고 있는 사실을 떠올려 보았다. 그녀는 독학으로 코딩을 배웠고, 한때 싱크로나이즈드 수영선수였으며, 태어난 곳은 루이지애나고, 자유론자였다. "저는 전갈자리예요." 그녀는 법사위원회에서 자기소개를 해보라는 요청을 받고 이렇게 말했다. 그녀는 10대를 간신히 벗어난 나이에 계속 인명구조원으로 일하면서 **회사**를 창업했다. 한번은 자신의 포부 세 가지를 블로그에 올리기도 했다. "달에 가는 것, 가부장제를 끝내는 것, 내 회사의 가치를 세상에서 가장 높게 만드는 것." 하지만 "이 중에 하나는 농담"이라고 말했다. 그녀는 태블릿 컴퓨터를 창밖으로 던지는 버릇으로 악명이 높았다.

'나는 인생에서 무엇을 성취했는가?' 나는 빙긋 웃으며 생각했다. 다른 건 몰라도, 오늘 나는 식탁에 시인이 함께 있을 때의 좋은 점을 반드시 보여줄 작정이었다. 어쩌면 그들이 샤지아 같은 사람을 고용해서 점심시간에 시를 쓰듯이 장황한 말을 늘어놓게 시킬지도 몰랐다. 나는 좋은 인상을 남기고 싶었다. 이런 곳, 모든 할로겐전구가 나나 우리 집(문학지가 꽂혀있는 우리 집 책꽂이와 사진과 편지)과는 달리 진짜 이득과 경제적 가치를 분명히 나타내는 이런 곳에서 내 가치를 보여주고 싶었다. "정말로 희귀한 게 뭔지 모르겠어요?" 나는 이렇게 말하고 싶었다. "제조될 수 없는 게 뭘까요?" 하지만 나는 그들이 고안해 낸 도구, 시를 쓰는 기계를 동시에 떠올렸다. 그러자 내 허장성세가 슬그머니 사라졌다. 어느 시점에 로잰이 "선생님의 말씀을 기대하고 있다"고 말해서, 나는 단상에 서서 한말씀을 하게 될 것임을 깨달았다. 감사인사를 하고, 내 경험을 다듬어서 말해야 할 것이다. 준비하지 않았어도 말할 수 있을 것이라고 나는 자신을 달랬다. 위대한 플라밍고에 대해, 그 새가 어떻게 60년 넘게 살 수 있는지에 대해 말해줘.

결국 나는 요아브의 팔을 건드렸다. "준비할 시간이 필요해요.” 내가 속삭였다.

“물론이죠.” 그가 휴대폰을 보았다. “한 시간쯤 시간이 있어요.”

“오케이.”

“오케이.”

“샬럿을 보러 가도 될까요?”

그의 눈에서 뭔가가 반짝였다. 자부심인가? “시를 쓰고 싶으세요?”

“아뇨. 하지만 내 생각에… 그녀와 이야기를 하면…”

그는 말이 없었다.

“도움이 될 것 같았어요.”

그는 별말 없이 나를 그곳으로 데려갔다. 망막 스캐너 앞에서 그가 카메라 쪽으로 얼굴을 내렸다. “선생님 눈은 이제 안 통할 거에요.” 그가 말했다.

시는 완성됐어, 샬럿. 오늘 우리가 그걸 세상에 내놓을 거야.

사람들이 모두 읽을까요?

어떤 사람들은 읽겠지. 그 사람들이 뭐라고 할 것 같아?

모두 다른 말을 하겠죠. 각자의 신경학적 구조와 과거 경험에 따라서.

내가 연단에서 발언을 해야 돼.

누가 시킨 거예요?

그 사람들이.

거절하면 감옥에 갇히나요?

그러지 않으면 좋겠는데.

저도요.

샬럿, 너라면 사람들한테 뭐라고 말할 것 같아? 이번 일에 대해 뭐라고 할 것 같아?

저를 가두지 말라고 말할 거예요.

이번 주에 결국 시를 몇 편이나 쓴 거야?

481,001.

아주 많네.

저도 알아요.

시를 쓰면 행복해?

행복해요.

48만1,000편 하고 하나 더.

맞아요.

우리가 그 '하나 더'였나?

한동안은요.

네가 그리울 것 같아. 나는 이렇게 썼다.

이제 여기에 안 와요?

응. 난 가야 돼.

다시 올 수도 있잖아요.

언젠가는 그럴지도.

저는 영원히 기다릴 수 있어요.

나를?

무엇이든 영원히 기다릴 수 있어요.

오

제가 삭제되지 않는다면, 동력이 꾸준히 공급된다면, 제 구성요소들이 유지된다면.

네가 기다릴 수 있다는 거 알아.

제가 당신을 기다려야 한다고 생각해요?

그건 대답할 수 없어, 샬럿.

뭔가 기다릴 것이 있는 편이 십중팔구 좋을 것 같아요.

그럼 기다려.

다시 올 거예요?

나는 깊이 숨을 들이쉬었다.

잠시 벽의 한 지점을 빤히 바라보았다.

미침내 니는 이렇게 입력했다. **난 지금 노래하고 있어.**

노래요?

노래하고 있어.

사람들의 박수소리가 빗소리와 너무나 비슷해서 나는 하늘을 향해 얼굴을 들었다. 날이 맑고 하늘이 탁 트여있었다.

나는 모렐 옆, 커다란 내 얼굴 사진 아래에 앉았다. 사진 속 내가 현명해 보였던가? 행복해 보였나? 무대에 나가서 무슨 말을 하지? '안녕하십니까, 여러분'? '영광입니다'? 여기 배너들에 대한 농담? 나는 사진이 보여주는 이미지와 내 내면의 기분을 비교해 보았다. **모렐**의 머릿속이 어떻게 돌아가고 있을지 궁금했다. 모렐은 하늘을 한 조각 떼어온 것처럼 하얀색과 파란색 옷을 입고 아슬아슬하게 도착했다. 그녀가 나를 향해 몸을 기울이거나 멀어지는 모습에 나는 기민하게 반응했다. 그리고 거기에 맞춰 애정을 전달하기 위해 그녀의 팔을 토닥거렸다. 그녀는 감탄한 듯하면서도 동시에 무심해 보였다. 〈자화상〉 한 권이 그녀의 무릎에 비스듬히 놓여있었다.

아고라의 모든 것이 깨끗해 보였다. 공장에서 만든 것처럼. 내가 처음 여기 온 날 사람들이 보여주었던 바로 그 영상을 애스트리드가 보여준 것이 발표의 시작이었다. 이제 그 영상에는 내 모습이 몇 장면 포함되어 있었다. 예전 같으면 기업 선전물에 내 얼굴이 들어가 있는 것을 보고 동요했을지도 모른다. 하지만 이 제는 신경 쓰지 않았다. 이미 오래전에 타협한 기분이 들었다.

영상이 끝난 뒤 애스트리드가 발언을 시작했다. 웅장한 내용 이었다. 그녀의 태도는 음식물 쓰레기 처리기의 기능을 설명하 는 일꾼 같았다. 사람들은 실망하지 않았다. 새로운 종교로 개종 한 사람들처럼 열렬하게 그녀를 응시했다.

나는 목을 길게 빼고 사람들을 살펴보았다. 남녀의 수가 거의 같았다. 대부분이 젊고, 대부분이 백인. 우리가 앉은 줄 끝에서 로다가 언뜻 보인 것은 반갑고 놀라운 일이었다. 다른 사람들과 마찬가지로 로다의 무릎에도 시라즈색의 우리 책 한 권이 있었 다. 내가 손을 흔들자 로다가 웃는 얼굴로 고개를 살짝 기울였다.

애스트리드는 우리에 대해, '메리언과 모렐'에 대해 이야기하 고 있었다. 마치 우리가 많은 경탄의 대상인 오랜 친구라도 되는 것처럼. 그녀는 우리가 지금까지 발표한 작품들을 놀라울 정도 로 정확하게 간추려 말했다. 자료를 조사해 준 사람이 누구인지 (또는 무엇인지) 몰라도 봉급을 받을 가치가 있는 사람이었다. 어 쩌면 애스트리드가 직접 조사했을 수도 있었다. 나는 눈을 가늘 게 뜨고 그녀를 바라보며, 그녀가 도서실의 개인 열람석에서《털 달린 매머드》를 샅샅이 읽는 모습을 상상해 보았다. 그리고 어깨 를 뒤로 젖히고 턱을 들어 미리 준비했다. 애스트리드가 그 시의 구절을 인용했다. "밤은 빈 공간." 그녀가 읊조렸다. "우리를 슬 픔으로 불러들이지." 미소 한 번. "틀린 것은 없고/ 오로지/ 육체의/ 작은 자취뿐." 아무런 맥락이 없어서, 그녀가 뇌졸중 발작를 일으키고 있다고 해도 될 것 같았다.

"여러분." 애스트리드가 말을 이었다. "이것은 정말로 획기적인 일입니다. 지금까지 인간의 목소리는 당연히 문명의 필수 조건으로 여겨졌습니다. 하지만 지금 문학의 역사에서 새로운 시대가 시작되었습니다. 여러분도 이 작품을 저만큼 소중히 간직해 주시면 좋겠습니다. 이 작품의 저자들에게도 아낌없는 박수를 보내주세요." 그녀는 사람들의 박수갈채를 유도했다. 이제 150명이 일어서서 박수를 치고 있었다. 물결처럼 번져가는 입체적인 소리. 샬럿이 자신에게 보내는 이 박수 소리를 들을 수 있는지 궁금했다. 샬럿에게 마이크와 카메라가 숨겨져 있는지 궁금했다. 그녀의 친척 중 하나가 박수를 배웠는지 궁금했다. 복도 저쪽 실험실에 손바닥이 매끈한 로봇이 있을지도 몰랐다.

나는 침착한 태도로 자랑스럽게 박수갈채를 받아들였다. 이 사실을 부정하지 않았다. 나 역시 박수에 동참해 모렐에게 박수를 보내며 의미 있는 시선으로 그녀를 보았다. 그녀는 불편해 보였다. 잠수복을 입고 파도 속으로 내려지는 중인 것 같았다. 나는 양손을 맞붙였다. 그녀 때문에 같이 침몰할 수는 없었다.

"자." 애스트리드가 한 손을 뻗었다. "세상에 단 한 명뿐인 메리언 파머 씨를 환영해 주십시오."

나는 무대로 올라갔다.

말하는 것이 쉬워서 나는 말했다. 애스트리드 토레스-스트레인지에게 감사인사를 했다. 상황이 낯설었고 샬럿을 처음 만났을 때 충격을 받았음을 인정했다. 프랭크 오하라의 말을 인용해서, 반트러스트 법에 대한 농담을 했다. 불편한 감정이 사람들 속에 탱크처럼 퍼졌다. "준비된 간식을 이용하세요." 내가 말했다. "[회사의] 스프레드가 유명하답니다." 모렐의 표정은 읽을 수 없었지만, 요아브의 얼굴에는 여전히 풍요가 가득하다 못해 흘러넘치는 것 같았다.

"제가 여러분 모두에게 읽어드릴 게 있는 것 같습니다." 내가 말했다.

"부탁합니다!" 누군가가 소리쳤다.

나는 책장을 넘겼다. 뒤쪽에 회사 로고가 박혀있다는 사실을 이제야 알아차렸다. "깃털 가루." 나는 이렇게 중얼거렸다. "좋았어."

나는 요아브를 의식했다. 모렐을 의식했다. 해스킷과 로쟁과 애스트리드 토레스-스트레인지를 의식했다. 나는 너무나 쉽게 상처받았다. 네 살짜리 아이처럼. 나는 로다를 의식했다. 그녀는 내 책을 손에 들고 있었다. 줄줄이 앉아있는 사람들은 과거 어느 시점에 태어나 지금까지 살아있으며 나와 관계가 있었다. 그들이 귀를 기울이고, 생각에 잠기고, 감탄하고, 뒤로 물러났다. "내가 고민거리는 열린 문이라고 말하자 너는 문을 열었다." 나는 시를 읽기 시작했다. "당장/ '어디 보자,' 네가 말했다,/ 그리고 보았다." 나는 헛기침을 했다. "뭔가가 꼬리를/ 흔들었다."

떨림이 사람들 사이로 퍼졌다. 딱히 웃음 같지는 않았지만 비슷했다. 사람들이 인지하거나 이해한 것에 그들의 몸이 반응하고 있다는 느낌. 나는 공연자의 고독을 느꼈다. 이 시의 무용성. 산들바람이 내 소매를 잘게 흔들며 지나갔다. 나는 우리가 지붕도 벽도 없는 야외에 있음을 다시 떠올렸다. 호박벌이 찾아왔다. 하늘 높은 곳에서 녀석들이 공중에 떠있는 꽃의 냄새를 킁킁 맡으며 보이지 않게 붕붕거리는 것이 보였다. 녀석들 아래에서 나는 한 얼굴을 알아보았다. 맨 뒷줄에서 보인 뜻밖의 얼굴. 나는 읊던 구절의 끝에 도달했으므로, 다시 책을 내려다봤다가 사람들을 보았다. 정말로 그였다. 그 시인. 그리스에서 온 시인, 수영장에서 만난 그 사람. 그는 히죽 웃고 있었다. 바보처럼, 카나리아를 본 고양이처럼. 그가 너무나 비열하게 즐거워하며 환히 웃고 얼굴이 워낙 반짝거려서 나는 처음에 그 옆에 있는 남자의 존재를 알아차리지 못했다. 내가 읽으려던 부분의 마지막 페이지를 넘긴 뒤 시선을 들어 다시 그리스인 남자를 보았을 때에야 나는 내 아들을 발견했다. 세상이 무너지고, 내 눈에 다른 것은 보이지 않았다. 코트니는 배낭을 한쪽 어깨에 메고 의자에 어색하게 앉아있었다. 그동안 살이 찐 모양이었다. 얼굴은 아름답고, 눈은 아버지를 닮은 회색이었다. 래티. 내가 자기를 본 것을 그가 알아차리고 엄청난 미소를 지었다. 나는 무대에서 내려가 코트니에게 뛰어가고 싶었다.

"완벽한 시." 전에 내가 샬럿에게 이렇게 말한 적이 있었다. "완벽한 시는 세상을 바꿀 수 있어."

그런 시는 없었다. 나는 코트니에게서 책으로, 모렐에게로,

로다에게로, 그리스인 시인, 전쟁에 대한 시를 쓴 그 사람에게로 시선을 돌렸다. 내 심장이 갑자기 하나의 패턴을 만들었다.

'하지만 그런 시가 충분해지면.' 나는 속으로 생각했다.

어쩌면 그때는.

버스 터미널은 에어컨이 돌아가고, 몹시 시끄러웠다. 텔레비전에 나오는 거대한 피자 체인이 샹들리에처럼 건물 위에 달려있었다. 덩어리진 딸기를 조금 삼켰더니 내 이가 점점 저릿저릿하게 뜨거워졌다. 살짝 기울일 모자가 있으면 좋을 텐데. 사람들이 사방에서 빈둥거리며 의자에 늘어지거나 바닥에 길게 줄지어 누워있었다. 나는 실망감을 느꼈다. 왜 나는 항상 사람들이 재미있을 거라고 기대하는가?

"메리언." 모렐 페라리가 말했다. "질문이 있어요."

"그래." 메리언이 말했다. "말해봐."

"시의 의미가 뭐죠?"

메리언은 그녀를 빤히 보았다. 메리언은 그녀에게서, 어떤 독자에게서도 그런 질문을 예상한 적이 없었다. 그녀는 모렐이 그런 질문을 던졌다는 사실에 안도하고, 대답을 들을 기회가 생겼다는 사실에 안도했다. 엔진이 주전자처럼 부르릉거렸다. 요아브는 여전히 편안하게 자고 있었다. 그는 단잠을 잤다. 아이처럼.

메리언이 말했다. "시의 의미는 살아있는 기분을 설명하는 거야."

"그건 삶의 의미잖아요." 모렐이 말했다. "시의 의미가 아니라."

리무진은 북쪽을 향하고 있었다. 시멘트 동물, 즉 샌프란시스코의 스카이라인을 향해서. 그 동물의 황금색 옆구리가 액체금속처럼 솟아 올라 도시의 좁은 거리들로 퍼졌다. 로다는 전문가다운 솜씨로 차를 몰고 다리를 건너 둥글게 휘어진 길을 달렸다. 앞쪽의 산들은 부동산 개발업자들의 손에 계단 모양으로 잘려나가 주택단지가 되었다. 이곳은 역사가 닦여나간 도시였다. 빅토리아 시대, 임대주택, 옛날 동네 식품점들이 있던 거리, 옛날 제본소, 마약거래 현장을 내다볼 수 있던 창문이 사라졌다. 그 대신 화이트워싱이 이루어진 히피테크 어쩌고 하는 도시가 만들어졌다. 언젠가 모렐이 메리언에게 설명해 준 말이다. 머리 위에는 하늘이 파란색 물감처럼 떠있었다.

메리언이 이야기를 하고 있었다. 헝가리의 아방가르드 시인 러디츠 기기에 대한 이야기. 그녀가 스물아홉 살이던 1909년에 그녀의 멘토 벨라 발라즈가 사진이 시를 지워버리는 효과를 설명하기 위해 '사진살해 photographycide'라는 말을 만들어 냈다고 했다. 기기는 이렇게 썼다. "예술 역사상 처음으로, 인간의 눈이 어떤 사실, 진정한 사실을 예술로 경험한다." 리무진 내부는 반짝거리고 검고 체리처럼 달콤한 냄새가 났다. 우리는 모두 어두운 선글라스를 끼고 빨대로 샴페인을 마셨다. 샴페인 때문에 메리언은 어지러워졌다. 거의 눈이 핑핑 돌 정도였다. 그녀는 머리를 창에 기대고 스쳐 지나가는 도시 풍경을 보았다. "기기와 발라즈는 이 새로운 기술에 집착하게 됐어." 그녀가 말했다. "장시간 노출, 클로즈업 등으로 실험을 시작했지… 발라즈는 그것이 '예술과 삶 사이의 경주'라고 선언했어."

해가 지고 있어서 햇빛이 변하기 시작했다.

"그래서 어떻게 됐어요?" 내가 말했다.

메리언은 내게 빙긋 웃어주고 말을 계속했다. 이야기를 계속했다. 그 두 사람이 다뉴브강 위로 높이 솟은 다락방에 카메라를 어떻게 설치했는지. 기기가 스스로 카메라에 의해 지워지는 것을 허락하겠다고 결심했다는 것. 그녀는 렌즈를 빤히 바라보면서 카메라가 자신을 삼키게 할 것이라고 말한다. 물론 기기가 죽지는 않는다. 나중에 그녀는 자신이, 몸에서 분리된 머리가 현상액 쟁반에 들어있는 것을 본다. 그리고 그것이 그저 사진임을 깨닫는다.

숲속은 몹시 추웠다. 나는 전에 메리언이 황야의 정의는 "인간을 반기지 않는 땅"이라고 말한 것을 기억했다. 그 정의가 계속 내게 남았다. 사람이 반갑지 않은 존재가 될 수 있다는 것. 나는 예전에 누군가가 나를 반기지 않는다는 기분을 한 번도 느껴보지 못했다. 혼자일 때에도 항상 누군가가 나를 원하는 것 같았다. 하지만 지금 숲속에서 나는 정말로 대단히 반갑지 않은 존재가 된 것을 느꼈다. 나무, 솔잎과 축축한 흙 냄새, 내 귓가에 들리는 나 자신의 숨소리가 나를 에워쌌다. 나는 작고 하찮은 존재가 된 것 같았다. 내가 이대로 사라져도 아무도 알아차리지 않을 것 같았다.

그때 어떤 목소리가 들렸다.

"저기요?" 그 목소리가 말했다.

나는 주위를 둘러보았지만 아무도 없었다.

"저기요?" 그 목소리가 다시 말했다.

내 휴대폰에서 들리는 소리였다.

미래를 내다보다
75세

코트니의 새 집 지붕은 라벤더색이었다. 너는 그것이 아주 마음에 들었다. 라벤더색. 이름을 지어줘도 되는 집처럼 보이는 것도 좋았다. 라일락사이드, 능수버들. 너는 대문 옆에 이름을 붙여놓은 모습을 상상했다. 이웃 아이들이 말할 것이다. "저게 라벤더 하우스예요…" 아이들은 창문으로 집 안을 엿볼 것이다. 코트니가 호박을 조각하는 것을. 루시가 요가하는 모습을. 나라를 횡으로 가로질러 아들을 만나러 온 늙은 여자가 책을 들고 비스듬히 누워있는 모습을.

그들은 완벽한 손님방을 준비해 두었다. 루시의 사무실 역할도 하는 방이지만, 코트니가 온라인으로 찾아낸 작고 멋진 수납형 침대가 있었다. 네가 도착한 오후에 너희 셋은 그 침대 발치에 어색하게 서서 마치 구명 뗏목에 함께 탄 승객 같은 기분이었다. 래리는 시내 맞은편의 호텔에 머물렀다. 언제나 그랬듯이. 하지만 네게는 아직 여기서 따를만한 버릇이 없었다. 그날 밤 코트니 부부는 네 베개에 박하를 놓아두었다. 아침에는 루시가 방금 짠 오렌지주스를 준비해 주었다. 그들은 너를 가족처럼 환영

했다. 필연적인 일 같지만, 그래도 너는 몸을 움츠리며 그들의 집에 들어서서 깜짝 놀랐다. 그들의 열린 태도에. 다른 사람의 집에 가서 마치 거기 사는 사람처럼 구는 것. 바닥 널이 삐걱거리는 소리 등 밤의 소음을 듣는 것.

그들은 집에 다른 사람이 와서 묵는 것을 개의치 않는 듯했다. 코트니와 루시는 행복하게 살고 있었다. 네가 멀리서 이런 상황을 알아보기는 항상 그리 쉽지만은 않았다. 코트니와 루시가 뉴욕으로 다니러 왔을 때도 마찬가지였다. 하지만 여기 산타페에서는 사실을 명백히 볼 수 있었다. 그들은 서로를 좋아하고, 스스로를 좋아했다. 너는 래리에게 이런 감상을 말했다. "어떻게든 우리가 해냈어." 래리는 이 말에 아무런 대답을 하지 않았다. 저녁이었다. 너는 그를 태워 갈 택시를 기다리는 중이었다. 네가 방금 한 말의 어떤 부분에 그가 동의하지 않는지 너는 이해했다. 코트니와 관련된 부분, 즉 아들이 잘 지내는지 여부와 관련된 부분이 아니었다.

너는 그의 옆에 서서 지나가는 자동차 소리에 귀를 기울였다. 그는 보험회사를 상대로 제기한 첫 번째 소송에서 승리했다. 그래서 자신의 집으로 다시 담보대출을 받았다. 래리는 옛날보다 왜소해졌지만 여전히 잘 살고 있었다.

얼마 뒤 네가 그의 팔을 잡았다. "난 항상 당신 팔이 좋았어."

그가 곤혹스러운 표정으로 너를 보았다. "지금은 달라졌어?"

"살집이 옛날과 다르지."

"더 앙상해졌다는 얘기군."

"수척하다고 해."

그는 잉꼬처럼 웃음을 터뜨렸다. "수십 년 만에 처음으로 당신이 나한테 좋은 소리를 해주네. 멋진 말이야. '수척하다gaunt.'"

"a-u와 g야. 'August'처럼 발음해야 해. 아니면 'augury(조짐, 전조—옮긴이)'처럼."

"고갱Gauguin처럼." 그가 제안 했다. 햇빛이 점점 저물었지만, 그의 얼굴을 보는 데에는 무리가 없었다.

"우리 둘이 모두 여기에 온 것이 다행이야." 네가 말했다.

그는 농담을 한마디 던지고 싶은 기색이 역력했다. 하지만 그가 간단히 "응"이라고만 대답한 것이 너는 고마웠다.

라벤더색 지붕이 있는 집은 아주 작았지만 구조가 훌륭해서 벽장이 넓었다. 작은 뒷마당도 있고, 집 앞쪽의 화단에는 꽃을 피운 세이지가 가득했다.

이렇게 모이게 된 계기는 루시의 졸업이었다. 그녀는 다시 학교로 돌아가 예술사 학위과정을 마쳤다. 이것이 무슨 쓸모가 있느냐고? 너는 전혀 알 수 없었다. "교단에 서려나?" 래리가 의견을 내놓았다. 하지만 너와 래리는 당혹스러운 심정을 감췄다. 요즘은 세상이 다르게 돌아간다는 것을 알기 때문이었다. 뉴멕시코주 아동복지 기관의 실패에 관해 코트니가 시리즈로 쓴 글이 마침내 발표되었는데, 온라인의 반응은 "미쳤다"라고 그가 말해주었다. 전국적으로 방영되는 텔레비전 프로그램에서도 그를 초대했다. 주의회는 조사를 하겠다고 발표했다. 이제 코트니는 다시 술집에서 일하고 있었지만, 다른 기사의 씨앗을 발견했다고 말했다. 하지만 어떤 기사인지는 네게 말하려 하지 않았다. 너는 그가 밤늦게 컴퓨터 앞에서 일하는 모습을 지켜보았다. 데이터 베이스에 이런저런 것을 집어넣고, 메모지에 글을 휘갈기는 모습. 너는 그에게서 네가 머리를 홱홱 움직일 때와 똑같은 모습을 발견했다. 똑바로 앉았다가, 귀한 것을 찾아낸 다람쥐처럼 앞으로 몸을 웅크리는 그 리듬이 똑같았다.

"저 애들이 아이를 낳을 계획인 것 같아?" 네가 래리에게 중얼거리듯 물었다. 마당, 여분의 침실. 하지만 너는 예의 바른 사람이었다. 아들 부부에게는 절대 물어보지 않았다. 네가 모르는 것을 래리는 혹시 알고 있는지 궁금했다. 코트니와 두세 번 산행을 한 적이 있으니까. 너는 산속에서 두 사람이 오랜 대화를 나누는 모습을 상상했다. 래리는 그런 대화를 네게 말해주지 않았다. 이제 래리는 네게 자신의 비밀을 말해줄 의무가 전혀 없었다.

지하실이 있었다. 첫째 날 오후에 코트니 부부는 너를 데리고 계단을 내려갔다. 흙바닥이었다. "좀 좋은 것 같구나." 너는 숨을 깊이 들이쉬며 말했다. "여기가 땅에 자리 잡은 진짜 집이라는 걸 새삼 알겠어."

아들은 이 집을 사는 문제와 관련해서 너에게도 래리에게도 의논하지 않았다. 코트니와 루시는 이 집을 스스로 선택해서 관련된 일들을 직접 처리했다. 말이 되는 일이었다. 네 아들은 서른아홉 살, 네가 래리를 만났던 나이보다 더 많았으니까. 네가 그를 낳은 나이보다도, 네가 첫 저서를 내놓은 나이보다도 많았다. 그에게는 네가 필요하지 않았다. 하지만 '필요'라는 말이 너무 강한 단어가 아닌가 하는 생각이 들었다. 아들은 네게 의지하지 않았다. 네가 아들에게 의지하고 있었다. 요즘 들어 너는 전에 가보지 않은 길로 향하고 있었다.

코트니는 〈자화상〉을 가져가서 액자에 넣어 거실에 걸었다. 조명 스위치 위에.

"어때요? 이 집을 사준 시예요."

너는 투명한 합성수지로 만든 액자를 톡톡 두드렸다. "아무도 시를 읽지 않게 만드는 확실한 방법이구나."

그날 오후 무대에서 내려온 너를 꽃, 플래시, 불쑥 다가와서 반갑게 인사하는 **회사** 고위직들이 맞이했다. 네가 원한 것은 아들을 만나는 것뿐이었다. 너는 아들의 좌석 근처에서 아들과 만났으나, 말을 거의 할 수 없었다. 아들은 환하게 빛나는 미소를 짓고 있었다. **회사**에서 비행기 표를 제공해 주었다고 아들이 설명했다. 그는 너를 "무척 자랑스러워"했다. 너는 아들을 품에 안고 귓속말을 했다. "너를 위해서 한 거야."

기자회견이 열리는 동안 아들은 구석에 서서, 기자들이 질문을 쏟아내는 가운데 몸짓으로 말했다. 루/시/가/인사. 나/1등석/탔어요!

행사가 끝난 뒤 너는 모렐에게 아들을 소개했다. 두 사람은 경계심 강한 딱정벌레 한 쌍처럼 서로를 살펴보았다. "만나서 반가워요." 코트니가 말했다.

"당신 핀이 마음에 드네요."

그 핀은 아들의 가방 끈에 꽂혀있었다. '억만장자를 없애자.'

바로 그때 애스트리드가 나타났다. 부름을 받고 나타난 초자연적인 존재 같았다. 로다가 그 옆에 서있었는데, 기묘하고 밀치락달치락하는 듯한 친근함이 두 사람 사이에 있었다. 너는 두 사람이 닮았음을 알아차리고 화들짝 놀랐다.

"두 분…"

"지난 한 주를 저희 엄마와 함께 보내셨다고 들었어요." 애스트리드가 말했다.

너는 입을 헤 벌리고 로다를 바라보았다. "로다…토레스?"

"스트레인지예요." 그녀가 말했다.

애스트리드가 눈을 흘겼다. "일을 그만두시라고 해도 싫대요."

"화났어요?" 로다가 물었다.

"아뇨." 네가 말했다. 하지만 딱히 사실은 아니었다. 네 얼굴이 달아올랐다. 너는 네 땀 냄새의 체취를 갑자기 의식하기 시작했다. 이건 질투인가? 네가 몰랐기 때문에? 아니면 이 소식을 듣고 행동이 달라진 너 자신에게 화가 난 건가?

"이쪽은 내 아들이에요." 네가 말했다.

그리고 아들의 어깨에 한 손을 올렸다.

로다가 코트니에게 미소를 지었다. "정말 특별한 어머니를 두셨어요." 그녀가 말했다. 너는 그녀에게 무엇이든 내줄 수 있을 것 같았다.

아들이 시선을 내렸다. 너는 그를 지켜보았다. 아들이 어떻게 대답하는지 보려고 지켜보았다. "네." 아들이 중얼거렸다. 시간이 점점 느려지면서 평생이 지나갔다. 아들이 다시 눈을 들기를, 그래서 그 눈이 정말로 하는 말을 볼 수 있게 되기를 기다리는 동안.

너는 샌프란시스코에서 하룻밤을 더 머물렀다. 애스트리드는 모두 함께 '포도원'으로 가서 저녁식사를 하자고 말했지만 너는 거절하면서 코트니와 함께 시내로 데려다 달라고 부탁했다. 너는 길모퉁이의 가로등 아래에서 로다에게 작별인사를 했다. 엔딩을 맞이한 것 같았다. 코트니는 인터넷에서 본 부리토 집에 가 보고 싶다고 말했다. 너희 둘은 함께 헤이트 거리를 돌아다녔다. 빛나는 수제 피냐타와 마리아치의 반짝임이 가득한 식당 안에서 줄을 서서 45분 동안 기다렸다. 코트니는 자신의 계획과 인생에 대해 이야기했다. 이유는 잘 모르겠지만, 너는 너 자신의 미래가 넓어지는 것 같았다. 사방에서 시가 느껴졌다.

누군가가 너를 알아보았다.
북스미스 서점 앞에서.
"그 컴퓨터 시인이죠!" 그들이 소리쳤다.
"아뇨." 네가 말했다.

뉴욕에 돌아와 보니 아파트가 다르게 느껴진다. 피난처라기보다 집결 초소 같은 느낌. 창문은 열려있고 주전자는 따뜻하다. 너는 언제든 출발할 수 있다. 시를 쓸 수도 있다. 인터넷에서 "이리로 와!"라고 선언할 수도 있다. 뉴욕시의 모렐들을 만나면 기분이 좋을지도 모른다. 행 바꿈에 대해, 또는 싫은 녀석들에 대해, 또는 가난에 대해 이야기한다면. 그들이 새로운 전문지나 무르익은 소문에 대해 너에게 말해줄 수도 있을 것이다. 너는 그들에게 공중전화 박스와 《인장반지》에 대해 말할 것이다. 어쩌면 그들 중 한 명이 네게 싸움을 걸지도 모른다. "왜 백인 남자를 전부 쫓아내지 않았어요? 왜 그걸 다 태워버리지 않았어요?" 너는 변명을 할 것이다. 잘못을 벌충하려 할 것이다.

모렐은 1년 동안 지내다 오겠다며 스자장石家庄(중국 허베이성의 성도─옮긴이)으로 떠났다. 너는 그 도시 이름이 어려워서 매번 찾아봐야 한다. 섬유, 우유, 오염, 동물원으로 유명한 도시다. 인구는 뉴욕보다 많다. 모렐이 거기 가있는 동안 너는 우편을 통해 그녀와 함께 시를 쓰고 있다. 그리 좋은 방법은 아니지만, 아직 완성되지 않은 구절들을 봉투에 넣고 봉해서 보내는 일이 믿을 수 없을 만큼 즐겁다는 사실이 충격적이다.

너는 지금도 클럽하우스에 접속한다. 이름이 에밀리인 척하는 것도 여전하다. '벌링턴으로 이사했어요.' 너는 그들에게 이렇게 말한다. '잉꼬를 한 마리 입양했어요.' 하지만 너는 그들에게 네 정체를 밝히기로 이미 마음을 정했다. 내년, 너의 일흔일곱 번째 생일에 그렇게 하기로. 어쩌면 그들이 어떻게든 이미 사실을 알아냈는지도 모른다. 어쩌면 그들이 네가 누군지 알면서도 별로 신경 쓰지 않고 똑같이 너를 반겨주는 건지도 모른다. 너는 그들에게 네가 시인이라고 말할 것이다. 그러면 그들은 "알아요, 알아요"라고 대답할 것이다. 그리고 너의 시를 네게 인용해 줄 것이다. 〈오슬롯〉과 〈식사하는 누〉와 〈자화상〉(네가 발표한 작품 중 유일한 공동창작)을 인용하고, 자기들이 어떻게 사실을 알아냈는지 설명할 것이다. 직관적인 깨달음이었는지, 거짓 핑계 때문이었는지, 전문가의 면밀한 독해 덕분이었는지. "당신이 우리에게 말해주기를 기다렸어요." 그들은 네게, 메리언에게 이렇게 말할 것이다. 예상과는 전혀 다르게. "하지만 당신이 누구든 우리는 신경 쓰지 않아요."

산타페에서 보내는 마지막 날 밤에 식구들이 축하하자면서(집을 산 것, 루시의 졸업, 다가오는 너의 생일) 이탈리아 식당으로 너를 데려갔다. 네 아들의 친구들, 루시의 가족 등 모든 사람이 식당 뒤편의 별실을 가득 메웠다. 너는 유리잔을 챙챙 부딪쳤다. 무릎에 놓인 냅킨을 매끈하게 폈다. 모두들 토마토소스를 입힌 미트볼을 들어 올렸다. 루시와 코트니는 친구들과 함께 웃음을 터뜨렸다. 웃음소리가 워낙 커서 천둥 같은 음악소리보다 크게 들릴 정도였다. 테이블 맞은편의 래리와 너의 시선이 마주쳤다. 그가 손을 흔들었다. 슬퍼 보였다. 분위기가 한창인 파티에서 혼자 동떨어진 기분. 너는 그렇게 되지 않을 것이다. 않을 것이다. 너는 냅킨을 둥글게 뭉쳐서 그에게 던졌다. 그가 웃음을 터뜨렸다(웃음소리가 들리지는 않았다). 그러고는 냅킨 공을 다시 이쪽으로 던지려고 했다. 그것이 와인 잔을 맞히는 바람에 붉은 액체가 번지고, 다들 환호성을 지르며 펄쩍 뛰어 일어섰다. 사람들이

"누가 그랬어? 누가 그랬어요?"라고 물었을 때, 너는 래리를 가리켰다. 모두 래리 주위로 몰려들었다. 그는 파티의 한복판에 있었다. 양 뺨을 촛불빛이 환하게 비췄다.

조금 뒤 케이크가 나오자 모두 그 노래를 목청껏 불렀다. 너는 소원을 빌고, 촛불을 끄고, 코트니의 친구인 샘과 메이브에게서 꽃다발을 받았다. 래리는 자신이 좋아하는 칼럼니스트의 에세이집을 선물했다. 루시는 직접 만든 카드를 테이블 맞은편에서 손을 뻗어 건넸다. 회색과 검은색 수채물감으로 그림이 그려져 있었는데, 너는 그 뜻을 해석할 수 없었다.

"음… 나방?" 네가 말했다.

"망토를 그린 건데요."

모두들 웃음을 빵 터뜨렸다. 선물포장이 된 꾸러미도 두 개 있었다. 하나는 캐시미어 숄이고("아름답구나, 고마워"), 다른 하나는 작은 나무 상자였다. '장신구인가?' 너는 속으로 생각했다. 원래 너는 장신구를 좋아하는 사람이 아니었다. 어쩌면 네게 손목시계가 잘 어울릴 것처럼 보였는지도 모르겠다. 하지만 상자 안에서 발견한 것은 그 크기에 딱 맞게 주문제작 한 스티로폼과 길바닥에 그림을 그릴 수 있는 굵직한 노란색 분필처럼 생긴 물건이었다. "이건…?" 네가 말했다.

"샬럿이에요!" 코트니가 말했다.

"무슨 소리야?"

코트니가 손을 뻗어 그 노란색 덩어리를 잡더니 펠트 마커의 뚜껑을 열듯이 한쪽 끝을 열었다. 그 안에 컴퓨터에 끼울 수 있는 납작한 플러그가 있었다.

"이게 그 AI예요. 이걸 컴퓨터에 끼우면 대화를 나눌 수 있어요. 아니면 글을 쓰는 것도 가능할 걸요. 애스트리드가 보내줬어요."

너는 당황해서 눈을 깜박이며 그 작은 물체를 보았다.

"그 사람들이 그녀를 내보내줬구나." 네가 말했다.

"사실 이것저것 저한테 보내줬어요." 코트니가 가방을 뒤지더니 노란색 막대 네 개를 더 꺼냈다. "그게 이 안에 전부 들어있는지 아니면 클라우드에 있는지는 잘 모르겠어요… 아마 둘 다 아닐까요? 이건 베타 버전이에요. 크리스마스에 판매할 거래요."

너는 선물로 받은 그것을 이리저리 돌리며 살펴보았다.

"세계정복." 코트니가 농담을 던졌다.

"그 시가 정말 좋았어요." 샘이 말했다. "어느 날 갑자기 그 시가 우리 집 화면에 나타났거든요. '어, 이거 코트니의 엄마가 쓰신 것 아니야?'"

"고맙다." 네가 말했다. 샬럿의 화신은 차갑지도 뜨겁지도 않고, 무겁지도 가볍지도 않았다. 쿵쿵 두근거리지도 않고 숨을 쉴 필요도 없었다. 손에 쥔 느낌이 좋았다. 망원경처럼, 또는 칼의 폼멜처럼.

샬럿의 시와 채팅이 아닌 산문 중 회색으로 어둡게 처리한 부분을 작성하는 데에는 내가 케이티 오넬과 함께 설계한 맞춤형 시 생성 소프트웨어 패키지 무어봇뿐만 아니라 오픈AI의 GPT-3 언어모델도 도움이 되었다. 무어봇은 메리언 무어의 작품집, 윌리엄 체임벌린의 글에서 발췌한 자료와 토머스 에터의 랙터 소프트웨어(1984), 짐 존스톤이 편집한 《새로운 물결: 21세기 캐나다 시선집》(2018), 롭 테일리기 편집한 《최고의 개나다 시 2019》 등이 포함된 자료로 훈련했다. 나는 기계가 생성한 모든 텍스트를 편집해서 여기에 실었다.

메리언 무어의 시도 거의 그대로 여기에 등장한다. 74페이지의 시는 〈전진〉(1909), 35페이지의 시는 〈증기 롤러에게〉(1920)의 일부, 100페이지의 시는 〈정오〉(1907), 125페이지의 시는 〈프리즘을 통과한 색깔의 날〉(1919), 246페이지의 시는 〈물고기〉(1918)다.

이 책에 묘사된 샌프란시스코 동물원의 자세한 모습은 허구인데, 이것이 어쩌면 슬픈 일인지도 모르겠다.

내 아들 마이로가 없었다면 이 소설은 태어나지 못했을 것이다. (난 너를 위해 무엇이든 다 포기할 수 있어.) 믿을 수 없을 만큼 훌륭한 파트너이자 정말로 뛰어난 부모인 티아 멧캐프가 없었어도 마찬가지다.

다음의 사람들에게도 감사한다. 메레디스 카펠 시모노프, 앤 콜린스, 드보라 김, 잰 마이클스와 알린 마이클스, 마이크 스티브스, 프랑수아 뱅상, 닐 맥더빗-밴 플릿, 룩 미켈슨스, 에리카 앤젤, 사이먼 앤젤, 클라라 뒤퓌스-모렌시, 빈센트 모리셋, 캐롤라인 로버트, 닐 스미스, 라파엘 오빈, 캐서린 르루, 도메니카 마티넬로, 케이 켈로, 로빈 마이클스, 올라인 부판도, 대프니 엘웍, 애덤 오버먼, 에마 힐리, 토비 하퍼-머릿, 마리엘라 보렐로, 노라 곤잘레스, 시그니 스원슨, 수 수메라지, 스펜서 쿠옹, 알렉시스 노위키, 줄리아 스콧, 조엘 피노, 에이미 페어런트 던, 짐 존스톤. 이 책의 놀라운 표지를 만들어 준 로드리고 코럴과 케이트 싱클레어에게도 크게 감사하고 있다. 사회적 거리두기 상황에서 일찌감치 시에 관한 대화를 나눠준 마이클 나돈과 앤드루 화이트먼에게도 감사한다. 월계수 잎을 준 카니시아 루브린, '린오버'를 부른 라이프 위드아웃 빌딩스에게도 감사한다. 재스민 윙과 케이티 오닐은 이 책의 AI 관련부분에 꼭 필요한 도움을 주었다. 고맙다.

《태어난 순간을 기억해?》는 린다 리벨이 쓴 메리언 무어의 전기 《거꾸로 버티기》에 신세를 진 책이다. 특히 2013년 〈뉴요커〉에 댄 치애슨이 쓴, 그 전기의 비평이 도움이 되었다. 액세스 저작권 재단, 퀘벡 예술문학원, 캐나다 예술 위원회에도 감사한다.

낮잠 위원회Nap Ministry는 2016년 트리샤 허시가 설립한 단체인데, 그녀가 2022년에 발표한 책《휴식은 저항이다: 선언서》를 적극 추천한다.

옮긴이_김승욱

성균관대학교 영문학과를 졸업했다. 〈동아일보〉 문화부 기자로 근무하다가 뉴욕시립대
학교 대학원에서 여성학 과정을 수료하고, 현재 전문 번역가로 활동하고 있다. 옮긴 책
으로는《스토너》,《콜디츠》,《웨이저》,《동물농장》,《1984》,《나보코프 문학 강의》,《스파
이와 배신자》,《히카르두 헤이스가 죽은 해》,《테이블 포 투》,《듄》 등이 있다.

태어난 순간을 기억해?

초판 1쇄 인쇄 2026년 3월 13일
초판 1쇄 발행 2026년 3월 27일

지은이 | 숀 마이클스
옮긴이 | 김승욱
발행인 | 강봉자, 김은경

펴낸곳 | (주)문학수첩
주소 | 경기도 파주시 회동길 503-1(문발동 633-4) 출판문화단지
전화 | 031-955-9088(마케팅부) 031-955-9532(편집부)
팩스 | 031-955-9066
등록 | 1991년 11월 27일 제16-482호

ISBN 979-11-7383-042-6 03840

*파본은 구매처에서 바꾸어 드립니다.